보르헤스의 작품 속에 나타나는
카발라신비주의

El Misticismo de Kabala en las obras de Borges

보르헤스의 작품 속에 나타나는

카발라 신비주의

El Misticismo de Kabala en las obras de Borges

민원정 지음

KSI 한국학술정보㈜

보르헤스의 작품과 처음 만난 건 학부 3학년 중남미문학수업시간이었다. 이후 나는 간결하면서도 짜임새 있는 그의 글쓰기에 매료되어 대학원에 진학한 후 주저 없이 그의 작품을 논문의 주제로 삼았다.

주제넘게 한국학을 한답시고 오랜 기간 보르헤스를 잊고 지냈다. 작년 7월 한국학술정보의 출판제의를 받고 먼지 쌓인 논문을 다시 들춰보니 부끄럽기 이를 데 없었으나, 나를 다시 돌아보는 계기로 삼자고 마음먹고 출판제의를 수락했다.

본 연구에서 다룬 작품은 Discusión(1932), Ficciones(1944), El Aleph(1949), Otras Inquisiciones(1952)에 실린 모두 22편의 에세이다. 보르헤스가 카발라신비주의 이론에서 취하고자 했던 창조적인 행위로서의 오독의 글쓰기, 즉 고전을 모방하고 이미 쓰인 것 다시 쓰기, 혹은 다시 해석하기를 의미하는 글쓰기를 증명하고자 함이 연구의 의도였다.

헤럴드 블룸이 지적한 바와 같이 카발라는 글쓰기의 이론이며 글쓰기와 말하기 사이의 명백한 구별을 거부하는 글쓰기 이론이다. 보르헤스는 카발라를 종교적 의미에서가 아닌 해석학적 글쓰기의 이론으로 받아들였다.

카발라주의자들은 신은 말을 자신의 역사의 도구로 삼았다는 것에 영향을 받았다. 우리가 말에 대해 생각할 때 우리는 그 말이 처음에는 어떤 소리였을 것이고, 그 다음에 문자가 생겼을 것이라고 역사적인 순서로 생각한다. 그러나 카발라주의자들은 이와는 반대로 문자가 먼저 생겼을 거라고 추측한다.

본 연구에서 다룬 22편의 에세이는 보르헤스의 표현대로 시간을 내포한 오독의 글쓰기, 곧 독자의 재해석을 통한 끝없는 창조에 대한 것이다.

보르헤스를 잊고 있었다고 생각했는데, 논문을 다시 읽으며 나는 내가 지금 가고 있는 길이 결코 보르헤스와 멀리 있는 게 아니라는 것을 깨달았다. 오독을 통한 쓰인 텍스트의 다시 쓰기는 한국인으로서만 바라보던 우리나라를 멀리서 다시 바라보며 재해석 해 타인에게 가르치는 지금의 내가 하는 일이기도 하다는 것을 알았다.

이 책이 내게 보르헤스를 가르쳐주신 손관수 교수님께 누가 되지 않았으면 하고 바란다. 나를 아끼고 사랑해주는 모든 사람들과, 부끄러운 연구를 출판해주신 한국학술정보에 이 자리를 빌려 감사하는 마음을 전한다.

2007년 10월
칠레 산티아고에서
저 자

목 차

I

머리글

1. 연구의 목적 및 문제제기

보르헤스가 태어난 지도 벌써 100년이 지났다. 보르헤스는 워낙 잘 알려져 있고, 그에 대한 연구도 방대하지만, 끊임없는 연구의 寶庫라 할 수 있기에 카발라[1])에 대한 연구로 그의 글쓰기를 정립해 보는 일은 더없이 중요한 일이라 생각된다.

보르헤스는 한 인터뷰에서 자신을 유대의 뿌리로부터 나왔다고 생각하기 시작한 이후부터 카발라는 자신에게 많은 것을 의미하였다고 밝힌 바 있다.[2]) 그 핵심은 세상은 단순히 상징체계이고, 신의 비밀스런 글쓰기에 기초하고 있다는 것이었다. 그러나 보르헤스는 자신이 카발라의 이론을 접하는 데 있어서 히브리어에 대하여서는 전혀 무지함을 고백하였다. 보르헤스가 카발라에서 취하고자 한 바는 창조적인 행위로서의 오독을 통한 글쓰기, 즉 고전을 모방하고, 이미 쓰인 것의 다시 쓰기, 혹은 다시 해석하기를 의미하는 것이었으며, 이를 증명하고자 함이 이 논문의 의도이다.

에리히 프롬은 그의 저서 사랑의 기술에서 모계적 측면의 종교가

---

1) Mario Satz는 "보르헤스와 카발라"라는 그의 원고에서 다음과 같이 말하였다. 카발라라는 단어가 'C'로 시작되는가, 'K'로 시작되는가의 문제는 단순히 보르헤스의 미학적이고 불가지론적인 행위일 뿐이다.(Mario Satz, "Borges y la Kábala", Borges y la Literatura, Edición Victorino Polo García, p.73.) 따라서 본고에서는 영문 인용의 경우 Kabala 혹은 Kabbalah로, 스페인어 인용문의 경우 Cábala로 표기하기로 한다.

2) Borges at eighty, ed. W. Barnstone, Indiana University Press, 1982, p.82.

부계적 측면의 종교에서 나타난 것이 바로 신비주의 카발라라고 하였다. 인간의 사랑에 대한 욕구는 분리의 체험을 통하여 생기는 분리 상태의 불안을 합일의 경험에 의해 극복하려는 욕구에서 생겨났으며, 神에 대한 사랑 또한 분리 상태를 극복하고 합일을 이룩하려는 욕구에서 생겨났다.[3) 神은 최고의 가치를 지닌 가장 바람직한 善이며 神의 개념은 神을 숭배하는 사람의 성격구조의 분석으로부터 시작되어야만 이해될 수 있을 것이다. 인간은 동물숭배와 우상숭배의 단계를 거쳐 인간이 최고의, 그리고 가장 고귀한 '존재'임을 발견하게 되어 神에게 人間의 형태를 부여하였다. 神의 본성은 남성적인 면과 여성적인 면을 동시에 갖고 있는데, 이는 다시 부계적인 측면과 모계적인 측면으로 살펴볼 수 있을 것이다. 최고의 존재는 어머니이던 시절, 평등에 바탕을 둔 것이 모계적 종교의 본질이라면, 우리들이 철저한 지식을 갖고 있어서 추리나 재구성에 의존할 것이 없는 단계에서 어머니는 최고의 단계에서 퇴위당하고 아버지가 종교에 있어서나 사회에 있어서 최고의 존재가 된 이후 종교는 부계적 종교의 성향을 띠게 된다. 부성애의 본질은 계급조직적이고 경쟁과 상호투쟁에 발달을 두고 있으며 따라서 부계사회의 발달은 사유재산의 발달과 병행하였다. 그러나 인간의 마음으로부터 어머니의 사랑에 대한 소망을 지워버릴 수는 없기 때문에 자애로운 어머니의 상이 神殿에서 전적으로 추방되지 않았던 것이고 이러한 神의 모성적 측면은 유대신비주의의 여러 가지 흐름 속에 재도입되었다.[4)

니체에 따르면 기독교의 도래와 더불어 거세의 시대가 시작되었고, 거세 그리고 거세된 여성을 소유와 충당물이라는 남성적 철학에 의해 추방당하도록 만들었다고 한다.[5)

---

3) 에리히 프롬, <u>사랑의 기술</u>, 서울: 문예출판사, 1977, p.90.
4) IBID., p.91.
5) Jacques Derrida, <u>Of Grammatology</u>, translated by Gayatri Chakravorty

유대교에서의 신비주의적 교설이나 관행은 이미 탈무드로 거슬러 올라가며, 바빌로니아에서 율법주의적 유대교와 함께 원초적으로 존재하고 있었다. 이것이 중세 유럽으로 전해져 크게 전개된 것에 대해 카발라라는 말이 쓰인 것이다. 카발라는 신비스러운 경험에 내재해 있는 위험을 피하기 위해 안내자가 교리와 의식을 전수하여 준다는 점에서 기본적으로 구전전승이며 秘義的 하나님이 모세와 아담에게 전해 주었으나 성문화되지 않는 토라(하나님의 계시)에 대한 비밀지식이라는 점에서도 역시 전승이다. 모세의 율법을 지키는 것이 유대교의 기본적 교리였지만, 카발라는 하나님에게 직접 다가가는 방법을 가르쳐준다. 어떤 사람들은 신비스러운 방법으로 하나님에게 다가가려는 자세를 범신론적이고 이단적인 것으로 규정하여 위험시했지만, 어쨌든 카발라는 유대교에 종교적 중요성을 부여했다. 카발라의 뿌리는 메르카바 신비주의까지 거슬러 올라가며 영지주의 Gnosticism와 신플라톤주의 Neoplatonism에 그 사상적 뿌리를 두고 있다.

그렇다면 이러한 신비주의의 하나인 카발라가 어떻게 보르헤스에게 영향을 미쳤는가? 헤럴드 블룸은 "카발라는 글쓰기의 이론이며 글쓰기와 말하기(inspired speech) 사이의 명백한 구별을 거부하는 글쓰기 이론이며 심지어는 存在(presence)와 不在(absence)에 대한 인간적 구별마저도 거부한다."[6]고 하였다.

보르헤스는 1914년 제네바에서 구스타브 메이링크의 소설 골렘 The Golem[7]을 읽고, 그리고 모리스 아브라모비츠와 가까워진 후로

Spivak, Baltimore: The Johns Hopkins University Press, 1976, translator's Preface, p. xxxvi.

6) Harold Bloom, Kabbalah and Criticism, New York: Continuum, 1975, p.52.

7) Gustav Meyrink, The Golem, New York: Dover Publications, INC., 1986.

존재의 주된 은유로서 세계의 카발라적 이미지를 주된 상상적 사용으로 받아들인다. 그 은유는 이와 같은 것이다. 우주는 한 권의 책이다. 우주 안의 각각의 자연적 / 정신적 현상은 의미를 갖고 있다. 세상은 거대한 알파벳이다. 육체적 현실, 역사적 사실, 인간이 창조한 그 무엇이든 끊임없는 메시지의 음절이다. 우리는 제한 없는 의미의 회로망에 둘러싸여 있다.

하이메 알라스라키는 다음과 같이 말한다. 보르헤스의 작품에 드러나는 경이 중의 하나는 바로 그의 많은 서술작품 속에 카발라의 양상이 드러난다는 것이다. 이러한 작품은 보르헤스 자신이 그의 목적이 카발라를 이끄는 것은 원칙이 아니라 해석학적이거나 암호적 과정이라는 것을 변론한다[8)]고 설명하고 있는 "카발라에 대한 변론 Una vindicación de la Cábala"[9)]에서 정의하고 있는 의미에서 카발라적이다. 좀 더 자세히 설명하자면, "이러한 과정은 성경을 수직적으로 읽는 것이다. 부스트로페돈 boustrophedon(한 줄은 오른쪽에서 왼쪽으로, 다음 줄은 왼쪽에서 오른쪽으로)이라고 불리는 이러한 읽기는 알파벳으로 대체되는 몇몇 글자들에 대한 정연한 치환이며 글자들의 수적 가치의 집약이다……" 여기에서 보르헤스는 "카발라주의의 심장이자 핵심을 대변한다고 널리 알려지고 있는 테크닉과 신비주의적 공론"에 대해 언급하고 있다. 그러나 게르숌 숄렘에 의하면 "이러한 신비주의적 해석의 테크닉 중 어떠한 것도 정확한 의미에서 카발라적이라고 불릴 수는 없다"고 볼 수 있다.[10)] 그러나 우리가 흥

---

8) Jorge Luis Borges, "Una vindicación de la Cábala", OC Ⅰ, p.209. 여기서 OC는 Jorge Luis Borges, Obras Completas, Emecé Editores, España, 1996을 말한다. 앞으로는 OC로 표기하기로 한다.
……; otro es la circunstancia de que no quiero vindicar la doctrina sino los procedimientos hermenéuticos o criptográficos que ella conducen.
9) Jorge Luis Borges, Discusión, OC Ⅰ, pp.209-212.
10) Jaime Alazraki, "Kabbalistic traits in Borges' Narration", Jorge Luis Borges, ed. Harold Bloom, Chelsea House, 1986, p.79.

미를 갖게 되는 것은 카발라의 이러한 테크닉에 대한 부분이다. 본
질적으로 그것이 내포하고 있는 것은 텍스트를 읽는 데 있어서의 가
능한 선택의 여지이다. 카발라주의자들은 성경에 대한 통속적 해석
과 秘傳적인 해석을 구별한다.[11] 따라서 한 사람의 작가는 일반적으
로 그의 책의 절대적인 창조자일지는 모르나 그것의 절대적인 독자
는 될 수 없다.[12]

 "카발라에 대한 변론 Una vindicación de la Cábala, 1931"과 "카
발라 Cábala, 1980" 사이에는 보르헤스의 카발라에 대한 연속적이고
지속적인 관심이 나타난다. 그는 구스타브 메이링크의 The Golem과
게르숌 숄렘의 영향을 받았다. 보르헤스의 간결하고 특이한 이야기
들 속에서 대부분의 작품들은 카발라적 의미를 암시하기 위한 것이

 One of the wonders of Borges' art is precisely the Kabbalistic feature
 apparent in many of his narrative texts. This art is Kabbalistic in a
 sense defined by Borges himself in his essay "A Vindication of the
 Kabbalah", where he explains that his purpose is to vindicate not the
 doctrine but "the hermeneutic or cryptographic procedures which lead to
 it." To further elaborate: "These procedures are the vertical reading of
 the holy text, the reading called boustropheon(from right to left, one
 line, from left to right, the following one), the methodical substitution
 of some letters of the alphabet for others, the sum of the numerical
 value of the letters……" Borges refers here to "certain techiques of
 mystical speculation which are popularly supposed to represent the heart
 and core of Kabbalism," yet according to Gershom Scholem, "none of
 these techniques of mystical exegesis can be called Kabbalistic in the
 strict sense of the word……"

11) IBID., p.80.
 However, it is this technical side of Kabbalism that interests us. In
 essence what is involved are the possible alternatives to the reading of a
 text. The Kabbalists differentiate between an exoteric interpretation of the
 Scripture and an esoteric one.

12) IBID., p.81.
 So, an author who usually is the absolute creator of his book, cannot be the
 absolute reader of it.

아니다. 보르헤스의 작품에 나타나는 카발라는 카발라의 언어의 이론이 아닌 주된 문장의 이론이다.

　보르헤스가 요약한 카발라의 내용은 다음과 같다: 카발라주의자들은 신의 말을 자신의 역사의 도구로 삼았다는 것에 영향을 받았다. 우리가 말에 대해 생각할 때, 우리는 그 말이 처음에는 어떤 소리였을 것이고, 그다음에 문자가 생겼을 것이라고 역사적인 순서로 생각한다. 그러나 카발라주의자들은 이와는 반대로 문자가 먼저 생겼을 거라고 추측한다. 그들은 글자들 각각에 그에 상응하는 가치를 부여하고 성경을 마치 부호나 암호로 이루어진 책으로 생각했다. 또한 알파벳을 두 체계로 나누고 텍스트를 왼쪽에서 오른쪽으로, 다시 오른쪽에서 왼쪽으로 읽어가는 boustrophedon으로 읽을 수도 있고 또한 각 글자들에 가치를 지니는 숫자를 부여할 수도 있다고 생각했다. 카발라주의자들의 이 기이한 해석방법은 하나의 논리적인 전제를 근거로 하는데 그것은 바로 성경은 완전무결한 텍스트이고 이런 텍스트에서 우연적인 것은 결코 있을 수 없다는 것이었다. 그들은 성경에는 4가지 의미가 있다고 생각했고 10개의 放射를 지니고 있는 영원한 신을 믿었다. 카발라주의자들의 텍스트에 의하면 10개의 放射는 10개의 손가락과 같은 것들이다. 쇼펜하우어가 말했듯이 만일 神에게 잘못이 있다면 그것은 왕의 잘못이 아니라 그 아래 재상들의 잘못이듯이, 신이 아니라 방사들로 인해 이 잘못된 세상을 낳은 것이라는 것이다. 또한 우주는 불완전한 신성의 작품이고, 신성의 그 파편들은 제로를 지향하고 있다고 하면서 악의 존재에 대한 문제를 풀고 있다.

　성경은 완전무결한 텍스트이고 이런 텍스트에서 우연적인 것은 결코 있을 수 없다는 카발라적 사상은 보르헤스의 다음 구절에 잘 나타나 있다.

성서가 잘못된 것이라고 가정하는 것은 용납될 수 없다. 세계 역사상 가장 고귀한 사건을 우연이라고 여기는 것은 더군다나 용납할 수 없다. 따라서 유다의 배반은 우연적인 것이 아니라 신비한 구원의 섭리 속에 자리 잡고 있는 예정된 일이었다.

Suponer un error en la Escritura es intolerable; no menos intolerable es admitir un hecho casual en el más precioso acontecimiento de la historia del mundo. Ergo, la traición de Judas no fue casual; fue un hecho prefijado que tiene su lugar misterioso en la economía de la redención.[13]

"역사상 가장 고귀한 사건을 우연이라고 하는 것은 더더군다나 용납할 수 없다"는 구절은 완전무결한 텍스트인 성경에서 우연적인 것은 있을 수 없다는 카발라의 사상과 일치하며, 유다의 배반을 예정된 일로 보는 것은, 우연적인 것은 있을 수 없다는 것, 그리고 우주는 불완전한 신성의 작품이고 신이 아닌 그 방사들로 인해 잘못된 세상을 낳은 것이라는 카발라적 사상을 표현한 구절이다.
또한 그 신성의 파편들은 제로를 지향하고 있다는 것도 그의 작품에 나타나 있다.

근원적 하늘의 주인은 성경의 주인이고, 그 신성의 파편은 제로를 향하고 있다.

El señor del cielo del fondo es el de la Escritura, y su fracción de divinidad tiende a cero.[14]

---

13) "Tres versiones de Judas", Ficciones, OC Ⅰ, p.515, 여기에서 번역은 박병규 옮김, 허구들, 서울: 녹진문예, 1992, p.176을 따왔다.
14) "Una vindicación de falso Basílides", Discusión, OC Ⅰ, p.213.

또한 어떠한 것도 우연이 될 수가 없는 책, 다시 말해 성경에 대한 자신의 생각이 카발라로부터 유래한 것임을 직접적으로 밝히고 있다.

그 책에는 어떠한 것도 우연이 될 수가 없고, 모든 것이 증명되어야 하며, 글자들도 증명되어야만 한다. [……] 어떠한 것도, 어떠한 것도 절대적으로 우연이 될 수 없는 책에 대하여 다루고 있다. 그것은 우리를 카발라로 이끌고, 글자의 연구로 이끌며, 옛사람들이 생각하던 것과는 정반대가 되는 신성함에 의하여 쓰인 성스런 책으로 인도한다.

En ese libro nada puede ser casual, todo tiene que estar justificado, tienen que estar justificadas las letras. [……] Se trata de un libro en el que nada es casual, absolutamente nada. Eso nos lleva a la Cábala, nos lleva al estudio de las letras, a un libro sagrado dictado por la Divinidad que viene a ser lo contrario de lo que los antiguos pensaban.[15]

보르헤스는 "도서예찬에 대하여 Del culto de los libros"[16]에서 카발라의 경전인 창조의 책 Sefer Yetsirah 2장 2절을 인용하며, 정통 기독교와 이단의 관계에 있는 영지주의 사상과 카발라에 입각하여 전개되는 보르헤스의 다원적 사상은 "바벨의 도서관 La biblioteca de Babel"[17]과 "바빌로니아의 복권 La lotería en Babilonia"[18]에서 더욱 뚜렷하게 구현된다. "알레프 El Aleph"[19]라 불리는 불가사의한 힘의 얘기 속에서 모든 위협은 궁극적으로 존재와 행동의 충동을 불

---

15) "El Libro", Borges oral, OC Ⅳ, p.168.
16) Otras Inquisiciones, OC Ⅱ, pp.91-94.
17) Ficciones, OC Ⅰ, pp.465-471.
18) Ficciones, OC Ⅰ, pp.456-460.
19) El Aleph, OC Ⅰ, pp.617-628.

러온다. 알레프는 모든 공간의 공간이며, 그 중심은 모든 곳인 카발
라적 球이며 그 원주는 아무 곳에도 없다. 그것은 에세키엘의 관점
으로는 바퀴일 뿐이다. 알레프는 모든 책을 포함하고 있고, 이미 쓰
인 책들뿐만 아니라, 쓰일, 더 나아가 상상 속에 쓰일 수 있는 모든
책의 모든 페이지들까지도 포함한다. 모든 알려진 원고와 현존하는
책 속에 있는 알파벳들을 재편성하면, 모든 상상적 인간의 생각과,
시나 산문의 모든 행은 우주의 한계에까지 도달할 것이다. 도서관은
모든 언어들뿐만 아니라, 이미 멸망했거나 앞으로 멸망할 언어들까
지도 포함하고 있다. 만일 우리가 장님 시인이 되어 우리의 손가락
으로 단어의 끝부분을 따라 짚어간다면, 모든 언어들 속에서 우리는
핵심으로부터의 거대한 충동의 표면적 비트, 모든 글자와 모든 언어
의 혼합, 즉 神의 이름을 느낄 수 있을 것이다.

　보르헤스의 작품 속에 나타나듯, 단어의 표현력을 고갈시키는 현
실은 보르헤스의 가장 유익한 가설 중의 하나이다. 그러한 현실의
환상적 복합성은 말할 필요도 없이 표현은 되지만, 복사는 되지 않
는다. 보르헤스가 맞닥뜨린 이러한 경우는 극단적인 형태로, 모든 소
설작가가 항상 대면하게 되는 문제이다. 즉, 어떻게 하면 그들이 말
할 수 있는 것보다 더 풍부하고 더 광범위하게 현실을 묘사할 것인
가 하는 문제 말이다.

　보르헤스는 문학, 그리고 모든 형태의 지적인 작업은 역사를 초월
하여 현실과는 분리되어 있다고 믿었다.[20] 모든 형태의 지적인 작업

---

20) Jaime Alazraki, <u>Borges and the Kabbalah</u>, Cambridge University Press,
1988, p.xv
Borges' belief that literature-and all forms of intellectualization, for that
matter-is above history and apart from reality brought him closer to
Jung and away from Freud, closer to Schopenhauer and away from
Marx, closer to Valéry and away from Surrealism, closer to Berkeley
and away from Kierkegaard and existentialism.

이 역사를 초월하여 존재한다는 보르헤스의 생각은 카발라의 의미가 전통이라는 것과도 일맥상통한다. 그는 "나는 '현실'을 묘사한다기보다는 다른 쓰인 텍스트를 인용하여 글을 쓴다. 우리의 현실은 이제 다른 텍스트다. 내가 소설을 읽을 때 이제 그것들은 아무 상관이 없는 듯 보인다. 소설은 문화적 담론을 향하는 데 목표를 두어야 한다."21)고 말한다. 보르헤스에게 있어서 카발라는 모든 세상이 단순한 기호체계이며, 우주를 포함한 모든 세상은 신의 비밀스런 글쓰기에 기초한다는 것이다. 카발라적 텍스트는 독자로 하여금 텍스트를 단순히 문자 그대로 읽게 하는 것이 아니라 스스로 그 숨겨진 의미를 찾도록 만드는 데 있으며 이러한 의미에서 글쓰기는 고전을 모방하는 창조적 행위이며 이미 쓰인 것을 재해석하여 다시 쓰는 것이라 할 것이다. 하나의 문학작품은 어떻게 읽히는가에 따라 다른 문학작품과 차별성을 갖게 되며 세상의 '짜깁기된 기호'를 푸는 카발라의 의미는 "모든 작가는 그 자신의 선구자"라는 보르헤스의 원칙과 유사성을 띠고 있다 할 것이다. "모든 문학은 성경으로부터 나왔다는 카발라처럼 실제로 보르헤스는 새로운 문학을 쓰는 것은 예전의 문학을 다시 읽는 것이라는 것을 내포하고 있다."22)

소재의 고갈로 전지전능한 작가로서의 지위가 퇴위당했다는 것은

---

21) Kathy Acker, "In the Tradition of Cervantes, Sort of", *The New York Times Book Review*, November 30, 1986, p.10. 여기서는 Jaime Alazraki, Ibid., p. xv에서 재인용.
I write using other written texts, rather than by expressing 'reality'. Our reality now is other texts. When I read novels now they don't seem to have anything to do with anything. Novels should be aimed at adding to cultural discourse.

22) Jaime Alazraki, "Kabbalistic traits in Borges' Narration", <u>Jorge Luis Borges</u>, ed. Harold Bloom, p.91.
Like the Kabbalah, which has generated a whole literature out of the Scripture, Borges implies-in praxis-that to write new literature is to read the old one anew.

카발라적 글쓰기를 인정하지 않았을 때의 이야기이다. 카발라와, 카발라적 글쓰기를 시도한 보르헤스에 따르면 우리의 글쓰기는 신의 글쓰기를 모방하는 것이다. 따라서 보르헤스의 작품을 살펴봄으로써 이를 증명하여 보이고, 카발라의 관점과 방법이 보르헤스의 작품에 영향을 끼쳤다면 그 역할은 어떠한 것인지를 밝히는 것이 본 논문의 의도라 할 것이다. 이에 대한 방법론으로는 후기구조주의 / 포스트모더니즘의 이론을 살펴보고, 특히 상징적 실체 símbolos, 상호텍스트성 intertextualidad, 메타픽션 metaficcionalidad, 창조적 비평 meta-criticismo 등을 살펴볼 것이다. 따라서 카발라의 의미가 전통인 것처럼, 그리고 모든 형태의 지적인 작업이 역사 위에 있다는 보르헤스의 생각처럼, 역사에 기초한 보르헤스의 글쓰기를 증명해 보이려 한다. 역사에 기초한 보르헤스의 글쓰기란 그의 작품이 독창적인 것은 오로지 성경이라는 생각에 근거하여 전개되고 있듯이, 전통과 역사를 통한 영향이 반영되고, 오독을 통한 독자의 새로운 글쓰기를 유도하는 글쓰기라는 의미일 것이다.

이러한 논문 전개를 위하여 우선 카발라의 시작과 신비주의의 흐름 속에서의 카발라를 살펴봄으로써 카발라에 대해 개괄하고, 오독이란 무엇인지에 대하여 살펴본 후, 보르헤스가 어떻게 카발라에 관심을 갖게 되었으며, 어떻게, 무슨 영향을 받았는지에 대하여 연구할 것이다. 그리고 구체적인 그의 작품을 분석함으로써 이에 대한 증거를 얻어내고자 한다.

2. 연구동기 및 방법

노드롭 프라이는 그의 저서 비평의 해부[23])에서 이렇게 말하고 있다. 비평이 체계적인 연구가 되기 위해서는 그러한 연구를 가능케 하는 어떤 성질이 문학 속에 있어야만 한다는 것은 분명한 사실이다. 따라서 우리는 자연과학의 배후에 반드시 자연의 질서가 있듯이, 문학을 '작품'의 누적된 집합이 아니라 말의 질서라는 가설을 채용하지 않으면 안 된다. [……] 비평이라는 과학을 가능케 하는 말의 질서로서의 문학은, 우리가 아는 한 새로운 비평적 발견의 무진장한 원천이며, 따라서 만일 더 이상 새로운 문학작품이 나오지 않는다 하더라도, 계속 같은 원천의 구실을 할 것이라 본다. 또한 그는 비평의 중심에는 어떤 전달 불가능한 경험이 있다고 하고 있다.[24])

노드롭 프라이는 아리스토텔레스적 심미적 문학관은 문학을 작품으로 보고, 롱기노스적 창조적 문학관은 문학을 과정으로 본다고 하였다.[25]) 아리스토텔레스적 문학관의 중심을 이루는 개념이 카타르시스라면, 롱기노스적 문학관의 중심개념은 망아(ecstasis) 또는 몰입(absorption)인데, 이는 독자와 시, 그리고 때로는 적어도 이상적으로는 시인, 이 모두가 일체가 되는 것이다.

보르헤스가 태어난 해인 1899년은 모더니즘과 포스트모더니즘이 교차하는 시기이다.[26]) 보르헤스는 역사의 흐름을 헤브라이즘과 헬레니즘이 대립을 이루는 이분법적 구도로 보고 있다.[27]) 보르헤스의 작

---

23) 노드롭 프라이, 비평의 해부, 임철규 옮김, 한길사, 1995.
24) IBID., pp.31-45.
25) IBID., p.98.
26) 여기에서 1899년은 니체와 쇼펜하우어 등의 반동적인 사상이 나타나기 시작한 때를 기준으로 하였다. 이후 포스트모더니즘이란 용어가 정착된 시기는 1960년대 이후이다.

품을 분석하는 데 있어서 그 분석법(접근방법)은 해석학적 비평, 연역법에 따르지만 결론적으로 그로 인해 파악된 내용, 보르헤스의 카발라적 글쓰기는 해체주의의 원조가 된다. 이러한 접근방법은 보르헤스의 글쓰기가 다분히 이분법적인 대칭구조로 이루어져 있거나 논리적 설명에 근거하면서도 탈이분법적 결론에 도달하는 것과 맥락을 같이한다.

따라서 본고의 연구방법은 카발라의 시작과, 신비주의의 흐름 속에서의 카발라, 그리고 포스트모더니즘과의 연계 등을 살펴보고, 카발라, 특히 보르헤스의 작품 속에 나타나는 카발라의 위치를 재조명함으로써 글쓰기의 이론인 카발라를 살펴보고자 한다. 보르헤스의 작품에 나타나는 카발라를 살펴보는 데 있어서는 카발라에 대한 직접적인 표현이 처음으로 등장한 "카발라에 대한 변론 Una vindicación de la Cábala, 1931"으로부터, 1980년의 "카발라 Cábala"까지로 작품을 한정하였다. DISCUSION에서는 "현실의 차종적인 견해 La penúltima versión de la realidad", "독자의 미신적인 윤리 La supersticiosa ética del lector", "카발라에 대한 변론 Una vindicación de la Cábala", "현실의 가정 La postulación de la realidad", "호메로스적 해석 Las versiones Homéricas", "월트 휘트먼에 대한 소고 Nota sobre Walt Whitman", "보봐르와 뻬꾸셰에 대한 변론 Una vindicación de Bouvard et Pécuchet", "플로베르와 그의 모범적 운명 Flaubert y su destino ejemplar" 등을 중점적으로 살펴보기로 하겠다. FICCIONES에

---

27) "El Evangelio según Marcos", El Informe de Brodie, OC II, p.446.
   또한 인간들도, 장구한 시간에 걸쳐서 두 가지 역사를 반복해 왔다. 그 하나는 섬을 찾아 지중해를 다니던 잃어버린 배에 대한 것이고, 다른 하나는 골고다에서 십자가를 진 신에 대한 것이다.
   También se le ocurrió que los hombres, a lo largo tiempo, han repetido siempre dos historias: la de un bajel perdido que busca por los mares mediterráneos una isla querida, y la de un dios que se hace crucificar en el Gólgota.

서는 "<u>키호테</u>의 저자 피에르 메나르 Pierre Menard, autor del Quijote", "허버트 퀘인의 작품에 대한 고찰 Examen de la obra de Herbert Quain", "바벨의 도서관 La Biblioteca de Babel", "두 갈래 오솔길이 있는 정원 El jardín de senderos que se bifurcan" 등을 살펴볼 것이다. <u>EL ALEPH</u>에서는 "죽지 않는 사람들 El inmortal", "신학자들 Los teólogos", "신의 글쓰기 La escritura de Dios", "알레프 El Aleph" 등을 살펴볼 것이다. <u>OTRAS INQUISICIONES</u>에서는 "만리장성과 분서갱유 La muralla y los libros", "존 윌킨스의 분석적 언어 El idioma analítico de John Wilkins", "도서예찬에 대하여 Del culto de los libros", "버나드 쇼에 대한 소고 Nota sobre Bernard Shaw", "이름의 반향의 역사 Historia de los ecos de un Nombre", "시간의 새로운 부정 Nueva refutación del tiempo" 등을 살펴보고 마지막으로 <u>SIETE NOCHES</u>에서는 "카발라 La Cábala"를 살펴볼 것이다.

II
카발라와 誤讀에 대한 고찰

1. 카발라의 시작

앞에 연구의 목적에서도 밝힌 것처럼 에리히 프롬은 그의 저서 사랑의 기술에서 아리스토텔레스의 논리학과 역설적 논리학을 대비 설명하고 있다. 그에 따르면 母系的 측면의 종교가 父系的 측면의 종교에서 나타난 것이 바로 카발라신비주의라 하였다. 신을 숭배하는 단계에서 우리는 두 방향의 발달을 발견하게 되는데, 한 방향은 신의 본성이 남성적이라든가 여성적이라든가 하는 것과 관련되고, 또 한 방향은 인간이 도달한 成熟度, 그리고 신의 본성과 신에 대한 인간의 사랑의 본성을 결정하는 정도와 관련된다. 신의 두 가지 본성, 다시 말하여 남성적인 면과 여성적인 면에서 계급조직적이고 경쟁과 상호 투쟁에 발달을 두고 있는 부계사회가 발달했다고 하여도 인간의 마음으로부터 어머니의 사랑에 대한 소망을 지워버릴 수는 없기 때문에, 자애로운 어머니의 상이 神殿에서 전적으로 추방되지 않았던 것이고 이러한 神의 모성적 측면은 유대신비주의의 여러 가지 흐름 속에 재도입되었다.28)

서양철학은 늘 '목소리'에 관심을 가지면서 '글'에 대해서는 깊은 우려를 표명해 왔다는 점에서 '음성중심주의'적이었다. 그리고 또 모든 사상, 언어, 그리고 경험의 토대로서 작용할 궁극적인 '로고스', '현존', '본질', '진리', '실재'에 대한 믿음을 피력했다는 점에서 '로고스중심적'이라고 하겠다. 서양철학은 다른 모든 것에 의미를 부여

---

28) 에리히 프롬, op. cit., pp.90-92.

하고, 우리의 모든 '기호'가 거기로 향하는, 변하지 않고 의심할 바 없는 의미(선험적 기표)를 추구해 왔다. 그러한 기호의 예로는 신 (God), 이데아, 세계정신, 자아, 질료 등이 있다. 이런 개념들은 우리의 모든 사상과 사유체계를 형성시킨 것들이기 때문에, 그것 자체는 그 체계들을 넘어서고 있다. 즉, 이런 것들이 사물의 모든 사상체계의 정착지 또는 토대로서 작용할 뿐만 아니라 다른 모든 기호가 그것을 중심으로 도는 축이 된다. 그러나 데리다는 이런 선천적인 의미는 모두 허구라고 주장한다.[29]

마단 사립에 따르면 데리다는 신성불가침의 토대, 제일원인, 또는 절대적인 기원들을 가정하며 다른 모든 의미의 체계가 그것에 의존해서 구성된다고 생각하는 사유체계를 '형이상학'이라 부른다. 이런 종류의 제일원칙들은 항상 그 원칙들이 배척했던 것, 즉 일종의 '이분법적 대립'의 논리를 공통적으로 지니고 있다. 데리다가 주장하기를, 음성중심주의·로고스중심주의는 중심주의 자체, 즉 처음과 마지막에 '중심적 결론'을 가정하려고 하는 인간의 욕망과 관계한다. 위계화된 대립에서 우월한 것은 현존과 로고스에 속하고, 열등한 것은 종속적인 지위를 강요당할 뿐만 아니라 일종의 전략으로 간주한다. 지성과 감성, 정신과 육체 사이에 대립은 현대언어학에 의미와 낱말 사이의 대립이라는 점을 물려준 '서양철학사'의 고질적인 메커니즘이며 글과 말의 대립은 바로 이런 메커니즘에 속하는 것이다.[30]

논리적인 생각으로 '이것은 이것이고 저것은 저것이다'라고 간단하게 추론해 버릴 수도 있다는 것이 바로 '로고스중심주의'의 맹점이며 이를 벗어나 보고자 하는 것이 오늘날의 서구지성들의 움직임이라면, 보르헤스는 이를 구체적으로 표현한 작가였다.[31]

---

29) 마단 사립, 데리다와 푸꼬 그리고 포스트모더니즘, 임헌규 편역, 서울: 인간사랑, 1992, p.25.
30) IBID., pp.25-27.

하이메 알라스라키는 다음과 같이 말한 바 있다. "비록 'A'가 'B'
를 배제할지라도, 보르헤스는 배제함이 기만적이라는 것을 보여주기
위하여 그들을 함께 공존하도록 표현한다. 그 까닭은, 그들이 서로를
거부하고 반대하는 반면, 또한 그들은 서로를 보완하고 필요로 하기
때문이다."32)

또한 보르헤스는 자신의 환상기법에 대하여 이렇게 서술하였다.
"나는 두 가지의 사고방식이 있다고 생각한다. 우리가 전제, 추론 그
리고 결론을 통하여 진행시키는 논리적인 방식과 유연한 방식이다.
그것은 꿈과도 같아서, 논리적인 인간의 방법이 아니라 원초적 인간
의 어린아이의 방법이며, 우리는 상상, 은유, 우화 등을 통하여 사고
하게 된다. [……] 나는 문학의 기능은 인간을 위한 일종의 꿈으로서
인간이 그로 인하여 현실 속에서 살아나가는 것을 도우며 쓸모가 있
다고 생각한다."33)

이처럼 대조적이지만 상호 보완적인 이원성은 영지주의의 영향을
받은 것이기도 하고 보르헤스의 환상문학을 이루는 기초가 되기도
하였다. 이것과 저것을 구분하는 이분법적 사고의 틀을 벗고자 하는

31) 민원정, "보르헤스의 작품을 통하여 본 탈로고스중심주의", 한국외국어
    대학교 대학원 석사학위 논문, p.47.
32) Jaime Alazraki, Jorge Luis Borges, Columbia University Press, 1971, p.48.
    Although "A" may exclude "B", Borges presents them together,
    co-existing, to show that exclusion is deceitful because, while they reject
    and oppose each other, they also complement and need each other.
33) Carter Wheelock, "Borges, Courage, and Will", The International
    Fiction Review, July, 1975, pp.4-5.
    I(Borges) suspect there are two ways of thinking: the logical way in
    which we proceed through premises, reasoning, and conclusions, and the
    nonvigilant way, that of dreams, which is the route not of logical man
    but of the child of primitive man, in which we think through images,
    metaphors, or parables. [……] I suppose that the function of literature is
    to serve as a sort of dream for Man, perhaps helping him thereby to
    live in reality.

노력은 그의 작품 곳곳에 나타난다.

처음에 나는 동전의 앞면을 떠올리곤 하다가 후에는 뒷면을 떠올리게 되었다. 그러나 지금에 와서는 동시에 양면을 본다.

Antes yo me figuraba el anverso y después el reverso; ahora, veo simultáneamente los dos.[34]

처음에는 앞면과 뒷면을 따로 떠올리다가 동시에 양면을 보게 되었다는 것은 이분법적 대립구도로 작품을 이끌어 가다가 결국은 하나의 결론에 도달하는 보르헤스의 글쓰기 방법이다. 그리고 그 하나는 결국 하나님이라는 생각은 바로 보르헤스의 Oneness를 보여주는 것이다.[35]

아마 그 주화 뒤에는 하나님이 존재할는지도 모르리라.

······; quizá detrás de la moneda esté Dios.[36]

모험과 질서······ 언젠가는, 모든 개개의 모험은 모두의 질서를 풍요롭게 하고 시간은 혁신을 인정하며 그에 정당한 가치를 부여할 것이다.

La Aventura y el Orden······ A la larga, toda aventura individual

---

34) "El Zahir", El Aleph, OC Ⅰ, p.594.
35) 동전에 대한 이야기는 보르헤스의 다른 작품에서도 종종 나타난다. "Historia del guerrero y de la cautiva", El Aleph, OC Ⅰ, p.560.
    Acaso las historias que he referido son una sola historia. El anverso y el reverso de esta moneda son, para Dios, iguales.
36) "El Zahir", El Aleph, OC Ⅰ, p.595.

enriquece el orden de todos y el tiempo legaliza innovaciones y les otorga virtud justificativa.[37]

보르헤스의 표준적인 포맷은 5~10페이지 정도의 단순하고 압축적인 이야기들인데 그 이야기들에서 보르헤스는 완벽하게 상상된 새로운 세계, 우리의 것과는 급진적으로 다른 현실의 질서를 거의 실패함이 없이 나타내고 있다. 보르헤스 소설의 반사실주의의 우선 요소는 이러한 새로운 현실 질서의 창조이다.[38]

보르헤스는 논리적인 메타포를 초월하는 직관적인 메타포를 추구했고, 서로 배제하면서도 결국은 서로를 필요로 하고 상호 의존하는 'A'와 'B'를 공존시키려 했으며 논리적인 것뿐만 아니라 비논리적인 사고 방식도 인정했다.[39] 우리는 보르헤스의 작품에서 스피노자, 유클리드, 쇼펜하우어, 카발라, 칼라일, 루고네스, 카리에고, 헨리 제임스, 허드슨, 그리고 다른 사람들을 발견할 수 있다.[40] 보르헤스는 자신의 발견과 그 영향을 작품에 반영하여 그의 탈로고스중심주의 anti-logocentrism 혹은 데리다가 말하는 탈음성중심주의 anti-phonocentrism의 이론적 근거로 삼았다. 지적으로 그는 이상주의를 추구했고, 미학적으로는 신화를 추구했다. 인간의 마음이 추구하는 것은 현실의 새로운 정렬이고, 이를 성취하기 위해서는 언어 이전의 신에 우선하는 신화적 조건으로 돌아가야만 한다는 것이다.[41]

---

37) Jorge Luis Borges, El tamaño de mi esperanza, Barcelona: Seix Barral, 1994, pp.69-70.
38) David Littlejohn, Interruptions, Grossman, 1970, pp.21-22.
39) 민원정, "보르헤스와 Kabala 신비주의", 신비주의 문학의 이해, 서울: 명지출판사, 1995, p.154.
40) Carter Wheelock, "Borges' New Prose", TriQuarterly 25, Northwestern University Press, Fall, 1972, p.403.
41) Carter Wheelock, The Mythmaker: A Study of Motif and Symbol in the Short Stories of Jorge Luis Borges, University of Texas Press, 1969,

창조자들이 현실을 가장 정확하게 설명하고 있다고 생각하는, 혹은 신자들이 계시처럼 받아들이는 신, 삼위일체, 천국과 지옥, 플라톤적 전형, 범신론주의, 그리고 다른 많은 종교적 혹은 철학적 수단들은 그 이상야릇한 마술로 인하여 보르헤스에게 커다란 흥미를 불러일으켰다.[42]

보르헤스의 작품에서 神은 지성(Intellect)이 좌절되는 순간에 등장한다. 설명이 더 이상 이치에 닿지 않을 때, 인간의 지적인 물음이 무너지는 곳에 신이 있다. 그러나 보르헤스의 이야기들 속에서 '신'은 종종 지적 혼돈의 단순한 상징보다도 더욱 능동적인 무엇이 된다.[43]

보르헤스는 '말씀'은 肉化되면서 어느 곳에나 있는 만유로부터 덧없는 변천과 죽음으로 건너왔다고 생각한다.[44] 보르헤스가 교리상 무신론주의자라고 생각하는 것은 옳지 않을 것이다. 신은 항상 모순적이거나 범신론적인 방법은 아닐지라도, 그에게서 청원을 받는다. 그리스도교는 보르헤스 내에서 죽은 것이 아니라 잠자고 있을 뿐이며 그 꿈은 단발적이다.[45] 그는 누구에게나 존재하는 신(God in any man)을 믿고 추구했다.[46]

얼핏 보기에 무신론자처럼 보이는 보르헤스는, 실은 이교도적 성향을 보임으로써 자신 속에 잠자고 있는 기독교를 드러내 보이고,

pp.45-46.

42) Ana María Barrenechea, Borges the Labyrinth Maker, edited and translated by Robert Rima, New York University Press, 1965, p.38.

43) D. P. Gallagher, "Jorge Luis Borges", Modern Latin American Literature, Oxford University Press, 1973, p.94.

44) Jorge Luis Borges, 'Tres Versiones de Judas', Ficciones, OC Ⅰ, p.515. Prosigue Runeberg: El Verbo, cuando fue hecho carne, pasó de la ubicuidad al espacio, de la eternidad a la historia, de la dicha sin límites a la mutación y a la muerte;……

45) John Updike, Picked-Up Pieces, Knopf, 1975, pp.180-181.

46) Carter Wheelock, "Borges, Courage and Will", p.101.

이는 보르헤스의 작품에도 나타나 있다.

　　앞서 인용한 작품들을 고찰하기 전에 밝혀둘 것은, 닐스 루네베리는 '전국 복음연합'의 회원이며 독실한 종교인이라는 점이다. 파리나 부에노스아이레스의 묵상소에 다니는 문인이라면 루네베리의 논문들을 쉽사리 찾아볼 수 있었을 것이다. 묵상소에 비치된 이 논문들은 부주의한, 다시 말해서 경박스러울 정도로 불경한 것이었을 것이다. 루네베리에게는 이런 것들이 신학의 핵심 신비를 푸는 요체였으며, 분석과 명상의 소재였으며, 역사적이고 문헌학적인 논쟁의 자료였으며, 거만과 환희와 공포의 대상이었다.

　　Antes de ensayar un examen de los precitados trabajos, urge repetir que Nils Runeberg, miembro de la Unión Evangélica Nacional, era hondamente religioso. En un cenáculo de París o aun de Buenos Aires, un literato podría muy bien redescubrir las tesis de Runeberg; esas tesis, propuestas en un cenáculo, serían ligeros ejercicios inútiles de la negligencia o de la blasfemia. Para Runeberg, fueron la clave que descifra un misterio central de la teología; fueron materia de meditación y de análisis, de controversia histórica y filológica, de soberbia, de júbilo y de terror.[47]

　이중적인 것은 논리나 혹은 한 사람의 존재와 의지보다도 다른 권위에 의하여 지지받지 못하는 인간의 자기 확신을 가장 적절하게 상징하고 있다. 보르헤스에게 있어서 인간성은 오직 반대되고 도전적인 무엇과의 관계 속에서만 존재한다. 용기나 의지로서의 믿음은 오직 의심 그리고 반대되는 것과 만날 때에만 존재할 것이다. 만일 세상의 의미가 명확하다면 우리는 생각하거나 우리의 고유한 의미를

---

47) "Tres versiones de Judas", Ficciones, OC Ⅰ, p.514.

창조할 필요가 없을 것이다. 우리는 아무것도 아닐 것이며 아무것도 쓰지 않고 아무것도 그리지 않을 것이다. 이중적인 것은 끝나게 될 것이다. 만일 신을 볼 수 있다면 우리는 신과 하나가 될 수 있을 것이며 신이 될 수 있을 것이다. 보르헤스의 '누구에게나 존재하는 신'은 모든 것에 퍼져 있는 의지의 원칙이며 그것은 홀로 생존한다. "신학자들 Los Teólogos"의 라이벌 철학자들이 죽어서 신에게 가게 되었을 때 창조주는 그들을 갈라서라 말할 수 없었다.[48]

John Sturruck에 따르면 보르헤스에게 있어서 작가는 신이 우주의 작가로서 모든 것을 창조한 것처럼 자신의 작은 창조물을 대변한다.[49] 그러나 보르헤스에게 있어서 카발라는 모든 세상이 단순한 기호체계이며 우주를 포함한 모든 세상은 신의 비밀스런 글쓰기에 기초하는 까닭에, 한 사람의 작가는 그의 책의 절대적인 창조자는 될지 모르나 그것의 절대적인 독자는 될 수 없다.

로고스중심주의 Logocentrism의 부정은 신성모독처럼 들릴지도 모르나, 이는 신도 언어로 설명하려는 것이 아닌, "하나님은 말로 설명할 수 없는 것"이라는 의미의 탈로고스중심주의 anti-logocentrism이다.[50] 신은 이름을 가질 수 없다. 이름은 언제나 한 사물 또는 한 사람, 요컨대 유한한 것을 나타낸다.[51] 신은 모세에게 '나는 스스로 있는 자니라'[52] 하는 것이 자신의 이름이라고 말한다. 모세는 믿음으로

---

48) Carter Wheelock, "Borges, Courage and Will", p.105.
49) John Sturrock, Paper Tigers: The Ideal Fictions of Jorge Luis Borges, Oxford University Press, Oxford, 1977, p.144.
50) 민원정, "Borges와 Kábala 신비주의", 신비주의 문학의 이해, 민원정 외, 서울: 명지출판사, 1996, p.155.
51) 에리히 프롬, op. cit., p.98.
52) 성경전서, 대한성서공회발행, 1980, p.85.
    출애굽기 3장 14절: 하나님이 모세에게 이르시되 나는 스스로 있는 자니라 또 이르시되 너는 이스라엘 자손에게 이같이 이르기를 스스로 있는 자가 나를 너희에게 보내셨다 하라.

부르심에 응하며 실제적인 문제를 꺼냈다. 그것은 자기가 하나님의 명령을 받은 것을 이스라엘 자손들에게 어떻게 설득시키느냐 하는 당면 문제이다. 성경에서 하나님, 천사, 사람의 이름이란 그 이름을 지닌 이의 성격을 나타내는 것이다. 모세가 만일 자기 뜻이 아니요, 하나님의 뜻임을 이스라엘 자손에게 믿게 하려면 그 뜻을 알리신 하나님의 이름, 곧 새 계시와 같이 새 이름을 댈 수 있어야 했다. '여호와(야훼)'란 이름은 시내산에서 처음으로 모세에게 구원의 계획과 함께 주신 것이요, 그전에는 여호와를 몰랐다는 것이다. '나는 스스로 있는 자니라'라는 말은, 히브리어로는 '에예 아쉘 에예'이고 英譯으로는 'I am who I am' 혹은 'I will be who I will be'인데 이처럼 현재 혹은 미래형의 표현은 하나님이 그때부터 이스라엘 역사에서 활동하사 장차 이스라엘의 구주로 나타나실 것을 암시한 것 같다. 히브리어 '에예'는 단순한 추상적인 존재, 생존, 실존이 아니라 동적인 실재를 의미하며 이스라엘 역사에 나타나시는 활동하시는 여호와를 뜻한다. 따라서 '나는 스스로 있는 자니라'는 하나님이 모세에게 주신 자기 정의이며 과거도 미래도 아닌 지금 '계신 이'라는 뜻이다.53) 곧 '나는 스스로 있는 자니라'는 신은 유한하지 않고 사람이 아니며 '존재'가 아님을 의미하고 있다. 이는 곧 헛되이 신의 형상을 만들지 말고 쓸데없이 신의 이름을 부르지 말고 궁극적으로는 신의 이름을 전혀 말하지 말라고 금지하는 것도 동일한 목표, 곧 신은 아버지이고 사람이라고 하는 생각으로부터 인간을 해방시켜 주려는 목표를 지향하고 있다.54)

하나님의 이름에 대한 언급은 보르헤스의 작품에도 종종 나타난다.

'자이르'는 아랍어로 '저명한', '가시적인'의 뜻을 가지고 있다. 그

---

53) 성서주해 1권, 류형기 편, 한국기독교문화원 성서주해출판부, 1977, pp.264-265.
54) 에리히 프롬, op. cit., p.98.

런 의미에서 그것은 하나님이 가진 아흔아홉 개 이름들 중의 하나
이다.

Zahir, en árabe, quiere decir notorio, visible; en tal sentido, es
uno de los noventa y nueve nombres de Dios;[55]

또한 하나님의 이름에 대한 경외를 간접적인 방법으로 작품에 표
현하기도 하였다.

……다른 책에서는 말로 표현할 수 없는 하나님의 이름인 <사문자
어>가 지니고 있는 속성과 공포에 대해서 배웠고, 어느 책에서는
하나님은 어떤 비밀스런 이름을 갖고 있다는 논문을 읽었다.

……; otro, las virtudes y terrores del Tetragrámaton, que es el
inefable Nombre de Dios; otro, la tesis de que Dios tiene un
nombre secreto, en el cual está……[56]

---

55) "El Zahir", El Aleph, OC I, p.593.
56) "La muerte y la brújula", Ficciones, OC I, p.500. 하나님의 비밀스런 이
    름에 대한 글은 다른 구절에도 나타난다.
    하나님의 아홉 번째 속성은 영원, 다시 말해서 우주의 만물은 존재해 왔
    고 존재하고 있으며 앞으로도 존재할 것이라는 사실에 대한 직접적인 앎
    이다. 전통적으로 하나님의 이름은 아흔아홉 가지였다. 이 불완전한 숫자
    에 대해 히브리 학자들은 사람들이 짝수를 마술적인 숫자라고 무서워했
    기 때문이라고 본다. 하시딤 교파는 그 빈자리에 하나님의 백 번째 이름,
    즉 절대자의 이름이 있기 때문이라고 생각한다.(……su noveno atributo, la
    eternidad-es decir, el conocimiento inmediato de todas las cosas que serán,
    que son y que han sido en el universo. La tradición enumera noventa y
    nueve nombres de Dios; los hebraístas atribuyen ese imperfecto número al
    mágico temor de las cifras pares; los Hasidim razonan que ese hiato señala
    un centésimo nombre-el Nombre Absoluto.), "La muerte y la brújula",
    Ficciones, OC I, pp.500-501.

신학 이론서들은 영원에 대해 각별히 많은 페이지를 할애하지는 않는다. 영원이 시간의 모든 부분들의 동시적이고 총체적인 직관임을 예견하거나, 그 증거를 날조하기 위해 히브리 성서 속을 줄기차게 헤매고 다닐 뿐이다. 히브리 성서에서는, 성경 해석자가 잘 설명하고 있는 것을 마치 <성령>이 그릇되게 말하기라도 한 듯이 보인다. 같은 의도로 신학 이론서들이 부추기는 것은 이런 말들이다. 이를테면 유명한 경멸적 선언이거나 아니면 그저 장수 기원문 같은 <신 앞에서의 하루는 천년과 같고, 천년은 하루와 같다>, 또는 모세가 들었던 신의 이름에 대한 위대한 말씀 <나는 '나'이니라>, 또는 파트모스의 신학자 산 환이 수정 같은 바다, 주홍빛 짐승, 병사들의 살을 뜯어 먹는 새들의 출현 전후에 들었던 말씀 <나는 A이고 Z이며, 처음이고 끝이다> 같은 것들이다. 또는 보에치오가 내린 정의(아마도 칼에 맞아 죽기 전날 밤 감옥에서 생각해 냈으리라)를 베껴대기도 한다. <영원이란 끝없는 삶의 총체적이고 완벽한 소유인 것이다.> 한결 유쾌한 것은 한스 라센 마르텐센의 거의 관능적인 반복이다. <영원이란 오로지 오늘이며, 무한물의 즉각적이고 눈부신 유희인 것이다.> 반면에, 한 발은 바다를 딛고, 다른 한 발은 육지를 딛고 서 있던 천사의 뜻 모를 맹세는 무시해 버리는 것 같다(요한 계시록 10장 6절). <세세토록 살아계신 자, 곧 하늘과 그 가운데 있는 물건이며 땅과 그 가운데 있는 물건이며 바다와 그 가운데 있는 물건을 창조하신 이를 가리켜 맹세하여 가로되 시간이 지속되지 않으리니.> 사실 이 구절에서 <시간>은 <지체>를 의미하는 것임에 틀림없다.

Los manuales de teología no se demoran con dedicación especial en la eternidad. Se reducen a prevenir que es la intuición contemporánea y total de todas las fracciones del tiempo y a fatigar las Escrituras hebreas en pos de fraudulentas confirmaciones, donde parece que el Espíritu Santo dijo muy mal lo que dice bien el comentador. Suelen agitar con ese propósito esta declaración de ilustre desdén o de mera longevidad: *un día delante del Señor es como mil años, y mil años como un día*, o las grandes palabras que oyó Moisés y que son el nombre de Dios: *Soy El Que Soy*, o las que oyó San Juan el Teólogo en Patmos, antes y después del mar de cristal y de la bestia de color escarlata y de los pájaros que comen carne de capitanes: *Yo soy la A y la Z el principio y el fin*. Suelen copiar también esta definición de Boecio(concebida en la cárcel, acaso en vísperas de morir por la espada): *Aeternitas est interminabilis vitae tota et perfecta possessio*, y que me agrada más en la casi voluptuosa repetición de Hans Lassen Martensen: *Aeternitas est merum hodie, est immediata et lucida fruitio rerum infinitarum*. Parecen desdeñar, en cambio, aquel oscuro juramento del ángel que estaba de pie sobre el mar y sobre la teirra(Revelación, X, 6): *y juró por Aquel que vivirá para siempre, que ha creado el cielo y las cosas que en él están, y la tierra y las cosas que en ella están, y la mar y las cosas que en él están, que el tiempo dejará de ser. Es verdad que tiempo, en ese versículo, debe equivaler a demora.*[57)]

위에서는 '시간은 지체를 의미하는 것임에 틀림없다'는 구절, 즉 '시간은 지연과 동등해질 것이 사실이다'는 구절에 주목할 필요가 있다. 데리다의 '차연'이라는 용어는 '차이지움'이라는 공간개념에 '연기'라는 시간개념을 합쳐 만든 신조어이다. 현재 차이 지워진 것 은 다음 순간 자리바꿈을 일으키고 따라서 온갖 경계를 무너뜨린다 는 개념이다. 따라서 서구이성중심주의적인 중심과 주변의 경계는

---

57) "Historia de la eternidad", <u>Historia de la eternidad</u>, OC Ⅰ, pp.360-361. 여기에서 번역은 김춘진 역, <u>바벨의 도서관</u>, 서울: 도서출판 글, 1992, pp.236-237에서 따왔다.

무너지고, 이성과 감성의 경계도 무너진다는 것이다. 이는 오독의 근본이 되는 개념이다. 즉 차이 지워지고, 자리바꿈을 통하여 독자의 새로운 해석, 새로운 글쓰기의 근본이 되는 것이다.

에리히 프롬에 따르면 신은 一神論的 신학에 있어서 잠재적으로 가능한 것, 곧 현상적 우주의 기초에 있는 통일성, 곧 모든 존재의 근거를 가리키는 이름 없는 一者, 말로 나타낼 수 없는 침묵자가 된다. 곧 신은 진리가 되고 사랑이 되고 정의가 된다. 내가 인간적인 한, 신은 나이다.[58]

일신론적 사상의 논리적 귀결은 '신에 대한 학문' 곧 '신에 대한 지식'을 전적으로 부정하는 것이다. 그렇지만 이러한 근본적인 非神學的 견해와, 예컨대 초기의 불교나 도교에서 볼 수 있는 非有神論的 체계에는 차이가 있다.[59]

이런 의미에서 역설적 논리학은 신의 개념과 중요한 관련을 갖고 있다. 신이 궁극적 실재를 의미하는 한, 인간의 정신이 모순에서 실재를 지각하는 한, 신에 대해서는 적극적 진술이 불가능하다. 우리는 여기에서 도의 無名性, 모세에게 자신을 드러낸 신의 無名이라는 이름, 마이스터 에크하르트[60]의 절대무 사이의 관련을 본다. 카발라의 경우 궁극적 실재는 엔 소프, 곧 무한한 일자가 되는 것처럼, 마이스

---

58) 에리히 프롬, op. cit., p.98.
59) IBID., p.99.
60) 에크하르트 Johannes Eckhart(1260경~1327) 독일의 신비사상가. 에크하르트는 觀想으로부터 출발하여 靜寂과 無의 경지에 철저하였으며 신과의 合一을 생각했다. 신은 이성으로도 감각으로도 파악할 수 없는 무한한 황야이며 무한 자체이다. 여기에서 신은 神格을 초월한 신, 곧 '神性'으로서 모든 특징을 통합 해소한다. 이러한 신에게 몰입할 때 핵심이 되는 것이 인간의 영혼의 '작은 불꽃'이며 영혼의 城이다. 자기를 無로 돌려 신의 無와 합일하면 비로소 인간은 완전한 자유에 도달하며, 모든 것을 버리고, 드디어는 신까지도 버리고 최고의 덕을 달성한다. 이러한 정신의 자유에 대한 이론이 후에 신플라톤주의나 루터에게 영향을 미쳤다. 21세기 세계대백과사전, 서울: 도서출판 범한, 1999, p.83.

터 에크하르트의 경우에는 궁극적 실재는 절대무로 된다.[61] 또한 보르헤스의 Oneness도 이와 다르지 않다.

에리히 프롬에 의하면 인간은 모순을 통해서만 실재를 인식할 수 있고 사고를 통해서는 궁극적 실재의 통일성, 곧 일자 자체를 인식할 수 없다고 역설적 논리학의 스승들은 말한다. 역설적 논리학에서는 신에 대한 사랑은 사고를 통한 신에 대한 지식이거나 인간의 신에 대한 사랑에 관한 사상이 아니라, 신과의 일체성을 경험하는 행위라는 결론에 도달한다. 역설적 논리학의 관점에서는 강조점은 사고가 아니라 행위에 놓인다. 한편으로는 '敎義'의 발달, 또 한편으로는 '과학'의 발달을 강조하기보다는 오히려 인간의 改造를 강조하게 되었다. 과학적 사고에서는 올바른 사고는 지적 성실성이라는 면에서나 과학적 사고를 실제-다시 말하면 기술-에 응용하는 면에서나 가장 중요한 것이다. 역설적 사고는 관용과 자기 개조의 노력에 도달했다.[62]

동양의 종교와 신비주의에서는 신에 대한 사랑은 일체성의 강렬한 감정적 표현이며 생활에 있어서 모든 행위에 표현되는 이 사랑과 불가분의 관련을 갖고 있다. 신을 인식함으로써 나는 신을 나에게로 데려온다. 신을 사랑함으로써 나는 신에게 침투한다.[63]

에드나 아이젠버그에 따르면 보르헤스는 성경을 서양 미학의 기초로 그리고 서양 문학의 근본적인 텍스트 중의 하나로 간주하면서 성경을 '모든 것의 출발점'이라 칭한다.[64] 보르헤스의 문학적 우주를 구성하는 것들 주위에는 2가지의 근본적인 초점이 있다. 그 하나는 철학적 혹은 종교적 사상의 미학적 사용이고 두 번째는 '독창적' 글

---

61) 에리히 프롬, op. cit., pp.107-108.
62) IBID., pp.108-111.
63) IBID., p.112.
64) Edna Aizenberg, El tejedor del Aleph: Biblia, kábala y Judaismo en Borges, Madrid: Altalena Editores SA, 1986, p.22.

쓰기의 시기를 초월한 우화와 은유를 재구성하는 것이다.[65] 이 두
가지 요소는 유대주의와 매우 유사하다. 글쓰기에 대한 유대인들의,
특히 카발라는 방법론적인 면에 있어서 보르헤스에게 많은 영향을
끼쳤다.

보르헤스가 바스께스에게 확언한 바와 같이, 그의 조모는 성경에 대
한 이러한 전통적 관점과 친밀해지는 데 있어서 매우 중요했으며, 그
것은 그의 신교도적 믿음의 필수적인 부분이었다. 그러나 보르헤스는
그러한 믿음을, 근본적으로 유대적인 것으로 생각했고 그의 biblicismo
도 히브리적인 근원에 대한 접근이었고, 그와 같이 성령 Espíritu Santo
에 대한 개념도 기독교적 신학에서 점유하고 있다기보다는 유대적 개
념으로서였다.[66]

보르헤스는 성경에 대하여 다음과 같이 말하였다.

성경은, 그 이름이 나타내는 바와 같이 複數다. 그들의 모든 위대한
책들을 유일 저자 성령의 공적으로 돌린 유대인들의 드문 생각에 대하
여 충분히 주장되었는지는 모르겠다. 성경은 잡다한 책이다. 성경에는
우주의 진화론과 유대민족의 이야기가 있다. 우리가 플라톤적이라 부를
수 있는 악에 대한 토론도 있고 욥기에 나오는 정당한 인간의 운명도
있으며 아가서(el Cantar de los Cantares)와 같은 에로틱한 시도 있다.
모든 것을 성령의 공적으로 돌리는 것은 드문 일이다. 버나드 쇼에
게 말했다. "당신은 진짜로 성령이 성경을 썼다고 생각합니까?" 버
나드 쇼는 대답했다. "성령은 내 책들을 포함하여 다시 읽힐 만한
가치가 있는 모든 책들을 썼습니다." 그는 성령에 대하여 무사산의
옛 개념을 갖고 있었다. 반면 우리들은 누구누구에 대하여 생각하
고 있다. 아마도 그것이 실수일 것이다. 동양의 위대한 문화를 가진
나라들에는 문학의 역사나 철학의 역사가 없고 모든 것이 동시적이

---

65) IBID., p.77.
66) IBID., p.80.

다. 반면 우리들은 역사의 악습을 갖고 있고 모든 것을 연대기적으로 보며 연속적인 것으로 보고 시간에 얽매여 있다. 한번은 사람들이 내게 물었다. "요즘의 시인들에 대해 어떻게 생각하십니까?" 나는 말했다. "그리고…… 한 젊은 시인 비르길리우스 Virgilio가 있는데 그에게 많은 기대를 걸고 있습니다."

La Biblia, como su nombre lo indica, es plural. No sé si se ha insistido bastante sobre la idea rarísima que tuvieron los judíos al atribuir todos sus grandes libros a un solo autor el Espíritu. La Biblia es un libro misceláneo. La Biblia tiene una cosmogonía, una historia del pueblo judío, tiene una discusión-que podemos llamar platónica-sobre el mal y el destino del hombre justo en el libro de Job, tiene un poema erótico como el Cantar de los Cantares. Es muy raro que se les haya ocurrido atribuir todo eso a un solo autor, el Espíritu. A Bernard Shaw le dijeron: "¿Usted cree realmente que el Espíritu Santo ha escrito la Biblia?" Bernard Shaw contestó: "El Espíritu Santo ha escrito todos los libros que merecen ser releídos, incluso los míos"; él tenía esa antigua noción de la Musa, del Espíritu. En cambio nosotros, ahora, pensamos en Fulano de tal y dos fechas después. Quizá es un error eso; en los países orientales, países de gran cultura, no hay historias de la literatura ni de la filosofía, se ve todo como contemporáneo. En cambio nosotros tenemos ese vicio de la historia y vemos todo como cronológico, vemos todo como sucesivo, estamos obsesionados por el tiempo. Una vez me preguntaron "¿qué piensa usted de los poetas contemporáneos?" Yo les dije "y·····hay un joven poeta, Virgilio, que promete mucho."[67]

---

67) "Borges inédito", reportaje de Aníbal G. Amat, diario "El día"(La Plata), 22 / 6 / 86, Carlos R. Stortini, El Diccionario de Borges, Buenos Aires:

비르길리우스는 옛 작가. 그에게 기대를 걸고 있다는 것은 고전의 모방으로서의 텍스트를 의미하며 끝없는 재창조를 통하여 탄생되는 상호텍스트성을 의미한다.

또한 같은 질문[68]에 대한 버나드 쇼의 대답은 후일의 작품에도 나타난다.

그리고 대답했다. "다시 읽힐 만한 가치가 있는 모든 책은 성령에 의해 쓰인 것이다."

Y contestó: "Todo libro que vale la pena de ser releído ha sido escrito por el Espíritu."[69]

작가로서, 그리고 삼위일체의 하나로서의 성령 Espíritu Santo에 대한 기독교적 면모에 대한 餘談은 "카발라에 대한 변론 Una Vindicación de la Cábala"에 나타나 있다. 성령 Espíritu Santo의 개념의 미학적 장점에 흥미를 갖고 있는 자로서 보르헤스가 종종 인용하던 세속의 작가는 폴 발레리 Paul Valéry였다.

1938년경 폴 발레리는 다음과 같이 썼다. "문학의 역사는 작가의 역사 혹은 그의 경력의 역사 혹은 그의 작품의 경력의 역사가 되어서는 안 되며 문학의 생산자이자 소모자인 성령의 역사가 되어야 한다. 그러한 역사는 단지 한 작가만을 언급하지 않고 수행될 수 있을 것이다."

Editorial Sudamericana, 1986, pp.29-30.
68) "El Libro", <u>Borges oral</u>, OC Ⅳ, p.167.
A Bernard Shaw le preguntaron una vez si creía que el Espíritu Santo había escrito la Biblia.
69) "El Libro", <u>Borges oral</u>, OC Ⅳ, p.167.

Hacia 1938, Paul Valéry escribió: "La Historia de la literatura no debería ser la historia de los autores y de los accidentes de su carrera o de la carrera de sus obras sino la Historia del Espíritu como productor o consumidor de literatura. Esa historia podría llevarse a término sin mencionar un solo escritor."[70]

또한 다음과 같은 구절에도 성령에 대한 견해는 이어진다.

성령이 그러한 견해를 형성했던 것은 처음이 아니었다. 1844년에 콩코드에서 서기 중 한 명이 이렇게 기록하였다. "단지 한 사람이 세상에 있는 책들을 편집한다고 말하자. 그러한 중심적인 통일은 단 한 사람의 전지전능한 기사의 작품이라는 것을 부정할 수 없다."(에머슨, 수필, 2, Ⅷ). 20년 전에 셸리는 과거와 현재와 미래의 모든 시는 세계의 모든 시인들에 의해 제정된 영원한 단 하나의 시의 에피소드 혹은 단편이라고 단언하였다.(시의 방어, 1821)

No era la primera vez que el Espíritu formulaba esa observación; en 1844, en el pueblo de Concord, otro de sus amanuenses había anotado: "Diríase que una sola persona ha redactado cuantos libros hay en el mundo; tal unidad central hay en ellos que es innegable que son obra de un solo caballero omnisciente" (Emerson: Essays, 2, Ⅷ). Veinte años antes, Shelley dictaminó que todos los poemas del pasado, del presente y del porvenir, son episodios o fragmentos de un solo poema infinito, erigido por todos los poetas del orbe(A Defence of Poetry, 1821).[71]

---

70) "La flor de Coleridge", Otras Inquisiciones, OC Ⅱ, p.17.
71) "La flor de Coleridge", Otras Inquisiciones, OC Ⅱ, p.17. 성령에 대한 또 다른 구절이 있다.
   그와 마찬가지로 루터파 신학자들이 있었는데, 감히 창조물들 사이에서

살로몬 레비에 따르면 카발라는 가장 광범위한 의미에서 우선 모
세가 신의 말씀을 통하여 받은 구전적 법이다. *Kibel*은 히브리어 동
사인데 카발라로부터 유래했고 "받다 recibir"를 의미한다. 이는 쓰인
책을 매개로 하여 인간에게 전해진 영적인 메시지이다.[72]

성령에 대한 보르헤스의 견해는 후일의 작품에도 계속된다. 보르
헤스는 책에 대한 옛 개념과, 카발라적 책의 개념을 비교하며 코란
과 동양사상에서도 그와 유사한 점이 발견된다는 것을 밝히고 있다.

옛날에는 우리가 이해하기 어려운 것이 있는데, 우리의 책에 대
한 숭앙과는 달라 보인다. 옛날에는 항상 책을 口語의 대용으로 간
주했으나 후에 동양으로부터 고전적인 모든 것과는 매우 다른 새로
운 개념이 도래했는데, 바로 성스러운 책에 대한 것이었다.

성경을 종합하고 그것을 성령의 현현으로 정의하는 일을 하지는 못했
다. 성령에 대하여 이미 신비를 베어내고 있다. 일반적인 신성함이 아
니라 신성의 세 번째 가설이며 성경을 썼다. 그것은 일반적인 견해이
다. 베이컨은 1625년에 다음과 같이 썼다. "성령의 연필은 살로몬의 행
복에서보다는 욥기의 불행에서 더 지체되었다." 또한 동시대의 존 던은
"성령은 웅변적인 작가이고 과격하며 풍부한 작가이지만 쓸데없는 말
을 많이 하지는 않는다. 공연한 문체와 마찬가지로 궁핍한 문체와도 거
리가 멀다"고 말하였다.(Asimismo hay teólogos luteranos, que no se
arriesgan a englobar la Escritura entre las cosas creadas y la definen
como una encarnación del Espíritu. Del Espíritu: ya nos está rozando un
misterio. No la divinidad general, sino la hipóstasis tercera de la
divinidad, fue quien dictó la Biblia. Es la opinión común; Bacon, en
1625, escribió: "El lápiz del Espíritu Santo se ha demorado más en las
aflicciones de Job que en las felicidades de Salomón." También su
contemporáneo John Donne: "El Espíritu Santo es un escritor elocuente,
un vehemente y un copioso escritor, pero no palabrero; tan alejado de
un estilo indigente como de uno superfluo.") "Una vindicación de la
Cábala", Discusión, OC III, p.209.

72) Salomón Lévy, "El Aleph: Símbolo cabalístico, y sus implicaciones en
la obra de Jorge Luis Borges", *Hispanic, Review*, 44, 1976, University
of Pennsylvania, p.145.

En la angitüedad hay algo que nos cuesta entender, que no se parece a nuestro culto del libro. Se ve siempre en el libro a un sucedáneo de la palabra oral, pero luego llega del Oriente un concepto nuevo, del todo extraño a la antigüedad clásica: el del libro sagrado.[73]

카발라적 책 개념은 코란에도 나타난다.

이들은 코란을 창조 이전의 것으로, 아랍어 이전의 것으로 생각했다. 그것은 책의 어머니의 상당한 신비적 형태의 작품이 아니라 신의 속성의 하나이다.

Estos peinsan que el Corán es anterior a la creación, anterior a la lengua árabe; es uno de los atributos de Dios, no una obra forma asaz misteriosa de la madre de libro.[74]

그리고 책에 대한 이러한 개념은 좀 더 구체적으로 성령과 연결된다.

후에 우리는 우리에게 더 근접한 다른 예들을 갖게 되는데, 성경 혹 더 구체적으로는 토라 혹은 모세의 五書이다. 그 책들은 성령에 의해 쓰인 것으로 간주된다. 다양한 작가와 시대의 책들이 단지 성령에 의해서만 쓰였다는 것은 기묘한 사실이다. [……] 히브리인들은 다양한 시대의 다양한 문학작품들을 접합시키고 그와 더불어 그 제목이 토라(성경은 그리스어이다)인 한 권의 책을 만들려는 생각을 갖고 있었다. 이 모든 책들의 작가는 단지 한 사람, 성령이다.

---

73) "El Libro", Borges oral, OC IV, p.167.
74) "El Libro", Borges oral, OC IV, p.167.

Luego tenemos otros ejemplos más cercanos a nosotros: la Biblia o, más concretamente, la Torá o el Pentateuco. Se considera que esos libros fueron dictados por el Espíritu Santo. Esto es un hecho curioso: la atribución de libros de diversos autores y edades a un solo espíritu; [······] Los hebreos tuvieron la idea de juntar diversas obras literarias de diversas épocas y de formar con ellas un solo libro, cuyo título es Torá("Biblia" es griego). Todos estos libros se atribuyen a un solo autor: el Espíritu.[75]

그리고 이제 성령이 유일 저자임을 단언하고 있다.

반면, 성령에 대해 생각한다면 더욱 견고하고 더욱 강한 무언가를 생각하게 된다. 신은 문학을 묶인하였다. 신은 한 권의 책을 썼다. 그 책에서는 어떠한 것도 우연적이지 않다. 글자의 수와 각 절의 음절의 양, 우리가 글자를 가지고 할 수 있는 단어의 놀이와 우리가 취할 수 있는 글자의 수적 가치까지도 우연적이지 않다. 모든 것은 이미 판단되었다.

En cambio, si se piensa en el Espíritu, se piensa en algo más concreto y más fuerte: Dios, que condesciende a la literatura. Dios, que escribe un libro; en ese libro nada es casual: ni el número de las letras ni la cantidad de sílabas de cada versículo, ni el hecho de que podamos hacer juegos de palabras con letras, de que podamos tomar el valor numérico de las letras. Todo ha sido ya considerado.[76]

신이 쓴 문학, 즉 성령이 저자인 성경에서 어떠한 것도 우연적이

---

75) "El Libro", <u>Borges oral</u>, OC Ⅳ, p.167.
76) "El Libro", <u>Borges oral</u>, OC Ⅳ, p.168.

지 않다는 것은 바로 카발라의 사상이고 보르헤스는 바로 이러한 카발라의 사상으로부터 글쓰기의 방법을 취하였다.

2. 신비주의의 흐름 속에서의 카발라

찰스 폰스는 서양의 정신세계의 이면에는 고도로 발달된 형이상학 체계가 존재하는데 그것이 바로 카발라라고 하였다. 그는 카발라신비주의와 동양사상은 無, 空, 陰陽, 輪回 등에서 공유점을 갖고 있다고 지적하고 단면에 따라 다른 빛을 발하는 존재의 다양성을 설명하였다.[77] 에리히 프롬도 유대의 Halacha[78]는 道와 같은 뜻임을 지적한 바 있다.

신비주의가 무엇인가에 대하여서는 어떠한 정의도 의미가 있다거나, '신비적'이라고 묘사되어 온 모든 경험을 포함하여 충분히 이해할 만하다거나 할 수는 없을 것이다. 1899년 Dean W. R. Inge가 25개의 정의를 내린 이후로 세계의 종교에 대한 연구는 상당히 확장되어 신비적 의식 또한 여러 곳에서 발생하였다. 그러나 후에, 특히 신플라톤주의적 이론에서는 '신비적' 침묵은 말 없는 명상을 의미하기에 이르렀다. 4~5세기경 기독교에서는 침묵과 비밀이라는 그리스적 함축을 포함하기 시작하였고 시리아의 이론가인 디오니시오스에게 있어서 신비적 이론은 성스러운 이름의 이론을 넘어선 형용할 수 없

---

77) 찰스 폰스, 조하선 옮김, <u>카발라</u>, 서울: 물병자리, 1997, p.306.
78) Halakhak, halakah, halachah, 히브리어로 길(the Way)을 뜻함. 유대교에서 유대인들의 일상과 행동에 대한 규율을 정한 이후부터의 법칙과 율법의 총체.

는 절대(ineffable Absolute)에 대한 영적인 깨달음으로 구성되어 있다는 것이었다.[79]

　게르숌 숄렘은 지적하기를 보편적인 신비주의는 없으며 힌두, 불교, 회교, 유대교, 기독교, 그리고 그 외의 각각의 신비적 체계와 개인만이 있을 뿐이라고 하였다. 또한 그중에는 자아의 신비주의 Mysticism of the Self, 불교와 같은 공허함의 신비주의, 동유럽과 초기 서유럽 기독교와 같은 상상의 신비주의, 현대 기독교 신비주의와 수피즘과 같은 사랑의 신비주의, 그리고 유대신비주의와 같은 종말론적 신비주의가 있다고 하였다.[80] Scholem은 그의 저서 유대신비주의의 주요 흐름 Major trends in Jewish Mysticism, 1941에서 "신비적 지식의 이러한 종말론적 성향은 일찍이 익명의 저자로부터 랍비 Naham of Brazlav에 이르기까지 많은 유대신비주의 글쓰기에서 최고의 중요성을 띠게 되었다"고 지적하였다.[81]

　유대교에서의 신비주의적 교설이나 관행은 이미 탈무드로 거슬러 올라가며, 바빌로니아에서 율법주의적 유대교와 함께 원초적으로 존재하고 있었다. 이것이 중세 유럽으로 전해져 크게 전개된 것에 대해 카발라라는 말이 쓰인 것이다. 카발라는 신비스러운 경험에 내재해 있는 위험을 피하기 위하여 안내자가 교리와 의식을 전수하여 준다는 점에서 기본적으로 口傳傳乘이며, 秘義的 하나님이 모세와 아담에게 전해 주었으나 성문화되지 않는 토라(하나님의 계시)에 대한 비밀지식이라는 점에서도 역시 傳乘이다. 모세의 율법을 지키는 것

---

79) The Encyclopedia of Religion, Vol.5, N. Y.: McMillan Publishing Company, 1987, p.246.

80) IBID., pp.246-258.

81) Gershom Scholem, Major Trends in Jewish Mysticism, New York: Schoken Books, 1995, p.20, 여기서는 IBID., p.258에서 재인용.
This eschatological nature of mystical knowledge becomes of paramount importance in the writing of many Jewish mystics, from the anonymous authors of the early Hekhaloth tracts to Rabbi Naham of Brazlav.

이 유대교의 기본적 교리였지만, 카발라는 하나님에게 직접 다가가는 방법을 가르쳐준다. 어떤 사람들은 신비스러운 방법으로 하나님에게 직접 다가가려는 자세를 범신론적이고 이단적인 것으로 규정하여 위험시했지만, 어쨌든 카발라는 유대교에 종교적인 중요성을 부여했다. 카발라의 뿌리는 메르카바 신비주의까지 거슬러 올라가며, 영지주의 Gnosticism과 신플라톤주의 Neoplatonism에 그 사상적 뿌리를 두고 있다.

메르카바 Merkabah는 히브리어로 사륜마차를 뜻한다. 옛 유대교의 명상으로, 신으로의 접근방법이 에세키엘의 바퀴에 근거한 것이다. 메르카바 신비주의는 기원전 1세기 팔레스타인에서 꽃피었으나 7세기에서 11세기까지에는 바빌로니아가 그 중심지였다. 메르카바 신비주의는 영지주의의 영향을 받았고 그 목표는 사륜마차에 있는 성스러움을 잡는 것이었다.[82]

그노시스(gnôsis)는 희랍어로 단순히 '앎'만을 의미한다. 그러나 영지주의에서 사용될 때, 그노시스는 단순한 인식이 아닌 경이로운 마력으로 빛나는 인식을 지칭한다.[83] 영지주의가 카발라에 준 영향은 빛은 그 안에 어둠을 포함하고 있다[84]는 영지주의적 이원론 gnostic dualism이었다.

원칙적이건, 시적이건 도덕적이건 간에 근본적으로 이중적인 분위기가 영지주의적 태도를 지배하고 있고 다양한 표현을 통일하고 있다. 그 이원론은 인간과 세상, 세상과 신 사이에 있다. 두 경우 모두, 상호 보완적인 것이 아니라 대조적인 이원론이다.[85]

---

82) Britanica Encyclopedia, Encyclopedia Britanica, Inc., 1986, p.37.
83) 세르주 위탱, 황준성 옮김, 신비의 지식, 그노시즘, 문학동네, 1996, p.17.
84) 찰스 폰스, op. cit., p.257.
85) The Encylopedia of Philosophy, The MacMillan Company & The Free Press, N. Y., Vol.3, 4, p.37.

카발라, gnosis, 쉐키나는 한편으로는 유랑하는 이스라엘 민족과 동일시되며 또 한편으로는 神과의 합일을 갈망하는 인간의 영혼과 동일시된다.[86] 영지주의는 모든 종파들에게 있어서 공통적인 것은 인간은 自我를 앎으로써 내부의 영적 인간을 회복시킬 수 있다는 관념이다. 그노시스 사상체계의 핵심은 아인소프와 같은 초월적 근원에 대한 개념이다.[87] 그노시스트들은 죄를 피하는 유일한 방법은 죄로부터 자유로워지기 위해 죄를 저지르는 것이라고 확언하였다.

간악한 조물주와 동일시되는 '유대인들의 신'에 대한 기독교적 영지주의자들의 비난은 오랫동안 사가들로 하여금 영지의 유대적 기원과, 유대인들에게 있어서 분명히 존재하는 영지주의적인 경향을 고찰하는 것을 방해해 왔다.[88] 그리스도 기원 후의 유대교의 역사 속에 일관되게 존재하는 랍비적 영지가 있는데, 이 영지는 초기 몇 세기 동안 기독교적 영지와 접촉하고 있었던 것으로 보인다. 모든 秘敎文學은 '신성한 폐하'가 거처하는 '왕궁(Hékhalôth)'의 숨겨진 뛰어난 아름다움을 묘사하고 있다. 현인들은 見者의 영혼이 天球들을 거친 후에 올라가는 신의 보좌의 환영을 통찰할 수 있었다. 계시를 얻은 랍비들은 에스겔의 대幻影을 해설하면서, 메르카바(Merkaba, 신의 마차)의 신비사상을 상세히 설명하고 있다. 중세에 이 영지는 Sepher Yetsira, 후에는 Zohar 같은 히브리 신비철학(kabbale)의 성서들 속에서 개화할 것이다. 히브리 신비철학 이론의 경향은 한편 유대교의 틀을 훨씬 넘어서서 몇몇 기독교 신비론자들에게도 굉장한 영향을 미쳤다.

보르헤스의 작품에서 영지주의 gnosticism에 대한 언급은 여러 곳에 나타난다.

---

86) 찰스 폰스, op. cit., p.276.
87) IBID., 277.
88) 세르주 위탱, op. cit., pp.105-106.

예수의 인간 나이 33세, 그리고 십자가에 매달리기 전날 밤은 엄격한 영지주의를 위한 속죄에는 충분하지 못하였다.

Los treinta y tres años humanos de Jesucristo y su anochecer en la cruz no eran suficiente expiación para los duros gnósticos.[89]

영지주의에 대한 직접적인 언급에서 더 나아가 보르헤스는 영지주의가 카발라에 영향을 끼친 것이 우연적인 것인지에 대하여 의심해 본다.

카발라주의자들은 영지주의의 영향을 받았는데, 유대 전통과 만나기 위하여 글자의 암호를 푸는 그 기이한 방법을 발견했는지는

---

89) "Una vindicación de falso Basílides", Discusión, OC Ⅰ, p.215. 이 외에도 '영지주의'라는 어휘는 보르헤스의 작품 속에 자주 등장한다.
    IBID., p.216.
    Durante los primeros siglos de nuestra era, los gnósticos disputaron con los cristianos.

    "La Cábala", Siete Noches, OC Ⅲ, p.268.
    Sospecho que el modus operandi de los cabalistas fue debido al deseo de incorporar pensamiento gnósticos a la mística judía, para justificarse con la Escritura, para ser ortodoxos.

    "La Cábala", Siete Noches, OC Ⅲ, p.269.
    También llegaron a Israel, aunque no procedieron de allí; procedían, más bien, de pensadores gnósticos y cátaros.

    "Las ruinas circulares", Ficciones, OC Ⅰ, p.453.
    En las cosmogonías gnósticas, los demiurgos amasan un rojo Adán que no logra ponerse de pie;

    "Tres versiones de Judas", Ficciones, OC Ⅰ, p.514.
    Nils Runeberg hubiera dirigido, con singular pasión intelectual, uno de los conventículos gnósticos.

의심스러운 일이다.

Sospecho que los cabalistas fueron influidos por los gnósticos y que, para que todo entroncara con la tradición hebrea, buscaron ese extraño modo de descifrar letras.[90]

그리고 영지주의가 카발라보다 앞선 시대의 것임을 확인한다.

영지주의자들은 카발라주의자들보다 수세기에 앞서 있었다. 그들은 미확정의 신을 청원하는 유사한 체제를 갖고 있었다.

Los gnósticos fueron anteriores a los cabalistas en muchos siglos; tienen un sistema parecido, que postula un Dios indeterminado.[91]

또한 영지주의의 영향을 받은 카발라신비주의가 악의 존재에 대한 문제를 해결하는 데 있어서는 영지주의와 일치함을 말한다.

그러나 여러분이 보다시피 그 생각은 필수적인 문제에 대하여 언급하고 있는데, 악의 존재에 대한 것으로, 영지주의자들과 카발라주의자들이 같은 방법으로 그 문제를 풀고 있다.

Pero la idea, como ustedes ven, se refiere a un problema esencial, el de la existencia del mal, que los gnósticos y los cabalistas resuelven del mismo modo.[92]

---

90) "La Cábala", Siete Noches, OC III, p.270.
91) "La Cábala", Siete Noches, OC III, p.271.
92) "La Cábala", Siete Noches, OC III, p.273. 또한 카발라에 나타나는 영지주의의 영향은 보르헤스의 다른 작품에도 나타난다.

또한 보르헤스는 부권에 대한 혐오를 드러낸다.

그 백과사전의 원문은 다음과 같다. "어느 그노시스파 교도에게 있어서 가시적인 우주는 일종의 환영, 혹은 (보다 정확하게 말해서) 궤변이었다. 거울과 父權은 혐오스럽다(mirrors and fatherhood are hateful). 왜냐하면 이것들은 가시적인 우주를 증가시키고, 또 드러내 놓기 때문이다."

El texto de la Enciclopedia decía: "Para uno de esos gnósticos, el visible universo era una ilusión o (más precisamente) un sofisma. Los espejos y la paternidad son abominables(mirrors and fatherhood are hateful) porque lo multiplican y lo divulgan."[93]

카발라는 모성적 종교의 성향에서 발달한 것이라는 것을 생각할 때 이는 결국 로고스중심주의의 부정일 것이다. 보르헤스는 거울에 비친 평면적, 가시적 현실에 대해 비난하고 있다. 평면적 현실은 역사, 시간을 내포할 수 없다. 또한 보르헤스의 '오독'을 고찰하는 데 있어서 성령에 의하여 쓰인 성경을 완전무결한 텍스트로 여기는 카발라의 사상이 영지주의로부터 영향을 받았음을 다음과 같이 표현하

IBID., p.273.
No sé si nuestra mente puede trabajar con palabras tan vastas y vagas como Dios, como Divinidad, o con la doctrina de Basílides de las trescientas sesenta y cinco emanaciones de los gnósticos.

"El Zahir", El Aleph, OC I, p.590.
En la figura que se llama oximoron se aplica a una palabra un epíteto que parece contradecirla; así los gnósticos hablaron de luz oscura; los alquimistas, de un sol negro.

93) "Tlön, Uqbar, Orbis Tertius", Ficciones, OC I, pp.431-432.

고 있다.

> 말씀은 아버지에 의하여 만들어졌고, 성령은 아버지와 말씀에 의
> 하여 만들어졌으며, 영지주의자들은 아버지는 말씀에 앞서고 아버지
> 와 말씀은 성령에 앞선다는 그 두 가지 부정할 수 없는 작용을 추
> 정하곤 했다.

> El Verbo es engendrado por el Padre, el Espíritu Santo es
> producido por el Padre y el Verbo, los gnósticos solían inferir de esas
> dos innegables operaciones que el Padre era anterior al Verbo, y los
> dos al Espíritu.[94]

신플라톤철학의 가장 위대한 철학자인 플로티노스(205-70 B.C.)는
지상의 세계는 가시적인 하늘과 더불어 사악한 것이라는 영지주의의
이론에 격렬하게 반대한다.[95] 신플라톤주의 Neoplatonism는 Plotinus
에 의하여 체계화된 플라톤적 철학으로 6세기에 더욱 발전된 사상이
다. 신플라톤주의 Neoplatonism가 중세 플라톤 사상과 가장 구별되
는 것은 현실의 첫 번째 원칙과 자원을 생각하는 방법인데, One 혹
은 Good은 존재와 사상을 능가하며 자연히 알 수 없는 것이라는 것
이다. Neoplatonism의 One 혹은 Good은 종교적 소망의 목적이다. 그
것은 신비적 체험을 통하여서만 얻어지는 초월적이고 무한하며 생산
적인 善이며 자유이다. One은 모든 영혼에 사랑을 나누어준다. 중세 유
대사상에서 Neoplatonism은 카발라와 Shelomoh Ibn Gabirol(1021-1058)
에 명백하게 나타난다. 유대교의 Neoplatonism 전통은 Barukh Spinoza
에 영향을 끼쳤다.[96]

---

94) "Historia de la eternidad", Historia de la eternidad, OC I, p.359.
95) 세르주 위탱, op. cit., p.103.
96) The Encyclopedia of Religion, MacMillan Publishing Company, N. Y.,

  알라스라키는 "원형의 원칙은 스페인과 독일의 카발라주의에 영향을 주었고, 이는 신플라톤주의에 스며들어 히브리어로 *demuth*라는 이름을 얻었음을 기억해야 한다"고 말한다.[97]

  이와 같이 영지주의 사상과 신플라톤주의의 영향을 받았다고 생각해 본다면, 영지주의의 dualism와 신플라톤주의의 oneness는 카발라에 영향을 주었고, 또한 보르헤스의 작품에도 지대한 영향을 미쳤음을 알 수 있다. 보르헤스의 작품은 언제나 이중적 대칭구조로 전개되지만, 결론은 유일 저자는 성령이고, 독창적 작품은 성경 하나뿐이라는 결론에 이르기 때문이다.

  모든 카발라 사상 가운데 가장 핵심적인 두 가지 개념은 '아인소프 Ayin-Sof'와 '세피로트 Sefiroth'이다. 아인소프를 이해하면 신성한 존재의 의미를 이해하게 될 것이요, 세피로트 체계를 이해하면 일반적인 존재의 의미를 이해하게 될 것이라 한다. 아인소프의 '아인 Ayin'은 無를 뜻하고, '소프 Sof'는 限을 뜻한다. 따라서 아인소프, 곧 無限은 카발라신비주의의 神에 대한 명칭 이해를 초월한 어떤 전체적 통일체를 의미한다고 할 수 있다. 이는 어떠한 언어로도 설명할 수 없다. 아인소프는 그 정의상 결코 이해될 수 없는 것이다. 따라서 '그는 존재하지 않는다'라는 말로 이해되지 않을 뿐만 아니라, 無에 대한 관념에 의해서도 이해될 수 없다. 즉 어떤 식의 접근도 먹혀들지 않는 것이다. 카발라의 아인소프는 성경에 나오는 창조주 하나님보다 더 상위의 존재임을 이해하는 것이 중요하다. 창조에 내재한 의미는 곧 우리의 과학자들이 우주의 기원을 밝히려는 노력을 통해 발견하고자 하는 무한의 의미이다. 아인소프는 어떠한 수단으로도 표현될 수 없는 존재의 반영적 顯現이다. 아인소프의 이름,

---

  1987, Vol.10, pp.365-366.
97) Jaime Alazraki, "'El Golem' de J. L. Borges", p.6, Gershom Scholem, <u>Major trends in jewish mysticism</u>, 1961, pp.116-118.

그의 신성한 이름은 다름 아닌 이 빛들이다.[98]

　　카발라에 있어서 그 글자는 엔 소프 En Soph, 무한하고 순수한
신성을 의미한다. 또한 하부 세상은 상부 세상의 거울과 지도라는
것을 나타내기 위하여 하늘과 땅을 가리키는 인간의 형상을 갖고
있다고 한다.

　　Para la Cábala, esa letra significa el En Soph, la ilimitada y pura
divinidad; también se dijo que tiene la forma de un hombre que señala
el cielo y la tierra, para indicar que el mundo inferior es el espejo y
es el mapa del superior;[99]

　세피로트는 알려진 실재 구성이며 우주의 빛이다. <u>세펠 에트지라</u>
에 따르면 세피로트는 첫째, 32개의 문자와 숫자와 소리로 이루어진
이름이다. 둘째, 10개의 신성한 세피로트는 3개의 모음과 7개의 복
자음, 그리고 12개의 단자음으로 이루어져 있다. 신성한 세피로트는
10, 10개의 손가락이며 다섯은 다른 다섯과 상응한다. 그러나 그 가
운데서 세피로트는 하나로 매듭지어져 있다. 10개의 세피로트에서
10은 9가 아니며 10이 11이 아니다. 세피로트는 무한한 근원에서 시
작되었고 그 끝이 없다. 그것들의 모습은 번개처럼 번쩍이는 화염과
같으며 불가시하고 무한한 그것들은 주님의 곁을 떠나 보좌로부터
줄달음쳐 나왔다가 보좌 앞에 돌아와 엎드려 성스러운 예배를 드린
다. 그리고 그들이 하는 말은 선풍을 통하여 나오는 것과 같다.[100]
시작은 끝과 같고 IHVH는 그와 하나로 위대하나 같은 자는 아니다.
신성을 누설하려는 입술의 욕망을 봉인해야 하며 세피로트는 10수를

---

98) IBID., pp.97-116.
99) "El Aleph", <u>El Aleph</u>, OC Ⅰ, p.627.
100) IBID., pp.107-111.

시현한다. spirit은 공기로 22가지 소리요 알파벳 문자로 저 높은 곳에서 권능을 행사한다. 22문자[101] 또한 spirit은 공기요 물이요 불이요 멜카바로 神의 은신처이다. 12단자는 IVH로, 위는 IHV, 아래는 IVH, 앞은 HIV, 뒤는 HVI, 오른쪽은 VIH, 왼쪽은 VHI로 우주의 여섯 방향을 봉한다. 10개의 신성한 세피로트는 공기의 靈, 물, 불, 높이, 깊이, 동, 서, 남, 북을 의미한다.[102]

첫 번째 케텔은 왕관을 뜻하며 개념존재이다.[103] 성경 창세기 2장 10절은 '여호와는 32길에 그의 이름을 새겨 넣었다'[104]고 적고 있다. 32개의 지혜의 길은 놀라운 또는 감추어진 지성으로 시작을 알 수 없는 시작에 대한 이해를 전달하는 빛이며 빛을 주는 지성으로, 창조의 왕관이며 하나의 존재의 광휘로 하나인 존재와 가장 가까이 있는 것인데, 위상적 난점은 별도로 하고 우리는 각 길이 '지성'의 한 형태, 즉 케텔 안에서 나타나는 근원적인 지성의 분화임에 주목해야 한다. 지혜의 32길이라는 텍스트가 피력하고자 하는 바는 32개의 특별한 형태와 의식이 존재한다는 사실이 아닌가 한다. 이는 '미로'와 동일한 방식으로 활용이 가능하여 모든 길들은 하나의 聖所, 케텔로 이어지는 것이다.[105] 이는 곧 보르헤스의 미로, 무질서 속의 질서, oneness와 통하는 것이라 하겠다.

두 번째 호크마는 지혜로 남성, 아버지의 속성을 갖고 있다. 이사야 11장 15절에는 '여호와께서 애굽 해고를 말리우시고 손을 유브라데 하수 위에 쳐서 일곱 갈래로 나눠 신 신고 건너가게 하실 것이라'고 적고 있다.[106] '해고'는 바다 입구 즉 海口를 뜻하며 히브리어

---

101) IBID., p.204.
102) IBID., p.112.
103) IBID., p.118.
104) 성경전서, p.2, 창세기 2:10, 강이 에덴에서 발원하여 동산을 적시고 거기서부터 갈라져 네 근원이 되었으니.
105) 찰스 폰스, op. cit., pp.169-176.

원문에는 '애굽 바다의 혀(舌)'라고 되어 있다. 이는 스에스灣이나 출애굽 때의 이른바 '갈대바다' 혹은 '나일 강'을 의미한다고 할 수 있으며 하여간 하나님께서 이스라엘을 구원한다는 줄거리만은 명백하다. '손을 유브라데 하수 위에 쳐서'라는 뜻은 '손을 유브라데 하수 위에 흔들어'가 원문인데 '하수'는 유브라데 강을 의미한다는 것이 상례이기는 하나, 여기서는 '나일 강'을 말한 것임에 틀림없다. 애굽을 치는 정황을 對句로 표현한 것이다.[107] 지혜, sophia는 여성 원리의 모든 속성을 갖고 있으며 호크마는 여성형 명사라는 개념 속에 내재한 모순, '그녀'이다.(남성인데 지혜라는 여성적 속성을 갖고 있으니까) 첫 번째 케텔이 남성원리이며 순수한 남성이라면, 열 번째 말쿠트는 자비 또는 사랑으로 순수한 여성을 뜻하고 두 번째 호크마는 모순적인 양성을 띠고 있으니 모든 세피로트는 어느 정도 雌雄兩性의 성질을 띠고 있다고 할 수 있다. 세 번째 비나는 지성 또는 이해를 뜻하고 두 번째 호크마와 세 번째 비나의 결합은 지혜와 이해의 결합으로 異性(reason)을 뜻한다 할 것이다. 네 번째 헤세드는 자비 또는 사랑으로 지성과 이해를 합한 것이며 남성적 힘을 의미한다. 다섯 번째 게부라(Din)는 심판 또는 힘이다. 여섯 번째 티페레트는 美를 의미하며 자비와 심판의 중재를 맡는다. 일곱 번째 네자는 승리 또는 인내이며 여덟 번째 호드는 위엄 또는 영광, 그리고 아홉 번째 이소드는 기초이며 대대물의 안정을 뜻한다. 열 번째 말쿠트는 왕국을 뜻하며 여성적/수동적 원리로 유배된 여성, 제7일, 휴식을 뜻한다. 쉐키나와 동일시되는 마지막 세피라(세피로트의 단수)인 말쿠트가 아인(Ayin 無)으로부터 ani(我 또는 존재)에 이르기까지 神의 머리의 최종적 전개를 나타내고 있다는 카발라 교의는 불교 서적에서 보이는 서술과 정확히 일치하고 있다.[108]

---

106) IBID., pp.123-124.
107) 성서주해, pp.436-437.

세피로트(다양한 단계의 영적 에너지)에 대한 기본적인 이해가 없이는 카발리즘의 이론들은 생명이 없는 것이라 할 수 있다. 세피로트 안에서 물질세계와 영적인 세계, 兩者의 법칙이 발견된다. 그러나 그 작용의 에센스는 결코 알 수 없는 것이다. 왜냐하면 그 에센스는 바로 그것들에 생명을 불어넣어 주고 흘려보낸 아인소프와 동일하기 때문이다. 우리는 이해를 주십사고 기도할 수 있을 뿐이다.[109]

카발라주의자들은 神의 말씀은 神의 영감의 결과이며 말씀으로 이루어진 경전은 그의 존재의 에센스라고 믿고 있다. 감추어진 의미 발견을 위한 해석방법으로는 3가지가 있다. 첫째로 Gemagtria는 한 단어의 문자들을 그것과 동등한 숫자 값을 갖는 단어로 바꾸는 학문으로 모든 히브리 문자에 숫자 값이 배당되어 있다는 사실을 이용했다. Notarikon, Temura는 복잡한 형태를 생략하고 교환 또는 치환을 활용했다.[110] 창세기 49장 10절 '홀이 유다를 떠나지 아니하며 치리자의 지팡이가 그 발 사이에서 떠나지 아니하리니 그에게 모든 백성이 복종하리로다.' 어떤 단어라 할지라도 그것이 4문자라면 그것은 Tetrarammaton이다. 그러나 카발라주의자들은 이 단어를 감히 말할 수 없는 神의 이름 IHVH에만 적용시킨다.

그럼에도 불구하고 우리가 보르헤스의 수필 "카발라에 대한 변론"에서 본 바에 따르면, 방법에 대해 그에게 흥미를 주는 것은 mekubbalim 즉, Guematría 혹은 글자를 구성하고 있는 수적 가치에 따른 유대적 어휘의 비교, Notarikón 혹은 한 구를 짓기 위해 한 단어의 문자를 사용하는 것, 그리고 Temurá 혹은 이전에 만들어진 규정에 따라 한 단어의 글자를 다른 것들로 대체하는 것 등에 의해 사용된 방식과 기술이다.[111]

---

108) 찰스 폰스, op. cit., pp.126-142.
109) IBID., p.178.
110) IBID., p.181.

모든 카발라 사상에서 발견되는 공통된 여섯 개의 주제 또는 원리는 첫째, 우주의 창조자는 진정한 초월적 神(Ayin-Sof)이 아니다. 둘째, 아인소프는 무한자로서 그에게는 의지도, 계획도 없고 오로지 '그는 존재하지 않는다'라고밖에 달리 묘사할 수 없다. 셋째, 이 우주의 진정한 창조자는 아인소프로부터 방출된 10개의 세피로트 중 첫 번째 세피라인 케텔이다. 넷째, 창조자에게는 여성의 배우자가 있는데, 그녀는 그의 한 측면으로서 지금은 세상에 유형의 상태로 존재한다. 다섯째, 신성에 의해 창조된 우주의 일체화, 즉 근원적 합일의 회복은 모든 혼들의 구원에 달려 있으며 또한 그 구원은 對對의 합일에 달려 있다. 여섯째, 구원의 사역은 인간의 유일한 의무이다. 이것을 달성하기 위해서 인간은 악의 실재를 받아들여야 할 뿐만 아니라 의미상 그것을 관통해야만 한다.112)

찰스 폰스에 따르면 융은 인류의 체험의 정당성은 '신화는 허구가 아니다'라는 인식 속에서 영위된 인간 삶의 신비적 차원 안에서 발견되어야만 한다'고 말했다. 신화의 주요 테마는 무한자, 초월적 합일, 대대의 분리, 대대의 합일 등 4가지이다.113) 無의 상태는 비어 있다는 것과는 아무런 관계도 없다. 그것은 그림으로 그려지거나 논리적으로 설명될 수 있는 어떤 구조적 성질을 가지고 있지 않는, 표현 불가능, 인식 불가능의 상태에 더 가깝다. 아인소프는 정의 내릴 수 없으며 형체도 없고 영원한 隱秘의 상태에 머물러 있어서 우리는 그를 無로밖에 인식할 수 없다.

도덕경 1-14장에는 '말해질 수 있는 道는 不滅의 도가 아니다. 이름할 수 있는 이름은 영원한 이름이 아니다. […] 그것은 우리 눈으

---

111) Salomón Lévy, "El Aleph, símbolo cabalístico, y sus implicaciones en la obra de Jorge Luis Borges", *Hispanic Review*, 44, 1976, p.146.
112) 찰스 폰스, op. cit., p.247.
113) IBID., p.259.

로 보아도 보이지 않는다. 그것은 모양이 없기 때문이다. 우리 귀로 들어도 들리지 않는다. 소리가 없기 때문이다. 그것을 손으로 잡으려 해도 잡을 수 없다. 그것은 실체가 없기 때문이다.'라는 문구가 있다. 정의 내릴 수 없으며 형체도 없고 영원한 隱秘의 상태에 머물러 있는 아인소프는 말해질 수 없는 道와도 상통한다고 하겠다.

정의 불가능한 無限者에 대한 개념은 그 안에 이중성 또는 다중성의 개념을 포함하고 있다.[114] 여기서 우리는 道의 無名性, 모세에게 자신을 드러낸 道의 無名이라는 이름, 마이스터 에크하르트의 '절대무' 사이의 관련을 볼 수 있으며 카발라의 경우 궁극적 실재는 En Sof, 곧 무한한 一者이다. '하나 됨'이라고 하는 것은 둘 또는 그 이상의 구분된 부분들이 서로 녹아 용해되어 있음을 말하는 것이다.[115] 그리고 이는 보르헤스의 Oneness와도 일맥상통하는 점이다.

3. 보르헤스와 카발라

그렇다면 이러한 신비주의의 하나인 카발라가 어떻게 보르헤스에게 영향을 미쳤는가? 보르헤스는 언젠가 한 인터뷰에서 자신은 유대, 프랑스, 벨기에, 스페인 그리고 포르투갈의 혈통을 갖고 있으며 아세베도 Acevedo라는 성은 judeoportugués의 성이라고 밝힌 바 있다.[116] 카발라는 과연 당신에게 무엇을 의미하는가라는 질문에 보르

---

114) IBID., p.261.
115) IBID., p.191.
116) Carlos Roberto Stortini, <u>El diccionario de Borges</u>, Buenos Aires: Editorial Sudamericana, 1986, p.125.

헤스는 이렇게 대답하였다.

"내가 생각하기에 카발라는 내가 나 자신을 유대의 뿌리로부터 나왔다고 생각하기 시작한 이후부터 내게 많은 것을 의미하였다. 나의 어머니의 이름은 Acevedo이고, 그녀 집안의 다른 이름은 Pinedo였다. 그들은 Sephardic Jews[117]였다. 그러나 나는 또한 카발라에서 매우 흥미 있는 아이디어를 발견해 냈는데 그것은 칼라일 Carlyle과 레온 블로이 Leon Bloy에서도 발견되었다. 그 아이디어라는 것은 모든 세상은 단순히 상징체계이고, 별들을 포함하여 모든 세상은 신의 비밀스런 글쓰기에 기초하고 있다는 것이었다. 그 아이디어는 카발라에서 발견되었던 것이고 나는 그것이 나의 주된 관심사가 될 것이라고 생각했다."

"I suppose the kabbalah means much to me since I think I come of Jewish stock. My mother's name was Acevedo, and another member in her family was Pinedo. Those are Sephardic Jews. But also I find a very interesting idea in the Kabbalah, an idea found also in Carlyle and Leon Bloy. It is the idea that the whole world is merely a system of symbols, that the whole world, including the stars, stood for God's secret writing. That idea is to be found in the Kabbalah, and I think that may be my chief attraction to it."[118]

보르헤스는 자신이 유대계라는 것을 긍정도 부정도 하지 않았다. 그 자신도 그의 계보에 대하여 확신이 없었기 때문이다.[119] 보르헤스에게 있어서 유대의 유산은 긴요한 것일 뿐만 아니라 지혜의 외적

---

117) 스페인, 포르투갈, 북아메리카계 유대인.
118) Borges at eighty, ed. W. Barnstone, Indiana University Press, 1982, p.82.
119) Ilan Stavans, "Emma Zunz: The Jewish Theodicy of Jorge Luis Borges", *Modern Fiction Studies*, p.470.

인 원천으로서 필수 불가결한 부분이라고 말할 수 있을 것이다. 유대의 출처 중에서는 탈무드 Talmud, 조하르 Zohar, 그리고 학자풍의 랍비 문학이었는데, 우주의 비밀이나 마술적 힘에 대한 내용을 담고 있었다. 더욱이 그는 추상적 가치의 살아 있는 예로서, 그리고 뒤얽힌 직계의 최고 즉 로고스가 활동하고 인간의 범주로 내려오는 것에 대한 유대인들의 태도를 연구하고자 했다.[120]

살로몬 레비는 "인간의 생각이 꾀한 여러 체계 중 아마도 가장 독특하고 뛰어난 것으로 두드러지는 것 하나는 바로 카발라일 것이며, 카발라는 하이메 알라스라키가 그의 논문 '보르헤스와 카발라 Borges and the Kabbalah'에서 밝힌 바와 같이 보르헤스의 정신세계에 강력한 영향을 미쳤다"고 말한다.[121]

보르헤스가 유대의 전통 중에서 역사적 환경보다 더욱 역동적인 문헌학적이고 이론적이며 무신론적인 동기를 발견했다는 것은 명백한 사실이다. 이러한 사실은 보르헤스의 문학이 사회적이거나 현실적이라기보다 학구적이라는 것을 알면 더욱 분명해진다. 그는 지상에 근거를 두지 않고, 지상의 일들이 하늘에 어떻게 반영되는가를 표현하려 하였다.[122]

보르헤스의 문학은 대부분 문자적 의미에서 고갈되지는 않는다. 그의 문학은 즉각적이고 층을 보여주며 간접적이면서 암시하는 문학이다. 이러한 성향은 그의 문학이 카발라와 우연한 유사함을 보여주는 원인이 된다.[123]

마르코스 리카르도 바르나탄에 의하면 보르헤스가 카발라를 처음 접한 것은 1964년에 불란서 잡지 *L'Herne*의 특집호에 Rabí에 의하여

---

120) IBID., p.471.
121) Salomón Lévy, "El Aleph, símbolo cabalístico, y sus implicaciones en la obra de Jorge Luis Borges", pp.144-145.
122) Ilan Stavans, op. cit., p.470.
123) Jaime Alazraki, "·Borges and the Kabbalah", *IñiQ. 25*(1972), p.241.

출판된 원고였다고 한다. Rabí는 미로의 카발라적 아이디어를 자신의
보르헤스적 소설과 말로 할 수 없는 신의 이름(Nombre Impronunciable
de Dios)을 찾는 경향으로 축약하였다. 70년대 초에는 유대신비주의
공론과 보르헤스 사이에 어떤 연결을 엮으려 시도하였다.[124]

보르헤스는 자신의 "죽음과 나침반"[125]에서 자신의 도서관에 있는
카발라에 관한 몇몇 책들을 고찰하고 있다.

내 희망의 크기 El tamaño de mi esperanza에 있는 "천사들의 이야
기 Historia de los ángeles"에서 보르헤스는 에릭 비숍 Erich Bischoff
의 Los elementos de la Cábala(Berlín, 1920)에 대해 언급하며 그 책이
El Aleph에 나오는 sefiroth에 대한 언급의 원천이었음을 밝히고 있다.

또한 카발라주의자들도 천사를 이용하였다. 에릭 비숍 Erich Bischoff
박사는 20년대에 베를린에서 출판되고 카발라의 요소들이라는 제목이 붙
은 그의 독일어 책에서 10개의 세피로트 혹은 신성함의 영원한 방사를
열거하면서 그들 각각은 하늘의 부분이며 신의 이름 중 하나이고 십계
의 명령이며 인간 신체의 한 부분이고 천사의 성질이라고까지 언급하고
있다.

Также también los cabalistas usaron de ángeles. El doctor Erich
Bischoff, en su libro alemán intitulado Los elementos de la cábala
publicado el año veinte en Berlín, enumera los diez *sefiroth* o
emanaciones eternas de la divinidad; y hace corresponder a cada
una de ellas una región del cielo, uno de los nombres de Dios, un
mandamiento del decálogo, una parte del cuerpo humano y una laya
de ángeles.[126]

---

124) Marcos Ricardo Barnatán, Borges, Biografía total, Madrid: Ediciones
   Temas de Hoy, 1995, p.354.
125) "La muerte y la brújula", Ficciones, OC I, pp.499-507.

또한 Stehelin가 <u>Literatura rabínica</u>에서 언급한 *alef*에 대하여도 쓰고 있다.

Stehelin은 그의 랍비 문학 <u>Literatura rabínica</u>에서 히브리어의 10개의 글자를 10개의 최상의 세계와 연결하고 있다. 글자 알레프는 하늘을, 첫 번째 명령을, 불의 하늘을, 성스런 이름인 나는 나이니라, 그리고 성스런 짐승이라고 불리는 首天使를 향하고 있다. 애매하다는 이유로 카발라주의자들을 비난하는 것은 완전히 틀렸다는 것이 명백하다. 오히려 그들은 이성에 열광했으며 거만함으로 이루어졌으나 그럼에도 불구하고 오늘날 우리가 느끼는 것처럼 엄격하고 인과관계로 이루어진 세상을 만들었다.

Stehelin, en su <u>Literatura rabínica</u>, liga las diez primeras letras del alefato o abecedario de los hebreos a esos diez altísimos mundos. Así la letra *alef* mira al cerebro, al primer mandamiento, al cielo del fuego, al nombre divino *Soy El Que Soy* y a los serafines llamados Bestias Sagradas. Es evidente que se equivocan de medio a medio los que acusan a los cabalistas de vaguedad. Fueron más bien fanáticos de la razón y pergeñaron un mundo hecho de endiosamiento por entregas que era, sin embargo, tan riguroso y tan como el que ahora sentimos······[127]

보르헤스가 바스케스에게 지적한 바와 같이, 그의 조모는 성경에 대한 이러한 전통적 관점과 친숙해지는 시기에 매우 중요했다. 성경은 그녀에게 있어서 기독교적 신앙의 필수적인 것이었다. 그러나 보

---

126) Jorge Luis Borges, "Historia de los ángeles", <u>El tamaño de mi esperanza</u>, Barcelona: Seix Barral, 1994, p.66.
127) Jorge Luis Borges, "Historia de los ángeles", <u>El tamaño de mi esperanza</u>, p.66.

르헤스는 그러한 믿음을 근본적으로 유대적인 것으로 생각했고 그의 biblicismo는 유대적 원천에의 접근이었으며 따라서 성령에 대한 개념도 유대적 개념으로서 그와 같이 성령의 개념도 유대적 관점에서 파악하였다.[128]

에드나 아이젠버그는 그녀의 저서 알레프의 직물공: 보르헤스에 있어서 성경, 카발라 그리고 유대주의 El tejedor del Aleph: Biblia, kabala, y judaismo en Borges의 서문에서 이렇게 말하고 있다. "보르헤스는 알레프 Aleph의 직물사다. 문화적인 암시와 함축적 상징이 풍부한 그의 텍스트들은 알레프(성경, 카발라)로부터 유래된 것들에 대한 특별한 선호를 보여준다. 그의 여러 작품에서 보르헤스는 알레프로부터 유래된 것들을 유대적 원천으로부터 나온 텍스트적 전력과 원형적 은유를 사용하여 짜깁기하고 풀어헤친다."[129]

보르헤스는 카발라의 원칙을 카발라의 옷을 입은 신플라톤주의로 간주하고 그보다는 그 원칙이 제시하는 상징에 더 많은 영향을 받았다. 그는 자신의 작품을 종종 몇몇 의미가 가능한 은유로서의 짜인 상징들 woven symbols이라고 언급하곤 했다. 또한 그는 주어진 텍스트에 대한 독자의 해석의 권리에 대해 말하곤 했다. 따라서 문학은 각각의 작가가 읽고, 다시 해석하고 다시 쓴 다층구조 multilayered로 이해된다. 문학에 대한 이러한 개념은, 무한하고, 70개의 베일에 가려져 그 바닥에는 결코 다를 수 없고, 그 얼굴도 절대 볼 수 없는 얼굴 같은 성경 Scripture에 대한 카발라주의자들의 인식과 유사하다.[130]

보르헤스는 카발라의 텍스트는 독자의 협력을 구하고, 문학을 문자 그대로 받아들이는 독자가 아니라, 대신 숨겨진 의미를 스스로

---

128) Edna Aizenberg, El tejedor del Aleph: Biblia, Kabala y Judaismo en Borges, Madrid: Altalena Editores SA, 1986, p.80.
129) IBID., p.11.
130) Jaime Alazraki, Borges and the Kabbalah and other essays on his fiction and poetry, New York: Cambridge University Press, 1988, p.7.

찾아내려는 독자를 지향한다고 말한다.[131] 그리고 이것은 보르헤스의 작품에도 똑같이 적용될 수 있다.

창조적인 행위로서의 글쓰기는 고전을 모방하고, 이미 쓰인 것의 다시 쓰기, 혹은 다시 해석하기를 의미한다. 보르헤스는 자신은 다른 사람에 의해 이미 쓰인 것을 다시 썼다고 주장했다. 또한 그는 하나의 문학은 그것이 읽히는 방법에 따라 달라진다고 지적하였다.[132]

보르헤스가 카발라에 관심을 가지게 된 데에는 단테의 신곡과 Scholem의 카발라와 그 상징 The Kabbalah and its symbolism을 비롯한 여러 저서들, 그리고 Gustav Meyrink의 골렘 Der Golem이 지대한 영향을 끼쳤다.

당시 보르헤스는 카발라에 대한 지식을 조금 더 넓혔으며 자신이 카발라에 대해 관심을 갖게 된 것은 예전에 Longfellow가 번역한 신곡과 Joshua Trachtenberg의 Jewish Mysticism and Superstition, 1939, 그리고 Gershom Scholem의 Der Golem, Major trends in Jewish Mysticism을 읽은 후부터라고 선언하였다. 그 외에도 보르헤스는 Arthur E. Waite의 The Holy Kabbalah, Henri Sérouya의 La Kabbale, 브리태니커 백과사전 Enciclopedia Británica에 나오는 원고들, 그리고 Adolphe Frank o Knorr von Rosenroth의 책들을 덧붙였다.[133]

노드롭 프라이에 따르면 단테의 "천국편"의 결말에서와 같이 문학에는 어떤 상위의 한계지점(upper limit), 다시 말하면 영원한 세계에 대한 상징적인 비전이 바로 그 영원한 세계의 경험 그 자체가 되는 어떤 지점이 있음을 볼 수 있다. 그것이 바로 보르헤스의 oneness이

---

131) IBID., p.8.
   The texts of the Kabbalah seek the reader's cooperation and were addressed to a reader who did not take them literally but instead strove to discover by himself their hidden meaning.
132) IBID., p.9.
133) Marcos Ricardo Barnatán, op. cit., pp.355-356.

고 단테의 신곡이 카발라와 연관을 가지는 이유일 것이다. 단테는 기독교 교리가 인정하는 영적 존재만을 받아들였고, 이 밖에 다른 것에는 관심을 두지 아니하였다. 이것도 보르헤스와의 공통점이라 볼 수 있다. 왜냐하면 보르헤스도 결국은 성경을 oneness이자 근원으로 보고 있으며, 모든 것의 해체가 아니라, 기독교 교리가 인정하는 범위에서의 해체인 것과 마찬가지라 할 것이다. 여러 층의, 또는 단테가 말하는 <다의적>(多意的) 의미의 원리는 더 이상 空論이 아닌, 더욱이 근거 없는 미신이 아닌 하나의 확립된 사실이다. 이 원리가 확립된 것은 현대 비평의 일부 다른 유파들이 각기 뚜렷하게 구별되는 상징들을 선택하여 그 원리를 분석하면서, 동시에 서로 발전을 꾀해 왔기 때문이다. <글자 그대로의 의미>라는 句는 애매한 것이 없는 기술적인 의미를 가리킨다. 단테의 신곡의 축자적 의미는 역사적인 것이라는 뜻이 아니다. 하여튼 그것은 단테에게 <실제로 일어났던> 사건의 단순한 기술이라는 것이 아니다. 그리고 만일 어떤 시가 글자 그대로 시 외에 어떤 것도 될 수 없다면, 이러한 경우에 있어서의 시의 의미의 축자적 기준은 그 시의 글자, 그 시의 상호 연관된 모티프의 내부구조 외에는 어떠한 것도 될 수 없을 것이다. 우리는 <이 시의 의미는 글자 그대로 이렇다>고 말하고는 시를 산문으로 意譯을 해보는 경우가 있는데, 이것은 비평의 맥락에 있어서 항상 옳지 못한 짓이다. 시인은 "하나의 낱말이 곧 하나의 의미다"라는 등식을 세우지 않는다. 문학적 구조가 아이러니적인 까닭은, <말하고 있는 것>이 <의미하고 있는 것>과는 종류와 정도에 있어서 항상 다르기 때문이다.[134]

보르헤스의 전집 Obras Completas를 되짚어가다 보면 단테의 신곡에 대해 처음으로 나타나는 것은 Discusión, 1932에서이다. 그 수필에

---

[134] 노드롭 프라이, op. cit., pp.68-117.

는 오랜 시간 지옥에 대한 생각으로 고통받았던 보르헤스의 피로감
이 나타나 있다. 훨씬 후에 Historia de la eternidad, 1936에서 우리는
은유에 대한 수필에서 단테에 관한 인용을 다시 발견할 수 있다.

지옥은 단순한 육체적 폭력이지만 풀리지 않는 三位는 반대의
거울과 같은 지적인 공포, 숨 막히고 완벽한 무한함을 내포하고 있
다. 단테는 그런 것들을 투명한 원의 반사와 상이한 색의 상징으로
나타내기를 좋아했다.

El infierno es una mera violencia física, pero las tres inextricables
Personas importan un horror intelectual, una infinitud ahogada, especiosa,
como de contrarios espejos. Dante las quiso figurar con el signo de
una reverberación de círculos díafanos, de diverso color.[135]

독일어를 정복하고 보르헤스는 백작 부인 Héléne von Stummer로
부터 선물 받은 Gustav Meyrink의 Der Golem, 1915 를 읽게 된다.
보르헤스는 Der Golem의 서문에서 80년대에 그의 옛 친구인 Héléne
von Stummer를 기억하며 <비록 그녀가 죽었다 할지라도 그녀의 수
줍은 미소는 우리의 기억 속에서 지워지지 않았다>[136]고 표현하였
다. 마르코스 리카르도 바르나탄은 Golem은 당시 최근에 나온 책으
로 환상적인 테마로 인하여 <전쟁의 흥망성쇠로 지친 다수 민중들
의 주의>를 끌어들이는 힘을 갖고 있었다고 말한다.[137]
골렘은 히브리어로 "terrón de tierra"라는 뜻을 갖고 있다.[138] 골렘

---

135) "Una vindicación de la Cábala", Discusión, OC Ⅰ, p.210.
136) cuya muerte no ha borrado en nuestra memoria su tímida sonrisa.(여기
    서는 Marcos Ricardo Barnatán, op. cit., p.78에서 재인용.)
137) Marcos Ricardo Barnatán, op. cit., p.78.
138) IBID., p.353.

은 창조물로, 결론적으로 말해서 신성한 이름을 빌려 주술행위로 만
들어진 인간이다. 그러한 방식으로 살아 있는 존재를 만드는 것이
가능하다는 생각은 여러 종족의 전통적 마술에 존재한다. 특히 잘
알려진 것은 옛사람들이 말하는 능력을 부여하고자 시도했던 우상이
나 상징들이다. 그리스인들이나 아랍인들 사이에서는 그러한 행동이
종종 하위의 인간들에게 "별들의 영혼을 흩뿌릴 수 있는" 가능성과
연결된 사색과 관련되어 있었다. 그럼에도 불구하고 유대교에 있어
서 골렘이라는 아이디어의 발전은 점성술과는 거리가 먼 것이었고,
세페르 옐지라의 마술적 해석, 그리고 말과 글의 창조적 힘이라는
생각과 관련되어 있었다.139)

　골렘이라는 단어는 성경에 단 한 번 나오고(시편 139, 16)140) 그
러한 구절은 다소 안내적이고 불안전한 것으로 어휘를 탈무드적으로
사용하는 데서 유래한다.141)

　'골렘'에 대한 테마는 훨씬 후에 보르헤스의 유명한 시 "골렘 El
Golem"142)의 발판이 되었고, Paul Wegener(1874-1948)가 감독한 독
일의 표현주의 영화 "Der Golem, 1915"143)으로 인하여 더욱 유명해
졌다. 이 영화에서는 카발라적 영상들이 재건설되고 있다.144)

---

139) Gershom Scholem, Grandes temas y personalidades de la Cábala, Barcelona:
　　Riopiedras, 1988, p.172.
140) 성경전서, p.903, 시편 139:16, 내 형질이 이루기 전에 주의 눈이 보셨
　　으며 나를 위하여 정한 날이 하나도 되기 전에 주의 책에 다 기록이
　　되었나이다.
141) Gershom Scholem, op. cit., p.172.
142) El otro, el mismo, OC Ⅱ, pp.263-265.
143) Marcos Ricardo Barnatán, op. cit., p.79. 이 필름은 1915년 소실되었으
　　나 1920년 Wegener와 Carl Boese가 [Der Golem]이라는 자료로 [Der
　　Golem wie er in die Welt kam(Cómo el Golem entró en el mundo)]라
　　는 제목으로 다시 영화화했다.
144) IBID, p.79.

보르헤스의 시는 작품 내에서 秘傳적인 것과는 거리가 멀다. 보르헤스의 시는 오히려 그와는 아주 반대로 그의 시와 그의 소설작품의 중심 테마의 부분이 된다. 신성함의 꿈으로서의 인간이라는 생각은 다른 신성함의 꿈이 될 수도 있다. "원형의 폐허 Las ruinas circulares"는 그러한 테마가 가장 근접하게 표현된 작품이다. 한 마술사가 그도 또한 누군가가 꿈꾸고 있는 꿈이라는 것을 밝히기 위해 꿈으로 이루어진 사람을 만들어낸다.[145]

보르헤스의 "골렘"은 카발라의 오랜 전통의 이미지를 통하여 우주의 질서를 이해하려는 인간적인 불가능함이라는 테마를 재설계하고 있다.

로베르토 알리파노와의 대화에서 보르헤스는 다음과 같이 말하였다: 구스타브 메이링크가 그 전설에서 영감을 얻은 후 유명한 소설을 하나 쓴 적이 있습니다. 그리고 수년이 더 지난 뒤에는 제가 그 작품에서 영감을 얻어서 시를 한 편 짓게 되었습니다. 프라하의 랍비였던 유다 레온의 이야기가 나오는 시 말입니다. 하나님이 흙덩어리를 빚어서 거기에 생명을 불어넣습니다. 이렇게 해서 아단 혹은 아담이라는 이름의 인간이 창조되었는데, 히브리 말로 아담은 붉은 흙이란 뜻이지요. 카발라를 연구하는 히브리 신비학자들은 이 아담을 최초의 골렘이라고 합니다. 그는 신성한 말씀과 생명의 입김으로 창조되었던 것입니다. 그런데 카발라에 다음과 같은 이야기가 나옵니다······[146]

이제 카발라에서 가장 궁금한 전설 중의 하나인 신화의 하나를

---

145) Jaime Alazraki, "'El Golem' de J. L. Borges", Homenaje a Casalduero, Madrid: Editorial Gredos, 1972, p.4.
146) "골렘-보르헤스와의 대화", 로베르토 알리파노, 김유리 옮김, 계간 현대시사상, 1995, 여름, pp.133-138.

얘기하고자 합니다. 그것은 골렘에 대한 얘기인데, 메이링크의 그
유명한 소설이 내가 한 편의 시를 쓰도록 영감을 주었습니다. 하나
님께서 흙을 집어 생명을 불어넣고 아담을 창조하셨는데, 카발라주
의자들에게는 그것이 첫 번째 골렘이 될 것이었습니다. 골렘의 전
설은 내가 방금 읽은 게르숌 숄렘의 <u>카발라의 상징주의</u> El simbolismo
<u>de la cábala</u>에 매우 아름답게 인용되었습니다. 나는 그 책이 그 테마
에 대한 가장 명확한 책이라고 생각합니다. 왜냐하면 원전을 찾는
다는 것은 거의 불필요한 일이라고 생각했기 때문입니다.

Querría hablar ahora de uno de los mitos, de una de las leyendas más
curiosas de la cábala. La del golem, que inspiró la famosa novela de
Meyrink que me inspiró un poema. Dios toma un terrón de
tierra(Adán quiere decir tierra roja), le insufla vida y crea a Adán, que
para los cabalistas sería el primer golem······Las leyendas del golem han
sido hermosamente aprovechadas por Gershom Scholem en su libro
El simbolismo de la cábala, que acabo de leer. Creo que es un libro más
claro sobre el tema, porque he comprobado que es casi inútil buscar
las fuentes originales.[147]

---

147) "La Cábala", <u>Siete Noches</u>, OC Ⅲ, p.274. 골렘에 대한 얘기는 보르헤
스의 작품에 다시 나타난다.
골렘으로 돌아와 보자. 한 랍비가 하나님의 신성한 이름을 발견하게
되어 그것을 점토로 만들어진 인간의 형상에 발음하였다고 가정하면
이것은 생명을 갖게 되고 골렘이라 불린다. 전설 중의 한 가지는 골
렘의 이마에 EMET이라는 단어를 쓰는데 그 의미는 진실이라고 한다.
골렘은 자라난다. 골렘은 기울어지고 랍비는 입김을 불어 알렙 혹은
EMET의 첫 글자를 지우게 된다. 골렘은 먼지가 된다.(Volvamos al
golem. Se supone que si un rabino aprende o llega a descubrir el
secreto nombre de Dios y lo pronuncia sobre una figura humana hecha
de arcilla, ésta se anima y se llama golem. En una de las versiones
de la leyenda, se inscribe en la frente del golem la palabra EMET,
que significa verdad. El golem crece. ······El golem se inclina y el
rabino sopla y logra borrarle el aleph o primera letra de EMET. ······El

보르헤스의 시 "골렘"을 살펴보자.

골 렘

만일(플라톤이 <u>크라틸로</u>에서 말한 것처럼)
이름이 사물의 원형이라면,
장미 말 속엔 장미가 있고
나일 강 전체가 나일 속에 있다.

자음과 모음으로 이루어진
끔찍한 이름도 있을 것이다.
신의 암호를 담고

---

golem se transforma en polvo.), OC Ⅲ, p.274.
다른 전설에는 한 랍비 혹은 몇몇의 랍비들, 몇몇의 마술사들이 골렘을 만들어 다른 주인에게 보냈는데, 그렇게 할 수는 있지만 그러한 허영과는 거리가 멀었다. 랍비는 그에게 말하고 골렘은 대답하지 않았는데 말하고 인지하는 능력은 거부되었기 때문이다.(En otra leyenda un rabino o unos rabinos, unos magos, crean un golem y se lo mandan a otro maestro, que es capaz de hacerlo pero que está más allá de esas vanidades. El rabino le habla y el golem no le contesta porque le están negadas las facultades de hablar y concebir.), OC Ⅲ, p.275.
마지막으로 숄렘이 서술한 전설이다. 많은 학자들(한 사람 혼자 힘으로는 <u>창조의 책</u>을 연구하고 이해할 수가 없다)이 골렘을 창조해 내었다. 손에 비수를 들고 태어난 그는 창조자들에게 자신을 죽여 달라고 애원했는데 "만일 내가 살아 있다면 영웅으로 숭앙받을 것이기 때문"이었다. 이스라엘에서는 개신교처럼 우상숭배가 가장 큰 죄악이다. 그들은 골렘을 죽였다.(Por último, otra leyenda narrada por Scholem. Muchos discípulos(un solo hombre no puede estudiar y comprender el Libro de la Creación) logran crear un golem. Nace con un puñal en las manos y les pide a sus creadores que lo maten "porque si yo vivo puedo ser adorado como un ídolo." Para Israel, como para el protestantismo, la idolatría es uno de los máximos pecados. Matan al golem.), OC Ⅲ, p.275.

전지전능의 힘을 글자 속에 간직하는
에덴동산에서 아담과 하늘의 별들은
그 말을 알았다.(카발라에 의하면)
원죄의 녹으로 그 말은 지워져 버리고
자손들은 잊어버렸다.

인간의 궁리와 고지식함은 끝이 없다
어느 유대 마을에서 한 무리의 選民들이
그 이름을 찾아 긴 밤을 지새우곤
했다는 것을 우리는 알고 있다.

어두운 역사가 암시하는 희미한
그림자를 쫓는 무리와는 달리
프라하의 랍비 유다 레온은
아직도 풋풋하고 생기 있는 기억을 지니고 있었다.

신이 아는 것을 자기도 알고 싶은 욕망에서
유다 레온은 알파벳의 복잡한 순열을
이리저리 조합해 보다가
마침내 이름의 키워드를 말하게 되었다.

서툰 손으로 빚은 인형에게
언어와 시간과 공간의 秘義를
가르치기 위해 문, 메아리, 손님
궁전을 말해 주었다.

그 模像은 덜 떨어진 눈을 뜨고
소음에 섞인, 아직 認知할 수 없는
형태와 색깔을 쳐다보았다.

그리고 두렵게도 몸을 꿈틀거렸다.
점점(우리들처럼) [앞, 뒤, 어제,
지금, 오른쪽, 왼쪽, 나, 너,
그들, 타인들]의 소리그물의
포로가 되어갔다

(창조주 역할을 한 그 카발라주의자는
자신의 피조물을 골렘이라 불렀다.
이 이야기는 숄렘이 그의 놀라운 책에
자세히 언급하고 있다.)

랍비는 그에게 우주를 설명했다.
[이것은 내 다리, 그것은 네 다리, 저것은 밧줄]
몇 년 뒤에 드디어 그 무지랭이는
교회청소를 제법 하게 되었다.

아마 신성한 이름의 철자법이나 발음에
문제가 있었던지
그렇게 정교한 마법술에도 불구하고
그 견습인간은 말을 배우지 못했다.

사람의 눈보다 못해 개의 눈 같은
아니 개의 눈보다 못한 그의 눈은
우리 속의 희미한 어둠 속에서
랍비만 바라다보았다.

골렘은 무언가 비정상이고 조악하였다.
그래서 랍비의 고양이는 그를 보면 숨곤 했다.
(숄렘의 책에는 고양이가 나오지 않지만

난 시간을 거슬러 그렇게 상상했다.)
랍비를 흉내내어 두 손을 모아
자신의 조물주 신을 향하여 연신 기도한다.
혹은 어리석은 미소를 지우며
큰절하고 머리를 조아려 땅에 구른다.

랍비는 자신에게 바치는 그 경배를 다정하게
바라보다 어떤 공포를 느꼈다.
[(혼잣말로) 어떻게 이 형편없는 자식을
차라리 없애버리는 게 더 현명할 거야.]

하고많은 종자 중에 뭐 하러
한 상징을 더 첨가했는가?
영원 속에 사라져 가는 헛된 실 꾸러미에다
어쩌자고 또 하나의 원인, 결과, 슬픔을 덧붙였는가?

고뇌와 희미한 빛줄기 속에서 번뇌하며
랍비는 자신의 골렘에서 시선을 떼지 못했다.
그 프라하의 랍비를 바라보며
神이 느꼈을 혼란된 감정을 그 누가 말할 수 있으랴?

El golem

Si(como el griego afirma en el Cratilo)
el nombre es arquetipo de la cosa,
en las letras de rosa está la rosa
y todo el Nilo en la palabra Nilo.

Y, hecho de consonantes y vocales,

habrá un terrible Nombre, que la esencia
cifre de Dios y que la Omnipotencia
guarde en letras y sílabas cabales.

Adán y las estrellas lo supieron
en el Jardín. La herrumbre de pecado
(dicen los cabalistas) lo ha borrado
y las generaciones lo perdieron.

Los artificios y el candor del hombre
no tienen fin. Sabemos que hubo un día
en que el pueblo de Dios buscaba el Nombre
en las vigilias de la judería.

No a la manera de otras que una vaga
sombra insinúan en la vaga historia,
aún está verde y viva la memoria
de Judá León, que era rabino en Praga.

Sediento de saber lo que Dios sabe,
Judá León se dio a permutaciones
de letras y a complejas variaciones
y al fin pronunció el Nombre que es la Clave,

la Puerta, el Eco, el Huésped y el Palacio,
sobre un muñeco que con torpes manos
labró, para enseñarle los arcanos
de las Letras, del Tiempo y del Espacio.

El simulacro alzó los soñolientos
párpados y vio formas y colores
que no entendió, perdidos en rumores
y ensayó temerosos movimientos.

Gradualmente se vio(como nosotros)
aprisionado en esta red sonora
de Antes, Después, Ayer, Mientras, Ahora,
Derecha, Izquierda, Yo, Tú, Aquellos, Otros.

(El cabalista que ofició de numen
a la vasta criatura apodó Golem;
estas verdades las refiere Scholem
en un docto lugar de su volumen.)

El rabí le explicaba el universo
Esto es mi pie; esto el tuyo; esto la soga
y logró, al cabo de años, que el perverso
barriera bien o mal la sinagoga.

Tal vez hubo un error en la grafía
o en la articulación del Sacro Nombre;
a pesar de tan alta hechicería,
no aprendió a hablar el aprendiz de hombre.

Sus ojos, menos de hombre que de perro
y harto menos de perro que de cosa,
seguían al rabí por la dudosa
penumbra de las piezas del encierro.

Algo anormal y tosco hubo en el Golem,
ya que a su paso el gato del rabino
se escondía.(Ese gato no está en Scholem
pero, a través del tiempo, lo adivino.)

Elevando a su Dios manos filiales,
las devociones de su Dios copiaba
o, estúpido y sonriente, se ahuecaba
en cóncavas zalemas orientales.

El rabí lo miraba con ternura
y con algún horror. ¿Cómo(se dijo)
puede engendrar este penoso hijo
y la inacción dejé, que es la cordura?

¿Por qué di en agregar a la infinita
serie un símbolo más? ¿Por qué a la vana
madeja que en lo eterno se devana,
di otra causa, otro efecto y otra cuita?

En la hora de angustia y de luz vaga,
en su Golem los ojos detenía.
¿Quién nos dirá las cosas que sentía
Dios, al mirar a su rabino en Praga?[148]

그의 시는 "하나의 문학이 다른 것과 다른 점은 이후에도 이전에
도 그것이 읽히는 방법에 따라 달라진다"[149]는 가장 설득력 있는 증

---

148) El otro, el mismo, OC Ⅱ, pp.263-265.
149) "Nota sobre(hacia) Bernard Shaw", Otras Inquisiciones, OC Ⅱ, p.125.

거가 된다. 보르헤스는 카발라주의자들의 신앙처럼 성령이 모든 세대의 문학을 포함하고 있다고 하는 것을 결론지으며 다음과 같이 말한다. "만일 내게 현재의 어느 페이지건, 예를 들어 이 페이지를 2000년에 읽힐 방식으로 읽어 볼 권리를 준다면, 나는 2000년의 문학이 어떠한가에 대하여 알게 될 것이다."[150) 그의 시 "골렘"은 20세기의 한 시인이 유대의 옛 전설에 대해 강의한 것이다.

보르헤스는 이 책에 대하여 <El Golem은 신화와 성애와 여행, 프라하의 "지방색", 전조적인 꿈, 먼 혹은 예전의 삶에 대한 꿈 그리고 현실까지를 익살스럽게 조화시킨 기이하리만큼 시각적인 책>이라고 표현하였다.[151) 또한 보르헤스는 자신의 작품 "Gustav Meyrink"[152) 에서 다음과 같이 말한다.

골렘은 환상적인 소설이다. 언젠가 노발리스는 "꿈처럼 연결되어 이끌어지는 꿈의 이야기, 앞뒤가 맞지 않는 이야기"를 열망하였다. 그런 이야기를 지어내는 것이 쉬운 것만큼, 판독 불능하지 않을 방식으로 이야기를 지어내는 것도 불가능한 일이다. 골렘은 믿을 수 없을 만큼 꿈같고, 해독하기 어려운 것과는 정반대이다. 그것은 꿈의 어지러운 역사이다. 첫 번째 장에서 문체는 나무랄 데 없이 가시적이다. 마지막 장에서는 소책자의 기적이 격렬해지고 Baedeker의

Una literatura difiere de otra, ulterior o anterior, menos por el texto que por la manera de ser leída.
150) "Nota sobre(hacia) Bernard Shaw", Otras Inquisiciones, OC II, p.125.
Si me fuera otorgado leer cualquier página actual-ésta, por ejemplo-como la leerán el año 2000, yo sabría cómo será la literatura del año 2000.
151) "Der Engel vom Westlichen Fenster, de Gustav Meyrink", Textos Cautivos, OC IV, p.213.
……El Golem, libro extraordinariamente visual, que combinaba graciosamente la mitología, la erótica, el turismo, el "color local" de Praga, los sueños premonitorios, los sueños de vidas ajenas o anteriores, y hasta la realidad.
152) "Gustav Meyrink", Textos Cautivos, OC IV, pp.360-361.

영향이 에드가 알란 포우 Edgar Allan Poe의 영향보다 더 막강해진다. 그리고 우리는 아무런 기쁨 없이 헛된 별표와 참을성 없는 대문자들로 이루어진 자극적인 인쇄의 세계로 들어가게 된다.…… 나는 골렘이 중요한 책인지는 모르겠다, 유일한 책이라는 것은 알고 있다.

El Golem es una novela fantástica. Novalis anheló alguna vez "narraciones oníricas, narraciones inconsecuentes, regidas por asociación, como sueños." Tan fácil es componer narraciones de ésas como imposible es componerlas de modo que no sean ilegibles. El Golem-increíblemente-es onírico y es lo contrario de ilegible. Es la vertiginosa historia de un sueño. En los primeros capítulos(los mejores) el estilo es admirablemente visual; en los últimos arrecian los milagros de folletín, el influjo de Baedeker es más fuerte que el de Edgar Allan Poe, y penetramos sin placer en un mundo de excitada tipografía, habitado de vanos asteriscos y de incontinentes mayúsculas……No sé si El Golem es un libro importante; sé que es un libro único.[153]

보르헤스는 1969년과 1971년에 각각 이스라엘을 방문하였다. 첫 번째 방문에서는 전국을 돌아보고 주요 대학에서 강연을 하였으며 뛰어난 지인들과 알게 되었는데 이때, 카발라를 연구한 저명한 학자인 Gershom Scholem과도 친구가 되었다.

예루살렘에서 Gershom Scholem과의 만남은 Praga Franz Kafka가 꿈꾸던 보르헤스의 미로 그리고 13세기 이후 카발라주의자들이 건설해 오던 둘 사이의 관계와 평형을 이루었다.[154]

카발라주의자들의 성경은 성스럽게 쓰인 책이며 무한한 의미를 지

---

153) "Gustav Meyrink", Textos Cautivos, OC Ⅳ, p.360.
154) Marcos Ricardo Barnatán, op. cit., pp.354-355.

닌 텍스트일 뿐만 아니라 의미의 계보를 지닌 책이며, 어떤 것은 통속적이고 또 어떤 것은 秘傳적이다. 신비주의자들은 이러한 아이디어를 성경 안의 몇몇 "층" 또는 "빛"으로 간주하였다. "층"과 "빛"은 더 많은 사람들이 텍스트의 내부 깊숙한 곳까지 연구하도록 내부로 발전하였다. 토라의 숨겨진, 그리고 드러난 원칙에 대한 보르헤스의 습득과 그를 표현하기 위해 사용되었던 숨겨진 묘사는 충분히 입증되었다. 이제는 고전이 된 그의 "카발라에 대한 변론 Una vindicación de la cábala"에서 그는 자신의 서술 모델이 신비주의의 세속적인 버전임을 암시하였는데 아나 마리아 바레네체아는 "완벽하게 이루어진 것부터 원형적인 형태까지 다양한 층의 강독"으로 묘사하였다. 그리고 보르헤스의 작품은 표면적으로 보기에는 가장된 현실의 환경적 세부사항까지 포함한 문자적 기술이다. 그러나 이 순간에 벌써 더욱 다르고 추상적이고 이해하기 어려운 목표를 포착해야 할 필요가 느껴지는 간헐적 상징들이 드러난다고 말하였다.[155]

보르헤스의 작품에는 카발라를 인용한 표현들이 여러 곳에서 나타난다.

그 책은 카발라에 대한 옹호, 로버트 플러드 철학에 대한 고찰, 창조의 책의 축어적 번역본, 바알 샘의 생애, 하시딤 교파의 역사, <사문자어>(Tetragámaton)에 대한 (독일어로 쓴) 연구논문, 그리고 모세오경의 聖句에 대한 연구논문 등이었다.

Indicó en el placard una fila de altos volúmenes: una Vindicación de la cábala; un Examen de la filosofía de Robert Flood; una traducción literal

---

155) Ana María Barrenechea, "Borges y los símbolos", *Textos hispanoamericanos: de Sarmiento a Sarduy*, Caracas: Monte Avila, 1978, pp.145-58. 여기서는 Edna Aizenberg, "Feminism and kabbalism: Borges's 'Emma Zunz'", *Crítica Literaria*, Vol.15, No.2, 1993, pp.12-13에서 재인용.

del Sepher Yezirah; una Biografía del Baal Shem; una Historia de la secta de los Hasidim; una monografía (en alemán) sobre el Tetragrámaton; otra, sobre la nomenclatura divina del Pentateuco.[156]

또한 카발라의 경전인 창조의 책에 대한 언급도 있다.

1928년에는 창조의 책을 번역하여 헤르만 바르스도르프 출판사에서 발간했다.

En 1928, había traducido el Sepher Yezirah para la editorial Hermann Barsdorf;[157]

이와 같이 조하르나 세페르 옐지라와 같은 책들이 보르헤스의 글쓰기에 중대한 영향을 미쳤다는 것을 알 수 있다. "원형의 폐허 Las ruinas circulares", "죽음과 나침반 La muerte y la brújula", "신의 글쓰기 La escritura del Dios", "알레프 El Aleph", "두 갈래 오솔길이 있는 정원 El jardín de senderos que se bifurcan", "죽지 않는 사람들 El inmortal"과 같은 작품들, "골렘 El Golem", "연금술사들 El alquimista" 같은 시들, "De alguien a nadie" 같은 수필은 더 인용할 것도 없이 카발라로부터 영감을 받은 작품들이라 할 것이다.

---

156) "La muerte y la brújula", Ficciones, OC I, p.500.
157) "El milagro secreto", Ficciones, OC I, p.508.

4. 誤讀의 필요성

1) 오 독

'오독'은 오류를 범하고 기본적인 텍스트에 접근하지 못하는 책 읽기를 의미한다. 오독이라는 문제가 처음으로 부각되기 시작한 것은 포스트구조주의자들, 그 가운데에서도 특히 해체주의자들에 의해서이다. 힐리스 밀러는 모든 문학 텍스트가 서로 모순되고 상충되는 다양한 의미들의 끝없는 유희이며 비종결적 속성을 지니지 않을 수 없다는 이론에 기초하여 궁극적으로 '모든 독서는 오독'이라는 그 특유의 이론을 주장하였다.158)

또한 폴 드 만은 텍스트는 작가가 계획적으로 명제가 지난 의미를 전달하기 위하여 작가에 의해 창조되었다는 가정으로부터 출발하지만 그 텍스트가 완성되었을 때는 글 쓰는 사람 자신도 모르는 모순에 빠진다는 것을 발견하고, 비평적 해석 활동이라고 특징지을 수 있는 것에서 비롯된 오독에 새로운 의미를 부여하였다.159) 드 만의 요점은 '오독'이 되더라도 무한히 다양하게 해석되어야만 그 작품의 진실에 도달하는 빛의 통찰력을 얻을 수 있다는 것이다.

후에 해럴드 블룸에 이르러 오독은 모든 텍스트는 상호 연관되어 있다는 점에서 착오, 잘못된 해석 등과 더불어 '기만행위'의 범주에 속하게 된다. 윤호병이 말하기를 블룸에 따르면 시에 대한 해석이란 결국 오독행위, 즉 시적 '기만행위'에서 비롯되는 잘못된 해석만이

---

158) 김욱동, 포스트모더니즘의 이론, 서울: 민음사, 1991, p.123.
159) 이태동, "폴 드 만의 해체이론과 그 실체", 계간 현대시사상, 겨울, 1990, 서울: 고려원, p.54.

존재한다는 것이다.160)

 따라서 오독의 특성은 말 이전에 문자가 존재하며, 성경의 저자는 성령이며 성경은 부호나 암호로 이루어진 책으로 이러한 세상의 짜깁기된 기호를 푸는 카발라의 의미와 상통하는 바가 있다. 또한 보르헤스에게 있어서 카발라는 모든 세상이 단순한 기호체계이며 우주를 포함한 모든 세상은 신의 비밀스런 글쓰기에 기초한다는 것을 생각할 때, 문학은 각각의 작가가 읽고, 다시 해석하고 다시 쓴 다층구조로 이해된다는 개념이라고 할 것이다. 따라서 카발라의 텍스트는 독자의 협력을 구하고, 문학을 문자 그대로 받아들이는 독자가 아니라 숨겨진 의미를 스스로 찾아내려는 독자를 지향하고, 이런 의미에서 오독을 살펴보는 일은 보르헤스의 작품 속에 나타나는 카발라를 이해하는 데 있어서 필수적인 것이라 하겠다.

 보르헤스의 작품에 나타나는 카발라를 분석하기에 앞서 구조주의의 이론을 살펴보아야 할 것이다. 구조주의자들은 언어를 기호들의 체계로 인식하였는데, 이는 우주를 세상의 짜깁기된 기호로 파악한 카발라주의자들의 사상과 일맥상통하기 때문이다.

 "구조주의의 이론적 토대는 널리 알려진 것처럼 소쉬르의 언어이다. 이 원리에 의하면 언어는 기호들의 체계로 인식되며, 또한 이 체계는 공시적으로 연구되어야 한다. 따라서 언어의 시간적 발전과 변화 같은 이른바 통시적 양상은 2차적인 중요성을 띠게 된다. 소쉬르에게 있어서 랑그 langue란, 말이나 글의 개별적인 實例가 되는 파롤 parole의 버팀목의 역할을 하는 언어체계를 의미한다. 그에 의하면, 기호 또한 두 부분으로 이루어져 있다는 것-다시 말해 '지시어 signifier'와 '지시대상 significant'은 마치 동전의 양면과도 같다는 것이다. 하지만 소쉬르는 '지시어'와 '지시대상'이 언제나 필연적 관계

160) 윤호병, "헤럴드 블룸의 해체비평", 계간 현대시사상, 겨울, 1990, 고려원, p.101.

가 있는 것은 아니라는 것-즉 언어에는 때로 한 단어('지시어')가
두 가지 개념('지시대상')을 갖는 경우가 있다는 것-을 알아냈다. 셀
던에 따르면 소쉬르는 "언어에는 명확한 용어가 없이 다만 차이만이
있다"라는 유명한 말로 결론을 내리고 있다. 후기구조주의 사상은
바로 그 의미의 본질적으로 불안한 성격을 발견하면서 비롯되었다.
후기구조주의에 이르면 이 시간성이 다시 이론의 중심을 형성한다.
후기구조주의는 그동안 스스로의 필수조건인 질서 정연함을 무시하
며, 스스로를 다른 '지시대상(서로 다른 언어)'들과 상호 교차시키고
연결시켜 온 '지시어(서로 다른 개념)'의 끈질긴 행위를 추적하는 데
주력을 기울여 왔다.

　후기구조주의의 탁월한 이론가인 롤랑 바르트는 그의 저서 저자의
죽음, 1968에서 언어와 의미에 대한 근본적으로 새로운 견해를 밝힘
으로써 후기구조주의의 입장으로 선회하였다. 그에 의하면 작가가
범할 수 있는 가장 최악의 죄는 언어가 자연스럽고 명료한 매개체여
서 그것을 통해 독자가 확고하고 통일된 '진실'이나 '리얼리티'를 파
악할 수 있는 것처럼 가장하는 것이다. 따라서 바르트에게 있어서
노련한 작가란 모든 저술행위의 가식을 인정하고 글쓰기와 더불어
유희를 하는 사람을 의미했다.[161] 바르트에 따르면 저자의 죽음은
개인의 발화(parole)를 비개인적인 체계의 산물(langues)로 생각하는
구조주의 속에 이미 내재해 있다는 것이다. 바르트는 모든 메타언어
의 권위를 파괴하는 무한한 회귀('아포리아 aporia')를 보게 된다. 이
것은 곧 비평가로서 독서를 하게 될 때 우리는 결코 언술을 벗어날
수도 없고, 이어서 행해지는 의미탐색의 독서 interrogative reading에

---

161)　레이먼 셸던, 현대문학이론, 현대문학이론연구회 역, 문학과 지성사,
　　　1995, p.114. 여기서 인용된 바르트의 말은 그의 저서 기호학의 요소
　　　들(Elements of Semiology), 1967에 언급된 말들이나 여기에서는 레이
　　　먼 셸던의 인용을 재인용하기로 한다.

서도 확고부동의 위치를 차지할 수도 없다는 것을 의미한다. 그러므로 비평과 해석행위를 포함해서 모든 언술들은 똑같이 '허구적'인 것이 되어버리고 만다. 즉 '진리'의 자리에는 아무것도 서 있을 수 없다는 것이다.

텍스트의 즐거움, 1975에서 바르트는 '즐거움'이 갖는 두 가지 의미를 구별하면서 논의를 시작하고 있다. 그 하나는 '쾌감(관능적, pleasure)'이고 다른 하나는 '희열(bliss)'이다. 텍스트의 일반적 쾌감이란, 단순하고 명백한 표면적 의미를 '초월'하는 것을 의미한다. 즉 독서하는 동안 우리는 텍스트 속에서 상호 연관이라든가, 메아리라든가, 또는 지시사항을 발견하게 되는데, 순수하고도 연속적인 텍스트의 흐름에 이렇게 끼어드는 것은 우리로 하여금 쾌감을 느끼게 해준다. 쾌감이란 두 개의 표면 사이의 '합일(틈, 잘못, 약점)'에서도 비롯된다. 희열의 텍스트는 "독자의 역사적, 문화적, 심리적 관습을 불안하게 하며 [……] 언어에 대한 그의 관계에 위기를 가져다준다"고 바르트는 말한다.

바르트의 S/Z, 1970은 그의 가장 훌륭한 후기구조주의 계열의 저서이다. 그는 "세계의 모든 이야기들을 [……] 단 하나의 구조 속에서 파악하려는" 구조주의 내러티브 연구가들의 야심이 헛된 것이라는 것에 대한 암시로 그 책을 시작하고 있다. 그것은, 모든 텍스트는 '차이'를 갖고 있기 때문에 그 구조를 파악하려는 시도는 헛된 것이라는 것을 밝히는 시도였다. 이는 소쉬르가 언어에는 차이만이 있다고 한 것과 맥락을 같이한다. 그러한 차이는 어떤 독특한 종류의 것이 아니라 텍스트성 자체의 결과로서 생성되는 것이다. 각 텍스트는 무한한 바다처럼 많은 '이미 쓰인' 것들에 대해 각기 다른 방식으로 언급하게 된다. 어떤 글쓰기는 특정의 의미와 지시대상을 주장함으로써, 독자가 '이미 쓰인' 것과 텍스트를 자유스럽게 재연결시키는 것을 저지하고 있다. 사실주의적 소설은 제한된 의미를 가진 '닫힌' 텍스트를 제시한다. 또 다른 부류의 텍스트들은 독자로 하여금 의미

를 산출하도록 격려한다. 아방가르드의 텍스트에서는, 독서하는 '나'
는 '이미 다른 텍스트들의 다원성 plurality'이 되며, 또한 읽은 것을
그 다원성과 접촉시킴으로써 의미를 산출하는 자유를 갖게 된다. 첫
째 부류의 텍스트는 독자로 하여금 다만 고정된 의미의 소비자가 되
도록 하는 반면, 두 번째 부류의 텍스트는 독자를 생산자로 만든다.
첫째 부류의 텍스트를 바르트는 '읽을 수 있는' 텍스트라고 부르며,
두 번째 부류는 '쓸 수 있는' 텍스트라고 부른다. 첫 번째 부류는 읽
도록(소비하도록) 만들어졌으며, 두 번째 부류는 쓰도록(생산하도록)
만들어졌다.

줄리아 크리스테바의 <u>시적 언어의 혁명</u>, 1974이라는 책은 '심리분석'
이라는 관념의 특정체계에 기초하여 쓴 책이다. 크리스테바는 이 책에서
질서 정연하고 이성적으로 받아들여져 온 것들이 이질성(heterogeneous)
과 비이성(irrational)에 의해 끊임없이 위협당하는 과정을 탐색하고 있다.

크리스테바는 '일반적인 것'과 '시적인 것' 사이의 관계에 대해 복
합적인 심리분석을 해본다. 일반적인 것은 기호학적인 것으로 무질
서한 의미화 과정처럼 작용하고 시적인 것은 상징적인 것이다. 크리
스테바는 시에 있어서 음향의 사용을 우선적으로 성적 충동과 연관
시키고 본질적인 사회적 변화의 가능성은 서열적인 언술의 분열과
연관되어 있다고 생각한다.

라캉의 심리분석적 저서들은 비평가들에게 '주관 subject'에 대한
새로운 이론을 제공해 주었다. 우리가 라캉의 비평이론을 수긍할 수
있는 것은 '말하는 주관'의 '유물론적' 분석을 전개시키고 있기 때문
일 것이다. 라캉은 인간의 주관이 언어체계 안에서만 의미를 취하는
기존의 '지시어' 체계 속으로 들어간다고 생각한다.

'상상적인' 것과 '상징적인' 것에 대한 라캉의 구별은 '기호학적인'
것과 '상징적인' 것에 대한 크리스테바의 구분과 부합된다. 이 '상상
적인' 것이란 주관과 객관 사이에 아무런 명백한 구별이 없는 상태

를 말한다.

후기구조주의 문학에 중요한 영향을 준 프랑스 철학자로 자크 데리다를 빼놓을 수 없다. 1966년 존스 홉킨스 대학의 한 심포지엄에서 발표한 "구조, 기호, 그리고 인문학의 언술"이라는 논문은 미국에서 새로운 비평운동을 일으켰다.

셀던에 따르면 프로이트의 이론은 자아 속에서 의식과 무의식 사이를 구분함으로써 그러한 형이상학적 확신을 붕괴시킨다. 서구의 사상은 센터의 원리로서 작용하는 셀 수 없이 많은 용어들을 개발시켰다. ─존재, 본질, 진리, 실체, 형식, 시작, 끝, 목적, 의식, 인간, 신 등. 우리가 '할 수' 있는 것은 다만 그 체계(육체 / 영혼, 선 / 악, 진지함 / 불성실)의 어느 한 극으로 하여금 현존의 센터나 보증인이 되는 것을 거부하는 것뿐이다. 센터에 대한 이러한 욕망을 데리다는 자신의 고전적 저서 문자학에 대하여 Of Grammatology, 1967에서 '말중심주의 logocentrism'라고 부르고 있다. '로고스(그리스어로 '말')'란 신약성서에서 현존의 가능성을 가장 집중적으로 나타내 보여주고 있는 용어이다. ─"태초에 말씀이 있었다." '말'은 모든 것의 근원으로서 세상의 완전한 현존을 암시하고 있으며, 다른 모든 것은 그 한 원인의 결과가 된다. 비록 성서가 쓰였지만, 신의 말씀은 본질적으로 '말해진 spoken' 것이다. 살아 있는 존재로부터 방출된 말은 문자보다 사고의 근원에 더 가까운 것처럼 보인다. 데리다는 글보다 말에 특권을 부여하는(그는 그것을 '음성중심주의 phonocentrism'라고 부르고 있다) 것이야말로 '말중심주의 logocentrism'의 고전적 특성이라고 지적한다.

그렇다면 무엇이 기호로 하여금 완전한 현존이 되지 못하도록 한단 말인가? 데리다는 기호의 분리된 본질을 전달하기 위해 'différance'라는 용어를 만들어냈다. 프랑스에서는 'différance'의 발음이 'différénce'로 들린다. 그 모호성은 다만 그것을 글로 쓸 때에만 인지된다. 또한

'différer'는 '다르게 하다 to differ'와 '지연시키다 to difer'의 두 가지 의미를 갖는다. '다르게 하다'는 공간적인 개념이다. 이때 기호는 그 체계의 내부에서 거리를 두는 차이의 체계로부터 나타난다. '지연시키다'는 시간적 개념이다. 이때 '지시어'는 '현존 presence'의 끝없는 유보를 강요한다. 음성중심주의는 이 'différance'를 무시하며 발언된 말의 자체 현존을 주장한다.

음성중심주의는 글쓰기를 말의 오염된 형태로서 취급한다. 반면에 글은 상대적으로 불순하고, 스스로의 체계를 통해 비교적 항구적인 외적 표시로서 남는 것이 된다. 글은 반복될 수 있고(인쇄되거나 재판을 찍는 등), 그러한 반복은 해석과 재해석을 초래한다. 글은 저자의 현존을 필요로 하지는 않지만, 말은 언제나 직접적인 현존을 암시하고 있다.

'글'과 '말'에 대한 이러한 짝짓기―즉 말은 완전한 현존을 갖고 있는 반면, 글은 이차적인 것이고 그 물질적 속성으로 인해 말을 오염시킨다는 주장―를 데리다는 '폭력적인 서명제도'라고 부른다.162)

데리다는 오스틴의 언어행위이론163) 가운데서 '행위수행적 언어행

---

162) 이상의 내용은 레이먼 셀던, <u>현대문학이론</u>, pp.112-133의 내용을 정리한 것이다.

163) 테리 이글턴 저, 김명환, 정남영, 장남수 공역, <u>문학이론입문</u>, 창작과 비평사, 1986, p.147, 언어행위이론(speech act theory)라고 알려진 이 이론은 영국 철학자 오스틴(J. L. Austin)의 저작, 특히 재미있게 제목이 붙여진 저서인 <u>단어들로 어떻게 일을 할 것인가 How to do Things with Words</u>, 1962로부터 시작된다. 오스틴은 모든 언어가 실제로 현실을 묘사하지는 않는다는 것에 주목했다. 어떤 언어는 무엇인가를 달성하려는 목적을 지닌 '수행적인(performative)' 것이다. 그중에는 말하는 가운데 무언가를 행하는 '언내수행적(illocutionary)' 행위가 있다. 또 말을 함으로써 어떤 효과를 초래하는 '언외수행적(perlocutionary)'인 행위도 있다. 이 모든 논의의 문학에 대한 관련성은 문학작품 자체가 언어행위 혹은 그것의 모방으로 간주될 수 있다는 것을 인식할 때 명확해진다. 문학은 세계를 묘사하는 것으로 보이고 또 종종 그렇기도 하지만 그 진정한 기능은 수행적인 것이다. 즉 문학은 독자에게 어떤 효과를 주기 위해 어떤

위(performative)'라는 개념에 주목하고 이 개념을 통해 데리다에게 있어 署名은 본래 서명자의 비현전을 전제한다. 그러면서도 그것은 서명자가 '지나간 지금'에 있어서 현전해 있던 것을 가리키고 있다. 따라서 이러한 '지나간 지금'은 미래의 '지금'으로도 계속해서 있을 수 있다. '지금(maintenant)' 일반은 'maintenance'(손으로 파악, 유지하는 것)의 초월적 형체 속에 머문다고 여겨지기 때문이다. 지금 일반은 서명이라고 하는 형체의 명백하고 특정한 현재에 멈춰지기 때문이다. 거기에 바로 사인(sign)의 수수께끼인 원초성이 있다. 원천에로의 연결이 생겨나기 위해서는 서명이라고 하는 사건과 서명 형체의 절대적 특수성, 즉 순수한 재생 가능성이 보존되지 않으면 안 된다. 이렇게 해서 데리다는 서명을 흔적이나 에크리튜르와도 연결시키고 있다.[164]

데리다는 말 / 글 같은 대립개념 사이의 불안한 관계를 나타내기 위해 '보충 supplement'이라는 용어를 사용한다. 데리다에 의하면, '쉬프레망'이라는 개념에는 기묘할 정도로 필연적인 두 가지 의미 작용이 동거하고 있다. 첫째로 이 단어는 이미 존재하고 있는 전체에 부과되는 일종의 '잉여'이고 '과잉'이며 '충실하게 하는 또 하나의 충실함'이다. 이렇게 해서 예술, 이마쥬, 표상 등은 '자연'에 부가되는 보충물이 되는 것이다. 둘째로 쉬프레망은 '대행한다'(suppléer)는 뜻으로 그것이 보충하는 것은 대신하기 위함에 불과하다. 데리다에 의하면 "기억으로서의 흔적인 'spur'는 하나의 현전으로서 언제나 되돌이킬 수 있는 순수한 開道가 아니라 어떤 開道 사이에 있는 파악하기 어렵고 눈에 띄지 않는 일종의 차이이다." 쉬프레망은 différence와 마찬가지로 데리다의 모든 텍스트 속에 있는 몇 가지의 동의어이자 상호 보충적 의미를 나타내는 단어들 가운데 하나인 동시에 의미의 연쇄를 성립시키는

관습의 테두리 안에서 언어를 사용하는 것이다.
164) 이광래 편, <u>해체주의란 무엇인가</u>, p.386.

가장 중요한 단어이기도 하다. 이런 점에서 쉬프레망은 데리다의 텍스트가 지니고 있는 원리를 암시한다고 해도 무리가 아니다. 데리다가 이제까지 쓴 것은 모두 텍스트에 대한 잉여임과 동시에 결여(그리고 결여의 대행)인 쉬프레망의 역할을 연출하는 것이며, 또한 그러한 에크리튜르가 바로 그의 '텍스트'가 되는 것이다.[165]

데리다의 사상을 한마디로 규정하자면 자기 현전하는 주체로서의 '존재'와 '의미'의 철학이라고 정의되는 형이상학을 언어라고 하는 기호와의 관계 속에서 개편하는 작업일 것이다.[166]

데리다는 의미가 기호들의 차별적 관계에 의해 생산되는 소쉬르의 입장을 수용한다. 그러나 언어에 의한 의미생산에 있어서 시간적 차원을 고려해야 한다고 주장함으로써 소쉬르의 입장을 뛰어넘었다. 그가 소쉬르를 비판하는 것은 소쉬르가 이성중심적 사고로부터 자유롭지 못하다는 점 때문이었다. 왜냐하면 소쉬르는 글쓰기보다 말하기를 더욱 중시하면서 언어기호를 구성하는 기표와 기의, 곧 시니피앙과 시니피에가 말을 하는 경우 동일한 시간 속에서 하나로 혼용된다고 믿고 있기 때문이었다. 데리다는 이런 이성중심주의를 공격하면서 글쓰기야말로 말하기보다 우선되며 언어의 기능을 이해하는 모델이 된다고 주장하였다.

이러한 데리다의 생각은 보르헤스의 카발라적 사고와도 유사점을 보인다. 보르헤스는 "우선적으로 나는 나 자신을 시인이나 산문 작가라기보다는 독자로 생각한다."[167]고 말한다.

작가로서 보르헤스의 목표는 모든 것이 너무나 예측 가능한 현대

---

165) IBID., p.384.
166) IBID., p.371.
167) Jorge Luis Borges, 'Foreward' to Selected Poems 1923-1967, edited wih an introduction and notes by Norman Thomas di Giovanni, Delacorte Press / Seymour Lawrence, 1972, p. ⅹⅴ, 여기서는 Jaime Alazraki, Borges and the Kabbalah, p.ⅻ에서 재인용.

사회의 '질서'를 쇠퇴시키는 것이다. 보르헤스의 작품을 면밀히 살펴보면 독창성이라는 효과가 사라지고 없다는 것을 발견하게 된다.[168]

　그렇다면 보르헤스가 추구한 오독을 통한 새로운 글쓰기는 무엇인가? 이는 그의 탈로고스중심주의를 설명하며 후에 포스트모더니즘에 지대한 영향을 주어 그를 포스트모더니즘의 시조라 부를 수 있게 한 것이다. <포스트모더니즘>이라는 용어가 보다 본격적으로 문학에 도입된 것은 비로소 1960년대와 1970년대에 들어오면서부터의 일이다. 이 용어는 레슬리 피들러, 이합 핫산, 수전 손탁, 리처드 포이리어와 같은 비평가들과 이론가들이 문학과 문화현상을 가리키는 용어로 사용하면서 널리 유행하기 시작하였다. 이들 비평가와 이론가 가운데서도 특히 피들러와 핫산은 누구보다도 포스트모더니즘 이론을 정립하고 전파하는 데 크게 이바지한 사람들이다. 피들러는 그의 논문 "새로운 돌연변종, 1965"에서 페빈과 마찬가지로 부르주아적 유형이건 마르크스주의적 유형이건 모든 서구휴머니즘 전통, 그리고 무엇보다도 이 전통에 기초하고 있는 이성과 합리성의 붕괴에서 이 당시의 문학과 문화적 현상의 특성을 발견한다. 피들러에 따르면 <새로운 비이성주의자>로 불리는 작가들은 지식보다는 비전, 논리보다는 환각을 중시하며 거의 정신분열증에 가까운 증세를 보이고 있다. 피들러는 이렇게 비이성적 특성을 중시하는 새로운 문학이야말로 종래의 문학이 담당하지 못했던 <혁명적이거나 예언적 또는 미래적 기능>을 담당할 수 있다고 주장한다.[169]

　피들러와 핫산이 주로 이론적 측면에서 포스트모더니즘을 논의해 왔다고 한다면, 존 바스는 주로 작가의 입장에서 이 문제를 논의해 왔다. 그의 입장이 가장 잘 나타나 있는 글은 그 유명한 논문 "고갈

---

168) Colin Wilson, "Borges and Nostalgia", *Books and Bookman*, August, 1973, pp.36-39.
169) 김욱동, op. cit., pp.21-22.

의 문학, 1968"이다. 바스 자신이 여러 번 반복하여 강조하고 있듯이 이 글은 단순히 <소설의 죽음>이나 <문학적 백조의 노래>를 다룬 글이 아니다. 그가 이 글에서 강력하게 시사하고 있는 것은 새로운 문학의 가능성이다. 비록 이 글에서 모더니즘이나 포스트모더니즘이라는 용어를 명시적으로 사용하고 있지는 않지만, 모더니즘 문학은 이제 완전히 <고갈>되었거나 <소진>되었다고 주장한다. 그런데 그에 따르면 <이러한 '고갈'은 신체적, 도덕적 또는 지적 데카당스의 주제처럼 그렇게 피로에 지친 어떤 것을 의미하지 않고 다만 어떤 형식의 고갈 또는 어떤 가능성의 극도의 탕진을 의미할 따름이다.>[170]

그러므로 바스는 이러한 고갈이나 소진 또는 피로가 절망의 원인이 된다기보다는 오히려 새로운 가능성이나 소망의 원인이 된다고 주장한다. 왜냐하면 그것은 새로운 문학에의 무한한 가능성을 약속해 주기 때문이다. 그리고 그는 이러한 새로운 가능성의 문학을 대변하는 가장 대표적인 작가로 아르헨티나의 소설가 호르헤 루이스 보르헤스를 꼽고 있다. 보르헤스로 말하자면 <기교면에서 고루한 예술가> 또는 <기교면에서 현대적인 비예술가>와는 분명히 구별되는, <기교면에서 현대적인 예술가>에 해당된다는 것이다. 바스의 이러한 입장은 이 글이 처음 발표된 지 13년 후에 집필된 또 다른 논문 "소생의 문학, 1980"에서도 다시 한번 언급되고 있다. 그러나 앞서 언급한 피들러는 모더니즘에 대하여 그야말로 일종의 알레르기적인 반응을 보이는 반면, 바스는 모더니즘에 대하여 피들러보다는 한층 균형 있는 태도를 취하는 것처럼 보인다. 바스의 "소생의 문학"을 주의 깊게 그리고 면밀히 읽어보면, 그는 우리가 지금까지 포스트모더니즘이라고 간주해 온 것이 사실 모더니즘의 후기 형태에 지나지

---

170) John Barth, "The Literature of Exhaustion," in The Friday Book: Essays and Other Nonfiction, New York: Putnam, 1984, p.64, 여기서는 김욱동, 포스트모더니즘의 이론, p.22-23에서 재인용.

않는다고 주장하고 있다.[171]

포스트구조주의자들은 삶의 실재의 본질이나 성격에 대하여 전통적인 철학자들과는 큰 차이를 보인다. 실재를 총체적이고 통일적인 것으로 파악해 온 전통적인 철학가들과는 달리 이 신철학자들은 실재를 편린적이고 이질적이며 다원적인 것으로 파악하고자 한다. 따라서 신철학자들의 관점에서 보면 이렇게 무정형적인 특성을 지닌 실재를 파악하고 이해하기란 거의 불가능한 일이다. 신철학자들은 인식 주체인 <나>를 인정하지 않음으로써 이성에 기초하는 이른바 <존재의 형이상학>을 해체하고 있다.[172]

물론 그렇다고 해서 포스트모더니즘은 단순히 <모더니즘 다음에 오는> 현상만을 의미하지는 않는다. 왜냐하면 이 용어에는 모더니즘에 대한 가치평가가 함축되어 있기 때문이다. 여기서 가치평가란 포스트모더니즘이 모더니즘과 맺고 있는 관계를 말한다. 그런데 포스트모더니즘은 단순히 모더니즘의 논리적인 계승이나 발전도 아니며, 그렇다고 모더니즘과의 단절이나 그것에 대한 비판적 반작용도 아니다. 포스트모더니즘은 중요한 점에서 모더니즘과는 구분되기 때문에 단순히 모더니즘의 후기 현상이나 말기 현상으로 파악할 수 없다. 마찬가지로 포스트모더니즘은 모더니즘의 기본 입장을 거의 그대로 받아들이고 있다는 점에서 단순히 모더니즘으로부터의 이탈이나 그것에 대한 반작용으로도 볼 수 없다. 한마디로 말해서 포스트모더니즘은 모더니즘의 논리적 발전이며 계승인 동시에 모더니즘에 대한 비판적 반작용이며 그것으로부터의 의식적 단절이다. 포스트모더니즘이 <이것이냐 저것이냐>의 선택적 관점보다는 오히려 <모두 둘 다>의 포용적 관점에서 파악하지 않으면 안 되는 까닭이 바로 여기에 있다.[173]

---

171) 김욱동, op. cit., pp.23-24.
172) IBID., p.53.

가장 대표적인 모더니스트 중의 한 사람으로 흔히 인정되고 있는 프란츠 카프카는 1914년 어느 친구에게 보낸 한 편지에서 그가 작품에 쓰는 것은 그가 말하는 것과 다르고, 그가 말하는 것은 그가 생각하는 것과 다르며, 그가 생각하는 것은 그가 생각하지 않으면 안 되는 것과 다르다고 고백한 적이 있다. 그런데 해체비평의 기수 자크 데리다는 문자학에 대하여에서 카프카의 이 말을 거의 그대로 반복하고 있다. 이렇게 작가 자신도 자신이 창작한 작품의 의미나 내용에 대하여 정확한 입장을 취할 수 없을진대, 그러한 작품을 읽는 독자의 경우는 더 이상 말할 나위가 없다. 독자들은 그들의 경험과 세계관, 그리고 심지어는 독서할 당시의 정신적 상태에 따라 동일한 작품에서 제각기 서로 다른 의미를 산출해 내게 마련이다.[174] 이것은 미셸 푸코가 말한 인식소의 차이와도 같은 것이다.

뿐만 아니라 포스트모더니즘의 중요한 한 징표로 간주되고 있는 이른바 <창조적 오독>의 문제만 해도 그렇다. 이 문제가 처음 첨예하게 부각되기 시작한 것은 포스트구조주의자들, 그 가운데에서도 특히 해체주의자들에 의해서이다. 그동안 <예일학파>, 심지어는 <예일 갱단>으로까지 불러 온 예일학파의 한 멤버인 J. 힐리스 밀러는 모든 문학 텍스트가 서로 모순되고 상충되는 다양한 의미들의 끊임없는 유희이며, 따라서 이러한 유희의 산물인 텍스트는 불가피하게 비결정적이고 비종결적인 속성을 지니지 않을 수 없다고 주장한다. 이러한 이론에 기초하여 그는 궁극적으로 <모든 독서는 오독>이라는 그 특유의 이론을 주장한다.[175]

미국 예일학파의 한 사람인 폴 드 만은 텍스트는 작가가 계획적으로 명제가 지닌 의미를 전달하기 위하여 작가에 의해 창조되었다

---

173) IBID., pp.61-62.
174) IBID., pp.122-123.
175) IBID., p.123.

는 가정으로부터 시작하지만, 그 텍스트가 완성되었을 때는 글 쓰는
사람 자신도 모르는 모순에 빠진다는 것을 발견한다. 이러한 드 만
의 가정은 '미확정적인 것'을 특별히 문학비평적인 딜레마, 즉 한 개
이상의 인식론에 의해 뒷받침이 될 수 있는 어떤 통찰력으로 만든
다.176) 폴 드 만의 논문 가운데 가장 중요한 것은 문학사에 대한 그
의 견해를 나타낸 것인데, "문학사와 문학적 현대성 Literary History
and Literary Modernity"이란 글이다. 이 논문의 주요한 논제는 맹목
과 통찰이라는 그의 평론집에 실려 있는 데리다에 관한 논문 끝부분
에서 시작되고 있다. 이 글에 나타난 그의 핵심적인 사상은 비평적
인 해석 활동이라고 특징지을 수 있는 것에서 비롯된 '오독(誤讀)'에
새로운 의미를 부여하는 것이다. 물론 <오독>은 피할 수 없지만, 바
람직한 것은 아니다. 다시 말하면 <오독>은 오류를 범하고 기본적인
텍스트에 접근하지 못하는 책 읽기를 의미한다. 그런데 드 만이 전
통적인 의미의 오독에 대해서 새로운 의미를 부여하는 것은 문학작
품과 비평문들이 그 자체에 내재해 있는 모순을 지니고 있기 때문에
잘못된 비평적인 해석이 작품을 올바르게 읽는 길을 제공하거나, 그
것들이 모여서 맹목과 통찰의 논리에서처럼 올바른 의미를 밝혀주기
때문이다. 이를테면 데리다와 같은 훌륭한 지적인 훈련을 쌓은 비평
가들의 글 속에 '오독'이 있게 되면, 그것은 비평가의 전문성의 한계
에서 생겨난 것이 아니라, 그 비평가가 텍스트에 담겨져 있는 수사
학적인 면에 속임을 당했기 때문이다.177) 인간의 실존적인 자아에
기초를 둔 드 만의 비평문학을 비록 많은 사람들이 해체주의에 해당
된다고 말하지만, 유럽적인 탈구조주의 인식론을 요구하지 않는다.
그의 비평에서 중요시되고 있는 것은 문학작품을 읽는 것이 '오독

---

176) 이태동, "폴 드 만의 해체이론과 그 실체", 계간 현대시사상, 겨울,
    1990, 서울: 고려원, p.54.
177) IBID., pp.56-57.

(誤讀)'이 되더라도 무한히 다양하게 해석되어야만 그 작품의 진실에 도달하는 빛의 통찰력을 얻을 수 있다는 것이다. 이러한 드 만의 주장은 다양한 지시대상의 스펙트럼을 지니고 있는 언어로 이루어진 텍스트 자체의 모순 때문에 일어나는 주제의 불확실성과 의미의 미결 상태에 그 기초를 두고 있다.[178]

'창조적 오독' 혹은 적극적인 '개작'이라는 개념은 원전이 실제로 해석자에 도전하고 해석자의 마음을 변화시키는 방식을 무시하는 일면적이며 주관주의적인 공격을 합리화하는 것이 될 때 오해를 낳는다. 비록 우리가 해석을 과거와 '대화'하고 있는 한 독자의 '목소리'에 비유하는 은유를 인정할 때조차도 우리가 적극적으로 인식해야 할 사실이 있다. 그것은 바로 과거란 자기에 고유한 '목소리들'을 갖는다는 사실이다. 이 과거의 '목소리들'은 우리가 그것들에 부과하고 싶어 하는 해석에 대해 저항하거나 우리의 해석을 제한할 때 특히 존중되어야만 한다.[179]

언어와 진리의 자의성을 인정하고 '차이'라는 열린 체계로 시작했던 구조주의는 끊임없이 이항대립의 보편구조를 탐색하게 되고 이것이 진리와 언어의 안정성과 보수성으로 회귀하는 듯한 인상을 주게 된다. 이 안정성을 무너뜨리기 위해 데리다는 '차연'이라는 용어를 만든다. '차이지움'이라는 공간개념에 '연기'라는 시간개념을 합쳐 차이와 연기가 합쳐진 신조어이다. 현재 차이 지워진 것은 다음 순간 자리바꿈을 일으킨다. 따라서 차연은 온갖 차이라는 경계를 무너뜨린다. 불어에서 différence와 différance는 발음이 같다. différance의 a자는 글로 쓸 때에만 나타날 뿐 말하기에서는 나타나지 않는다. 이것을 예로 들어 데리다는 글쓰기보다 말하기를 우선 시켜 온 서구이 성중심체계를 무너뜨린다. 중심과 주변의 경계가 무너지고 이성과

---

178) IBID., p.58.
179) 이광래 편, <u>해체주의란 무엇인가</u>, 서울: 교보문고, 1989, p.233.

감성의 경계가 무너진다. 어떤 개념이나 논리도 설 수 없는 미결정성, 어떤 종합도 초월도 거부하는 단항의 모순체계이다. 의식은 고유한 원본이 아니고 끝없이 덧쓰이는 요술 책받침이어서 의미는 산종되고 흔적은 흔적을 낳는다.[180]

데리다는 레비스트로스를 공격한 후 1967년 3권의 책을 동시에 출간하고 누구보다 일찍 미국으로 건너가 예일 대학에서 강의를 한다. 그에 의해 형성된 예일 그룹은 폴 드 만을 선두로 하여 힐리스 밀러, 해롤드 블룸, 그리고 제프리 하트만이었는데, 그 가운데 밀러는 이들의 대변인 격이었다. 드 만은 언어의 비유성에 근거하여 모든 독서는 오독을 피할 수 없다고 말하며 이를 알레고리라 이름 붙인다. 블룸은 해체론을 계몽주의 이후 영미 시의 역사에 적용하여 후배 시인이 어떻게 선배를 억압하고 귀환시켜 강한 시인이 되는지 오독의 지도를 통해 보여준다. 루소의 글을 읽은 데리다를 다시 해체하는 드 만의 방식이 언어에 중심을 둔 정교한 수사비평이라면, 프로이트의 '억압된 것의 귀환'을 문학사에 적용시킨 블룸의 이론은 무의식과 수사를 결합시켜 조금은 추상적이다. 그러나 이론보다 실제 비평을 선호한 밀러는 독자가 차근차근히 기대와 좌절을 맛보면서 이미 해체되어 있는 텍스트를 되밟는 과정을 보여준다.[181]

해석의 이질성이란 독자가 아무렇게나 해석할 권리가 있다는 것이 아니다. 모든 해석들이 똑같이 좋다는 것도 아니다. 물론 능력 있는 독자가 꿰뚫어 보는 정확한 통찰도 있고 어딘가에서 보편적인 의견의 일치도 볼 수 있다. 다만 꼭 숨겨진 비밀이라도 있는 듯 의미가 하나라는 것이 잘못이다. 가장 좋은 비평은 그 텍스트가 얼마나 다양하게 해석될 수 있는가를 보여주는 비평이다.[182] 독자에게 무언가

---

180) 권택영, "밀러의 해체비평", 현대시사상, 겨울, 1990, 고려원, pp.62-63.
181) IBID., p.63.
182) IBID., p.70.

를 하게 만드는 것이 글쓰기와 책 읽기에 내재된 윤리성이다.[183]

서구의 중심사상은 로고스중심주의로 가득 차 있고, 이 로고스중심주의는 말, 理性, 神중심주의를 뜻한다.[184] 소크라테스의 절대적인 영향 아래, 서구의 형이상학에서는 진리를 전달하기 위한 수단으로서는 '말'이 '글'보다 더 적합하다는 이른바 '말' 중심의 언어관이 확립하게 되었다. 즉, '본질 / 형상'이나 '진리 / 허위'의 이분법적 구도에 맞추어 언어는 '말 / 글'로 나누어지고, '본질'과 '진리'를 드러내기 위한 수단으로서의 '말'은 항상 '글'에 선행되는 본질적 언어로 인정받게 되었다. 요컨대, 언어는 '글'이 아닌 '말'과 동일시되게 된 것이다.[185]

데리다의 해체이론은 우선 서구의 형이상학이 기본적으로 '말중심주의 logocentrism' — 글 writing보다 말 speech을 더 중요시하는 태도 — 에 근거하고 있다는 전제하에서 시작된다. 즉, 데리다에 의하면, 서구의 형이상학은 우리가 '말'을 할 때는 화자와 청취자가 현존(absence)해 있으며, 말은 화자의 현재 생각을 바로 그 자리에서 명백히 전달해 주는 데 반해, '글'은 화자와 청취자의 부재(absence) 속에서 이루어지며 문자라는 기호를 통해 전달되기 때문에 원래의 의도와는 거리가 있다고 생각한다는 것이다. 따라서 '말'은 자연스럽고 직접적인 의사소통 방법인 데 반해, '글'은 인위적이고 간접적인 말의 재현(representation)에 불과하다는 편견이 서구사상을 지배해 온 셈이 된다. 이러한 사고방식은 시인을 공화국에서 추방해야 된다고 주장했던 플라톤에게서부터 찾아볼 수 있다.[186]

'글'에 대한 서구사상의 이러한 편견은 우선 두 가지 중요한 문제

---

183) IBID., p.73.
184) 민원정, "Borges의 작품을 통하여 본 탈로고스중심주의", p.3.
185) 장경렬, "글읽기와 창작으로서의 비평", 현대시사상, 겨울, 1990, 고려원, p.77.
186) 김성곤, "해체이론에 대한 논의", 현대시사상, 겨울, 1990, 고려원, p.115.

를 제시한다. 첫째는, 서구의 말중심주의는 '글'에서와는 달리 '말'에 있어서는 의도와 의미 사이 또는 지시기호와 지시대상 사이에 거리가 없다는 것을 믿고 있으며, 둘째는 음성이라는 기호를 통해 표현할 수 있는 절대적인 진실의 존재를 믿는다는 것이다. 데리다는 우선 '글'뿐만 아니라 '말'의 의도와 의미 사이에도 거리와 차이와 단절이 있음을 주장할 뿐만 아니라 절대, 진실, 근원 혹은 중심의 부재를 주장함으로써 서구형이상학의 낙관주의를 뿌리에서부터 해체한다. 그리고 언어로 표현할 수 있는 절대적 진리, 또는 데리다의 용어로 '초월적 지시대상 transcendental signified'이 사실은 부재하기 때문에, 우리가 존재한다고 믿는 것은 다만 하나의 환상 illusion, 자취 trace, 또는 유사 simulation일 뿐이라고 데리다는 말한다. 따라서 언어가 포착하고 표현하고 성취하려고 하는 절대적인 진실 또는 의미는 언제나 유보되어 있으며 그렇기 때문에 텍스트는 그 부재한 진리의 자취 trace를 추적 trace하는 끝없는 언어의 유희를 계속하게 된다는 것이다.[187]

그렇다고 해서 데리다가 '말'보다 '글'의 우위성을 주장하는 것은 결코 아니다. 그가 지적하고 있는 것은 '말'과 '글'은 특권／억압의 관계가 아니라 상호 보완적이고 상호 영향적이며 본질적 및 숙명적으로 얽혀 있는 관계에 있다는 것이다. 즉, '말'은 '글'을 전제로, 또 '글'은 '말'을 전제로 하고 있기 때문에, 둘 사이의 영역을 '차이'만으로 간단히 규정지을 수는 없으며, '차이 différence'와 '유보 deferment'의 이중 개념에 입각해 바라보아야 한다는 것이다.[188]

그러나 '해체구성비평가'들의 경우, 이제 '말'이 아닌 '글'이 언어의 본질적인 측면으로 여겨지게 된 것이다. 이러한 관점에서 다시 조명하게 되면, 궁극적으로 '문제'되는 것은 한 인간의 '글'이며, '그

---

187) IBID., pp.115-116.
188) IBID., p.116.

밖에 모든 것은 부질없는 것'일 수 있다. 따라서 '해체구성비평가'들에게 중요한 것은 '핵심을 찌르고 있으나, 홈플레이트 위를 휘어져서 지나가는 야구공처럼, 보이기도 하고 또는 보이지 않기도 하는'[189] '글'의 세계이다. 물론 이 경우 '핵심'이란, 글 바깥에 존재하는 진리를 가리키는 것이 아니라, 글의 내부에 존재하는 '자기 지시적 언어세계' 또는 '언어유희의 세계'를 가리키는 것이다.[190] 하트만에게 있어서 비평이란 '문학 바깥쪽에서 들여다보는' 행위가 아니라 '문학의 내부에' 존재하는 문학의 일부인 것이다.[191] 이렇게 비평이 문학의 안쪽에 존재한다고 보는 경우, 비평행위 역시 여타의 문학행위와 마찬가지로 일종의 창작행위라는 논리가 가능해질 것이다. 비평을 하나의 창작행위로 볼 때, 문학작품에 대한 비평 역시 문학작품만큼이나 중요한 의미를 지니게 되기 때문이다. 따라서 비평에 대한 역시 다른 모든 창작과 비평행위만큼이나 의미 있는 작업이 될 수 있는 것이다.

비평을 하나의 창작행위로 볼 수 있는 근거로는 보르헤스의 카발라적 우주관과 책에 대한 개념을 들 수 있을 것이다. 보르헤스는 책을 다음과 같이 정의 내린다.

책은 기억과 상상의 확장이다. ……이는 口語가 덧없음을 뜻하는 것이 아니라 書語가 다소 지속적이고 죽었다는 것을 뜻한다. 반면에 口語는 경쾌하고 가벼운 무엇이다. 플라톤이 말한 것처럼 경쾌하고 성스럽다. 인류의 모든 위대한 스승들은 口語 스승들이었다.

---

189) Hartman, "In Memoriam", p.7, 여기서는 장경렬, "글읽기와 창작으로서의 비평", 현대시사상, 겨울, 1990, 고려원, p.77에서 재인용.
190) 장경렬, "글읽기와 창작으로서의 비평", 현대시사상, 겨울, 1990, 고려원, p.77.
191) Criticism in the Wilderness, p.1, 여기서는 장경렬, "글읽기와 창작으로서의 비평", 현대시사상, 겨울, 1990, 고려원, p.80에서 재인용.

el libro es una extensión de la memoria y de la imaginación. ……no significa que la palabra oral sea efímera, sino que la palabra escrita es algo duradero y muerto. En cambio, la palabra oral tiene algo de alado, de liviano; alado y sagrado, como dijo Platón. Todos los grandes maestros de la humanidad han sido curiosamente, maestros orales.[192]

말할 것도 없이, 헤겔과 지네트 Jean Genet의 텍스트가 데리다로 하여금 하나의 텍스트를 가능케 하였고, 데리다의 이 텍스트가 하트만으로 하여금 또 하나의 텍스트를 가능케 하였듯이, 하트만의 텍스트는 여전히 또 하나의 텍스트를 가능케 할 수도 있다. 그러나 어떠한 텍스트든 이전의 텍스트에 대해 구속받지 않고, 나름대로의 의미를 지니게 됨은 물론이다. 그 이유는 그 어느 텍스트도 의미의 부재와 유보에 의해 새로운 의미의 세계를 향해 항상 열려 있기 때문이다. 말하자면, 하나의 텍스트란 마주보도록 세워진 거울 사이에 있는 물체처럼 무한대로 '의미라는 허상'을 만들어낼 수 있는 것이다.[193]

데리다는 "텍스트는 항상 동시에 열려 있고 제안을 받으며 심지어는 우리가 판독하기 힘들다는 것도 모르는 채로 판독하기가 힘들다"고 말한다.[194]

해롤드 블룸에 따르면 모든 텍스트(여기서 말하는 텍스트는 전통적 의미의 원전이나 원본을 뜻하는 것이 아니라 해체주의 비평에서 강조하는, 쓰인 모든 것을 의미한다)는 모든 이벤트나 인생의 대행체와의 관계보다는 다른 텍스트와의 관계에서 비롯된다는 것이다. 블룸이 말

---

192) "El Libro", <u>Borges oral</u>, OC Ⅳ, p.165.
193) 장경렬, "글읽기와 창작으로서의 비평", <u>현대시사상</u>, 겨울, 1990, 고려원, p.81.
194) Jacques Derrida, <u>Of Grammatology</u>, translated by Gayatri Chakravorty Spivak, Baltimore: The Johns Hopkins University Press, 1976, p. x x x vii.

하는 하나의 문학작품과 다른 문학작품과의 영향관계는 바로 '텍스트'
의 '텍스트특성 textuality'에 관계되는 '상호텍스트성 intertextuality',
즉 '텍스트특성의 상호 연관성'을 의미한다.[195]

　텍스트를 읽기는 하지만 그것을 오독하게 된다는 것－블룸의 어휘
로는 '기만행위 misprision'－이 바로 모든 시인이 의도적으로 자신의
선배 시인의 작품을 읽는 행위라고 블룸은 강조하였다.[196]

　모든 텍스트는 상호 연관되어 있다는 점을 강조하는 블룸에게 있
어서 '기만행위'란 誤讀, 착오, 잘못된 해석을 의미한다. 왜냐하면
본질적으로 어떤 행위를 정확하게 반복하거나 대상과 자신을 동일시
한다는 것은 불가능하기 때문이다. 블룸은 그 같은 '기만행위'를 3가
지로 구분하였다. 시간상으로 뒤늦게 출현하는 신인 시인은 자신의
선배 시인의 작품 혹은 기성 시인의 작품을 잘못 읽게 된다. 비평가
는 텍스트의 의미를 잘못 해석하게 된다. 시인 자신은 그가 풋내기
시인이든 기성 시인이든 간에 자신의 詩作活動에 있어서 과오를 범
하게 된다. 따라서 시에 대한 해석이란 결국 오독행위, 즉 시적 '기
만행위'에서 비롯되는 잘못된 해석만이 존재한다는 것이 블룸의 주
장이다.[197]

　오독에 대한 개념을 구조주의로부터 살펴가다 보면, 이는 진리는 오
직 하나님 한 분뿐이라는, 그리고 한 사람의 작가는 그의 책의 절대적
인 창조자는 될지 모르나 그것의 절대적인 독자는 될 수 없다는 카발
라의 사상과도 유사하다는 것을 발견하게 된다. 바르트가 생각하는
'쓸 수 있는' 텍스트는 독자의 참여를 구하는 카발라의 텍스트와 다르
지 않다. 라캉과 크리스테바의 구분 또한 상통하며 이때 '상상적인' 것
이란 주관과 객관 사이에 아무런 명백한 구별이 없는 상태라 할 때,

---

195) 윤호병, "해롤드 블룸의 해체비평", 현대시사상, 겨울, 1990, 고려원, p.100.
196) IBID., p.100.
197) IBID., p.101.

이는 또한 헤럴드 블룸이 말한 대로 카발라는 글쓰기와 말하기, 심지어는 존재와 부재에 대한 인간적 구별마저도 거부하는 글쓰기 이론이라는 생각과도 상통하는 부분이다. 그리고 로고스중심주의적인 이분법적 사고를 부정했던 보르헤스의 사고와도 같은 것이다.

데리다의 차연개념은 소쉬르가 언어에는 차이만이 있다고 한 것이나, 롤랑 바르트가 모든 텍스트는 '차이'를 갖고 있기 때문에 그 구조를 파악하려는 시도는 헛된 것이라는 것을 밝히는 시도와도 유사하다. 반복될 수 있고, 해석과 재해석을 초래한다는 것은 음성중심주의의 입장에서 볼 때에는 부정적일 수 있으나 '오독'을 가능케 하는 원천이 된다. 또한 데리다의 서명개념은 보르헤스의 카발라적 문학관을 분석하는 데 빼놓을 수 없을 것이다. 시간이 남긴 흔적이 곧 원전을 모방한 오독을 통하여 창조된 문학이기 때문이다.

보르헤스 자신 또한 자신을 독자로 생각함으로써 작가의 전지전능의 지위를 스스로 포기하고, 오독을 통한 새로운 글쓰기, 읽기를 통한 재창조를 가능케 하는 글쓰기의 작가임을 인정하였다.

그리고 '모두 둘 다'를 포용하는 포스트모더니즘의 관점은 영지주의적 이원론, 글쓰기와 말하기 사이의 명백한 구별을 거부하는 카발라, 보르헤스의 탈로고스중심적 사고와 만나게 된다.

카발라주의자들에게 있어서 세상은 거대한 알파벳이고 끊임없는 메시지의 음절이며 제한 없는 의미의 회로망이다. 블룸, 밀러, 드 만을 포함하는 예일 해체주의자들에게 있어서 하나의 텍스트가 지니고 있는 '간텍스트성'이란 그 텍스트보다 앞서 존재하는 어떤 개념, 수사, 약호, 무의식적 실천, 관례 및 다른 텍스트와의 관계를 의미한다.[198]

예술에 대한 비평의 위치와 철학에 대한 문학의 위치를 격상시키는 데 '저술'이라는 새로운 개념이 중요한 역할을 했다면, 그와 동시

---

198) IBID., p.103.

에 주목해야 될 또 다른 개념이 바로 '독서'와 '해석'의 개념이다.[199]

독서행위의 궁극적 목적은 바로 올바른 해석일 것이다. 따라서 '독서'와 '해석'은 상호 불가분의 관계를 가지고 있으며, 텍스트를 완성시키는 데 있어서 가장 핵심적인 요소가 된다. 그러나 김성곤은 만일 해석이 불가능한 것이라면, 그래서 J. 힐리스 밀러의 말대로 궁극적으로 '모든 독서는 오독이며 모든 해석도 틀린 해석'이라면 어떻게 될 것인가?[200]라는 질문을 던진다.

오독의 문제에 있어서, 보르헤스의 작품은 우리에게 끝없는 보고가 된다. 보르헤스의 작품은 다른 작품을 다시 쓰기, 비평하기 등의 방법을 통하여 작가 스스로의 오독을 보여줄 뿐만 아니라, 독자로 하여금 또 다른 오독을 통한 재해석을 가능하게 해주기 때문이다.

노드롭 프라이가 비평의 해부에서 롱기노스적 창조적 문학관은 문학을 과정으로 보고, 그 중심개념은 망아(ecstasis) 또는 몰입(absorption)이라고 말한 바 있다. 이는 독자와 시, 그리고 때로는 적어도 이상적으로는 시인, 이 모두가 일체가 되는 상태이다.[201] 보르헤스의 작품을 살펴보면 때로 망각과 글쓰기가 창조적 독서, 창조적 글쓰기의 원천이 되는 것을 발견할 수 있다. 보르헤스는 "죽지 않는 사람들 El Inmortal"을 시작하며 베이컨의 구절을 인용한다.

솔로몬은 말한다. "지구상에 새로운 것은 없다." 따라서 플라톤이 모든 지식은 단지 회상일 뿐이라고 말했던 것처럼 솔로몬은 모든 새로운 것은 단지 망각의 결과일 뿐이라고 응답한 것이다. 프랜시스 베이컨: 에세이 58

---

199) 김성곤, "해체이론에 대한 논의", 현대시사상, 겨울, 1990, 고려원, p.112.
200) IBID., pp.113-114.
201) 노드롭 프라이, op. cit., p.99.

Solomon saith. "There is no new thing upon the earth." So that as Plato had an imagination, that all knowledge was but remembrance; so Solomon giveth his sentence, that all novelty is but oblivion. Francis Bacon: Essays LVⅢ[202]

모든 지식이 단지 회상일 뿐이라는 것은 우리의 글쓰기는 성경의 모방이라는 카발라의 글쓰기 이론과 다르지 않고 단지 우리가 그것을 망각하고 있을 뿐임을 뜻한다. 이러한 망각에 대한 개념을 피에르 메나르의 입을 빌려 표현하고 있다.

　　망각과 무관심으로 단순해진 키호테에 대한 나의 기억은 책이 쓰이기 이전의 애매한 기억과 같아질 수 있다.

　　Mi recuerdo general del Quijote, simplificado por el olvido y la indiferencia, puede muy bien equivaler a la imprecisa imagen anterior de un libro no escrito.[203]

망각과 오독의 글쓰기를 알기 전에는 다음과 같이 생각할 것이다.

　　마치 철학자들처럼 나는 글이라는 장치를 통해 전달될 수 있는 것이라고는 아무것도 없다고 생각한다.

　　……; como el filósofo, peinso que nada es comunicable por el arte de la escritura.[204]

---

202) "El Inmortal", El Aleph, OC Ⅰ, p.533.
203) "Pierre Menard, autor del Quijote", Ficciones, OC Ⅰ, p.448.
204) "La Casa de Asterión", El Aleph, OC Ⅰ, p.569.

그러나 깨달음을 얻은 후에는 달라진다.

  그 먼지 많고 질퍽한 지하 무덤 사이에서 내가 어떻게 돌아왔는
지는 기억이 나질 않는다. 유일하게 내가 알고 있는 것은 마지막
미로를 빠져나올 때 내가 다시 그 흉악한 죽지 않는 자들의 도시에
둘러싸여 있지나 않을까 하는 두려움을 버리지 않았다는 것이다.
아무것도 더는 기억할 수가 없다. 이제 극복할 수 없는 그러한 망
각은 아마도 자발적인 것이리라, 아마도 내 도주의 정황은 별 이득
이 없는 것이라 언젠가는 잊은 것만큼이나 잊으리라 맹세했다.

  No recuerdo las etapas de mi regreso, entre los polvorientos y
húmedos hipogeos. Unicamente sé que no me abandonaba el temor
de que, al salir del último laberinto, me rodeara otra vez la nefanda
Ciudad de los Inmortales. Nada más puedo recordar. Ese olvido,
ahora insuperable, fue quizá voluntario; quizá las circunstancias de
mi evasión fueron tan ingratas que, en algún día no menos olvidado
también, he jurado olvidarlas.205)

망각, 그리고 반복은 보르헤스의 오독의 글쓰기를 이루는 중요한
요소들이며 보르헤스는 이를 다음과 같이 표현하고 있다.

  집의 모든 부분들은 끝없이 같은 모양으로 반복되기 때문에 하나
의 장소는 곧바로 다른 장소이다. [……] 모든 것은 무한히, 즉 14번
씩 반복된다. 그러나 이 세계 안에는 단 한 차례만 있었던 것으로
보이는 두 가지의 것이 있다. 하늘 위의 복잡 미묘한 태양과, 아래의
아스테리온, 아마도 내가 별들과 태양과 이 거대한 집을 만들었는지도
모른다. 그러나 나는 이미 그 기억이 나질 않는다.

---

205) "El Inmortal", El Aleph, OC Ⅰ, p.538.

Todas las partes de la casa están muchas veces, cualquier lugar es otro lugar. [……] Todo está muchas veces, catorce veces, pero dos cosas hay en el mundo que parecen estar una sola vez: arriba, el intrincado sol; abajo, Asterión. Quizá yo he creado las estrellas y el sol y la enorme casa, pero ya no me acuerdo.[206]

따라서 망각은 비밀이 드러나길 원치 않으시는 하나님의 뜻을 표현하는 것이기도 하였으며 보르헤스는 그것을 다음과 같이 표현한다.

성령을 거슬러 모독한 그 죄는 용서받을 수 없는 것이 아니었을까?(마테오 12:31)

¿No sería ésa la blasfemia contra el Espírtu, la que no será perdonada? (Mateo 12:31)[207]

망각은 보르헤스의 글쓰기의 원천이 되기도 하지만, 이를 카발라적 관점에서 다시 생각해 보면, 모든 책의 원천은 성경이고, 성경의 유일한 저자는 성령이다. 따라서 우리가 그 비밀을 알고자 하는 것

---

206) "La casa de Asterión", El Aleph, OC I, p.569.
또한 망각에 대해서 다음과 같이 쓰고 있다.
그것은 누구든 일단 그것을 본 사람이면 다른 어떤 것에 대해서도 생각하지 못하도록 만들어져 있었고, 따라서 왕은 사람들이 우주에 대해 잊어버리지 않도록 하기 위해 그것을 깊은 바다 속에 수장해 버리도록 시켰다.(……, "construido de tal suerte que quien lo miraba una vez no pensaba en otra cosa y así el rey ordenó que lo arrojaran a lo más profundo del mar, para que los hombres no se olvidaran del universo"), "El Zahir", El Aleph, OC I, p.593.
하나님은 주님의 무서운 비밀이 지상에 드러나는 것을 원치 않았다.(Dios no quería que se propalara en la tierra Su terrible secreto.), "Tres versiones de Judas", Ficciones, OC I, p.517.
207) "Tres versiones de Judas", Ficciones, OC I, p.517.

은 하나님의 뜻이 아닐 뿐만 아니라 하나님을 모독하는 것이다.

　　제자들 중에서 유일하게 유다만이 예수의 무시무시한 의도와 신성의 비밀을 간파하고 있었다. 말씀이 스스로를 낮추어 인간이 되었기 때문에 말씀의 제자인 유다는 스스로를 낮추어 밀고자(파렴치한 행위 중에서도 가장 나쁜 범죄)가 되어 꺼지지 않는 유황불에 몸을 담게 되었을 것이다. 하위의 질서는 상위의 질서의 거울이고, 지상의 형상들은 하늘의 형상들과 부합하며, 살갗의 오점은 영속하는 星雲의 지도이며, 어느 면에서 유다는 예수를 반영한다.

　　Judas, único entre los apóstoles, intuyó la secreta divinidad y el terrible propósito de Jesús. El Verbo se había rebajado a mortal; Judas, discípulo del Verbo, podía rebajarse a delator(el peor delito que la infamia soporta) y a ser huésped del fuego que no se apaga. El orden inferior es un espejo del orden superior; las formas de la tierra corresponden a las formas del cielo; las manchas de la piel son una mapa de las incorruptibles constelaciones; Judas refleja de algún modo a Jesús.[208]

앞에서 살펴본 것처럼 오독과 새로운 해석을 가능케 하는 글쓰기에 대한 언급은 보르헤스의 작품에 자주 나타나는 것이다.

　　책 또한 우리와는 다르다. 소설책은 단 하나의 줄거리를 갖고 있는데, 여기에는 상상 가능한 모든 순열이 포함되어 있다. 자연철학책은 한결같이 명제와 반명제, 즉 하나의 이론에 대한 준엄한 찬론과 반론을 내포하고 있다. 반론을 주장하는 글이 없는 책은 불완전한 것으로 간주된다.

208) "Tres versiones de Judas", Ficciones, OC Ⅰ, p.515.

También son distintos los libros. Los de ficción abarcan un solo argumento, con todas las permutaciones imaginables. Los de naturaleza filosófica invariablemente contienen la tesis y la antítesis, el riguroso pro y el contra de una doctrina. Un libro que no encierra su contralibro es considerado incompleto.[209]

나는 한 작가에게서 가장 중요한 것은 그의 억양이고, 한 권의 책에서 가장 중요한 것은 작가의 목소리, 우리에게 다가오는 그 목소리라고 말할 것이다.

Yo diría que lo más importante de un autor es su entonación, lo más importante de un libro es la voz del autor, esa voz que llega a nosotros.[210]

그리고 다시 한번 독자의 오독을 직접적으로 강조하고 있다.

독자는 책을 풍성하게 하였다.

Los lectores han ido enriqueciendo el libro.[211]

---

209) "Tlön, Uqbar, Orbis Tertius", Ficciones, OC Ⅰ, p.439.
210) "El Libro", Borges oral, OC Ⅳ, p.170. 역사가 담긴 책에 대한 개념은 보르헤스의 여러 작품 속에 드러나고 있다.
나는 읽기보다 다시 읽기를 더 많이 시도하였고, 다시 읽기 위하여 이미 읽었을 필요가 있는 경우를 제외하고는 다시 읽기가 읽기보다 더 중요하다고 믿는다. 나는 그런 도서예찬론을 갖고 있다.(Yo he tratado más de releer que de leer, creo que releer es más importante que leer, salvo que para releer se necesita haber leído. Yo tengo ese culto del libro. OC Ⅳ, p.170.)
나는 책은 인간이 가질 수 있는 행복의 가능성 중 하나라고 생각한다.(Pienso que el libro es una de las posibilidades de felicidad que tenemos los hombres. OC Ⅳ, p.170.)
211) "El Libro", Borges oral, OC Ⅳ, p.171.

위의 예문들에서 본 구절들 모두는 보르헤스의 책에 대한 생각과 저자와 독자와의 관계를 잘 나타내준다고 할 수 있다. 소설책은 단 하나의 줄거리를 갖고 있지만 상상 가능한 모든 순열이 포함되어 있는 반면 자연철학 책은 한결같이 명제와 반명제, 즉 하나의 이론에 대한 준엄한 찬론과 반론을 내포하고 있다는 것은 이성중심주의에 대한 보르헤스의 반론이다. 우리에게 다가오는 작가의 목소리는 현전의 중요성이 아니라, 숨겨진 목소리를 찾아내야 한다는 독자의 역할을 강조한 것이다. 또한 그다음에는 더욱 구체적이고 직접적으로 다시 읽기의 중요성을 강조하고, 독자만이 책을 풍성하게 할 수 있다고 역설한다. 이는 곧 독자의 오독을 통하여 작품의 해석을 더욱 다양하게 하고 그리하여 새로운 글쓰기가 가능하다는 것을 말하는 것이다.

2) 상호텍스트성212)

보르헤스는 "따데오 이시도로 끄루스의 전기 Biografía de Tadeo Isidoro Cruz(1820~1874년)"213)를 시작하며 예이츠의 다음 구절을 인용한다.

> 나는 세계가 만들어지기 전에 내가
> 가졌던 얼굴을 찾고 있다.
> (예이츠, [구불구불한 계단])

---

212) 상호텍스트성에 대하여서는 김욱동, 포스트모더니즘의 이론, pp.191-214 의 내용을 정리하기로 한다.

213) "Biografía de Tadeo Isidoro Cruz(1829-1874)", El Aleph, OC I, pp.561-563.

I'm looking for the face I had
Before the world was made.
Yeats, [The Winding Stair]214)

　카발라주의자들은 작가는 그의 책의 절대적인 창조자는 될지 모르나 그것의 절대적인 독자는 될 수 없다고 하였다. 따라서 카발라주의자들이 생각대로 우리의 글쓰기가 신의 글쓰기를 모방하는 것이라고 한다면, 우리의 글쓰기 상호 간의 연관성을 배제해서는 안 될 것이다.

　포스트모더니즘을 규정짓는 가장 중요한 특징 중의 하나는 흔히 탈중심화 또는 脫正典化라고 불리는 현상이다. 그런데 포스트모더니즘의 탈정전화나 탈중심화 현상은 여러 형태를 통하여 매우 폭넓게 그리고 매우 다양하게 나타난다. 예를 들어 그것은 전통적 작가의 권위를 부정하는 자기반영적 메타픽션을 통하여 나타나는가 하면, 엘리트주의적이고 고답적인 고급문화에 대항하는 대중문화를 통하여 나타나며, 장르 간의 계급 질서를 해체하는 탈장르화나 장르의 확산을 통해서도 나타난다. 그런가 하면 이러한 현상은 가부장제도적인 남성중심주의에 반발하는 페미니즘 이론을 통해서도 잘 나타난다. 그러나 이러한 탈중심화나 탈정전화 현상은 무엇보다도 상호텍스트성에서 발견된다. 어떤 의미에서는 이 현상은 상호텍스트성에서 가장 효과적으로 나타난다고 할 수 있다.

　상호텍스트성의 개념은 포스트모더니즘 이론가들에 앞서 이미 모더니즘 이론가들에 의하여 진지하게 논의되었다. 예를 들어 모더니스트 가운데에서도 가장 대표적인 모더니스트로 흔히 간주되고 있는 T. S. 엘리어트는 상호텍스트성에 남다른 관심을 갖고 있었다. 모더니스트들 이외에도 문학 텍스트에 나타난 신화적 원형을 밝혀내는

214) "Biografía de Tadeo Isidoro Cruz(1829-1874)", <u>El Aleph</u>, OC Ⅰ, p.561.

데 주력해 온 신화비평가들 역시 비록 간접적인 방법이긴 하지만 상
호텍스트성의 문제에 관심을 보인다. 문학작품의 기원이나 영향관계
를 주로 연구하는 역사비평, 그 가운데에서도 특히 발생학적 비평
이론 또한 넓은 의미에서는 상호텍스트성과 결코 무관하지 않다. 그
런가 하면 비교적 최근에 들어와 주로 유물론적 관점에서 문학을 파
악하려는 레이먼드 윌리엄스와 같은 마르크스주의 문학 이론가들,
그리고 문학생산 이론을 주창하는 피에르 마슈레와 같은 네오마르크
스주의 문학 이론가들 역시 이 문제에 적지 않은 관심을 보인다. 이
렇게 그동안 역사비평이나 사회비평 또는 형식주의 이론가들이 부분
적으로 논의해 온 상호텍스트성의 개념은 구조주의 이론가들에 의하
여 비로소 중요한 지배소로 대두되고 체계적으로 이론화되었다.

이 가운데에서도 롤랑 바르트의 비평 작업은 특히 주목할 만하다.
그는 비록 상호텍스트성이라는 용어를 명시적으로 사용하고 있지는
않지만 그의 몇몇 비평개념들은 이 용어에 매우 가깝게 접근한다.
예를 들어 零度의 글쓰기, 1953에서 그가 도입하는 <크립토그라피
(암호문)>의 개념은 상호텍스트성의 개념과 상당히 유사하다. 여기서
바르트는 다른 사람의 글이나 심지어는 자신의 글을 의식하지 않고
서 글을 쓴다는 것이 얼마나 불가능한 일인가 하는 점을 지적한다.
이 점과 관련하여 그는 <과거에 쓰인 모든 유형의 글, 그리고 심지
어는 자신이 과거에 쓴 글에서 비롯되는 집요한 잔상은 현재 나의
말의 소리를 들리지 않게 한다. 마치 화공 약품의 경우 처음에는 투
명하고 순수하고 중립적이며 단순한 지속이 부유 상태에서 점차 모
든 과거의 농도를 드러내는 것처럼, 글로 쓰인 모든 흔적은 일종의
암호문처럼 침전한다>215)고 말한다. 이 같은 생각은 카발라와도 일

---

215) Roland Barthes, Writing degree Zero, trans. Annette Lavers and Colin
Smith, New York: Hill and Wang, 1968, p.23, 여기서는 김욱동, 포스
트모더니즘의 이론, p.195에서 재인용.

치한다.

그러나 포스트모더니즘과 관련하여 상호텍스트성을 문학적 개념으로 맨 처음으로 도입한 이론가는 역시 불가리아 태생의 프랑스 이론가 줄리아 크리스테바이다. 1960년대 <텔 켈> 그룹의 대표적인 멤버로 활약한 그녀는 우리에게 잘 알려진 논문 "언어, 대화 그리고 소설, 1966"에서 이 개념을 처음 체계적으로 사용하였다. 한편 크리스테바의 상호텍스트성 이론은 또 다른 논문 "텍스트 구조화의 문제점, 1968"에서도 천명된다. 이렇게 위의 두 논문에서 처음 도입된 상호텍스트성의 개념은 이번에는 그녀의 저서 시어의 혁명, 1974에서 보다 구체화된다. 여기서 크리스테바는 법률의 메타포를 사용하여 <모든 텍스트는 다른 언술의 관할 아래에 놓여 있다>216)고 주장하고 있다.

한편 츠베탕 토도로프 역시 크리스테바에 못지않게 상호텍스트성에 깊은 관심을 갖는다. 토도로프는 어느 한 언술이 다른 언술과 맺고 있는 상호 관련성을 지적하기 위하여 이 상호텍스트성이란 용어를 사용한다. 이 점과 관련하여 그는 <다른 언술과의 관련성이 없이는 어떠한 언술도 존재하지 않으며, 이러한 현상은 필수 불가결하다>217)고 주장한 바 있다. 가장 기본적인 층위에서 두 언술 사이의 모든 관계는 궁극적으로 상호텍스트적이 될 수밖에 없다는 것이 그의 이론이다.

더욱이 상호텍스트성은 구조주의 시학을 주창한 조내선 컬러에 의하여 재천명되고 있다. 그는 그의 저서 구조 시학, 1975에서 <시는 다른 시 그리고 독서의 관습과의 관련성을 제외하고는 창조될 수 없

---

216) Kristeva, La Révolution du langue poétique, Paris: Seoul, 1974, p.339, 여기서는 김욱동, 포스트모더니즘의 이론, p.196에서 재인용.

217) Tzvetan Todorov, Mikhail Bakhtin: The Dialogical Principle, trans. Wlad Godzich, Minneapolis: University of Minnesota Press, 1984, p.60, 여기서는 김욱동, 포스트모더니즘의 이론, p.196에서 재인용.

다. 시가 시로서 존재하는 것은 바로 이러한 관련성 때문이며, 그 위치는 그것이 출판된 다음에도 변하지 않는다. 만약 나중에 의미가 변한다면, 그것은 그 뒤에 쓰인 책들과 새로운 관련성을 맺고 있기 때문>218)이라고 주장한다.

이렇게 크리스테바와 토도로프 그리고 컬러가 처음으로 체계화한 상호텍스트성의 개념은 그 뿌리를 거슬러 올라가 보면 러시아의 사상가이며 문학 이론가인 미하일 바흐친의 대화주의 이론과 만나게 된다. 그리고 대화주의 이론은 작가는 작가이기 이전에 독자라는 점과 독서 과정을 중요시한다는 점에서 오독의 글쓰기를 얘기할 때 간과할 수 없는 부분이다.

바흐친이 처음으로 이론화하여 크리스테바와 컬러가 본격적으로 문학개념으로 도입한 상호텍스트성은 한마디로 말해서 텍스트 상호간에 존재해 있는 유기적 관련성을 가리키는 용어이다. 이 이론에 따르면 어떠한 텍스트도 그 자체로서는 자기 충족적인 완전성을 지닐 수 없으며, 따라서 폐쇄된 체계로서는 결코 가능할 수 없다. 그런데 이 이론은 다음 두 가지 전제조건에 이론적 근거를 두고 있다. 첫째, 작가는 어디까지나 다양한 텍스트의 독자에 지나지 않는다. 즉 모든 작가는 텍스트를 창작하는 사람이 되기에 앞서 먼저 다른 작가들의 작품을 읽는 독자가 되지 않을 수 없다. 따라서 불가피하게 어느 한 텍스트는 그동안 저자가 읽어 온 여러 텍스트들의 영향을 받지 않을 수 없게 마련이다. 둘째, 어느 한 텍스트는 오직 독서 과정을 통해서만 가능하다. 독자가 어느 한 텍스트를 읽을 때 그는 이제까지 그가 읽은 모든 텍스트들을 총동원하게 된다. 이러한 관점에서 본다면 상호텍스트성은 단순히 텍스트의 창작행위에만 관련된 문제

---

218) Jonathan Culler, <u>Structuralist Poetics: Structuralism and the Study of Literature</u>, Ithaca: Cornell University Press, 1975, p.30, 여기서는 김욱동, <u>포스트모더니즘의 이론</u>, pp.196-197에서 재인용.

가 아니라 텍스트를 읽는 독서행위와도 밀접한 관계를 맺고 있는 문제라고 할 수 있다.

보르헤스도 작품에서 이러한 생각을 밝히고 있다.

저명한 시인은 발명가라기보다는 발견자라는 것입니다.

……, que un famoso poeta es menos inventor que descubridor.[219]

일반적으로 말해서 상호텍스트성은 주어진 어느 한 텍스트가 다른 텍스트와 맺고 있는 상호관계를 의미하지만 그 개념은 사실상 매우 넓은 스펙트럼을 차지한다. 가장 제한된 의미에서 상호텍스트성은 주어진 텍스트 안에 다른 텍스트가 인용문이나 언급의 형태를 통하여 명시적으로 드러나 있는 현상을 말한다. 그러나 상호텍스트성은 기원이나 영향관계를 연구하는 전통적인 문학연구와는 본질적인 면에서 큰 차이를 보여준다. 넓은 의미에서 역사비평의 하부 유형에 속하는 기원이나 영향의 연구는 특정한 사실을 규명해 내는 것을 가장 핵심적인 목적으로 삼는다. 여기서는 주어진 한 텍스트가 그 이전에 존재해 있는 다른 텍스트들로부터 어떤 요소를 취해 오는가 하는 문제에 큰 관심을 갖는다. 보다 넓은 의미에서 상호텍스트성은 텍스트와 텍스트, 주체와 주체 사이에서 일어나는 모든 지식의 총체를 가리킨다. 이 경우 주어진 텍스트는 단순히 다른 문학 텍스트들을 포함할 뿐만 아니라 더 나아가 다른 기호체계를 포함한다.

정체성은 상호텍스트성을 규명하는 데 가장 중요한 요소 중의 하나이다. 로랑 제니의 말대로 <상호텍스트성의 개념은 곧 정체성이라는 미묘한 문제를 제기한다. 과연 어떠한 점에서 우리는 어느 한 텍스트가 다른 텍스트 안에 상호텍스트로서 존재한다고 말할 수 있는

---

219) "La busca de Averroes", El Aleph, OC Ⅰ, p.586.

가?>[220] 사실상 어느 주어진 텍스트가 다른 텍스트와 맺고 있는 관계가 과연 상호텍스트적인가, 그렇지 않은가를 엄격히 구별한다는 것은 그렇게 쉬운 일이 아니다. 그것은 우리가 상호텍스트의 개념을 어떻게 규정하느냐에 따라 얼마든지 달라지기 때문이다. 이 점과 관련하여 제니는 상호텍스트성과 <단순한 인유나 회상>을 서로 엄격히 구별하자고 제안한다. 그에 따르면 전자는 그것이 상호텍스트로 삼고 있는 텍스트로부터 구성과 형식 또는 의미를 빌려 오는 반면, 후자는 그 의미를 사용하지 않은 채 단순히 어느 한 요소만을 반복할 따름이다.

포스트모더니즘과 관련하여 상호텍스트성은 한 가지 전제에 기초를 두고 있다. 여기서 전제란 주어진 한 발화는 그 대상이 무엇이든지 간에 이미 과거에 다른 사람에 의하여 이루어졌다는 사실을 말한다. 우선 언어의 문제에 한정하여 말한다면 아직 남에 의해서 사용되지 않은 말은 결코 이 세상에 존재하지 않는다. 바흐친의 말대로 오직 구약성서에 기록된 아담과 이브만이 아직 아무도 사용하지 않은 새로운 언어를 사용할 수 있었을 뿐 나머지 모든 사람들은 다 이미 남이 사용한 말을 다시 사용하고 있는 셈이다. 보다 국부적으로 문학작품에만 국한하여 말한다면 진정한 의미에서 독창적인 문학작품이란 이 세상에는 결코 존재하지 않는다. 바꾸어 말해서 모든 텍스트는 새로운 창조물이라기보다는 어디까지나 그 이전에 이미 존재해 있던 것을 다시 재결합시켜 놓은 것에 지나지 않는다. 이 점이 바로 카발라와 상통하는 점이며 보르헤스의 생각과 일치하는 점이다. 따라서 아직 아무도 사용하지 않은 새로운 언어로 기록된 문학은 오직 성경뿐이고, 그 이후의 모든 작품들은 인식소의 차이로 이

---

220) Laurent Jenny, "La Strategie de la forme", *Poetique* 27, 1976, p.262, Culler, "Presupposion and intertextuality", p.104에서 재인용, 여기서는 김욱동, 포스트모더니즘의 이론, p.208에서 재인용.

루어진 성경의 상호텍스트일 뿐인 것이다.

　　틀뢴에서 인식의 주체는 하나이고 영원하다. 문학적 관습에서도 유일한 주체라는 관념이 모든 것을 지배하고 있다. 책에 서명을 한다는 것은 이상한 일이다. 표절이라는 개념은 존재하지 않는다. 즉, 모든 작품은 단 한 작가의 작품으로, 이 작가는 무시간적이고 익명이라는 관례가 확립되어 있다. 비평이 종종 작가를 만들어낸다.

　　Ya saben que en Tlön el sujeto del conocimiento es uno y eterno. En los hábitos literarios también es todopoderosa la idea de un sujeto único. Es raro que los libros estén firmados. No existe el concepto del plagio: se ha establecido que todas las obras son obra de un solo autor, que es intemporal y es anónimo. La crítica suele inventar autores;[221]

　　'비평이 종종 작가를 만들어낸다'는 것은 결국 독자의 오독이 새로운 글쓰기를 창조해 낸다는 말이 아닌가.
　　포스트모더니즘의 관점에서 보면 태양 아래에는 새로운 것이 존재하지 않듯이 모든 텍스트는 어디까지나 그 이전에 이미 존재해 있던 것을 다시 재결합시켜 놓은 것에 지나지 않는다. <전통적으로 작가들은 초서가 그의 이야기를 남에게서 훔쳐왔듯이 그들의 이야기를 남에게서 훔쳐왔다. 또는 그 이야기들은 어느 한 문화나 공동사회의 공유재산으로 생각되었다>[222]는 윌리엄 H. 개스의 말은 바로 이 점을 극명하게 지적한 말이다. 미셸 푸코가 문학작품이나 예술작품을 일종

---

221) "Tlön, Uqbar, Orbis Tertius", Ficciones, OC Ⅰ, p.439.
222) William H. Gass, Habitations of the Word: Essays, New York: Simon and Schuster, 1985, p.147, 여기서는 김욱동, 포스트모더니즘의 이론, p.215에서 재인용.

의 <기록보관소>로 생각하는 것도 따지고 보면 모든 작품들이 지니고 있는 상호텍스트적 특성 때문이다. 그러므로 에드워드 사이드의 말대로 이제 포스트모더니즘에 이르러 <작가들은 점점 독창적으로 글을 쓴다고 생각하는 대신 남의 글을 다시 고쳐 쓴다고 생각한다. 글쓰기는 이제 독창적으로 비석에 글을 새긴다는 이미지에서 남의 글을 단순히 옮겨 적는다는 필경사의 이미지로 바뀌어간다.>223)

상호텍스트성이 가장 널리 그리고 자주 사용되고 있는 분야는 역시 문학이다. 그것은 시와 소설 그리고 희곡 등 거의 모든 문학 장르에 걸쳐 매우 폭넓게 나타난다. 그러나 모든 문학 장르 가운데에서도 상호텍스트성이 가장 두드러지게 나타나는 장르는 역시 소설이다. 미하일 바흐친의 지적대로 소설은 어느 장르보다도 대화적 특성이 가장 강하게 나타나는 장르이기 때문이다.

상호텍스트성은 좁은 의미에서는 단순히 텍스트의 생산과 소비에 국한된 문제이지만 보다 넓은 의미에서는 텍스트 외적인 문제와도 밀접하게 관련되어 있다. 모든 텍스트들이 작가의 의식에 의하여 창조된 자기 충족적인 구성체가 아니고 역사적으로 조건되고 생성된 것이라고 한다면, 따라서 저자는 독창성을 상실한 채 오직 기존의 텍스트에 의존하여 텍스트를 생산한다면, 여기서 불가피하게 야기되는 것이 바로 <저자의 죽음>의 문제이다. 엄밀히 말해서 상호텍스트성의 경우 전통적 의미의 작가는 전혀 존재할 수 없다.

구조주의와 포스트구조주의를 구분하는 일종의 분수령으로 흔히 간주되고 있는 논문 "저자의 죽음, 1968"에서 롤랑 바르트는 저자를 텍스트의 기원이고 의미의 근원이며 해석의 권위자로 간주하는 전통적인 이론을 전적으로 거부한다. 바르트에 따르면 저자를 신과 동일

---

223) Edward Said, The World, the Text, and the Critic, Cambridge: Harvard University Press, 1983, p.135, 여기서는 김욱동, 포스트모더니즘의 이론, p.215에서 재인용.

한 위상에서 파악하는 전통적인 이론은 본질적으로 서구휴머니즘과 부르주아의 가치관 그리고 자본주의의 전통에 기초하고 있다. 극단적으로 바르트는 저자가 사망했을 때 비로소 글쓰기가 시작된다고 말하고 있다. 그에 따르면 <글쓰기는 모든 목소리, 모든 기원을 파괴하는 것이다. 글쓰기는 우리의 주체가 사라져 버리는 중립적이고 복합적이며 완곡한 공간이며, 모든 정체성이 상실되는 일종의 陰畵에 해당된다.>224) 저자가 사망했을 때 비로소 시작되는 글쓰기는 바로 오독을 의미하는 것이고, 오독을 통한 새로운 글쓰기는 작품 사이의 상호텍스트성으로 나타난다. 보르헤스는 이를 작품에 다음과 같이 표현하였다.

　　한 권의 책 속에 들어 있는 질료는 모든 책들에 있어 각기 다른 모양의 질료가 될 수 있다([고린도전서] 9장 22절). 왜냐하면 한 권의 책은 거의 끊임없는 반복들, 해제판들, 잘못 변질시킨 판들을 가능케 하기 때문이다.

　　La aventura consta en un libro insigne; es decir, en un libro cuya materia puede ser todo para todos(I Corintios 9, 22), pues es capaz de casi inagotables repeticiones, versiones, perversiones.225)

이렇게 바르트의 주장대로 저자가 사망하였다면, 문학과 문학작품 그리고 저자의 개념에 있어 종래와는 상당히 다른 변화가 수반되지 않을 수 없다. <문학>이라는 용어가 리얼리스트들의 경우처럼 작가가 우주나 자연 또는 삶의 실재를 모방하고 재현하는 행위, 아니면 낭만주의 작가들의 경우처럼 자기의 감정이나 사상을 표현하는 행위

---

224) Roland Barthes, "The Death of the Author", Image-Music-Text, p.142, 여기서는 김욱동, 포스트모더니즘의 이론, p.232에서 재인용.
225) "Biografía de Tadeo Isidoro Cruz", El Aleph, OC Ⅰ, p.561.

를 가리킨다고 한다면, <글쓰기>는 단순히 언어라는 매체를 사용하
는 글을 집필하는 행위를 가리킨다. <작가>와는 달리 <글 쓰는 사
람>은 <이제 더 이상 자기 자신 속에 열정, 기분, 감정, 인상을 지니
고 있지 않다.>[226] 그리고 <문학작품>이 닫힌 단일한 산물을 가리키
는 반면, <텍스트>는 열린 다원적 산물을 가리킨다. 그리고 이러한
열린 다원적 텍스트는 바로 카발라의 텍스트이다.

　우선 무엇보다도 저자의 죽음으로 말미암아 작가와 작품과의 관계
가 종래의 그것과는 전혀 다른 것으로 변하였다. 저자가 사망한 후
저자와 작품의 관계는 마치 한 부모에서 태어난 형제나 자매처럼 동
일한 시간선상에 존재하는 수평적 관계가 성립되고 있다. 이렇게 저
자와 작품의 관계가 대등한 것이라고 한다면, 저자는 이제 더 이상
작품을 통하여 삶의 실재를 재현하거나 자신의 견해를 표현하거나
또는 우주를 묘사하는 기능을 담당할 수 없다. 더욱이 저자의 죽음
으로 말미암아 텍스트의 성격이 종래와는 전혀 다른 것으로 변하였
다. 저자가 사망하기 전과는 달리 이제 더 이상 독창적인 텍스트란
존재하지 않는다. 따라서 작가는 창조자의 위치에서 단순히 사전 편
집자의 위치로 바뀌었다고 할 수 있다.

　푸코는 이 저자의 죽음 문제에 있어서는 본질적인 면에서 바르트
와 비슷한 입장을 취하고 있다. 바르트와 마찬가지로 텍스트를 일종
의 공간으로 파악하는 푸코에 따르면 <글을 쓰는 데 문제는 글쓰기
행위를 드러내거나 그것을 고양시키는 것이 아니며, 그것은 또한 언
어 안에 어느 한 주체를 고정시키는 것도 아니다. 오히려 문제는 글
을 쓰는 주체가 끊임없이 자취를 감추어 버리는 공간을 창조해 내는
데 있다.>[227] 따라서 그는 창조자로서의 저자의 역할을 박탈하고 저

---

226) Roland Barthes, "The Death of the Author", p.147, 여기서는 김욱동,
　　포스트모더니즘의 이론, p.233에서 재인용.
227) Michael Foucault, "What is an author?", The Foucault Reader, ed. Paul

자를 단순히 가변적이고 복잡한 언술의 기능으로 간주한다. 다시 말
해서 그는 작가의 특징을 그가 부재중에 있다는 특이성에서 발견하
고자 한다. 다시 말하면 이미 말하는 순간의, 글을 쓰는 순간은 지나
가 버린 것이다.

　　시간은 시의 경계를 확장시켜 주고, 저는 마치 음악처럼 모든 사
람에게 절대적인 것이 되어 있는 그런 시들을 알고 있습니다.

　　El tiempo agranda el ámbito de los versos y sé de algunos que a
la par de la música, son todo para todos los hombres.228)

시간이 시의 경계를 확장시켜 준다는 것은 상호텍스트성, 시간에
기반을 카발라적 상호텍스트성을 증명하는 구절이다.

　　우리가 책을 읽을 때마다 책은 변하였고, 단어의 함축은 다른 것
이 되었다. 더욱이 책은 과거를 짊어지고 있다.

　　Cada vez que leemos un libro, el libro ha cambiado, la
connotación de las palabras es otra. Además, los libros están
cargados de pasado.229)

시간에 기반을 둔 상호텍스트성을 보르헤스는 동전을 은유하여 표
현한다.

　　그 교주는 이 이야기로부터 되찾은 아홉 개의 동전이 현실-그것

Rabinow, New York: Pantheon Books, 1984, p.102, 여기서는 김욱동,
포스트모더니즘의 이론, p.235에서 재인용.
228) "La busca de Averroes", El Aleph, OC Ⅰ, p.586.
229) "El Libro", Borges oral, OC Ⅳ, p.171.

은 연속성이다-임을 연역하려고 하였다. 그는 다음과 같이 주장했다. "네 개의 동전은 화요일과 목요일 사이에는 존재하지 않았고, 세 개의 동전은 화요일과 금요일 오후 사이에는 존재하지 않았으며, 두 개의 동전은 화요일과 금요일 아침 사이에는 존재하지 않았다고 상상하는 것은 불합리하다. 이들 동전은 세 기간의 전 순간에-비밀스러운 방법으로든, 사람들이 이해할 수 없는 방법으로든-존재하고 있었다고 생각하는 것이 논리적이다.

[El heresiarca quería deducir de esa historia la realidad-id est la continuidad-de las nueve monedas recuperadas.] "Es absurdo(afirmaba) imaginar que cuatro de las monedas no han existido entre el martes y el jueves, tres entre el martes y la tarde de viernes, dos entre el martes y la madrugada del viernes. Es lógico pensar que han existido-siquiera de algún modo secreto, de comprensión vedada a los hombres-en todos los momentos de esos tres plazos."[230]

따라서 시간이 녹아 있는 텍스트에서 미래는 또 다른 미래를 창조할 영원한 것이 될 것이다.

미래는 한순간이 아니라 지상적이고 영원하다는 것에 대한 적확한 예언이었다.

……; para Rubenerg, la puntucal profecía no de un momento sino de todo el atroz porvenir, en el tiempo y en la eternidad, del Verbo hecho carne.[231]

시간은 시의 경계를 확장시켜 주고 우리가 책을 읽을 때마다 책

---

230) "Tlön, Uqbar, Orbis Tertius", Ficciones, OC I, p.437.
231) "Tres versiones de Judas", Ficciones, OC I, p.517.

은 변한다. 더욱이 책은 과거를 짊어지고 있다는 것은 우리가 읽는 책에는 작가의 모든 과거, 그의 인식소가 함축되어 있고, 따라서 작가의 작품은 카발라적 관점에서 볼 때에 성경을 모방한 글쓰기이고, 독자의 오독이 가능한 글쓰기가 되는 것이다.

3) 메타픽션

메타픽션은 픽션의 픽션이다. 즉 이미 쓰인 다른 텍스트를 인용하여 새로운 작품을 쓰는 것이다.

많은 현대 작가들은 소설을 통하여 외부세계를 반영하거나 재현시키기보다는 오히려 소설 텍스트의 내부세계를 반영하는 데 더 큰 관심을 갖는다. 이것이 바로 1960년대부터 심심치 않게 논의되고 있는 이른바 <자기반영적 소설> 또는 <메타픽션>으로 불리는 유형의 문학이다. 메타픽션을 보다 잘 이해하기 위해서는 무엇보다도 먼저 <자의식적 소설>과 <자기반영적 소설>을 엄격히 구별할 필요가 있다.

김욱동은 "어떤 의미에서 소설작품치고 자의식적이지 않은 소설은 하나도 없다고 할 만큼 모든 소설은 비록 정도의 차이는 있을망정 궁극적으로 다 자의식적인 특성을 지니게 마련이다."고 말한다.

자기반영적 소설은 외부의 실제 세계를 반영하기보다는 오히려 텍스트가 창작되는 과정을 반영하려는 소설 유형을 가리킨다. 자의식적 소설은 소설 장르 안에 내재되어 있는 경향이나 속성을 가리키는 반면, 자기반영적 소설은 소설 장르에 속해 있는 일종의 하부 유형을 가리킨다. 전자가 통시적인 특성을 지닌다면, 후자는 공시적인 특성을 지닌다. 자기반영적 소설은 어디까지나 포스트모더니즘 문학을 특징짓는 비교적 최근에 대두된 현상이며, 자의식 소설은 포스트모더니즘 소설을 포함하여 모더니즘 소설과 리얼리즘 소설 등 거의 모든 소설 장르를 통해서 보편적으로 나타나는 현상이다. 작품 속에 작가의 자의식이 스며 있다는 것은 너무나 당연한 사실이고, 따라서 자의식적 소설은 보편성을 띠고 있다 할 것이다. 그러나 텍스트가 창작되는 과정을 반영하려는 자기반영적 소설은 소설을 단순한 현실 묘사에 목적을 둔 것 이상으로 파악하는 포스트모더니즘에서 더욱 그 중요성을 띤다고 할 것이다. 그리고 이는 과거의 시간이 투영된 오독의 글쓰기와도 무관하지 않다고 할 것이다.

맘그린에 따르면 자기반영적 텍스트는 인식론적 회의에 기초한다. 한편 레이먼드 페더먼은 이와는 전혀 다른 관점에서 자의식 소설과 자기반영적 소설을 구별한다. 즉 그는 저자가 텍스트나 독자와 어떠한 관계를 맺느냐에 따라 이 두 유형을 구별하고자 한다.

비유적으로 말해서 자의식적 소설이 창문과 같은 역할을 담당한다면, 자기반영적 소설은 텍스트 안에 놓여 있는 거울과 같은 역할을 담당한다. 그런데 주로 포스트모더니즘과 관련된 개념인 메타픽션은 자의식적 텍스트보다는 오히려 자기반영적 텍스트와 연관되어 있다.

포스트모더니즘 특유의 자기반영적 메타픽션의 개념은 <메타>라는 접두에서 명시적으로 드러나 있다. 메타언어라는 용어를 처음 사용한 이론가로 일컬어지는 덴마크의 언어학자 루이스 옐름슬레브는 일찍이 언어이론서설, 1943에서 이 세계에 존재해 있는 비언어적인 사건이나 상황 또는 대상을 지시하는 대신 또 다른 언어를 지시하는 언어를 가리키기 위하여 바로 이 용어를 사용하였다. 즉 메타언어는 다른 기호체계를 그 대상으로 삼는 기호체계를 말한다. 페르디낭 드 소쉬르의 일반언어학 용어를 빌려 설명한다면 메타언어는 일종의 시니피앙(기표)에 해당되고, 메타언어가 내용으로 삼는 대상언어는 시니피에(기의)에 해당되는 셈이다. 그러니까 이 메타언어 이론을 소설 장르에 적용할 경우 메타픽션은 픽션을 대상으로 삼는 픽션, 즉 전반적인 소설 장르의 전통이나 특정한 소설 장르 형식을 포함한 모든 문학체계를 그 대상으로 삼는 소설을 가리킨다. 그러니까 메타픽션은 곧 <픽션의 픽션>이나 <픽션에 관한 픽션>, 또는 존 바스의 표현대로 <'저자'의 역할을 모방하는 저자가 쓴, 소설 형식을 모방하는 소설>이라고 정의 내릴 수 있다.

이 <메타픽션>이라는 용어를 맨 처음 사용한 사람은 미국의 소설가 윌리엄 개스로 알려져 있다. "철학과 소설의 형식"이라는 글에서 그는 호르헤 루이스 보르헤스와 존 바스 그리고 플랜 오브라이언의 몇몇 작품의 특성을 가리키기 위하여 이 용어를 처음 사용하였다.

물론 자기반영적 메타픽션은 포스트모더니즘이 본격적으로 대두되기 시작한 1960년대에 이르러 가장 중요하게 부각되기 시작한 것은 사실이지만, 그렇다고 해서 포스트모더니즘에서 처음으로 시작된 것은 결코 아니다. 이 유형의 소설은 어떤 의미에서는 소설의 역사와 더불어 시작되었다고 보는 편이 아마 더 정확할 것이다.

그런데 여기에서 한 가지 주목해야 할 것은 자기반영적 메타픽션이 오늘날의 형태로 발전되게 된 데는 음악이나 미술 또는 영화와 같은 예술 장르의 역할이 무척 컸다는 점이다. 따라서 <메타픽션>이라는 용어에서 사용되는 <픽션>이라는 말은 단순히 소설 장르만을 가리키지 않고 예술 일반을 가리키는 일종의 제유적 표현으로서 인간의 상상력에 의하여 창조된 모든 허구적 산물은 다 메타픽션으로 범주화될 수 있다.

20세기 중엽에 들어와 매스 미디어의 출현으로 소설이 영화나 텔레비전과 도저히 경쟁할 수 없게 된 이상 소설가들은 다른 대안을 찾지 않으면 안 되었으며 그 대안이 바로 자기반영적 메타픽션이다. 즉 소설 장르는 텍스트 밖에 존재해 있는 외부의 실제 세계를 재현하거나 모방하는 대신 이제는 텍스트 내부 쪽에 더 큰 관심을 갖게 되었던 것이다.

소설 장르가 이제 죽음을 맞이한 상태에 있다고 주장하는 작가들이나 이론가들은 다름 아닌 자기반영적 메타픽션에서 그 증거를 찾는다. 소설의 죽음은 곧 리얼리즘 전통, 좀 더 구체적으로 말하자면 재현성에 대한 회의나 불신과 관련된 문제라고 할 수 있을 것이다.[232]

다른 기호체계를 대상으로 삼는 기호체계가 바로 메타언어라고 한다면 이는 성경을 그리고 우주를 기호로 이루어진 것으로 보는 카발라와도 연관지을 수 있을 것이다. 이는 더 나아가 메타언어로 이루어진 메타픽션의 개념, 곧 존 바스가 말한 대로 '저자의 역할을 모방하는 저자가 쓴, 소설 형식을 모방하는 소설'이라는 개념도 성령의 글쓰기를 모방한 카발라의 글쓰기와 다를 바 없을 것이다.

4) 창조적 비평 또는 비평의 창조성

플라톤과 아리스토텔레스 이후 서구문학과 예술의 경우 창작과 비평은 지금까지 상호 보완적인 관계를 맺어왔다기보다는 오히려 상호 배타적인 관계를 맺어왔다. 잘 알려진 바와 같이 플라톤은 일찍이 시가 학문이나 기술과 변별적으로 구분된다고 주장하였으며, 아리스토텔레스 역시 시와 역사를 명백히 구별했다는 점에서 플라톤과 크게 다르지 않다.

그러나 포스트모더니즘에 이르러 창작 장르와 비평 장르 사이의 관계가 전보다 한결 더 유동적인 상태가 되었다. 이러한 현상은 그동안 몇몇 중요한 비평가들이나 이론가들의 비평행위에서도 상징적으로 잘 드러난다. 즉 그들은 단순히 비평이나 이론행위에 안주하지 않고 창작행위에도 적지 않은 관심을 보여 왔다.

---

232) 이상의 내용은 김욱동, op. cit., pp.238-287의 내용을 정리한 것이다.

이러한 <창조적 비평>의 문제는 아놀드를 비롯한 비평가들이 이미 오래전에 시도하였지만, 이 문제가 본격적으로 대두되기 시작한 것은 역시 포스트모더니즘에 이르러서이다. 그것은 비평을 <제2의 창작>으로 간주하는 포스트구조주의자들, 그 가운데에서도 특히 해체주의자들에 의하여 보다 본격적으로 논의되기 시작하였다.

이러한 창조적 비평은 구조주의와 포스트구조주의에 이론적 기틀을 마련해 준 롤랑 바르트에 의하여 처음 주창되었다. 바르트는 단순히 텍스트 안에 내재되어 있는 의미를 수동적으로 해독하기보다는 오히려 텍스트를 위하여 능동적으로 의미를 창출해 내는 행위라는 점에서 비평이 창조적인 기능을 담당한다고 주장한다. 이 점과 관련하여 그는 비평이 결코 결과의 도표나 판단의 체계가 아니라 본질적으로 일종의 행위로서 그것을 수행하는 사람의 역사적 주관적 존재에 심각하게 행해진 일련의 지적 행동이라고 주장한 바 있다.

그렇다면 창조적 비평은 실제 비평행위를 통하여 구체적으로 어떻게 구현되는가? 포스트모더니즘 비평가들로 범주화될 수 있는 대부분의 비평가들은 제각기 다양한 접근방법을 사용하고 있음에도 불구하고 논리성에 근거하여 주어진 작품을 분석하거나 설명하는 전통적인 비평을 거부한다는 점에서는 놀라울 만큼 동일한 입장을 견지한다.[233]

존 바드는 그의 "고갈의 문학"에서 이렇게 말한다: 나는 이 글에서 세 가지 문제를 함께 논의하고자 한다. 첫째는 새로운 '매체 간' 예술에 의해 제기된 몇 가지 오래된 문제들이고, 둘째는 내가 무척 흠모해 마지않는 아르헨티나 작가 호르헤 루이스 보르헤스의 여러 측면들이며, 셋째는 이들 문제들과 관련되고 내가 '고갈된 가능성의 문학' - 혹은 보다 세련된 말로 표현하여 '고갈의 문학' - 이라고 칭하는 것과 연관된 나 자신의 몇몇 전문적 관심사들이다.[234]

233) 이상의 내용은 IBID., pp.337-342의 내용을 정리한 것이다.
234) 존 바드, "고갈의 문학", 공미리 역, 김욱동 편, 포스트모더니즘의 이

호르헤 루이스 보르헤스는 기법적으로 구식의 예술가, 기법적으로 첨단의 비예술가, 그리고 기법적으로 첨단의 예술가 사이의 차이를 밝히는 데 도움이 될 것이다. 세 번째 범주에는 예술적 사고가 프랑스 누보로망 소설가들의 그것처럼 '일상적'이면서도 위대한 예술가들이 흔히 그래왔듯이 인간의 가슴과 상황에 웅변적이고 인상적으로 말하는 소수의 사람들이 속한다. 존 바드에 따르면 현존 작가 중에서 그가 알고 있는 가장 훌륭한 두 모델은 사뮈엘 베케트와 호르헤 루이스 보르헤스이다.235)

대부분 미학적이기보다는 오히려 형이상학적 본질을 지닌 보르헤스의 다른 특징적 사상과 마찬가지로 그 사상은 지적으로 진지한 것이다. 그러나 주목해야 할 중요한 점은 보르헤스가 키호테를 자신의 작품으로 여기지 않으며 피에르 메나르처럼 그것을 재구성하는 것은 더욱 아니라는 사실이다. 대신에 그는 훌륭하고 독창적인 문학작품을 쓰며 그것의 함축적 주제는 독창적 문학작품 창조의 어려움, 어쩌면 그것의 불필요성이다. 그의 예술적 승리는 지적 궁지에 직면하여 새로운 인간적인 작업을 성취하기 위해 그것을 역으로 사용한 데 있다.236) 또한 독창적 문학작품의 불필요성이란, 카발라주의자들의 생각대로 성경만이 유일한 독창성을 갖고 있는 문학작품이라는 관점에서 볼 때에 지극히 당연한 일일 것이다.

보르헤스의 위치가 나보코프나 베케트의 그것보다 흥미로운 것은 그가 문학에 접근하는 기본 전제 때문이다. 그의 편저자 중 한 명의 말을 들어보자. "보르헤스에게 있어 아무도 문학의 독창성을 주장할 수 없다. 모든 작가들은 다소간은 시대정신의 충실한 기록자이며 기존 원형들의 해석자이자 주석자이다." 보르헤스는 바로크를 가리켜

해, 서울: 문학과 지성사, 1993, p.103.
235) IBID., p.106.
236) IBID., p.110.

"의도적으로 그 가능성을 고갈시키고(혹은 고갈시키려고 노력하고) 그 자신의 희화에 접근하는 스타일"이라고 정의한다.[237]

보르헤스 자신도 쇼펜하우어를 인용하면서 세계가 우리의 창조가 거짓이거나 혹은 적어도 허구적이라는 사실을 상기시키는 '미세하고도 끝없는 비이성의 균열'이 발견되는 우리의 꿈이며 개념이라는 증거로 '무한에로의 회귀'를 사용한다.[238]

생각해 보건대 보르헤스는 모더니즘 최후의 충동과 포스트모더니즘의 분출 사이의 과도기를 마련해 주었던 것 같다.[239]

인물들은 언어로 이루어져 있으며 언어적 구조라는 매개체 속에서 존재한다. 이 사실을 다시 강조함으로써 소설 전반에 적용시키려는 것이 개스의 의도이다. 하지만 이러한 주장은 특히 포스트모더니즘 소설에 적용된다.[240]

다원성과 상대성 그리고 비결정성을 기본적인 철학적 입장으로 받아들이고 있는 포스트모더니즘은 특정적으로 어느 한 개념으로 정의되기를 거부한다.[241]

포스트모더니즘의 비역사·비정치적 특성은 그동안 많은 이론가들로부터 비판의 대상이 되어 왔다. 그럼에도 불구하고 몇몇 이론가들은 포스트모더니즘이 모더니즘과는 달리 역사성을 지니고 있다고 주장한다.[242] 예를 들어 이합 핫산은 "포스트모던 퍼스펙티브에서 본 다원론"이라는 논문에서 마르틴 하이데거의 '동 시간성' 개념을 언급하면서 포스트모더니즘이 현재를 강조하기 위해서 과거를 부정하

---

237) IBID., p.115.
238) IBID., p.116.
239) IBID., p.127.
240) IBID., p.134.
241) 김욱동, "포스트모더니즘의 개념과 본질", 김욱동 편, 포스트모더니즘
   의 이해, 서울: 문학과 지성사, 1993, p.418.
242) IBID., p.430.

지는 않는다고 주장하고 있다. 그러나 누구보다도 포스트모더니즘의
역사적 특성을 강조하는 이론가는 바로 린다 허천이다. 그녀는 포스
트모더니즘의 시학에서 "포스트모더니즘은 기본적으로 모순적이고
단호하게 역사적이며 불가피하게 정치적이다"243)라고 주장하고 있다.
따라서 허천은 그녀가 말하는 이른바 '史料的 메타픽션'을 가장 핵
심적인 포스트모더니즘 문학 장르로 간주한다. 여기서 '史料的 메타
픽션'이란, "지극히 자기반영적이면서도 동시에 역설적으로 역사적
사건과 역사적 인물에 대해 관심을 갖는 잘 알려진 대중소설"244)을
말한다.245)

　　린다 허천은 포스트모더니즘이 패러디나 패스티쉬를 단순히 모방
이나 재활용 이상의 의미를 지니고 있는 것으로 파악한다. 그녀는
바로 역사성과 사회성 그리고 이데올로기의 맥락에서 그 의미를 발
견하고자 하는 것이다. 그녀는 포스트모더니스트들이 이런 장치를
사용함으로써 지금까지 모더니스트들에 의해 도외시되어 온 역사성
을 다시 회복하고 있다고 주장한다.246) 분명히 포스트모더니즘은 모
더니즘과 비교해 볼 때 한결 역사성에의 복귀나 사회적 특성 혹은
휴머니즘 전통을 강조하고 있는 것은 사실이다.247) 그러나 여기서
한 가지 염두에 두어야 할 것은, 포스트모더니즘이 과거 역사를 다
시 되돌아볼 때 그것을 단순히 순진하게 되돌아보지는 않는다는 점
이다. 바꾸어 말해서 그것은 어디까지나 과거를 아이러니적인 관점

---

243) Linda Hutcheon, A Poetics of Postmodernism: History, theory, fiction,
　　London: Routledge, 1988, p.4. 여기서는 김욱동, "포스트모더니즘의 개
　　념과 본질", 김욱동 편, 포스트모더니즘의 이해, 서울: 문학과 지성사,
　　p.431에서 재인용.
244) IBID., p.5. 여기에서의 번역은 김욱동의 번역을 따르기로 한다.
245) 김욱동, "포스트모더니즘의 개념과 본질", 김욱동 편, 포스트모더니즘
　　의 이해, 서울: 문학과 지성사, p.431.
246) IBID., p.437.
247) IBID., p.437.

에서, 혹은 비판적인 안목에서 되돌아보는 것이다.[248]

그리고 이렇게 비판적 안목에서 과거를 되돌아보는 것은 카발라의 영향을 받은 보르헤스의 작품을 살펴보는 데 있어서 도움이 된다. 노드롭 프라이는 <u>비평의 해부</u>에서 "반복의 원리는 모든 예술작품의 기본적인 원리같이 보인다."[249]고 말한다. 그러나 카발라주의자들의 반복, 특히 문학작품에 있어서의 반복은 성령으로 쓰인 성경만이 독창성을 갖는 작품이고, 이후에 쓰인 작품들은 모두가 성경을 모방한 것이라는 의미에서의 반복이고, 보르헤스도 그렇게 생각했다.

5) 상 징

카발라주의자들은 모든 세상을 단순한 상징체계라고 생각하였다. 우리가 하나의 낱말에 외적인 의미를 부여할 때, 우리는 언어 상징 외에, 그 낱말에 의해서 표시된 또는 상징된 것을 갖게 된다. 이와 같이 이해된 상징을 기호라고 칭할 수 있다. 이 기호는 낱말들이 기록되어 있는 곳의 외부에 있는 것을 관습적으로 또 임의적으로 나타내어주고 또 가리키는 언어 단위이다.[250]

추론하건대, 모든 예술은 그것이 현실에 나타나게 될 때 공간적인 측면과 시간적인 측면 중 그 어느 것이 주도적이든 간에, 이 양쪽의 측면을 모두 갖고 있는 것이다.[251] 그리고 예술의 시간적인 측면은 카발라적 관점에서 이해할 때 보르헤스 문학의 상호텍스트성, 메타픽션, 그리고 메타비평을 이해하는 데 도움이 된다.

---

248) IBID., pp.437-438.
249) 노드롭 프라이, op. cit., p.111.
250) IBID., p.106.
251) IBID., p.112.

우리가 현재 가지고 있는 문학개념은, 문학이란 반드시 진실과 사실의 세계에 연루되어 있는 것도 아니고, 그렇다고 해서 진실과 사실의 세계로부터 유리되어 있는 것도 아니며, 진실과 사실과의 관계와 뚜렷한 정도가 최대의 것에서부터 최소의 것에까지 미치면서, 이 두 세계와 어떠한 관계를 가질 수 있을 것 같은 일군의 가설적 창조물로 간주하는 문학개념이다.252)

독창성을 원초성(aboriginal)과 혼동하고, <창조적> 시인은 연필과 종이를 가지고 책상에 앉아 있다가 마침내 특수한 창조행위를 하는 가운데, 무에서(ex nihilo) 새로운 시를 만들어낸다고 생각하는 비평적 견해를 받아들이기는 거의 불가능하다.253)

그러나 문학을 본격적으로 연구하면, 독창적인 시인과 모방적인 시인의 진정한 차이는, 단순히 전자가 후자보다 더 철저히 모방적이라는 사실을 곧 알게 된다.254) 또한 성경이 유일한 책이라는 카발라적 관점에서 보면 독창적인 시인이란 존재할 수 없는 것이다.

요컨대 우리는 단지 하나의 관습적인 시를 채택하여, 그 시의 원형이 다른 문학에 어떻게 영향을 미치고 있는가를 추구함으로써 하나의 완전한 교양교육을 얻을 수가 있는 것이다.255)

우리가 알고 있듯이 작가의 의도에 적용되는 것은 역시 관객의 의도에도 적용된다. 작가의 의도와 관객의 의도는 구심적인 방향을 갖고 있으며, 그리하여 예술의 반응에는 그 창조의 경우와 똑같이 함축적인 요소-관객이 분명하게 의식하고 있지 않는 함축적인 요소-가 존재한다.256)

언어는 자연의 가시적인 형상들과 秘敎的 言說의 비밀스러운 적

---

252) IBID., pp.131-132.
253) IBID., p.137.
254) IBID., p.138.
255) IBID., p.141.
256) IBID., p.157.

합관계들 사이에 어중간하게 서 있다. 언어는 자체로부터 분리되거나 변질됨으로써 자기의 본원적 투명성을 상실해 버린 자연의 조각인 동시에, 자기가 말하려고 하는 것에 대한 해독 가능한 기호들은 비록 표면에 가깝긴 하지만 자체 내에 담고 있는 하나의 비밀이다. 달리 말하면 언어는 하나의 묻혀 있는 계시인 동시에 점차 자기의 본래적 명료성을 회복하게 될 계시이기도 한 것이다.[257]

하나님에 의해 인간이 주어졌을 때의 본래적인 형태에서, 언어는 사물들에 대해 전적으로 확실하며 투명한 기호였다. 이때의 언어는 사물들과 유사했다. 한 사물의 이름은 그 이름이 지시하는 사물 속에 저장되어 있었다. 이 투명성은 인간에 대한 징벌인 바벨탑과 함께 무너졌다. 언어의 첫 번째 존재이유였던 사물과의 근원적 유사성을 상실하자마자 제 언어는 분화되었고 서로 양립할 수 없게 되었다. 오늘날 우리가 알고 있는 모든 언어는 오직 이 상실된 유사관계를 배경으로 이 관계가 상실되면서 생긴 빈 공간 속에서 언표된다.[258]

다른 모든 작가들과 마찬가지로 보르헤스는 다양한 전통으로부터 유래한 상징을 사용하고 그것은 종종 일상의 언어와 밀접한 관련을 맺게 된다. 그러한 상징들은 영원한 테마를 표현하는 데 사용되고 집단적이고 遍在하는 작가에 의해 창조된 은유와 같다.[259] 또한 보르헤스의 작품은 무엇보다도 우연한 독자라도 금방 알아차릴 정도로 명백하게 많은 상징에 의하여 특징지어진다.[260]

소쉬르는 일반언어학 강의에서 "언어와 문자는 분명하게 구분되는 두 개의 기호체계이다. 후자의 유일한 존재이유는 전자를 표상하기 위한 것이다"[261]라고 말하고 있다. 데리다는 이러한 문자의 표상적 규정

---

257) 미셸 푸코, 말과 사물, 이광래 역, 서울: 민음사, 1991, p.62.
258) IBID., p.63.
259) Emir Rodríguez-Monegal, "Symbols in Borges' Work", *Modern Fiction Studies Autumn*, 1973, pp.325-340.
260) IBID., pp.325.

은 본질적으로 기호라는 관념과 소통하고 있음을 간파한다. 즉 그것은 음성문자이며 서구의 에피스테메를 지배해 온 주춧돌이다.[262]

"데리다는 서문에서부터 자신의 글쓰기와 책 읽기가 기존의 사상사와 문학사의 범주에서 벗어나고 있음을 환기시킨다. 데리다가 엮은 텍스트와 사상가들의 궤적은 일견 이질적이고 혼돈스럽지만 그 지향점은 비교적 명쾌하다. 그것은 서구사상사를 현전의 형이상학으로 규정하고, 가장 파격적이며 독창적으로 이 틀에서 벗어나려 했던 인물들이 어떻게 자신도 모르게 다시 이 그물 속에 갇혀 버렸는가를 적나라하게 보여줌으로써 그 한계를 지적하고 새로운 사유체계의 끄트머리를 암시하는 것이다.

'1부 문자 이전의 에크리튀르'에서 데리다는, 플라톤과 소크라테스에서 헤겔에 이르기까지 서구는 인종중심주의, 로고스중심주의, 소리중심주의로 철저히 무장한 채 로고스에 진리를 부여하는 진리의 역사, 즉 현전의 형이상학 속에 밀폐되어 있다고 선언한다. 이러한 형이상학이 가장 노골적으로 드러나는 곳은, 문자언어를 하대하고 충만한 음성언어만을 진리의 구현으로 보는 형이상학과 신학의 족쇄가 설치된 곳이다.

아울러 과학과 문자라는 관념은 기호에 대한 형이상학의 특정 개념 속에서 의미가 있다. 따라서 데리다에게 있어서 기호의 문제는 서구형이상학의 진면모를 볼 수 있는 전망 좋은 방이 된다.

그러나 데리다는 음성중심주의의 개념을 버리는 것이 능사가 아님을 강조한다. 왜냐하면 그 누구도 그러한 형이상학적 전통을 떠나서는 아무것도 생각할 수 없기 때문이다. 문제의 핵심은 개념과 사유태도의 체계적, 역사적 연대를 명증하게 포착하고 그것을 노출시키

---

261) 소쉬르, 일반언어학 강의, p.45, 여기서는 자크 데리다 그라마톨로지 p.616에서 재인용.
262) 자크 데리다, 그라마톨로지, 역자해제, pp.616-617.

는 일이다. 예컨대 서구지성사에서 기호개념은 신성과 출생 장소를 공유한다. 즉 기호개념이 형이상학의 역사에 의해서 규정된 채 남아 있다는 점에서 그 소속은 명백하다. 이 시대의 내부에서 책 읽기와 글쓰기, 즉 기호의 생산과 해석, 그리고 기호들이 짠 직물망인 텍스트는 이차성의 레벨로 국한된다.

데리다는 문자와 관련된 두 가지 의미를 구분한다. 하나는 은유적 의미에서 쓰이는 자연적이며 보편적인 문자, 지성적이며 비시간적인 문자이며, 다른 하나는 문화, 기술, 인위적 측면에서 말하는 감각적이며 유한적인 문자이다. 니체는 문자언어는 근원적으로 로고스와 진리에 예속되지 않았다고 설파했다. 이러한 니체의 통찰을 언급한 후, 데리다는 이러한 예속화가 특정 시대에 일어났으며 우리는 그 시대의 의미를 해체해야 한다고 주장한다."263)

문자의 기원문제를 언급하며 데리다는 문자는 도처에서 역사적이었고 문자에 대한 과학적 관심이 언제나 문자라는 형식을 취했다는 것을 밝히고 있다.

이 점에서 18세기는 커다란 단절을 나타낸다. 비서양 문자의 판독과 보편 문자의 기획에 이어서 탈중심화가 이루어지며, 논리·철학적 관점과 신학적 관점을 화해시키고 있다. 문자언어로 인한 위기는 18세기 루소 시대에 비로소 촉발된다. 18세기는 감수성, 상상력, 기호의 권리를 복권시켰을 뿐만 아니라 로고스중심주의의 보루에 균열을 내기 시작한 시대이다. 헤겔 이전에 루소는 이미 명시적으로 문자언어를 비난했다.

스피박 Spivak은 데리다의 "문자학에 대하여"를 번역하며 그 서문에 다음과 같이 말하였다. "자체 내에 영구적인 他性을 갖고 있는 것들이 있다. 정신의 구조와 상징의 구조가 그것이다. 이러한 구조에

---

263) 데리다의 이론에 대한 내용은 자크 데리다, op. cit., pp.613-615의 내용을 정리하였다.

대하여 데리다는 "글쓰기"라는 이름을 부여한다. 상징은 상징의 학문이라 할 "기호학"이 갖고 있는 것처럼 기원(referent 단어의 지시물)과 끝(meaning 의미)을 연결시키는 동질의 단위로서 취급될 수 없다. 상징은 "under eraser"로 연구되어야만 한다. "기호학"은 "문법학"에 자리를 물려주어야 한다. 내가 제안한 바와 같이 이러한 움직임은 니체의 끝나지 않는 "기호-사슬 sign chains"과 같은 "계보학적" 윤리학과 밀접하게 연관되어 있다."264)

따라서 "글쓰기"는 이미 trace에 내재한 구조의 이름이다. 이는 훨씬 광범위한 개념인데, 물질적 실체에 대한 현명한 표기체계를 뜻하는 것이다. 데리다는 그것이 프로이드가 내용과 정신의 기계 모두를 묘사하는 데 사용한 은유에 의해 이루어졌다고 생각한다.265)

문자학에 대하여 중 "The Signifier and Truth" 부분에서는 글쓰기의 은유가 보편적으로 쓰이는 한 가지 신기한 특징에 대해 논하고 있다. 비록 그것이 사용된다고 하여도 문자적 의미에서의 글쓰기와는 반대된다는 것이다. "상식적인 글쓰기는 죽은 문자이며, 화자의 부재를 의미하므로 죽음의 여정이다. 다른 관점에서 보면, 같은 제안의 다른 면에서는 은유적 감각의 글쓰기는 자연스럽고 성스러우며 살아 있는 글쓰기로 존중받아야 한다. 그것은 가치의 기원, 성스런 법칙으로서의 목소리, 가슴, 그리고 정서 등등과도 동등한 것이다." 왜냐하면 인간은 존재의 개념과 더불어 편안함을 느낄 필요가 있고, "문자적" 의미에서의 글쓰기는 실존하는 작가의 부재를 의미하는데 이는 은유로서 "받아들여졌을" 때에라도 거부되어야 하기 때문이다. 글쓰기에 있어서 프로이드의 은유 사용은 이러한 이중적 취급을 포함하지 않고 있다. 사실상 프로이드는 존재에 대한 언급, 감지하는 존재에 대해 언급하며 이는 존재 그리고 글쓰기에 의해서 모양 지워

---

264) Jacques Derrida, op. cit., p. xxxix.
265) IBID., p. xxxix.

진다.266)

따라서 바로 앞선 상징인 "trace"는 "기원"으로 잘못 이름 지어진 것이다. 우리는 이를 알아채고 이러한 실수를 피해야 한다. 그리고 그것이 바로 데리다가 말하는 "차연 differance"이라고 스피박은 말한다.267)

하이데거는 자신의 독서에서 텍스트의 절대적 권위를 무시함으로써 그 자신의 방법과 문자적 방법 사이의 관계에 대하여 지적하고 있다. 그는 "긍정적 해체", 텍스트의 "발전상 내부의 성격을 드러내는" "존재로의 역사에 대한 해체적 회고"를 통하여 "존재론"의 "경직된 전통"을 "느슨하게" 하는 것을 자신의 고유한 임무로 생각했다.268)

데리다가 문자학에 대하여의 첫 번째 판에서 "deconstruction" 대신에 "destruction"이라는 용어를 사용했다는 것이 흥미롭다. 데리다의 고유한 과정을 묘사해 보면, 폴 드 만 Paul de Man은 하이데거와 매우 유사한 점을 발견한다. "그의 텍스트는 구조를 분해하는 것이다. 그러나 부정적으로 들릴지는 몰라도 deconstruction은 재건의 가능성을 포함하고 있다."269) 분석해 보건대 데리다는 텍스트의 텍스트성을 열기 위하여 하이데거와 이러한 과정을 같이하고 있다.270) 하이데거와 데리다 사이의 한 가지 중요한 차이가 있다면 그것은 그들의 시간관념일 것이다.

"로고스"는 극단의 "법"이고 다른 "phonè"-목소리이다.271) 他性 (다른 것 그리고 의미 자체의 부재)의 구조는 그를 조종하는 상징

---

266) IBID., p. xl i.
267) IBID., p. xlviii.
268) IBID., p. xlviii.
269) de Man, Blindness and Insight, p.140, 여기서는 Jacques Derrida, Of Grammatology, p. xlix에서 재인용.
270) Jacques Derrida, op. cit., p. xlix.
271) IBID., p.l.

내에서 작용되어야 한다.272) 그리고 텍스트성은 연구의 "목적"의 진
실일 뿐만 아니라 연구하는 "주체"의 진실이어야 한다.273) 즉 텍스
트 자체가 연구되어야 한다는 뜻이다. 텍스트 자체가 연구되어야 오
독이 가능하다.

데리다는 텍스트성에 대하여 다음과 같이 말한다. "식물을 생산하
지 않는 씨 심기, 그러나 단순히 끝없이 반복된다. 씨뿌리기는 파종
이 아닌 산종이며, 허망에 심은 씨앗이고 결코 기원으로 돌아올 수
없는 방출이다. 정확하고 조정된 多義性은 아니지만, 항상 다르고 항
상 연기된 의미를 지니고 있는 증식이다."274) 그리고 이 말은 기호의
재해석을 통한 오독을 통한 글쓰기를 의미한다고 할 수 있겠다.

문자학에 대하여에서 데리다는 부속물로서의 글쓰기를 거부할 것을
제안한다. 텍스트는 언어에 속해 있는 것이지 주권을 갖고 있는 작가
에게 속해 있는 것이 아니다. 따라서 언어, 즉 기호가 나타내는 상징
을 새롭게 해석하고 재창출하는 것은 어디까지나 독자들의 몫이다.

보르헤스는 언어에 대한 자신의 생각을 다음과 같이 우회적으로
표현한다.

코란은(그는 말했다) 마치 '경건성'처럼 하나님이 가진 한 속성이
다. 그것이 하나의 책으로 쓰여 있는 것이고, 언어를 통해 말씀된
것이고, 그리고 가슴속에 새겨지게 된 것이다. 언어와 기호와 문자
는 인간의 작품이다. 그러나 코란은 번복이 불가능하고, 영원하다.

El Qurán(dijo) es uno de los atributos de Dios, como Su piedad; se copia
en un libro, se pronuncia con la lengua, se recuerda en el corazón, y el
idioma y los signos y la escritura son obra de los hombres, pero el Qurán es

---

272) IBID., p.liii.
273) IBID., p.lvii.
274) IBID., p.lxv.

irrevocable y eterno.[275)]

그리고 기호가 나타내는 상징을 계속하여 오독을 통한 창조적 글쓰기가 가능함을 다음의 구절에서 말하고 있다.

나는 이 글의 마지막 페이지에 이르러 이 이야기를 쓰고 있는 동안 이 이야기가 바로 나 자신인 그런 어떤 사람에 대한 상징이고, 이 이야기를 쓰기 위해 나는 그 사람이 되어야 했고, 그 사람이 되기 위해 나는 이 이야기를 써야 했고, 그런 식으로 그렇게 무한히 계속되리라는 것을 느꼈다.(내가 그에 대해 생각하기를 멈추자 그는 사라져버렸다.)

Sentí, en la última página, que mi narración era un símbolo del hombre que yo fui, mientras la escribía y que, para redactar esa narración, yo tuve que ser aquel hombre y que, para ser aquel hombre, yo tuve que redactar esa narración, y así hasta lo infinito.(En el instante en que yo dejo de creer en él, "Averroes" desaparece.)[276)]

결국 이러한 생각은 카발라로부터 영향받은 것이다.

아마, 마치 쇼펜하우어가 말한 바대로 의지가 각개의 주체 속에 고스란히 담겨 있는 것과 마찬가지로 가시적 세계는 각개의 현상 속에 고스란히 담겨 있다는 것을 뜻하고자 하였던 것이리라. 카발라주의자들에 의하면 인간은 우주의 축소판, 즉 우주의 상징적 거울이다.

---

275) "La busca de Averroes", El Aleph, OC I, p.584.
276) "La busca de Averroes", El Aleph, OC I, p.588.

Tal vez quiso decir que el mundo visible se da entero en cada representación, de igual manera que la voluntad, según Schopenhauer, se da entera en cada sujeto. Los cabalistas entendieron que el hombre es un microcosmo, un simbólico espejo del universo;[277]

보르헤스는 잘 알려진 지적인 사실을 갖고 놀지만 우리에게 드러내려고 하는 경우는 별로 없다. Didier Anzieu에 따르면 모든 사람들은 과거와 현재와 미래의 모든 언어로 말하고 글을 쓰면서 어떤 언어로도 의미를 가질 수 있는 구두 기호의 가능한 모든 조합의 작은 부분 이상은 발음하지 않을 것이다.[278]

인간은 혼돈의 증거 앞에 체념하여 굴복하지 않는다. 우주를 형성하게끔 하는 지적인 체계의 추구는 인간적 변론의 의미를 얻게 된다. 이러한 상황을 보여주기 위하여 보르헤스는 우주라고 판단되는 오래된 은유의 거의 괴물적인 팽창을 신의 글쓰기로, 자연을 뛰어난 성스런 책으로 생각해 버린다.[279]

우주는 신의 글쓰기이며 자연은 성스런 책이라면, 기호로 이루어진 신의 글쓰기를 풀어나가는 것이 바로 보르헤스가 우리에게 제시하는 오독이라 할 것이다. 그리고 그 오독을 통하여 독자는 새로운 작품을 창조해 낼 수 있는 것이다.

---

277) "El Zahir", El Aleph, OC I, p.594.
278) Didier Anzieu, "El cuerpo y el código en los cuentos de J. L. Borges", p.256.
279) Jaime Rest, "Borges y el 'Pensamiento Sistemático'", p.19.

Ⅲ
보르헤스의 작품 속에 나타나는 카발라의 흔적

이 단원에서는 보르헤스의 작품 속에 나타나는 카발라의 흔적을 연대순으로 살펴보기로 하겠다. 그의 작품을 살펴봄으로써 카발라가 보르헤스에게 언제부터 어떻게 영향을 끼쳤는가, 그리고 보르헤스가 카발라로부터 취하고자 한 바가 무엇인가를 구체적으로 알아보고자 한다. 우선, 작품을 연대순으로 살펴봄으로써 보르헤스의 작품 속에서 카발라가 어떻게 구체적으로 표현되고 있는가를 알아보고, 카발라적 사고가 나타난 구절들을 그 증거로서 제시하고, 그를 통하여 보르헤스의 카발라적 오독의 글쓰기를 증명해 보이고자 한다.

1. DISCUSION(1932)

1) "현실의 차종적인 견해
   (La penúltima versión de la realidad)"[280)

보르헤스는 이 글을 Korzybski 백작의 "The Manhood of Humanity(La Edad Viril de la Humanidad)"에 대한 Francisco Luis Bernárdez의 존재론적 성찰을 고찰하는 데서 시작하고 있다. 그 내용은 다음과 같다.

   Korzybski에 의하면 삶에는 세 가지 차원이 있다. 길이와 넓이와

---

280) OC Ⅰ, pp.198-201.

깊이가 그것이다. 첫 번째의 것은 식물의 삶에 해당한다. 두 번째의
것은 동물의 삶에 해당한다. 세 번째의 것은 인간의 삶에 해당한다.
식물의 삶은 길이의 삶이다. 동물의 삶은 넓이의 삶이다. 인간의 삶
은 깊이의 삶이다.

Tres dimensiones tiene la vida, según Korzybski. Largo, ancho y
profundidad. La primera dimensión corresponde a la vida vegetal. La
segunda dimensión pertenece a la vida animal. La tercera dimensión
equivale a la vida humana. La vida de los vegetales es una vida en
longitud. La vida de los animales es una vida de latitud. La vida
de los hombres es una vida en profundidad.[281]

또한 Bernárdez가 성찰한 바에 의하면,

식물의 생명력은 태양을 향한 굶주림으로 정의될 수 있다. 동물
의 생명력은 공간을 향한 욕구다. 전자는 정적이고 후자는 동적이
다. 직접적 창조물인 식물의 생활방식은 단순한 고요함이다. 간접적
창조물인 동물의 생활방식은 자유로운 움직임이다. 식물의 삶과 동
물의 삶의 차이는 공간개념에 있다. 식물들이 공간을 무시하는 반
면 동물들은 공간을 소유하고 있다. Korzybski가 정의한 바에 따르
면 식물은 에너지를 모방하며 살고 동물은 공간을 축적하며 산다.
정적이고 이동적인 두 존재 사이에서 인간의 존재는 그 최상의 독
창성을 알린다. 무엇이 인간의 최상의 독창성을 구성하는가? 그것은
식물이 에너지를 모방하고 동물이 공간을 축적하듯 인간은 시간을
독점하기 때문이다.

La vitalidad vegetal se define en su hambre de Sol. La vitalidad

---

281) OC Ⅰ, p.198.

animal, en su apetito de espacio. Aquélla es estática. Ésta es dinámica. El estilo vital de las plantas, criaturas directas, es una pura quietud. El estilo vital de los animales, criaturas indirectas, es un libre movimiento. La diferencia sustantiva entre la vida vegetal y la vida animal reside en una noción. La noción de espacio. Mientras las plantas la ignoran, los animales la poseen. Las unas, afirma Korzybski, viven acopiando energía, y los otros, amontonando espacio. Sobre ambas existencias, estática y errática, la existencia humana divulga su originalidad superior. ¿En qué consiste esta suprema originalidad del hombre? En que, vecino al vegetal que acopia energía y al animal que amontona espacio, el hombre acapara tiempo.[282]

인간은 시간을 점령하기에 시간 속에 농축된 인식소로 끝없는 해석을 창조해 낼 수 있는 것일 게다. 다음에 보르헤스는 루돌프 스타이너의 4가지 분류에 대해 언급한다. 첫 번째는 광물의 무기력 상태인데 이는 죽은 사람과 같다. 두 번째는 식물의 은근하고 고용한 상태인데 이는 잠자고 있는 사람과 같다. 세 번째는 동물의 단순히 행동적이고 잊기 잘하는 상태인데 이는 꿈꾸고 있는 사람과 같다. 그리고 네 번째로 사람은 자의식, 과거와 현재와 미래에 대한 기억 즉 시간을 갖고 있다.

또한 보르헤스는 이와 똑같은 가설을 쇼펜하우어가 의지와 표상으로서의 세계 제2권의 죽음의 문제를 다룬 논문에서 끊임없이 제시하였음을 적고 있다.[283] 다음으로 마우트너는 동물은 시간의 연속에 대

---

282) OC I, pp.198-199.
283) OC I, p.199.
  Schopenhauer lo postula continuamente en ese tratado, llamado con modestia capítulo, que está en el segundo volumen del Mundo como voluntad y representación, y que versa sobre la muerte.

하여 불투명한 예감을 갖고 있었던 반면 인간은 그렇지 않다고 생각
하였다. 그리고 Gaspar Martín에 따르면 동물에게 시간개념은 결여되
어 있고, 이것은 문화적으로 상당히 진보된 인간에게서 처음으로 나타
난다. 물질주의는 인간에게 공간의 부자가 되라고 권하여 인간은 시간
축적의 과업을 망각하고 인간과 영토의 정복에 전념한 결과 자본주의
의 오류인 제국주의가 탄생하였다. 따라서 본래의 3차원을 복원, 심화
하고 거리를 중시하는 대신 '시간'을 중시해야 한다고 하였다.[284]

또한 스피노자는 생각의 속성을 시간, 사유로 보고 넓이의 속성을
공간, 외연으로 보고 있다.

위의 Francisco Luis Bernárdez, Rudolf Steiner, Schopenhauer, Mauthner,
Gaspar Martín, Spinoza 등을 언급할 때 공통점은 찰나적 우주에 맞서
는 인간의 연속적이고 질서 정연한 의식이라는 시각은 실로 위대하다
는 사실이다. 보르헤스는 이를 통하여 공간과 시간이라는 대립될 수
없는 두 개념의 대비란 터무니없는 것임을 말하고 있다. 공간이란 시
간의 에피소드들 중 하나일 뿐이다. 시간 속에 끼어 있는 하나의 부대
물이며 그 역은 성립될 수 없다. 공간적 관계규명은 일종의 분류화일

---

284) OC Ⅰ, pp.199-200.
La idea de tiempo falta en los animales y es en el hombre de adelantada
cultura en quien primeramente aparece. [······] El materialismo dijo al
hombre: Hazte rico del espacio. Y el hombre olvidó su propia tarea. Su
noble tarea de acumulador de tiempo. Quiero decir que el hombre se dio
a la conquista de las cosas visibles. A la conquista de personas y de
territorios. Así nació la falacia del progresismo. Y como una
consecuencia brutal, nació la sobmra del progresismo. Y como una
consecuencia brutal, nació la sombra del progresismo. Nació el
imperialismo. Es preciso, pues, restituir a la vida humana su tercera
dimensión. Es necesario profundizarla. Es menester encaminar a la
humanidad hacia su destino racional y valedero. Que el hombre vuelva a
capitalizar siglos en vez de capitalizar leguas. Que la vida humana sea
más intensa en lugar de ser más extensa.

뿐 연속성의 문제는 아니다. 공간축적은 시간축적과 반대되는 것이 아니며, 시간축적을 실현하는 방법 중의 하나이고, 시간축적은 곧 체험의 축적이다. 시각과 청각은 공간을 필요로 하지 않는다. 인류 전체가 단지 청각과 후각을 통해 현실을 구성한다고 상상한다면, 인류는 일체의 공간 밖에, 일체의 공간 없이 존재할 것이다.

미셸 푸코에 따르면 시간은 인간 이외의 어디선가에서 인간에게 다가오는 것이기 때문에 인간이 역사의 주체로서 성립되기 위해서는 생물의 역사와 사물의 역사와 단언들의 역사가 중첩되어야만 한다. 말하자면 인간은 이러한 역사들에 내포된 순수사건들에 종속되어 있는 것이다. 그러나 이처럼 단순한 수동적 역사는 즉각적으로 역전된다. 왜냐하면 언어에 있어서 말하는 주체, 경제행위에 있어서 일하고 소비하는 주체, 인간의 생활에 있어서 살아가는 주체는 다름 아닌 인간 그 자신이기 때문이다. 이러한 이유에서 인간 역시 존재 및 사물과 마찬가지로, 실증적인 생성에 대해 하나의 권리를 갖는다.[285] 따라서 중첩된 역사는 원전을 모방하는 오독의 글쓰기가 녹아 있는 역사가 될 수 있을 것이다.

또한 인간으로 하여금 부지불식간에 언어를 변형시킬 수 있도록 해주는 것, 그리하여 실증적 제 영역의 역사 뒤에는 또 하나의 보다 근본적인 역사, 즉 인간 자신의 역사가 출현한다. 그러나 이 역사는 인간의 존재 자체에 관심을 갖는 역사이다. 왜냐하면 이제 인간은 자신을 중심으로 한 <역사>를 소유할 뿐 아니라, 자기에게 고유한 역사성에 의해 인간생명의 역사라든가 경제의 역사라든가 언어의 역사를 그려낼 수 있음을 깨닫기 때문이다. 이러한 자각의 심연에는 인간과 관련된 하나의 역사성이 실재한다. 이 역사성은 인간 자신의 역사이기도 하지만, 여타의 모든 역사들의 토대가 되는 근본적인 분

---

285) 미셸 푸코, 말과 사물, p.421.

산성이기도 하다.286)

　20세기 전반기 또는 중, 후반기를 "비평의 시대"라 한다면 남은 후반기 또는 종반기는 "메타비평의 시대"일 것으로 보인다. 우리는 문학작품의 비평적 검토 대신에 창작으로서의 "비평" 텍스트가 연구되고 산출됨을 목격한다. 텍스트성이 비평적 생산을 침범하고, 기표의 자유로운 놀이가 비평적 독서와 글쓰기를 침입하고 탈중심화시킨다.

　보르헤스는 창작으로서의 비평 텍스트를 산출함과 동시에 시 / 공의 구별을 부정하는 탈로고스중심주의를 보여주고 있다. 또한 시간축적은 곧 체험축적이라는 구절을 통하여 작가의 시간관을 보여준다. 그것은 단순한 순환적 시간이 아니라 시간의 축적을 통하여 오독을 가능케 하는 카발라적 글쓰기를 설명해 주는 것이다.

　보르헤스의 텍스트는 글쓰기로 위장된 평론적 글 읽기이며, 기존문학을 토대로 또 하나의 문학을 창조하는 점에서 카발라적 텍스트이다. 또한 '저자란 텍스트의 근원이고, 그 의미의 원천이며, 유일한 해석의 권위자'라는 통념적 문학관을 부정하는 것이 의도이다. 따라서 보르헤스의 메타픽션은 전통적으로 인식되고 있는 저자의 독창성, 저자의 절대 전지적 신분을 인정치 않는 점에서 새로운 문학개념의 정립자라 할 것이다.

2) "독자의 미신적인 윤리

　　(La superticiosa ética del lector)"287)

　보르헤스는 우리 문학의 열악한 조건과 흡입력의 부족으로 인하여

---

286) IBID., p.421.
287) OC I, pp.202-205.

문체에 대한 미신이 생겨났으며 그 미신이란 문체를 책장의 효력이
나 무익함으로 파악하는 것이 아니라 작가의 외견상의 능력으로 본
다는 점이라고 말한다.

　이러한 문체의 공허함은 완벽함이라는 더욱 감동적인 공허함 앞
에서 우쭐거린다. 우연적이고 무익할지라도, 자신의 가능한 불멸성
을 관리할 자신의 완벽한 소네트, 작은 기념비를 조각하지 않을 운
율적인 작가는 없다. 그리고 시간의 새로움과 소멸이 존중되어야
할 것이다.

　Esta vanidad del estilo se ahueca en otra más patética vanidad, la de la
perfección. No hay un escritor métrico, por casual y nulo que sea, que no haya
cincelado(el verbo suele figurar en su conversación) su soneto perfecto, monumento
minúsculo que custodia su posible inmortalidad, y que las novedades y aniquila-
ciones del tiempo deberán respetar.[288]

보르헤스는 우리의 글쓰기는 모방의 글쓰기일 뿐, 완벽한 것이 아
님을 이렇게 기술하고 있다.

　완벽한 페이지, 단 한 마디도 흠으로 변조되지 않은 페이지는 가
장 기대할 수 없는 일이다. 언어의 변화는 측면적 의미와 뉘앙스를
지운다. "완벽한" 페이지는 그러한 나약한 가치와 소모된 용이함으
로 이루어져 있다.

　La página de perfección, la página de la que ninguna palabra
puede ser alterada sin daño, es la más precaria de todas. Los
cambios del lenguaje borran los sentidos laterales y los matices; la

página "perfecta" es la que consta de esos delicados valores y la que con facilidad mayor se desgasta.[289]

보르헤스는 "유일한, 절대적인, 항상, 모든, 완벽한, 끝난" 등등의 말은 모든 작가의 관습적인 상법이다"[290]라고 말한다. 이 말은 곧 절대적 독창성이란 있을 수 없다는 얘기이다. 카발라주의자들의 생각대로라면 성경을 제외한 텍스트에서 절대적 독창성이란 있을 수 없다. 완벽한 페이지가 만일 존재한다면 저자의 죽음이나 문학의 독창성을 부정한다거나 고갈의 문학에 대해 얘기할 필요조차 없을 것이며 오독이란 존재하지 않을 것이다.

데리다가 해체의 대상으로 삼은 서구의 형이상학은 무엇보다도 존재의 의미를 現前으로 규정해 온 철학으로서 그것이 특권적인 주제로 택한 것은 음성(PHONE)이다. 그러므로 로고스중심주의는 음성중심주의이며 그것은 소리가 의식에 있어서의 직접적인 현전성이라는 의미이기도 하다. 음성언어를 로고스의 아들로 믿은 플라톤을 비롯해서 "목소리에 의해 발생된 소리는 영혼의 상징이고, 쓰인 언어는 소리에 의해 발생된 언어의 상징"이라고 하는 아리스토텔레스와 훗설에 이르기까지 목소리 내지 음성언어는 생생한 자기 현전(자기가 말하는 것을 듣는다는 의미)으로서 순수한 초월성을 띠는 것인 반면, '글쓰기 écriture'는 음성언어로부터 파생된 이차적인 것으로 간주된다. 때문에 서구의 형이상학 속에는 음성언어 / 글쓰기라고 하는 계층관계가 형성되어 왔다.

데리다는 '글쓰기'의 구조인 '차연'은 이미 다른 텍스트들의 '흔적'

---

289) OC Ⅰ, pp.203-204.
290) OC Ⅰ, p.204.
   -único, nunca, siempre, todo, perfección, acabado-son del comercio habitual de todo escritor.

을 안고 있으며 그 '흔적'들을 계속 읽는 행위를 '글쓰기'로 정의하고 있다. 그러므로 '차연'이나 '글쓰기'는 '문학은 독창적'이라는 기존 개념들을 해체하는 것이다. 또한 '해체'라는 용어는 '글쓰기', '흔적', '보충', '공간내기'와 같은 용어들에 의해 대체되거나 결정될 수 있는 '컨텍스트' 내에서 그 가치가 유효하다고 한다.

언어가 존재하면서 기원(origin)이 존재하며, 그것이 남긴 흔적(trace)이 존재하는데, 시간이 흐르며 변질되는 인식소(épistémè)의 차이(différance)로 인해 여백(marge)이 존재하게 되고, 거기서 생기는 차이를 보충(supplément)하는 과정이 바로 차연(différance)이자 글쓰기(écriture)로, 이것을 통해 얻어진 작품을 텍스트라 한다.

이렇게 생긴 텍스트들의 컨텍스트는 다시 산종(dissémination)되어 내부적 인식소의 차이로 다시 해체(déconstruction)되는데, 그러한 과정이 반복(répétition)되어 새로운 창조물이 배출되지만, 그것 또한 흔적들로 인해 옛 틀에서 완전히 벗어나지 못하고 이전의 흔적들과 유사한 성격을 갖게 된다. 이런 과정이 반복될 때, 컨텍스트가 얻어진 시간의 형체에 재생 가능성을 부여하기 위해 서명(signature)을 부여한다.

Michel Foucault는 우리의 문화 속에서 저자의 이름은 어떤 텍스트에는 있고 어떤 텍스트에는 존재하지 않는 변수라고 생각했다. 사적인 편지에는 서명은 있으나 저자는 없다. 계약서엔 서약자는 있으나 저자는 없다. 벽에 붙은 익명의 글엔 쓴 사람은 있으나 저자는 없다. 이런 방식으로 저자는 한 사회 안에서 어떤 담론의 존재, 순환, 작용을 규정짓는 기능을 갖는다.

따라서 우리는 누가 진짜 저자인지, 그의 정통성과 독창성을 증명했는지, 작품 속에서 가장 심원한 자아를 그는 어떻게 표출했지라는 질문 대신에 이 담론의 존재방식은 무엇이고, 그것은 어디에서 왔고 어떻게 순환되고 누가 그것을 조정하며 주체를 가능케 하기 위해 어떤 위치가 마련되었는지, 누가 이 다양한 주체의 기능을 완수할 수 있는가라는 질문을 던져야 한다. 카발라에 따르면 우리의 글쓰기는 성령의 글쓰기를 모방하는 것이기 때문이다.

보르헤스는 다음과 같이 문학을 평한다.

> 문학은 기가 막힐 시대를 예언할 줄 알고, 고유의 덕으로 인정사 정없이 잔인하게 굴 줄 알며 고유의 해소책을 사랑할 줄 알며, 그 목적에 비위 맞출 줄 아는 예술이다.

> ……, pero la literatura es un arte que sabe profetizar aquel tiempo en que habrá enmudecido, y encarnizarse con la propia virtud y enamorarse de la propia disolución y cortejar su fin.[291]

성령의 글쓰기를 모방하는 문학은 우리의 역사가 녹아 있는 문학 일 것이다. 계속되는 오독을 통하여 그 시대의 역사와 작가의 사상 이 작품 속에 스며들고, 독자는 나름의 해석을 통하여 새로운 문학 을 창조함으로써 자신의 목적을 이루는 것이다.

3) "카발라에 대한 변론
 (Una vindicación de la Cábala)"[292]

보르헤스는 1914년 제네바에서 구스타브 메이링크의 소설 <u>The Golem</u> 을 읽고, 그리고 학자 Maurice Abramowicz와 가까워진 후로 존재의 주된 은유로서 세계의 카발라적 이미지를 주된 상상적 사용으로 받아

---

291) OC Ⅰ, p.205.
292) OC Ⅰ, pp.209-212.

들인다. 그 은유는 우주는 위대한 한 권의 책이다. 우주 안의 각각의
자연적 / 정신적 현상은 의미를 갖고 있다. 세상은 거대한 알파벳이다.
육체적 현실, 역사적 사실, 인간이 창조한 그 무엇이든 끊임없는 메시
지의 음절이다. 우리는 제한 없는 의미의 회로망에 둘러싸여 있다.

보르헤스는 "카발라에 대한 변론"을 시작하며 자신은 히브리어에
는 전혀 무지함을 고백한다.

　　　하나는 내가 히브리어에 대하여서는 거의 전부 무지라는 것이다.

　　　Uno es mi inocencia casi total del idioma hebreo.[293]

또한 후의 작품에서도 자신이 히브리어에 대하여 아는 것이 없음
을 다시 고백하고 있다.

　　　내가 히브리어에 무지함에도 불구하고 나는 카발라에 대해 약간
　　　공부를 했고, 영어와 독어로 된 조하르(광휘의 책)와 세페르 옐지라(창
　　　조의 책)를 읽었다. 나는 그 책들이 이해되기 위하여 쓰였다기보다
　　　는 설명되기 위하여 지어졌고, 독자로 하여금 생각을 계속할 수 있
　　　도록 자극이 된다는 것을 알고 있다. 우리가 비록 알레한드로가 자
　　　신의 베개 밑에 일리아드와 칼을 무기로 갖고 있었다는 것을 알고
　　　있기는 하지만, 옛사람들은 우리가 책에 대하여 갖고 있는 존경심
　　　을 갖고 있지는 않았다.

　　　A pesar de mi ignorancia del hebreo, he estudiado algo de la
　　　Cábala y he leído las versiones inglesas y alemanas del Zohar(El
　　　libro del esplendor), El Sefer Yetzira(El libro de las relaciones).
　　　Sé que esos libros no están escritos para ser entendidos, están

hechos para ser interpretados, son acicates para que el lector siga el pensamiento. La antigüedad clásica no tuvo nuestro respeto del libro, aunque sabemos que Alejandro de Macedonia tenía bajo su almohada la *Ilíada* y la espada, esas dos armas.[294]

보르헤스가 요약한 카발라의 내용은 카발라주의자들은 신은 말을 가지고 자신의 역사의 도구로 썼다는 것에 영향을 받았다는 사실이다. 카발라주의자들은 문자가 먼저 생겼을 것이라고 추측하여 글자들 각각에 그에 상응하는 가치를 부여하고 성경을 마치 부호나 암호로 이루어진 책으로 생각했다. 또한 알파벳을 두 체계로 나누고 텍스트를 왼쪽에서 오른쪽으로, 다시 오른쪽에서 왼쪽으로 읽어가는 부스트로페돈(boustrophedon)으로 읽을 수도 있고 또한 각 글자들에 가치를 지니는 숫자를 부여할 수 있다고 생각했다. 카발라주의자들의 이러한 해석방법의 논리적인 근거는 바로 성경은 완전무결한 텍스트이고 이런 텍스트에서 우연적인 것은 결코 있을 수 없다는 것이었다. 그들은 성경에는 4가지 의미가 있다고 생각했고 10개의 방사를 지니고 있는 영원한 신을 믿었다. 카발라주의자들의 텍스트에 의하면 10개의 방사는 10개의 손가락과 같은 것들이다. 쇼펜하우어가 말했듯이 만일 신에게 잘못이 있다면, 그것은 왕의 잘못이 아니라 그 아래 제상들의 잘못이듯이, 신이 아니라 방사들로 인해 이 잘못된 세상을 낳은 것이라는 것이다. 또한 우주는 불완전한 신성의 작품이고, 신성의 그 파편들은 제로를 지향하고 있다고 하면서 악의 존재에 대한 문제를 풀고 있다.

보르헤스는 "카발라에 대한 변론"에서 이렇게 말하고 있다.

"하고자 했던 바가 이번이 처음이 아니고, 실패하는 것도 이번이 마지막이 아닐 테지만, 두 가지 사실은 구별해야겠다. 하나는 내가

---

294) "El Libro", <u>Borges oral</u>, OC Ⅳ, p.167.

히브리어에 대해 아는 것이 거의 없다는 사실이다. 다른 하나는 나
는 그 원칙이 아니라 그 원칙이 이끌어 가는 해석학적 혹은 암호적
순서를 변론하고자 하는 상황이다. 알려진 바와 같이 이러한 순서
는 성서를 수직적으로 읽는 것인데, 이는 부스트로페돈(한 행은 오
른쪽에서 왼쪽으로, 다음은 왼쪽에서 오른쪽으로)이라 불리는 것이
다. 이는 알파벳 철자들을 다른 철자로 순서대로 대체하는 것이며
철자의 수적 가치를 종합한 것이다. 그러한 방법에 대해서는 조소
하기가 쉽지만 나는 그러한 방법들을 이해하고자 노력하고 싶다."

Ni es ésta la primera vez que se intenta ni será la última que
falla, pero la distinguen dos hechos. Uno es mi inocencia casi total del
idioma hebreo; otro es la circunstancia de que no quiero vindicar la
doctrina, sino los procedimientos hermenéuticos o criptográficos que a
ella conducen. Estos procedimientos, como se sabe, son la lectura
vertical de los textos sagrados, la lectura llamada boustrophedon(de
derecha a izquierda, un renglón, de izquierda a derecha el siguiente),
metódica sustitución de unas letras del alfabeto por otras, la suma
del valor numérico de las letras, etcétera. Burlarse de tales
operaciones es fácil, prefiero procurar entenderlas.[295]

이 문장은 카발라 애호가였던 보르헤스의 유대신비주의 관심에 대
한 실마리가 된다. 그는 카발라를 영적인 원칙으로 믿지 않았다. 그
는 카발라에서 그의 문학에 관련된 테크닉과 actitudes의 몇몇 요소
를 발견했다. 공론을 상징과 조화시키는 데 있어서, 성경을 모시는
데 있어서, 그의 종교적 발견을 위작의 형태로 표현하는 데 있어서
유대신비주의는 작가 보르헤스에게 많은 것을 제공해 주었다.[296] 따

---

295) OC Ⅰ, p.209.
296) Edna Aizenberg, El tejedor del Aleph: Biblia, Kabala, y Judaismo en
Borges, p.95.

라서 보르헤스의 작품 속에 나타나는 카발라를 살펴본다는 것은 종
교적인 의미에서의 카발라를 발견하고자 하는 것이 아닐 것이다. 보
르헤스가 말한 바와 같이, 카발라의 원칙이 이끌어 가는 해석학적
혹은 암호적 순서란 세상이 짜깁기된 기호를 풀어가는 노력, 곧 원
전을 모방한 글쓰기의 오독을 말하고자 함이다.

보르헤스는 카발라주의자들에 대하여 다음과 같이 말한다.

> 카발라주의자들은 오늘날의 많은 기독교도들처럼 역사의 신성함을,
> 무한한 지혜로 쓰인 의도된 글을 믿었다……. 이제, 왕조에도 아니고, 전
> 멸(aniquilaciones)에도 아니고 새들에도 아닌, 쓰인 말씀을 나타내기
> 위한 그 지혜를 상상해 보자. 이와 마찬가지로 말씀의 영감이라는
> 아우구스틴파 이전(preagustiniana)의 이론에 좇아, 신은 말하고자 하
> 는 바를 말씀 대 말씀으로 강연하신다는 것을 상상해 보자. 그러한
> 전제(이는 카발라주의자들이 받아들였던 것이다)는 성경이 완전한
> 텍스트가 되게 하고 성경에서 우연한 일들은 모두 모여 0이 된다.
> 이러한 문서의 유일한 개념은 그 안에 적혀 있는 것들을 능가하는
> 불가사의이다. 우연성을 미루어 할 수 없고, 무한한 의도의 기교이
> 며, 아무런 과오도 없는 다양함과, 숨어 있던 것들이 누설되고, 빛
> 을 겹쳐 놓은 한 권의 책을 어떻게 카발라주의자들이 했던 것처럼
> 어리석은 것까지, 숫자상의 장광설까지 묻지 않겠는가?

> Los cabalistas, como ahora muchos cristianos, creían en la
> divinidad de esa historia, en su deliberada redacción por una
> inteligencia infinita……Imaginemos ahora esa inteligencia estelar,
> dedicada a manifestarse, no en dinastías ni en aniquilaciones ni en
> pájaros, sino en voces escritas. Imaginemos asimismo, de acuerdo
> con la teoría preagustiniana de inspiración verbal, que Dios dicta, palabra
> por palabra, lo que se propone decir. Esa premisa(que fue la que

asumieron los cabalistas) hace de la Escritura un texto absoluto, donde la colaboración del azar es calculable en cero. La sola concepción de ese documento es un prodigio superior a cuantos registran sus páginas. Un libro impenetrable a la contingencia, un mecanismo de infinitos propósitos, de variaciones infalibles, de revelaciones que acechan, de superposiciones de luz, ¿cómo no interrogarlo hasta lo absurdo, hasta lo prolijo numérico, según hizo la Cábala?[297]

성경이 보르헤스에게 가장 영향을 준 것은 창조자로서가 아닌 서기로서의 작가라는 전통적 관점이다. 발명가가 아니라 자신 외로부터, 훨씬 더 먼 곳으로부터 온 무엇을 전달하는 사람으로서 말이다. 보르헤스가 "카발라에 대한 변론 Una vindicación de la Cábala"에서 사용하고 언급하고 있는 말-어휘라는 영감의 이론은 작가(originalidad)로부터 동시에 발산된다는 텍스트의 아이디어의 중요성을 제거하고 이는 근본적으로 자신(subjetividad)에 뿌리를 내린다. 이는 더욱이 보르헤스가 그의 수필에서 말하고 있는 바와 같이, 인용된 이론이 성경의 작가들을 <말씀하신 바를 적는 신의 무인칭의 비서들>[298]로 바꾸어 놓았다. 이 설명의 두 가지 중요한 표현들, <말씀하신 바를 적는>과 <무인칭의 비서들>이 그의 작품에 영향을 끼친 聖靈을 나타내고 있다. 성경에 대한 지배적인 해석이 보르헤스에게 그의 말씀하신, 무인칭의 문학이 반낭만주의적이고 antirromántica, 비인간적이며 deshumanizada 동시에 고전적이고 현대적인 문학의 선조가 되도록 해주었다.[299]

---

297) OC I, pp.211-212.
298) OC I, p.209.
      ……, secretarios impersonales de dios que escriben al dictado,……
299) Edna Aizenberg, El tejedor del Aleph: Biblia, Kabala, y Judaismo en Borges, p.81.

보르헤스는 지적하기를 말씀의 영감이라는 이론에 따라 신은 말하고자 하는 바를 말씀 대 말씀으로 강연하신다고 하였다. 아이젠버그에 따르면 만일 책을 창조하는 것이 작가가 아니라 말씀이 작가라면 문학의 인간적 독창성은 사라진다. 無로부터 느끼고 창조해 내는 작가는 아무것도 아니다. 그에게 이미 주어진 자료를 재생산하고 이미 존재하는 것을 기록하는 것이다.[300]

성경의 작가는 하늘의 표현(la Expresión de los Cielos)을 다루는 데 있어서 말씀이 말씀 대 말씀과 행 대 행으로 일치하도록 해야 했다. 보르헤스는 사람의 표현을 다루는 데 있어서 <글쓰기는 기록하는 것이다> 그리고 <작가는 필경사와 같다>는 관념을 갖고 있었는데, 이는 간텍스트성의 은유와도 같은 것이며 그와 함께 문학에 있어서 disgregación 혹은 독창성 대신에 작가를 창조하는 작가, 작품을 창조하는 작품이라는 믿음이었다. 보르헤스는 Julia Kristeva가 <모든 텍스트는 인용의 모자이크로 건설된다>고 말하기 훨씬 전인 20년대에 이미 이러한 확신을 갖고 있었던 것이다.[301]

윌리엄 개스는 "전통적으로 작가들은 초서가 그의 이야기를 남에게서 훔쳐왔듯이 그들의 이야기를 남에게서 훔쳐왔다. 또는 그 이야기들은 어느 한 문화나 공동사회의 공유재산으로 생각되었다"[302]고 말하고 있다. 미셸 푸코가 문학작품이나 예술작품을 일종의 <기록보관소>로 간주하는 것도 따지고 보면 모든 작품들이 지니고 있는 상호텍스트적 특성 때문이다.[303] 그러므로 에드워드 사이드의 말대로 이제 포스트모더니즘에 이르러 "작가들은 점점 독창적으로 글을 쓴다고 생각하는 대신 남의 글을 다시 고쳐 쓴다고 생각한다. 글쓰기

---

300) Edna Aizenberg, op. cit., p.81.
301) IBID., pp.81-82.
302) William Gass, Habitations of the World: Essays, New York: Simon and Schuster, 1985, p.147.
303) 미셸 푸코, 말과 사물, p.215.

는 이제 독창적으로 비석에 글을 새긴다는 이미지에서 남의 글을 단순히 옮겨 적는다는 필경사의 이미지로 바뀌어간다."[304]

성경을 완전무결하게 질서 정연한 텍스트로 확신하고 있던 보르헤스에게는 미학적 동기가 있었다. 그는 성령의 신비적 개념을 세속적 문학에 옮기고 싶었던 것이다. 이것이 "Una vindicación de la Cábala"의 진정한 목적이었으며 여기에서 보르헤스는 성경에 있어서 우연성의 부족을 언급한 후에 글쓰기의 여러 형태에 있어서 우연성의 문제를 분석하고 있다. Periodismo는 질서 정연한 것을 뜻하지만 한 문단의 길이와 소리에 있어서는 우발적이다. 시는 그와 반대의 현상이 일어나서 소리가 의미를 점령한다. 그리고 <지적인> 작가의 텍스트는 보르헤스가 말하기를 <하나님의 말씀과 희미하게 가깝다>.[305] 아이젠버그의 말대로 이 작가는 성스러운 글쓰기의 원칙 혹은 조정된 텍스트를 짜깁기하는 데 있어서 우연의 부족, 복합하고 평면적인 의미를 인간의 문학에 적용하면서 일종의 imitatio dei heterodixa를 행사하고 있는 것이다.[306] 또한 이러한 모방은 보르헤스뿐만 아니라 그의 작품을 읽은 우리들의 오독을 가능케 해주는 것이다.

4) "현실의 가정(La postulación de la realidad)"[307]

"La postulación de la realidad"에는 문학을 또 다른 우주로, 상징의 우주로 보는 관점이 나타난다. 이 문학에는 인간성을 포함하여

---

304) Edward Said, The World, the Text and the Critic, Cambridge: Harvard University Press, 1983, p.135.
305) OC I, p.211.
       Remotamente se aproxima al Señor, ……
306) Edna Aizenberg, op. cit., p.102.
307) OC I, pp.217-221.

가장 <real>한 요소가 <삶의 단편> trozo de vida이 되려는 경향을 지닌 텍스트 속에서 하나의 추상적 개념으로 바뀐다.308)

앞에서도 말했듯이 보르헤스는 존재의 주된 은유로서 세계의 카발라적 이미지를 받아들였고 그 개념은 우주는 한 권의 책이라는 것이다. 따라서 문학을 또 다른 우주로 보는 개념은 이러한 카발라적 이미지를 나타낸 것이라 할 수 있다.

보르헤스는 또한 우주를 포함한 모든 세상은 신의 비밀스런 글쓰기에 기초한다는 사상을 다음과 같은 구절을 통하여 나타내고 있다.

　　작가는 우리에게 의심할 나위 없이 엄격하게 조직된 상징의 놀이를 제공하지만 그것의 우연한 활기는 우리의 몫이다. 그것이 사실상 표현적이지는 않다. 현실을 대변하는 것이 아니라 기록하는 것으로 제한되어 있다.

　　El autor nos propone un juego de símbolos, organizados rigurosamente sin duda, pero cuya animación eventual queda a cargo nuestro. No es realmente expresivo: se limita a registrar una realidad, no a representarla.309)

세상의 짜깁기된 기호를 푸는 것이 카발라의 의미이고 보르헤스에게 있어서 카발라는 모든 세상이 단순한 기호체계라는 것을 이해한다면 작가가 우리에게 제안한 상징의 놀이를 통하여, 즉 오독을 통하여 재창조를 이루는 것은 바로 독자의 몫이다.

　　현실과의 첫 접촉을 쓰는 것이 아니라 개념상 그 정제된 마지막 문장을 쓰는 것이다.

---

308) Edna Aizenberg, op. cit., p.86.
309) OC I, pp.217-218.

> no escribe los primeros contactos de la realidad, sino su elaboración
> final en concepto.310)

현실을 대변하는 것이 아니라 그저 표현하는 것이 작가의 몫이라
면, 세상은 거대한 알파벳이라는 카발라적 이미지를 이해하고 그 제
한 없는 의미의 회로망에서 짜깁기된 기호를 풀어야 할 것이다.

문학에서 부정확함은 견딜 만하거나 있을 법한 일이다. 왜냐하면
우리는 항상 현실에서 문학에 기대는 경향이 있기 때문이다.

> la imprecisión es tolerable o verosímil en la literatura, porque a
> ella propendemos siempre en la realidad.311)

우리가 현재 가지고 있는 문학개념은, 문학이란 반드시 진실과 사
실의 세계에 연루되어 있는 것도 아니고, 그렇다고 해서 진실과 사
실의 세계로부터 유리되어 있는 것도 아니며, 진실과 사실과의 관계
와 뚜렷한 정도가 최대의 것에서부터 최소의 것에까지 미치면서, 이
두 세계와 어떠한 관계도 가질 수 있을 것 같은 일군의 가설적 창조
물로 간주하는 문학개념이다. 경험적 사실과 환상의 구별은 순리적
으로 구별되는 것이 아니므로 논리적으로 입증될 수 없다. 그것은
실제적으로 또 정서적으로 그러한 구별을 가정할 필요성에 의해서만
<입증되는 것이다>. 시인에게 있어서 이러한 필요성은 존재하지 않
으며, 시인이 고양이의 존재(실제의 고양이든 러스킨적 고양이든 간
에)를 주장한다든가 혹은 부정한다든가 하지 않으면 안 될 시적 이
유는 전혀 없다. 예술과 현실과의 관계가 직접적인 것도 또 부정적

---

310) OC I, p.218.
311) OC I, p.218.

인 것도 아닌 잠재적이라는 예술관은 즐거움과 교훈, 文體와 사상 (message)의 이원성을 최종적으로 해소한다.312)

문학이 진실을 그대로 묘사한다는 것은 보르헤스에게 있어서 무의미한 일일 것이다. 기호로 이루어진 우주의 이미지를 받아들이고 그 기호를 푸는 놀이가 바로 보르헤스가 우리에게 제시하는 오독의 글쓰기일 것이다.

5) "호메로스적 해석(Las versiones Homéricas)"313)

이 작품에는 번역도 글쓰기의 한 가지이며 인식소, 교양, 체험이 반영되어 모두 다르게 번역됨으로써 새로운 작품이 된다는 보르헤스의 카발라적 사상이 나타나 있다. 물론 앞에서도 말했듯이 해석의 이질성이란 독자가 아무렇게나 해석할 권리가 있다는 것이 아니며 모든 해석들이 똑같이 좋다는 것도 물론 아니다. 가장 좋은 비평은 그 텍스트가 얼마나 다양하게 해석될 수 있는가를 보여주는 비평이듯이 번역도 번역자의 경험과 체험을 바탕으로 또 하나의 글쓰기를 이루어야 할 것이다.

반면에 번역은 미학적 토론을 예증하려는 것처럼 보인다.
그 모방에 제안하는 모델은 과거의 계획이나 순간적인 평이함의 유혹이라는 평가할 수 없는 미로가 아니라 눈에 보이는 텍스트이다.

La traducción, en cambio, parece destinada a ilustrar la discusión estética.

---

312) 노드롭 프라이, op. cit., pp.131-132.
313) OC Ⅰ, pp.239-243.

El modelo propuesto a su imitación es un texto visible, no un laberinto inestimable de proyectos pretéritos o la acatada tentación momentánea de una facilidad.[314]

보르헤스는 다양한 해석에 녹아 있는 상호텍스트성을 다음과 같이 표현한다.

흥망성쇠의 부분적이고 정확한 서류는 그 번역에 남아 있다.

Un parcial y precioso documento de las vicisitudes que sufre queda en sus traducciones.[315]

그대로는 표절이나 용어를 바꾸어 가면서 빈 곳을 보충하여 하나의 다른 작품을 만드는 데 있어서 생략, 첨가, 변조가 있을 수 있다.

결정적인 텍스트의 개념은 다만 종교나 피로함에 달려 있다.
번역을 열등하게 취급하는 미신은 방심한 경험에 기인한다.
우리가 충분히 실행해 보면 불변하거나 결정적인 것으로 보이지 않는 좋은 텍스트는 존재하지 않는다.

El concepto de texto definitivo no corresponde sino a la religión o al cansancio.
La superstición de la inferioridad a las traducciones procede de una distraída experiencia.
No hay un buen texto que no parezca invariable y definitivo si lo practicamos un número suficiente de veces.[316]

---

314) OC I, p.239.
315) OC I, p.239.

또한 모방을 통한 글쓰기의 어려움에 대하여 다음과 같이 얘기한다.

　　그러한 행복한 어려움은 모두 진지하고 천재적이며 분산하는 그
만큼의 번역의 가능성을 안겨준다.

　　A esa dificultad feliz debemos la posibilidad de tantas versiones,
todas sinceras, genuinas y divergentes.[317]

데리다의 개념에 산종(dissémination)은 본래 종자(種子 semence)가
출생지로부터 다소라도 멀리 떨어져 여기저기에 뿌려지는 것을 의미
한다. 데리다가 이 단어를 체계적으로 이용한 것은 이 단어를 제목
으로 하여 La Dissémination, 1972이라는 책을 쓰면서부터이다. 그
책에서는 이 단어가 어떤 단어가 처음 사용된 章에서부터 떨어져 나
가 곳곳에 흩어지고 새로운 의미작용을 어떻게 해나가는가를 가리키
고 있다.[318] '분산하는(divergentes)'은 결국 데리다의 산종처럼 새로
운 의미작용을 해나가며 오독을 통한 글쓰기를 가능케 함을 의미한
다고 볼 수 있다.

　　유일하게 확실한 것은 언어에 속해 있는 것으로부터 작가에 속해
있는 것을 분리해 낼 수는 없다는 것이다.

　　lo único cierto es la imposibilidad de apartar lo que pertenece al
escritor de lo que pertenece al lenguaje.[319]

---

316) OC Ⅰ, p.239.
317) OC Ⅰ, p.240.
318) 이광래 편, 해체주의란 무엇인가, 서울: 교보문고, 1989, p.382.
319) OC Ⅰ, p.240.

그러나 빈 곳을 보충하여 창조된 새로운 작품에 대해서도 우리는 다음과 같은 의문을 갖게 될 것이다.

그 많은 번역들 중에서 어떤 것이 가장 충실한가?

¿Cuál de esas muchas traducciones es fiel?[320]

그리고 그에 대한 대답은 다음과 같을 것이다.

반복하건대 그 어떤 것도 아닐 수도 있고 모두 다일 수도 있다.

Repito que ninguna o que todas.[321]

보르헤스는 '그 어떤 것도 아닐 수도 있고 모두 다일 수도 있는' 오독의 글쓰기에 대하여 나름의 생각을 정리하고 있다.

버틀러의 고요하고 평온한 번역이 가장 쉬울 것이라는 것은 불가능한 것이 아니다.

No es imposible que la versión calmosa de Butler sea la más fácil.[322]

해석을 할 독자 수만큼이나 많은 해석이 가능하다. 다양해질 수도 있고 또 그래야만 한다.
구조주의의 텍스트개념은 대상인 문학작품을 안정된 기호체계 내

---

320) OC Ⅰ, p.243.
321) OC Ⅰ, p.243.
322) OC Ⅰ, p.243.

지는 의미체계 즉 '구조'라는 고정된 체계로 자기 완결을 매듭짓는 텍스트개념이므로 곧 '작품' 개념과 동일해진다. 그러므로 구조주의와 탈구조주의의 구별은 '작품'과 '텍스트' 개념의 차이에서 찾으면 된다.

해석은 창조와 똑같이 은유에 의해서 진행된다. 그것도 한층 명백하게 말이다.[323]

조나단 컬러는 해체주의는 구조주의자들이 즐겨 사용하는 대칭이분법을 단순히 역설적 미정성으로 해체하는 것이 아니라 일종의 정독법이라 할 수 있다고 말하였다. 읽는다는 것은 독자의 가설과 함께 작전하는 것이고 한 작품의 의미를 논하는 것은 재론의 여지가 없다는 사실을 드러낸다기보다는 읽기에 대한 이야기를 들려주는 셈이다. 즉, 읽는다는 것은 독자의 역할을 수행하는 것이며 해석한다는 것은 독서의 한 체험을 기술하는 것이다.

해체주의의 문학적 성향을 표현한 용어가 바로 '글쓰기'이며 이는 작가의 죽음, 독창성의 부정, 차연, 양피지글쓰기 개념과 간텍스트성, 이항대립적 이성중심주의 가치관의 해체, 중심 지우기 등이 그 중요 지배소이다.

보르헤스의 글쓰기는 '문학을 고갈시키는 작업, 즉 원전의 또 다른 의미를 생산하는 풍요로운 작업'임을 양피지글쓰기로 은유화하면서 '소생의 문학'을 제시한다.

'양피지글쓰기'는 옛 양피지의 원래 쓰인 글쓰기를 씻어내고 다시 새 글을 쓰는 것이다. 그러나 먼저 글씨가 아직도 판독이 가능한 그런 양피지문서를 뜻하는데, 이런 글씨 상태는 곧 한 텍스트가 또 다른 텍스트들을 그 속에 감추어 둘 수 있다는 말이다. 한 텍스트 내에 중복된 텍스트를 통해서 복합적인 독서가 가능한 것 말이다.[324]

323) 노드롭 프라이, op. cit., p.174.
324) 이를 롤랑 바르트는 읽을 수 있는 텍스트와 쓸 수 있는 텍스트로 구

  동일한 텍스트도 시간의 흐름에 따라 인식소의 차이에 따라 모두 독창적 작품이 된다. 이는 곧 독창적 개념의 부정, 표절개념의 부정이며 시간의 흐름에 따라 인식소의 차이로 인하여 역사성을 갖고 오독이 가능한 새로운 텍스트가 된다는 카발라적 결론과 일치하는 작품이다.

  6) "월트 휘트먼에 대한 소고
     (Nota sobre Walt Whitman)"[325]

  자신의 작품이 '처음'이기를 바라는 것은 모든 작가의 소망일 것이다. 이러한 야망에 대해 보르헤스는 이 글에서 다음과 같이 말한다.

    글자의 수행은 완벽한 책, 플라톤적 원형과 같이 모든 것을 포함할 책들 중의 책, 세월이 지나도 그 덕이 감소되지 않을 책들 중의 책을 만들어낼 야심을 조장할 수 있다.

    El ejercicio de las letras puede promover la ambición de construir un libro absoluto, un libro de los libros que incluya a todos como un arquetipo platónico, un objeto cuya virtud no aminoren los años.[326]

  그러나 보르헤스는 그러한 '야심'이 헛된 것임을 말한다.

    분하였고 줄리아 크리스테바는 le pheno-texte / le geno-texte로 구별하였다. 결국 읽히는 것으로 끝나지 않고, 독자의 적극적 참여로 작품의 여백, 미진한 점을 채워 넣어 새로운 작품을 쓸 수 있게 하는 힘을 가진 텍스트, 즉 오독을 가능케 하는 텍스트가 바로 쓸 수 있는 텍스트, le geno-texte가 되는 것이다.
325) OC I, pp.249-253.
326) OC I, p.249.

에드문드 고스 경은 다음과 같이 말하였다. "진정한 월트 휘트먼은 없다……. 휘트먼은 원형질 상태의 문학이다. 그에게 다가가는 것만큼만 반영하는 데 그치는 너무도 단순한 지적 유기체다."

Sir Edmund Gosse. "No hay un Walt Whitman verdadero……
Whitman es la literatura en estado de protoplasma. un organismo
intelectual tan sencillo que se limita a reflejar a cuantos se
aproximan a él."327)

또한 그의 신에 대한 개념을 다음과 같이 표현하고 있다.

"신은 낮과 밤이고 겨울과 여름이며, 전쟁과 평화, 그리고 포만감과 배고픔이다."…… "모든 것은 모든 곳에 있고 무엇이든 모든 것이며 태양은 모든 별이며, 각각의 별은 모든 별이며 태양이다."

"Dios es día y noche, invierno y verano, guerra y paz, hartura y
hambre."……"todo está en todas partes, cualquier cosa es todas las
cosas, el sol es todas las estrellas, y cada estrella es todas las
estrellas y el sol."328)

위의 구절은 결국 보르헤스의 Oneness를 보여주는 것이며, 알레프와 같은 카발라적 이미지를 나타내고 있다.

니체는 1874년 역사가 순환적으로 반복된다고 하는 피타고라스의 이론을 비웃었다. ……궁금증을 견디지 못한 니체는 중요한 것은 하나의 사상이 우리에게 작용할 수 있는 변환이지 그것을 이성화하는

---

327) OC I, pp.249-250.
328) OC I, p.251.

단순한 행동이 아니라고 반론할 것이다.

Nietzsche, en 1874, se burló de la tesis pitagórica de que la historia se repite cíclicamente. ·····Nietzsche, interrogado, replicaría que lo importante es la transformación que una idea puede obrar en nosotros, no el mero hecho de razonarla.[329]

또한 독자의 읽기를 가능하게 하는, 독자의 참여를 요구하는 카발라적 텍스트의 이미지를 휘트먼을 통하여 다음과 같이 표현한다.

휘트먼은 그의 책략으로부터 개개의 미래의 독자들과의 사적인 관계를 유도해 냈다.

Whitman deriva de su manejo una relación personal con cada futuro lector.[330]

보르헤스는 ‘창조’의 허무함을 날카롭게 지적하고, 그의 유일사상을 밝히며 우리의 글쓰기는 결국 신의 글쓰기를 모방한 것임을 이 글에서 구체적으로 제시하였다. 원형질 상태의 문학을 만들어낸 휘트먼의 책략은 오독을 통한 글쓰기를 유도하는 것이었다. 개개의 미래의 독자들과의 인간적인 관계야말로 작가가 원했건 아니건 간에 문학이 우리에게 제시해 주는 것이다.

---

329) OC I, p.253.
330) OC I, p.253.

7) "보봐르와 뻬꾸셰에 대한 변론
(Una vindicación de Bouvard et Pécuchet)"331)

이 작품은 플로베르 Flaubert가 죽기 6년 전 작업에 착수하였으나 끝을 내지 못한 Bouvard et Pécuchet332)에 대한 이야기이다. 두 명의 필경사가 그들의 전임자가 그러하였듯이 여러 가지 이질적 학문을 필사하는 작업을 한다는 내용이다.

보르헤스는 1889년 Bouvard et Pécuchet에 대하여 Emil Fauget가 발표한 논문이 이 작품을 비평하는 데 유용한 자료가 되었다고 말한다.333) Fauget는 "만일 어떤 사람이 이해하지 않고 읽는 사람의 관점에서 읽는 것을 고집한다면 얼마 안 있어 전적으로 아무것도 이해하지 못하게 될 것이며 스스로에 의하여 우둔해질 것이다."라고 말하였다.334)

작품의 초반부에서 두 명의 우둔한 필경사는 작가에 의해 천대받고 놀림도 당하지만 8장에서부터는 상황이 달라진다. 5년간의 작업으로 Flaubert는 Bouvard et Pécuchet와 하나가 되었고, Bouvard et Pécuchet도 Flaubert와 하나가 되었다. 이는 기존의 저자>텍스트>독자의 일방적 종속적 수용이라는 관계에서 저자=텍스트=독자라는

---

331) OC Ⅰ, pp.259-262.
332) Bouvard y Pécuchet는 플로베르 사후에 출판된 미완성 소설이다.
333) OC Ⅰ, p.259.
   Emile Faguet("el grisáceo Fageut" lo llamó alguna vez Gerchunoff) publicó en 1899 una monografía, que tiene la virtud de agotar los argumentos contra Bouvard et Pécuchet, lo cual es una comodidad para el examen crítico de la obra.
334) OC Ⅰ, p.259.
   "Si uno se obstina en leer desde el punto de vista de un hombre que lee sin entender, en muy poco tiempo se logra no entender absolutamente nada y ser obtuso por cuenta propia."

개념이 형성된 것이다.

Flaubert는 그의 목적의 하나는 모든 현대 사상을 바꾸는 것이며, 그것은 우둔한 두 명의 필경사에 의해 수행된다는 것을 강조하고 있다. 과학이나 예술의 허망함을 알려준 어릿광대 같은 두 필경사의 이야기는 궤변이라든가 속임수라고 볼 수는 없는 것이다. 보르헤스는 두 필경사에 대해 얘기하며 다음과 같이 쓰고 있다.

> 과학은 무한한 공간에서 자라는 유한한 구체이다. 즉, 매번의 새로운 확장은 알려지지 않은 곳에 대해 더욱더 이해할 수 있게 해주지만, 그 알려지지 않은 곳은 무진장하다.

> La ciencia es una esfera finita que crece en el espacio infinito; cada nueva expansión le hace comprender una zona mayor de lo desconocido, pero lo desconocido es inagotable.[335]

위의 구절은 결국 과학을 맹신하는 서구이성중심주의에 대한 비판이다.

> 따라서 주인공들은 죽지 않고 계속하여 필사할 것이다. ……

> Por eso, los protagonistas no mueren y seguirán copiando. ……[336]

죽지 않고 계속하여 필사한다는 것은, 두 주인공들의 불멸을 말하는 것이 아니다. 이는 과거와 현재와 미래의 독자가 계속하여 오독을 통한 카발라적 글쓰기를 수행한다는 것을 의미한다.

---

335) OC I, p.261.
336) OC I, p.262.

명백한 것은, 만일 우주의 역사가 보봐르와 **뻬꾸셰**의 역사라면, 역사를 구성하고 있는 모든 것은 어리석고 허망하다는 것이다.

Evidentemente, si la historia universal es la historia de Bouvard y de Pécuchet, todo lo que la integra es ridículo y deleznable.[337]

보르헤스의 말처럼 모든 어리석고 허망한 것에 의해 역사가 구성되어 있다면 이는 쓸모없다는 뜻이 아닐 것이다. 이는 곧 역사 그 자체, 다시 말해 우리의 현실 그 자체가 진실이 아니라는 카발라적 의미로 해석되어야 할 것이다. 따라서 역사 그 자체를 분석하기보다는 역사가 녹아 있는 오독을 통하여, 현실을 표현해야 하는 것이 작가의 몫이 될 것이다.

8) "플로베르와 그의 모범적인 운명 (Flaubert y su destino ejemplar)"[338]

보르헤스에 따르면 John Middleton Murry는 영국에서의 플로베르[339]에 대한 숭배를 무너뜨리거나 약화시킬 목적의 글에서 두 플로베르의 존재를 시사하고 있다. 하나는 기골이 장대하고, 호감이 가는데다 오히려 소박하기까지 한 사람의 풍모와 웃음을 지닌 인물로 각양각색인 여섯 권의 심도 있는 저술로 번민하며 살았던 사람이라는 것이고, 또 다른 하나는 무형의 거인, 상징, 전쟁의 절규이며 깃발로

---

337) OC Ⅰ, p.262.
338) OC Ⅰ, pp.263-266.
339) Gustav Flaubert(1821~1880년); 프랑스 자연주의의 대표적 소설가로 작품에는 <u>Madame Bovary</u>, <u>Salambó</u>, <u>La educación sentimental</u>, <u>Bouvard y Pécuchet</u> 등이 있다.

서의 플로베르라는 것이다.[340]

그러나 보르헤스는 고대에는 이런 인간 유형이 만들어질 수 없었다고 말하고 있다. Ion에는 "시인이란 경망스럽고 날렵한 동시에 성스러운 존재이며 영감을 받을 때까지는 그 무엇도 지어낼 수 없는 '미쳤다'고나 할 수 있는 그런 존재"[341]라고 쓰여 있다고 말한다. 또한 요한복음 3장 8절에는 "성령은 원하는 곳마다 역사한다"는 구절이 있는데 이는 시인에 대한 개인적 평가를 용납지 않으며 시인을 단순히 신의 순간적 도구로 전락시키는 것이다.

중요한 것은 호메로스와 더불어 이미 시는 고갈되었다거나, 혹은 어쨌거나 영웅시라는 완벽한 시 형식이 완성되었다는 공감이 형성되었다는 것이다. 호메로스 이후 20세기 동안 시인들의 최대 목표는 회상과 전투와 초자연적 기법을 되풀이하면서 다른 이야기들에 일리아드의 전개 과정과 구상을 강제로 대입시키는 것이었다.

14세기의 페트라르카는 카르타고전쟁에서 서사시의 영원한 소재를 발견했다고 믿었다. 밀턴은 시인이란 곧 시, 즉 최상의 사실들의 구성이자 전형이라야 하고, 칭찬받을 가치가 없는 사람은 어느 누구도 감히 영웅적 인물이나 유명한 도시를 예찬해서는 안 된다며, 당대에는 역사적 테마였던 천사와 인간의 몰락을 선택했다. 그의 작품은 천국, 지옥, 세계와 카오스를 포괄하고 있으나 여전히 우주만 한 크기의 일리아드를 벗어나지 못하였다.

보르헤스는 John Middleton Murry의 두 대비를 이해할 수 없다고

---

340) OC Ⅰ, p.263.
   uno, un hombrón huesudo, querible, más bien sencillo, con el aire y la risa de un paisano, que vivió agonizado sobre la cultura intensiva de media docena de volúmenes desparejos; otro, un gigante incorpóreo, un símbolo, un grito de guerra, una bandera.

341) OC Ⅰ, p.263.
   "es una cosa liviana, alada y sagrada, que nada puede componer hasta estar inspirado, que es como si dijéramos loco."

밝히고, 소중한 역작을 탄생시키고자 번민했던 플로베르는 바로 전설의 플로베르이자 또한 역사의 플로베르라고 말하며[342] 플로베르는 자신의 저서에서 자신이 드러나지 않기를 바랐거나 아니면 눈에 띄지 않게 존재하기를 바랐을 것이라고 한다.[343] 다음의 구절에서는 이름을 갖길 원하지 않았던 하나님의 이미지가 드러난다.

> 역사는 은밀하게 살면서 이름을 갖길 원하지 않았던 그 유명한 노자에 대하여 이야기한다. 무시되기를 바랐던 유사한 의지, 플로베르의 운명을 나타내는 유사한 명성이 그것이다. 플로베르는 신이 당신의 책 속에서 그랬던 것처럼, 그의 책 속에 존재하거나 심지어 보이지 않는 방법으로라도 존재하기를 원하지 않았다.

> La historia cuenta que el famoso Laotsé quiso vivir secretamente y no tener nombre; pareja voluntad de ser ignorado y pareja celebridad marcan el destino de Flaubert. Este quería no estar en sus libros, o apenas quería estar de un modo invisible, como Dios en sus obras; ·····[344]

보르헤스는 글쓰기 자체가 진실일 수 없음을 다시 강조한다.

> 플로베르의 작품을 생각하는 것이 플로베르를 생각하는 것이라는 것을 부정할 수는 없다. [······] 그러나 플로베르의 어떠한 창작물도

---

342) OC I, p.263.
   el Flaubert que agonizó para producir una obra avara y preciosa es, exactamente, el de la leyenda y también el de la historia.
343) OC I, p.265.
   Este quería no estar en sus libros, o apenas quería estar de un modo invisible, como Dios en sus obras.
344) OC I, p.265.

플로베르처럼 실재하는 것은 아니다.

No menos innegable es que pensar en la obra de Flaubert es pensar en Flaubert, [······], pero ninguna criatura de Flaubert es real como Flaubert.345)

작품에 작가가 반영되는 것은 당연하다. 그러나 작품이 작가라고는 말할 수 없다. 물론 작품에는 작가의 경험, 생각이 들어가 있을 것이다. 앞에서도 말한 것처럼 신은 잠재적으로 가능한 것, 곧 현상적 우주의 기초에 있는 통일성이고 모든 존재의 근거를 가리키는 이름 없는 一者이며 말로 나타낼 수 없는 침묵자가 된다. 신이 궁극적 실재를 의미하는 한, 인간의 정신이 모순에서 실재를 인식하는 한, 신에 대한 적극적 진술이 불가능하고 이는 카발라의 궁극적 실재인 엔 소프와 일치한다.

2. FICCIONES(1944)

1) "키호테의 저자, 피에르 메나르
   (Pierre Menard, Autor del Quijote)"346)

이 작품은 다른 작품을 비평하는 형식을 취한 메타비평적 작품이

---

345) OC Ⅰ, p.265.
346) OC Ⅰ, pp.444-450.

고 보르헤스는 앞부분에서 그것을 밝히고 있다. 또한 성령에 대한 카발라적 이미지가 명확하게 드러나 있는 글이기도 하다. 성경의 저자는 하나님의 표현을 나타내는 데 있어서 말씀과 더불어 단어 대 단어로, 행 대 행으로 부합하도록 하여야 했다. "키호테의 저자 피에르 메나르"는 보르헤스의 이러한 생각이 명확하게 발전된 글이다. 메나르의 야심은 세르반테스의 소설에 대하여 단어 대 단어로 행 대 행으로 독창적이 될 작품을 창조하는 것이었다.

> 앞서 나는 메나르의 '보이는' 작품을 열거하기란 쉬운 일이라고 말했다. 나는 그의 개인 문서를 꼼꼼하게 조사한 후, 다음과 같은 작품들이 있다는 사실을 확인하였다. a) ……
>
> He dicho que la obra visible de Menard es fácilmente enumerable. Examinado con esmero su archivo particular, he verificado que consta de las piezas que siguien: a) ……[347)

보르헤스는 '원전'의 저자가 되려는 작가의 욕심이 허망한 것임을 밝힌다.

> 그는 또 다른 키호테를 쓰려 했던 것이 아니라(그것은 쉬운 일이다) 원본 키호테를 쓰려고 했다. 그는 결코 원본을 기계적으로 베끼려고 하지 않았으며, 모사하려고도 하지 않았다는 것은 두말할 필요가 없다. 미겔 데 세르반테스의 작품과 일치하는-단어와 행에 이르기까지-몇 페이지의 키호테를 쓰겠다는 그의 야심은 감탄할 만한 것이었다.
>
> No quería componer otro Quijote-lo cual es fácil-sino el Quijote.

---

347) OC Ⅰ, p.444.

Inútil agregar que no encaró nunca una transcripción mecánica del original; no se proponía copiarlo. Su admirable ambición era producir unas páginas que coincidieran-palabra por palabra y línea por línea-con las de Miguel de Cervantes.[348]

위의 구절은 고전적 개념의 작가들이 범하기 쉬운 잘못이다. 즉 자신이 독창적 작품을 쓴다고, 쓸 수 있다고 생각하는 오류이다. 이는 진시황이 자신으로부터 새로운 역사가 시작될 수 있다고 생각하고 그를 실천에 옮기려 했던 것과 유사하다.

피에르 메나르의 형상을 작가로서 선 긋는 일은 속임수처럼 쉬운 일이다. 돈키호테를 쓴다고 결심한다. 그것을 하기 위하여 선택할 수 있는 것들 중 하나는 세르반테스가 되는 것이다. 그의 출판물 목록은 해야 할 일들을 명확하게 보여준다. 먼 옛날의 외국어를 이해해야 하고, 세르반테스가 되기 위하여 자신의 정체성을 잊어야 하지만 설사 그렇다 하더라도 그 길은 너무나 쉽다.

어느 면에서는 세르반테스가 되어 키호테를 쓰는 것이, 피에르 메나르로 남아 있으면서 피에르 메나르의 경험을 통하여 키호테를 쓰는 것보다 더 용이하게-물론, 흥미도 더 없었다-보였다.(지나가는 길에 말하자면, 이러한 확신 때문에 그는 돈키호테 제2부의 자서전적인 서문을 삭제했다. 만약 이 서문이 포함되었다면 또 다른 인물-세르반테스-이 창조되었을 것이고, 또한 이는 메나르가 아닌 세르반테스의 입장에서 키호테를 쓴다는 의미일 것이다. 당연히 메나르는 이러한 용이성을 거부하였다.)

Ser, de alguna manera, Cervantes y llegar al Quijote le pareció menos arduo-por consiguiente, menos interesante-que seguir siendo

---

Pierre Menard y llegar al Quijote, a través de las experiencias de
Pierre Menard.(Esa convicción, dicho sea de paso, le hizo excluir el
prólogo hubiera sido crear otro personaje-Cervantes-pero también
hubiera significado presentar el Quijote en función de ese personaje y
no de Menard. Este, naturalmente, se negó a esa facilidad.)[349]

'경험을 통하여'[350]란 바로 상호텍스트성을 말하는 것이다. 경험
속에 농축되어 있는 인식소를 통하여 새로운 작품이 탄생되는 것이
고 이때의 경험이란 시간의 흐름을 가리킨다.
　보르헤스는 작가의 의무를 '놀이'로 표현한다.

　　저는 그가 막힘없이 써 나간 작품을 축어적으로 재구성해야 하는
　　신비로운 의무를 지고 있습니다. 저의 고독한 놀이는 두 가지 상반
　　된 법칙을 따르고 있습니다.

　　Yo he contraído el misterioso deber de reconstruir literalmente su
　　obra espontánea. Mi solitario juego está gobernado por dos leyes
　　polares.[351]

'모방된 작품'에 대한 생각은 다양할 것이다.

　　하지만 피에르 메나르-지식인의 배반이 나왔고 버트란트 러셀과
　　동시대의 사람이다-의 돈키호테가 그따위 애매모호한 궤변을 되풀
　　이하다니! 마담 바셀리에는 이러한 궤변에서 작가가 놀랄 만큼 모
　　범적으로 그 심리를 따르고 있다고 보았고, 다른 사람들(날카로운

---

349) OC Ⅰ, p.447.
350) OC Ⅰ, p.447.
　　a través de las experiencias……
351) OC Ⅰ, p.448.

데라고는 전혀 없는 사람들)은 <u>키호테</u>를 "베꼈다고" 했으며, 바쿠르 남작 부인은 니체의 영향을 받았다고 보았다.

¡Pero que el Don Quijote de Pierre Menard-hombre contemporáneo de La trahison des clercs y de Bertrand Russell-reindica en esas nebulosas sofisterías! Madame Bachelier ha visto en ellas unas admirable y típica subordinación del autor a la psicología del héroe; otros(nada perspicazmente) una transcripción del Quijote; la baronesa de Bacourt, la influencia de Nietzsche.[352]

그러나 보르헤스는 메나르의 텍스트가 시간과 인식소의 차이로 더욱 풍요로워짐을 밝힌다. 이는 곧 우리의 오독이 문학을 더욱 발전시킨다는 것을 암시하는 것이다.

세르반테스의 텍스트와 메나르의 텍스트는 언어적으로는 동일하지만 메나르의 것이 무궁무진할 정도로 더 풍요롭다.(보다 애매모호하겠지, 하지만 애매모호성이 풍부함 아닌가 하고 독설가들은 말할 것이다.)

El texto de Cervantes y el de Menard son verbalmente idénticos, pero el segundo es casi infinitamente más rico.(Más ambiguo, dirán sus detractores; pero la ambigüedad es una riqueza.)[353]

경험과 시간과 인식소의 차이가 빚어낸 발전. 번역을 통하여 더 새로운 것이 탄생되었다. "호메로스적 번역 Las versiones Homéricas"[354]

---

352) OC I, pp.448-449.
353) OC I, p.449.
354) OC I, pp.239-243.

에서 "그 많은 번역들 중에서 어떤 것이 가장 충실한가?"[355]라는 질문
에 대하여 반복하건대 "그 어떤 것도 아닐 수도 있고 모두 다일 수도
있다."[356]라고 대답한 것과 일맥상통한다.

> "……진실, 그 모체는 역사이다. 역사는 시간의 적수이며, 행적
> 들의 보고이고, 過去事의 증인이며, 현재사에 대한 표본이고 교훈
> 이며, 미래사에 대한 경고이다."

> ……la verdad, cuya madre es la historia, émula del
> tiempo, depósito de las acciones, testigo de lo pasado,
> ejemplo y aviso de lo presente, advertencia de la por
> venir. [357]

위 구절은 세르반테스와 메나르를 깨끗하게 분리시킬 것처럼 보이
는 시간과 역사에 대하여 말하고 있다. 동시에 메나르 자신과 세르
반테스로 존재하기 위하여 메나르가 취한 길을 다시 묘사하고 있다.
비평에 따르면 세르반테스는 역사에 관하여 그가 살던 시대에 유행
하는 편견을 단순히 모사하고 반복하였다. 반면에 메나르는 우선 단
편 속에 표현된 것을 창조하고 훨씬 후에는 그것을 발전시키기 위하
여 복잡한 실패를 만들어야 했다.[358] 보르헤스는 메나르의 키호테가
세르반테스의 그것과 차별성을 갖고 있음을 다음과 같이 표현한다.

---

355) "Las versiones Homéricas", OC I, p.243.
   ¿Cuál de esas muchas traducciones es fiel?
356) "Las versiones Homéricas", OC I, p.243.
   Repito que ninguna o que todas.
357) "Pierre Menard, autor del Quijote", OC I, p.449.
358) Alicia Borinsky, "Re-escribir y Escribir: Arenas, Menard, Borges,
   Cervantes, Fray Servando", p.606.

문체의 대조 또한 선명하다.

Tambén es vívido el contraste de los estilos.[359]

결국 흔적이 투시되는 모방의 의미를 보르헤스는 '양피지글쓰기'
로 정의한다.

나는 "마지막" 키호테를 우리들의 친구 '세르반테스'가 "이전에"
썼던 글의 흔적이 투시되는-희미하게 드러나 보이지만 판독할 수
는 없는-일종의 양피지(Palimpsesto)라고 보는 것이 적합하다고 생
각해 왔다. 불행한 일이지만, 제2의 피에르 메나르만이 선행자의 작
업을 되짚어감으로써 이러한 트로이 목마들을 발굴할 수 있고 재생
할 수 있을 것이다…….

He reflexionado que es lícito ver en el Quijote "final" una
especie de palimpsesto, en el que deben traslucirse los rastros-tenues
pero no indescifrables-de la "previa" escritura de nuestro amigo.
Desgraciadamente, sólo un segundo Pierre Menard, invirtiendo el
trabajo del anterior, podría exhumar y resucitar esas Troyas…….[360]

양피지에 쓴 글은 보이지 않지만 덧쓰기를 할 수 있는 글이다. 즉
오독을 통한 카발라적 글쓰기가 가능해진다. 자신의 키호테가 마지
막 키호테이기를 바라는 것은 마치 자신의 작품이 최초의 작품이기
를 바라는 것만큼이나 모순일 것이다. 그러나 제2의 피에르 메나르
를 기다림으로써 카발라적 글쓰기를 인정하는 모습을 보인다.

---

359) OC Ⅰ, p.449.
360) OC Ⅰ, p.450.

메나르는 (어쩌면 그가 의도한 것이 아닐는지도 모르지만) 새로
운 기법을 통하여 초보적이고 빈약한 독서술을 풍요롭게 만들었다.
그 기법이란 실수를 저지를 수 있는 특권과 고의적인 시대착오의
기법이다.

Menard(acaso sin quererlo) ha enriquecido mediante una técnica
nueva el arte detenido y rudimentario de la lectura: la técnica del
anacronismo deliberado y de las atribuciones erróneas.[361]

"실수를 저지를 수 있는 특권과 고의적인 시대착오의 기법"은 오
독을 통한 창조를 가능하게 하는 글쓰기 방법이라 할 것이다.

보르헤스는 약간의 유머와 더불어 다시 한번 우주는 도서관임을
추측하는데, 이는 그의 작품은 정중한 독자의 증거로서 이해되어야
하기 때문이고, 문학의 "진실"은 항상 다른 것에 속한 우선적 몇몇
은유의 반복에 있기 때문이다. 글쓰기는 개별적 텍스트의 별개성을
지우고 그것을 작가가 없는 총체, 커다란 도서관에 예속시킨다. 그런
제스처는 우리에게 텍스트의 "새로움"이란 그 진실한 본성을 감추기
위한 단순한 환상, 도서관의 소망의 반복이 되는 환상임을 보여주는
경향이 있다. 예술은 매번 더욱 단순해지고 더욱 선명한 톤으로 대
변되는 계속적인 은유와 역사(역사는 또한 마세도니오 Macedonio와
보르헤스처럼 하나의 전망으로부터의 은유)에 기초를 두고 있다. 각
개의 텍스트는 다른 것을 제안하는 강독의 증거로 바뀐다. 그의 고
유한 불안정의 형상으로 존재할 뿐이다. 무언가 다른 것과의 유사관
계에 의해서만 가능할 뿐이고, 그럼에도 불구하고, 그의 고유한 존재
라는 환상을 실현하기 위해서는 제한하고자 하는 부분과 혼합하고자
하는 부분을 나누는 균열을 나타내야만 한다.[362] 보르헤스의 우주는

---

361) OC Ⅰ, p.450.

도서관이고, 이는 카발라적 이미지와 상통한다.

"키호테의 저자, 피에르 메나르 Pierre Menard, autor del Quijote"는 또한 문학에 있어서 반복의 가치에 대한 보르헤스의 개념의 분규이기도 하다. 만약 문학의 가치가 우선적인 은유의 반복에 있고, 만일 우리가 전체 작품을 하나의 은유로 생각한다면, 하나의 걸작을 한 부분을 통하여 반복하는 것을 일반화하는 것이 커다란 획득 또한 반복이라고 생각할 수 없는 것인가?363)

"키호테의 저자 피에르 메나르"는 읽기(다시 쓰기)의 실행에 있어서 "원전" 텍스트에 대해 접근과 거리 사이에 있는 텍스트 놀이의 은유이다.364) 언어 자체가 결국 놀이라는 것은 결국 신의 기호로 이루어진 카발라적 우주 개념과 일맥상통한다.

문학작품은 언어로 구성되어 있고 따라서 이러한 놀이의 개념은 결국 언어 자체가 놀이라는 것인데, 세상은 거대한 알파벳이고 끊임없는 메시지의 음절로 생각하는 카발라를 생각해 보면, 성경을 부호나 암호로 이루어진 책으로 보고 그 의미를 해석하던 카발라주의자들처럼 언어로 구성된 텍스트의 숨겨진 의미를 찾는 개념일 것이다.

쓰는 것은 다시 쓰는 것이고, 읽는 것이다. 그 일은 진지함이 부족하고 회귀를 따르는 데 기반을 두고 있다. 그것은 무언가를 모방하는 움직임을 기입하는 형태이고, 이미 모방이다. 능동적인 독자는 그 반대로 바뀌는 지점에서 과장되었다. "원전"의 힘에 굴복하는 것은 그것을 재창조하고자 하는 요구로 바뀐다. 작가는 그의 담론의 주인이 아니다. 세르반테스가 그 자신이 아니었기 때문에 메나르는 세르반테스가 될 수 없고, 같은 방식으로 메나르는 그 자신이 아니다.365) 이는 곧 한 사람의 작가는 그의 책의 절대적인 창조자는 될

---

362) Alicia Borinsky, op. cit., p.605.
363) IBID., p.607.
364) IBID., p.607.

지 모르나 그것의 절대적인 독자는 될 수 없다는 카발라의 이미지와
같다.

2) "허버트 퀘인의 작품에 대한 고찰 (Examen de la obra de Herbert Quain)"[366]

보르헤스가 이 작품에서 말한 바에 따르면 허버트 퀘인은 자기
작품의 실험적 성격을 명쾌하게 인식하고 있었다. 즉, 자신의 작품이
훌륭하다면 그것은 참신하고 지극히 간결하다는 것 때문이지 열정적
인 성격 때문이 아니라는 것을 알고 있었다.

1939년 3월 6일 Longford에서 보르헤스에게 보낸 편지에서 퀘인
은 "저는 Cowley의 송가와도 같습니다. 저는 예술에 속하는 것이 아
니라 예술사에 속할 뿐입니다."[367]라고 쓰고 있다.

그에게 있어서 역사보다 하위의 학문은 없었다.[368] 그가 보기에
좋은 작품은 아주 흔하며, 일상적인 대화로도 좋은 작품을 만들 수
가 있었다. 퀘인은 미적 사실은 경악할 만한 요소를 배제할 수 없으
며, 정신을 경악하게 하는 것은 어려운 일이라고 보았다. 또한 과거
의 책들을 "노예적이고 고갈스럽게 보존"하는 것을 한탄했다.[369]

---

365) IBID., p.607.
366) OC I, pp.461-464.
367) OC I, p.461.
   "Soy como las odas de Cowley."
368) OC I, p.461.
   No había, para él, disciplina inferior a la historia.
369) OC I, p.461.
   Le parecía que la buena literatura es harto común y que apenas hay
   diálogo callejero que no la logre. También le parecía que el hecho
   estético no puede prescindir de algún elemento de asombro y que

보르헤스는 이 작품에서 허버트 퀘인의 작품 미로의 신 The God of the Labyrinth, 1933, 4월 3월 April March, 1936, 비밀의 거울 The Secret Mirror, 성명 Statements, 1939를 비평하며 메타비평적 에세이를 만들고 있다. 우선, 미로의 신 The God of the Labyrinth, 1933은 탐정소설로 첫 부분은 알 수 없는 살인사건으로 시작되어 중간 부분에 긴 토론, 그리고 마지막 부분에서 해결로 마무리된다. 수수께끼가 밝혀진 후에 나오는 장황한 회고적 단락 "모두들 장기를 두는 두 사람의 만남은 우연이라고 믿었다"라는 구절은 앞서의 해결이 잘못이었음을 밝혀 독자의 호기심을 자극하고, 그와 관련된 章들을 재검토하여 다른 해결을 찾아내는데 이것이 진짜 해답이다.

두 번째 작품 4월 3월 April March, 1936은 역행적이며 分岐하는 소설로 작품에 나타난 세계는 역행적이지 않으나 그 세계를 이야기하는 방법은 역행적이다. 이는 역설로 진실을 이끌어내는 보르헤스의 글쓰기와 유사하다. 우선 작품의 제목에 나타나는 March는 marcha(행진)가 아닌 marzo(3월)로 제목에서 말장난이 드러난다. 모두 13장으로 구성되어 있는데 모두 9개의 소설로, 각 소설은 세 개의 긴 章으로 구성되고 첫 장은 나머지 장들과 공통된다. 또한 상징적인 성격, 초자연적인 성격, 탐정소설적 성격, 심리적 성격, 공산주의적 성격, 反공산주의적 성격 등으로 전개된다. 시간적 순서대로 읽은 사람들은 이 기묘한 책이 지닌 독특한 맛을 느끼지 못할 것이며, 여러 조물주들과 신들 대신에 무한, 즉 무한한 이야기들, 무한정하게 분기하는 이야기들을 택할 것이라고 예언했다는 사실이 중요하다.

세 번째 작품 비밀스런 거울 The Secret Mirror은 2막으로 된 영웅극으로 역행적이며 보다 자유로운 상상력이 전개된다. 제1막은 Melton Mowbray 근방의 C. I. E. Thrale 장군의 별장에서 전개된다. 사건의 중

---

asombrarse de memoria es difícil. Deploraba con sonriente sinceridad "la servil y obstinada conservación" de libros pretéritos.

심은 장군의 맏딸인 Ulrica Thrale로 그녀는 여장부에 자존심이 강하고 문학 속에 자주 등장하는 인물은 아니다. 그녀가 Rutland 공작과 약혼했다는 기사가 나오나 거짓 약혼이며 그녀를 숭배하는 극작가 Wilfred Quarles가 쓴 거짓 기사이다. 막대한 부를 가진 명문거족들이 등장인물로 나오며 격렬하지만 고상한 애정, 수다스러움과 碑文體 사이를 오가는 대화, 나이팅게일, 밤, 남모른 결투, 흥미로운 모순과 치사스런 자질구레한 일들이 나온다.

제2막에는 제1막의 등장인물들이 다른 이름으로 등장한다. Wilfred Quarles는 Liverpool의 대리인이며 그의 본명은 John William Quigley이고 Thrale 양을 만나본 적이 없음에도 그녀에 대한 기사를 광적으로 수집했으며 실은 제1막을 쓴 작가가 바로 Quigley임이 밝혀진다. 1막과 2막의 줄거리는 병행하지만 제2막에서는 모든 것이 약간은 으스스하고 지연되며 실패한다. 이 작품은 프로이트적인 극이라는 적절하고도 잘못된 해석으로 인해 성공했다.

마지막으로 성명 Statements, 1939는 그의 작품 중 가장 독창적이고 가장 비밀스러운 작품이다. 퀘인은 독자들이란 이미 멸종했다, 잠재적이든 현실적이든 작가가 아닌 유럽 사람은 하나도 없다, 문학이 가져다줄 수 있는 여러 가지 행복 중에서도 가장 귀한 것은 창작이라고 주장하고 있다. 모든 사람들이 이러한 행복을 즐길 수 있는 능력을 가지지 않았다면, 대부분의 사람들은 환영하게 만족하게 될 거라며 무수한 수효의 "불완전한 작가들"을 위한 8개의 이야기를 전개한다. 각각의 이야기들은 훌륭한 줄거리를 예시하거나 보증하는 것으로 일부러 끝을 맺지 않았고, 어떤 것은 '두 개'의 줄거리를 암시하고 있다. 8개의 이야기 중 세 번째 작품 "어제의 장미 The rose of yesterday"로부터 보르헤스는 "원형의 폐허 Las ruinas circulares"를 끌어냈다고 밝히고 있다.[370)]

보르헤스는 허버트 퀘인의 작품을 비평하며 또 다른 얘기를 만드는 메타픽션을 썼으며 한 권의 책이 어떻게 하면 여러 권의 책이 될 수 있는가를 보여주고 있다.

의미가 존재하는 그 순간부터 기호가 존재한다. 우리는 오직 기호를 통해서만 생각할 수 있을 뿐이다. 이것은 곧 니체의 사상에서처럼, 기호의 요청이 기호의 권리인 절대성 속에서 인정된 그 순간에 기호라는 개념 자체를 송두리째 무너뜨린다. 그 초월적 시니피에의 부재를 놀이의 무한계, 즉 존재론-신학과 현전의 형이상학을 뒤흔드는 것으로서 '놀이 jeu'라고 부를 수 있을 것이다.[371]

놀이, 게임, 그리고 메타픽션을 살펴보면 모든 예술은 또 다른 상징적인 세계들을 창조한다는 점에서 '놀이'다. '픽션은 근본적으로 pretending의 한 세련된 방식이고, pretending은 놀이와 게임의 기본적인 요소이다.' 픽션문학은 놀이의 한 형태일 뿐만 아니라 놀이는 인간사회의 중요하고도 필수적인 양상이라고 할 수 있다. 메타픽션은 '놀이는 상대적으로 자율적인 활동이지만, 현실세계에서 명확한 가치를 가지고 있다'는 점을 분명하게 밝히고 있다. 놀이는 여러 가지 규칙과 역할에 의해 촉진되며, 메타픽션은 삶에서의 픽션의 역할을 발견하기 위해 허구적 규칙들을 탐색함으로써 가동된다. 픽션과 놀이에 공통적으로 나타나는 가장 주요한 자질은 '메시지'로서의 기호들의 집합과 문맥 또는 메시지의 틀 사이의 관계를 교묘하게 조작함으로써 하나의 대안적인 리얼리티를 구성한다는 것이다.

정의상 경제적 가치는 양면성이 있는 가치이다. 그것은 돈이라는 구체적 단위에 대해 상수 역할을 할 뿐만 아니라 척도로 사용되는 상품의 일정한 양에 대해 변수 역할을 한다. 그러나 언어학에는 척

---

370) OC Ⅰ, p.464.
   Del tercero, "The Rose of Yesterday", yo cometí la ingenuidad de extraer "Las ruinas circulares", que es una de las narraciones del libro El jardín de senderos que se bifurcan.

371) 자크 데리다 지음, 김성도 옮김, 그라마톨로지, 서울: 민음사, 1996, p.101.

도에 해당하는 것이 아무것도 없다. 이런 이유 때문에 경제적 사실이 아닌 체스놀이가 소쉬르에게는 문법을 가장 충실하게 반영하는 이미지로 남아 있다. 랑그라는 도식은 궁극적으로 하나의 놀이이며 그 이상 아무것도 아니다.[372]

결국 이 작품에서도 보르헤스는 우주 안의 각각의 자연적, 정신적 현상은 의미를 갖고 있고, 우리는 제한 없는 의미의 회로망에 있다는 것을 나타내려 하였다.

3) "바벨의 도서관(La Biblioteca de Babel)"[373]

보르헤스는 이 작품에서 카발라적 이미지를 명쾌하게 표현한다.

> 우주(혹 어떤 이들은 도서관이라 부르는)는 무한한 수로 이루어져 있다.

> El universo(que otros llaman la Biblioteca) se compone de un número indefinido, ……[374]

이 말에는 보르헤스의 모든 사상, 그리고 카발라적 아이디어가 드러나 있다. 카발라주의자들은 우주는 한 권의 책으로 생각한다. 카발라의 영향을 받은 보르헤스도 우주와 책을 동일시한다.

John Updike는 다음과 같이 말하였다. "바벨의 도서관"은 전적으로 환상적이지만, 사서의 책 경험에 대해 언급하고 있다. 누구든 거

---

372) "Langue et parole", *Essais linguistiques*, 1943, p.77, 여기서는 자크 데리다, 그라마톨로지, p.116에서 재인용.
373) OC Ⅰ, pp.465-471.
374) OC Ⅰ, p.465.

대한 도서관의 書庫에 들어가 본 사람은 감각적 자극, 무진장함, 그
리고 기계적으로 정돈된 혼돈에 지치는 인상을 깨닫게 될 것이다.
그것은 보르헤스의 '명확하지 않은, 아마도 무한한 육각형의 진열대
로 구성된' 신화적 우주를 뒤덮고 있는 것이다. 각각의 육각형은 12
개의 선반을 갖고 있고, 각각의 선반에는 32권의 책이 있으며, 각각
의 책은 410페이지, 그리고 각각의 페이지는 40줄, 그리고 각 행은
80글자. 이 글자들의 정렬은 거의 일률적으로 혼돈스럽고 형태가 없
다. '바벨의 도서관'의 이름 없는 서술자는 이 확고하고 수수께끼 같
은 우주 속에 살고 있는 인간존재에 대한 철학적 관망의 역사를 얘
기한다."[375]

　　사람들은 그 거울을 통하여 도서관은 무한한 것이 아니라고 생각
하곤 한다(만일 그것이 사실이라면, 거울에 비친 영상은 무엇일까?).
나는 윤기 흐르는 표면은 도서관이 무한하다는 것을 나타내고 보증
하는 것이라고 꿈꾸는 것을 더 좋아한다.

　　Los hombres suelen inferir de ese espejo que la Biblioteca no es
infinita(si lo fuera realmente ¿a qué esa duplicación ilusoria?); yo
prefiero soñar que las superficies bruñidas figuran y prometen el
infinito……[376]

　　보르헤스에게 있어서 거울은 평면적이고 한계를 지닌 것이다. 따
라서 거울을 통하여 사물을 보고 인식한다면 그것은 평면적이고 한
계를 지닌 현실밖에 보지 못하는 것이다. 그러나 보르헤스의 도서관,
즉 우주는 무한한 것이다.

---

375) John Updike, Picked-up Pieces, Knopf, 1975, p.185.
376) OC I, p.465.

나는 도서관은 끝이 없다는 것을 단언한다.

Yo afirmo que la Biblioteca es interminable.[377]

보르헤스의 우주는 곧 도서관이라는 사상은 다음의 구절에 드러난다.

신비주의자들은 황홀경 속에서 책등이 원형으로 죽 둘러진 한 권의 거대한 책이 모든 벽면을 채우고 있는 원형의 방을 본 것처럼 얘기하지만 이 증언은 의심스럽다. 그들의 말은 분명치 않다. 그 원형의 책은 하나님이다.

Los místicos pretenden que el éxtasis les revela una cámara circular con un gran libro circular de lomo continuo, que da toda la vuelta de las paredes; pero su testimonio es sospechoso; sus palabras, oscuras. Ese libro cíclico es Dios.[378]

또한 도서관의 이미지는 알레프의 이미지와 동일시된다.

도서관은 하나의 球體로서, 어느 육각형이나 이 구체의 정확한 중심이다. 그리고 이 구체의 원주는 헤아리기가 불가능하다.

La Biblioteca es una esfera cuyo centro cabal es cualquier hexágono, cuya circunferencia es inaccesible.[379]

위의 구절에서 도서관은 알레프의 개념과 동일시된다. '알레프는

---

377) OC I, p.465.
378) OC I, pp.465-466.
379) OC I, p.466.

모든 점을 포함하고 있는 우주의 한 점'이고[380]), '우주의 모든 지점
들로부터 그것을 볼 수 있다.'[381]) 또한 '연금술사들과 카발라신비주
의자들의 소우주'이기도 하다.[382])

　보르헤스는 도서관에 대한 해답, 즉 '육각형마다 각각의 벽면에
다섯 개의 선반이 있고, 선반마다 동일한 판형의 책 32권이 꽂혀 있
다, 각 책은 410페이지이다, 페이지마다 40행이며, 행마다 80자의 검
은 글씨가 쓰여 있다, 각각의 책등에도 글씨가 쓰여 있지만, 이것이
책의 내용을 예시한다거나 가리키는 것은 아니라는' 해답[383])을 요약
하면서 몇 가지 공리를 제안한다. '그 첫 번째의 제1공리는 도서관
은 영원(ab aeterna)으로부터 존재한다는 것이다. 제2공리: 정서법상
기호의 수는 25개이다'는 것이다.[384]) 보르헤스는 '글쓰기를 발명한
사람들은 이 25개의 기호를 모방했다'고 말한다.[385])

---

380) OC Ⅰ, p.623.
　　un Aleph es uno de los puntos del espacio que contiene todos los
　　puntos.
381) OC Ⅰ, p.625.
　　……yo claramente la veía desde todos los puntos del universo.
382) OC Ⅰ, p.624.
　　El microcosmo de alquimistas y cabalistas, nuestro concreto amigo
　　proverbial, ……
383) OC Ⅰ, p.466.
　　A cada uno de los muros de cada hexágono corresponden cinco
　　anaqueles; cada anaquel encierra treinta y dos libros de formato
　　uniforme; cada libro es de cuatrocientas diez páginas; cada página, de
　　cuarenta renglones; cada renglón, de unas ochenta letras de color
　　negro. También hay letras en el dorso de cada libro; esas letras no
　　indican o prefiguran lo que dirán las páginas.
384) OC Ⅰ, p.466.
　　El primero: La Biblioteca existe ab aeterno. [……] El segundo: El
　　número de símbolos ortográficos es veinticinco.
385) OC Ⅰ, p.466.
　　Admiten que los inventores de la escritura imitaron los veinticinco
　　símbolos naturales, ……

이 사상가는 책이 제아무리 다양하다 할지라도 모든 책은 동일한 요소로 이루어져 있다고 보았다. 그 요소란, 공간, 마침표, 쉼표, 22개의 알파벳이다.

Este pensador observó que todos los libros, por diversos que sean, constan de elementos iguales: el espacio, el punto, la coma, las veintidós letras del alfabeto.[386]

이러한 사상은 보르헤스의 <u>또 다른 탐구</u> 중 "도서예찬에 대하여"에도 나타나 있다. 보르헤스는 카발라의 경전인 <u>창조의 책</u> 2장 2절을 인용한다.

22개의 기본적인 철자, 하나님이 이들을 그렸고, 이들을 새겼으며, 이들을 조합하고, 이들을 생각하고, 이들을 배열하였다. 그리고 이를 사용해 존재하는 모든 것과 존재할 모든 것을 만드셨다.

Ventidós letras fundamentales: Dios las dibujó, las grabó, las combinó, las pesó, las permutó, y con ellas produjo todo lo que es y todo lo que será.[387]

그리고 하나님이 배합하신 기호 이외에 창조적인 것은 있을 수 없다는 것을 다음과 같이 말한다.

이에 덧붙여 그는 광대한 도서관에는 동일한 책은 없다고 말했는데, 이 점은 이제까지의 여행자들이 확인했던 사실이다. 그는 이상과 같은 논박할 수 없는 전제들로부터 도서관은 완전하다고 추론했

---

386) OC I, p.467.
387) OC II, p.93.

으며, 선반에는 25개의 기호로 만들 수 있는 모든 조합(그 수가 아무리 광대하다 할지라도 무한하지는 않다), 즉 표현 가능한 모든 것이 모든 언어로 적혀 있다고 추론했다.

También alegó un hecho que todos los viajeros han confirmado: No hay, en la vasta Biblioteca, dos libros idénticos. De esas premisas incontrovertibles dedujo que la Biblioteca es total y que sus anaqueles registran todas las posibles combinaciones de los veintitantos símbolos ortográficos(número, aunque vastísimo, no infinito) o sea todo lo que es dable expresar: en todos los idiomas.[388]

도서관은 완전하다는 것은 카발라주의자들의 성경은 완전무결한 텍스트라는 논리적 근거와 일치한다. 도서관은 우주이고 책이고, 바로 카발라주의자들의, 그리고 보르헤스의 하나님이기 때문이다.

말하는 것은 동어반복을 저지르는 것이다.

Hablar es incurrir en tautologías.[389]

또한 무한하다는 말을 비이성적으로 받아들일 수 있는 이성중심주의에 대하여 다음과 같이 일침을 가한다.

내 말은 세계가 무한하다고 생각하는 것은 비논리적인 게 아니라는 거다.

digo que no es ilógico pensar que el mundo es infinito.[390]

---

388) OC I, p.467.
389) OC I, p.470.

따라서 무한한 세상에서 반복되는 우리의 오독의 글쓰기는 나름의
질서를 갖고 있다는 것을 알 수 있다.

La biblioteca es ilimitada y periódica. Si un eterno viajero la
atravesara en cualquier dirección, comprobaría al cabo de los siglos
que los mismos volúmenes se repiten en el mismo desorden(que,
repetido, sería un orden: el Orden).[391]

도서관은 무한하며 주기적이다. 만일 어느 영원한 여행자가 아무
방향으로나 가로질러 도서관을 여행한다면 수십 세기 후에는 동일
한 책들이 동일한 무질서로 반복되고 있다는 걸 확인할 것이다(다
시 말하지만, 일종의 질서일 것이다: 질서).

관념론자들은 육각형의 방들이 절대공간의 필연적 형태라고, 적어
도 우리가 직관하는 공간의 필연적 형태라고 주장한다. 도서관은 하
나의 救體로서, 어느 육각형이나 이 구체의 정확한 중심이다. 그리
고 이 구체의 원주는 헤아리기가 불가능하다. 이는 "알레프"에도 나
오는 이야기이며, "파스칼의 구체 La esfera de Pascal"에도 나오는
개념이다.

신성한 무질서를 흉내 내는 사람들은 근본적인 인간의 신비, 즉 도
서관의 근원과 시간의 근원이 명확하게 밝혀질 것이라고 기대한다.
또한 태곳적에 쓸모없는 책들이 없어져 버렸다고 생각하는 사람들은
두 가지 사실을 망각하고 있는데 첫째는 도서관은 너무도 거대해서
인류의 시조가 제거해 버린 책이라고 해야 극히 미량일 뿐이고 두 번
째로는 각각의 책은 대체될 수 없는 유일한 것이지만(도서관은 완전

390) OC I, p.470.
391) OC I, p.471.

하기 때문에) 언제고 복사본은 수십만 권이나 있다. 이것이 완벽한 사본은 아니나, 그 차이란 글자 한 자, 쉼표 하나의 차이에 지나지 않는다. 이는 카발라적 관점에서 볼 때 보르헤스에게 있어 카발라는 모든 세상이 단순한 기호체계이며 우주를 포함한 모든 세상은 신의 비밀스런 글쓰기에 기초하는 것이기에 우리의 글쓰기는 세상의 짜깁기된 기호를 풀고 그 은유를 재구성하는 것에 지나지 않는다.

또한 우리는 '책의 인간'에 대한 미신을 갖고 있는데 그것은 어느 육각형 어떤 선반에는 '여타의 모든 책들'이 완벽하게 요약되어 있는, 그 책을 발견했던 사서는 지금은 신이 되었다는 것이다. 그러나 찌나깐은 그 법칙을 발견하고 죽었고, 알레프를 본 다네리는 그 사실을 영원히 숨긴다.

도서관은 모든 언어 구성체들을, 정서법상의 25개 기호로 만들 수 있는 모든 변형체들을 포함하고 있다. 하지만 터무니없는 것이라고는 하나도 없다. dhcmrlchtd은 조합이 불가능하지만 신성한 도서관이 예상하지 못했던 글자들이다. 보르헤스는 이 글자가 이러한 언어로 쓰인 권능 있는 어느 신의 이름이 아니기를 바란다.

모든 것이 이미 쓰여 있다는 확신은 우리를 무화시키거나 우쭐거리게 만든다.

사실상, 도서관은 모든 구문상의 구조와, 25개의 정자적 상징에 의해 허용된 모든 변화를 내포하고 있지만, 완벽한 난센스의 한 가지 예는 아니다. 따라서 도서관은 모든 지식을 함유하지만, 모순되게도 절대적인 정보는 갖고 있지 않고, 도서관에 대한 유일하고 가능한 인덱스는 도서관 자체와 같다. 이러한 상황은 열역학의 제2법칙이 예언했던 궁극의 상태이다. 최대의 엔트로피와 최소한의 정보의 상태.392)

---

392) Allan Franklin & Paul M. Levitt, "Borges and Entropy", *Review*, Center for InterAmerican Relations, Spring, 1975, p.55.

바벨의 도서관은 매우 파괴적인 이야기이다. 그 도서관은 실제 우주가 아니라, 문학의 인공적 우주, 문학의 전체를 고찰하는 문학적 인간의 반이상향, 모든 것이 말해진 순간이다. 보르헤스의 이야기는 그 도서관이 다른 모든 현존하는 것들과 마찬가지로 실재 우주의 거대한 단순화라는 것을 깨달을 때 우리를 더욱 놀라게 한다.[393) 도서관의 선반에 놓여진 책들은 25개의 기호로 만들 수 있는 모든 조합에 불과하다. 이는 결국 세상은 우주의 짜깁기된 기호로 이루어져 있다는 카발라적 사고와 일치하는 것이며, 보르헤스의 우주는 책이며 도서관이라는 것을 말함이다.

도서관은 단순히 책들을 소장해 놓는 물리적 공간 이상의 상징적인 의미를 지니게 마련이다. 도서관은 상호텍스트성이 완벽하게 가시화된 현상, 즉 텍스트들이 서로 교차하는 실제 공간이 된다.

보르헤스는 '바벨의 도서관'에서 이 이미지를 매우 효과적으로 사용하고 있다. 그리고 이러한 현상은 미로나 백과사전과 같은 이미지의 경우에 있어서도 마찬가지이다.

미하일 바흐친은 논문 "소설적 언술의 선사시대로부터, 1940, 1961"에서 "다른 사람의 말과 우리 자신의 말 사이의 경계선은 가변적이고 애매모호하며 때로는 의도적으로 왜곡되었다. 어떤 유형의 텍스트들은 마치 모자이크처럼 다른 사람의 텍스트들로부터 구성되었다."고 말하였다. 이 말은 곧 시간의 연속으로 영향을 받게 되는 상호텍스트성을 의미한다고 할 것이다.

기호체계적 관점에서 상호텍스트성을 파악한 대표적인 이론가인 줄리아 크리스테바에 의하여 포스트모더니즘과 관련하여 상호텍스트성이라는 개념이 맨 처음으로 도입되었는데 그녀에 의하면 어느 한 발화가 화자(작가)나 청자(독자) 또는 다른 발화(문학작품)와 맺고 있

---

393) John Sturrock, Paper tigers: The Ideal Fictions of Jorge Luis Borges, Oxford: Oxford University Press, 1977, p.102.

는 관계를 '수평적' 관계와 '수직적' 관계의 두 유형으로 구별하고 '수평적' 관계란 발화가 화자나 청자와 맺는 관계로 보고 있다. '수직적' 관계란 발화가 그 이전 또는 동시대적인 다른 발화와 맺는 관계이다. 그녀는 발화의 수직적 관계를 가리키기 위하여 상호텍스트성이라는 용어를 사용하였다. 그녀는 또한 "모든 텍스트(발화)는 마치 모자이크와 같아서 여러 인용문들로 구성되어 있다. 모든 텍스트는 어디까지나 다른 텍스트들을 흡수하고 그것들을 변형시킨 것에 지나지 않는다."고 말하였다. 이 말은 에드나 아이젠버그의 짜여진 상징들 woven symbols과도 통하는 말이고 결국은 카발라적 텍스트를 가리키는 말이다.

조나단 컬러는 주어진 텍스트가 속해 있는 문화의 맥락에서 상호텍스트성의 개념을 파악하고자 한 대표적인 이론가이다. "구조시학, 1975"에서 컬러는 "시는 다른 시 그리고 독서 관습과의 관련성을 벗어나서는 창조될 수 없다. 시가 시로서 존재하는 것은 바로 이러한 관련성 때문이며, 그 위치는 그것이 출판된 다음에도 변하지 않는다. 만약 나중에 의미가 변한다면, 그것은 그 뒤에 쓰인 책들과 새로운 관련성을 맺고 있기 때문이다."라고 말하였다. 여기서 '시'라는 용어는 특정한 장르를 가리킨다기보다는 더 넓은 의미에서 문학 일반을 가리키는 일종의 제유적 표현이다. "상호텍스트성은 어느 한 작품이 그 이전의 특정한 텍스트들과 맺고 있는 관련성을 가리키는 명칭이라기보다는 오히려 그 작품이 한 문화의 언술공간에 참여하는 것을 가리키는 명칭이 된다. 즉 그것은 어느 한 텍스트가 한 문화의 다양한 언어나 의미행위와 맺고 있는 관계, 그리고 그 문화의 가능성을 표현하는 그런 텍스트들과 맺고 있는 관련성을 가리킨다."

보르헤스가 모든 책을 동일한 요소로 이루어져 있고 도서관은 무한하다고 보았듯이 카발라적 관점에서 보면 작가는 신이 만든 알파벳을 조합하고 생각하고 배열한 기호를 짜깁기하는 역할을 할 뿐이다.

4) "두 갈래 오솔길이 있는 정원
　　(El jardín de senderos que se bifurcan)"[394]

보르헤스는 보고서 형식으로 이 글을 시작한다.

　　리델 하르트(Liddell Hart)의 <u>유럽전쟁사</u> 24페이지에는 영국군 13개 사단이 1400문의 포 지원하에 1916년 7월 24일자로 세레 몬토반 국경선을 공격하기로 계획하였으나 이 공격 개시일은 29일로 연기되지 않으면 안 되었다고 기록돼 있다. 리델 하르트 대위는 주석에서 그 계획은 폭우 때문에 연기되었던 것으로, 그리 심각한 문제는 아니었다고 얘기하고 있다.

　　En la página 242 de la <u>Historia de la Guerra Europea</u> de Liddell Hart, se lee que una ofensiva de trece divisiones británicas(apoyadas por mil cuatrocientas piezas de artillería) contra la línea Serre-Montauban había sido planeada para el 24 de julio de 1916 y debió postergarse hasta la mañana del día 29. Las lluvias torrenciales(anota el capitán Liddell Hart) provocaron esa demora-nada significativa, por cierto.[395]

　　이 글에 등장하는 위춘 박사는 최번의 증손자이며 Albert를 죽이고 Madden에게 체포된다. 그리고 최번은 운남성의 성주로 미로를 만들고 청고정에 은거하며 책을 썼다.
　　위춘 박사는 이렇게 생각했었다.

　　모든 사건들은 정확하게 말해서 현재에만, 그리고 한 사람에게만 일어난다고 생각했다.

394) OC Ⅰ, pp.472-480.
395) OC Ⅰ, p.472.

Después reflexioné que todas las cosas le suceden a uno precisamente.396)

그러나 시간, 역사성을 인식하지 않은 그의 사고는 차차 바뀌어간
다. 스태판 알버트가 그에게 최번의 정원을 보여주자 그는 미로를
보게 된다.

"상징들로 만든 미로이지요."

Un laberinto de símbolos.397)

미로는 책, 책은 기호로 이루어져 있다는 카발라적 사고를 보여주
는 것이다. 알버트는 또 이렇게 부연 설명한다.

"보이지 않는 시간의 미로랍니다."

Un invisible laberinto de tiempo.398)

시간을 포함한 미로, 곧 책, 다시 말해 시간이 녹아 있는 책이고
책은 보르헤스와 카발라의 소우주이며 상호텍스트성을 농축하여 설
명하고 있는 구절이다.

미로와 책이 같은 것이라고는 아무도 생각하지 못한 것이지요.

……; nadie pensó que libro y laberinto eran un solo objeto399)

---

396) OC Ⅰ, p.472.
397) OC Ⅰ, p.476.
398) OC Ⅰ, p.476.
399) OC Ⅰ, p.476.

미로에 대해 보르헤스는 다음과 같이 정의 내린다.

  저는 혼란스러운 그 소설을 보고 그 혼란스러움이 미로라는 암시
를 받았습니다.

  la confusión de la novela me sugirió que ése era el laberinto[400]
알버트는 최번이 남긴 쪽지를 보여준다.

  "나는 두 갈래 오솔길이 있는 내 정원을 다양한 미래(모든 미래
는 아니지만)에 남기노라."

  *Dejo a los varios porvenires(no a todos) mi jardín de
senderos que se bifurcan.* [401]

결국 최번은 상호텍스트성을 인정하고 다양한 독자의 해석에 맡기
겠다는 뜻을 밝힌 것이다. 알버트는 다음과 같이 말한다.

  "이 편지를 발견하기 전에 한 권의 책이 무한해질 수 있는 방법
은 어떤 것일까?" 하고 자문해 보았습니다. 주기적으로 순환하는 책
을 쓰는 것 이외의 다른 방법은 짐작할 수도 없었지요.

  Antes de exhumar esta carta, yo me había preguntado de qué
manera un libro puede ser infinito. No conjeturé otro procedimiento
que el de un volumen cíclico, circular.[402]

---

400) OC I, p.477.
401) OC I, p.477.
402) OC I, p.477.

보르헤스는 미로를 '혼란스러움'이라 정의 내렸고, 그러한 '혼란' 은 "두 갈래 오솔길이 있는 정원"이라는 소설로 나타난다.

"두 갈래 오솔길이 있는 정원"이 그 혼란스러운 소설이라는 사실 을 즉각 알아차렸습니다. 그리고 "다양한 미래(모든 미래는 아니지 만)"에서는 그것이 공간상의 分岐가 아니라 시간상의 분기라는 착 상을 하게 되었습니다. ……모든 소설이 그렇지만 작가들은 여러 가 지 선택지에 직면하게 되면 그중 어느 하나만을 택하고 여타의 것 들은 배제해 버립니다. 그러나 최번 선생은 얽히고 설킨 자신의 작 품에서 모든 선택지를 동시에 취했던 것입니다. 이렇게 해서 선생 은 저마다 증식하고 분기하는 다양한 미래를, 다양한 시간을 '창조 하고 있습니다.' 그 소설의 수많은 모순은 바로 여기서 기인하는 것 이지요.

Casi en el acto comprendí; el jardín de senderos que se bifurcan era la novela caótica; la frase varios porvenires(no a todos) me sugirió la imagen de la bifurcación en el tiempo, no en el espacio. ……en todas las ficciones, cada vez que un hombre se enfrenta con diversas alternativas, opta por una y elimina las otras; en la del casi inextricable Ts'ui Pên, opta-simultáneamente-por todas. Crea, así, diversos porvenires, diversos tiempos, que también proliferan y se bifurcan. De ahí las contradicciones de la novela.[403]

그리고 그러한 '혼란'은 무질서함이 아니라 오독을 가능케 하는 것임을 말한다.

아무튼 최번 선생의 작품에서는 모든 결말이 다 일어나며, 각각

---

403) OC Ⅰ, p.477.

의 결말들은 또 다른 분기의 출발점이 됩니다.

> En la obra de Ts'ui Pên, todos los desenlaces ocurren; cada uno es el punto de partida de otras bifurcaciones.[404]

또 다른 분기의 출발점이 되는 작품에서 '시간'은 그다지 중요한 것이 아니다.

> 선생은 '시간'을 의미하는 단어조차 사용하지 않고 있습니다.

> Ni siquiera usa la palabra que quiere decir *tiempo*.[405]

그러나 이는 시간을 배제한 것이 아니라, 작품 자체에 시간이 녹아 있기 때문이다.

> 두 갈래 오솔길이 있는 정원은 거대한 수수께끼, 즉 비유담이며, 그 주제는 시간입니다. 바로 이와 같은 중대한 의미가 숨어 있기 때문에 그 소설에서는 이 명사가 언급될 수 없었던 것이지요.

> *El jardín de senderos que se bifurcan* es una enorme adivinanza, o parábola, cuyo tema es el tiempo; esa causa recóndita le prohibe la mención de su nombre.[406]

그리고 책은 보르헤스에게 있어 하나의 우주가 된다.

---

404) OC Ⅰ, p.477.
405) OC Ⅰ, p.478.
406) OC Ⅰ, pp.478-479.

……, 불완전해도 그릇되지는 않은 하나의 우주관입니다.

……, es una imagen incompleta, pero no falsa, del universo……[407]

카발라는 우주는 불완전한 신성의 작품이지만, 성경은 완전무결한 책이고 그 안에 우연적인 것은 절대로 있을 수 없다. 따라서 '불완전해도' 절대 '그릇되지 않은' 우주관이 되는 것이다.

선생은 무한한 종류의 시간을, 바꿔 말해서 분산하고 수렴하고 평행하는 사건들이 어지럽게 얽혀 증가하는 그물망이라고 믿었습니다. ……그러한 시간망은 '모든' 가능성을 담고 있습니다.

Creía en infinitas series de tiempos, en una red creciente y vertiginosa de tiempos divergentes, convergentes y paralelos. Esa trama de tiempos que se aproximan, se bifurcan, se cortan o que secularmente se ignoran, abarca *todas* las posibilidades.[408]

보르헤스는 존재의 주된 은유로서 세계의 카발라적 이미지를 받아들였고, 그 이미지는 우주는 한 권의 책이며, 우주 안의 각각의 자연적, 정신적 현상은 의미를 갖고 있으며 세상은 거대한 알파벳이고 끊임없는 메시지의 음절이며 우리는 제한 없는 의미의 회로망에 갇혀 있다는 것이다. 바로 이 "두 갈래 오솔길이 있는 정원"에는 그러한 카발라적 이미지가 적나라하게 드러나 있다.

"상징들로 만든 미로"는 모든 세상을 상징체계로 보는 카발라적 이미지이다. 또한 그것은 "시간의 미로", 즉 성경을 모든 것의 출발점으로 보고 시기를 초월한 우화와 은유의 재구성으로 이루어진 글

---

407) OC I, p.479.
408) OC I, p.479.

쓰기를 의미한다. 미로와 책이 같은 것이라는 것을 깨달은 것은 이성중심주의적 사고로 볼 때, 그리고 카발라의 이미지를 이해하기 전에는 결코 있을 수 없는 일일 것이다. 또한 최번은 자신의 정원을 다양한 미래에 맡김으로써 한 사람의 작가는 그의 책의 절대적인 창조자는 될지 모르나 그것의 절대적인 독자는 될 수 없다는 것을 보여준다. 알버트도 그 "다양한 미래"는 공간상의 분기가 아니라 시간상의 분기라는 착상을 하게 되고, "저마다 분기하고 증식하는 다양한 미래, 다양한 시간이 창조되고 있다"는 걸 깨닫게 된다.

"불완전해도 그릇되지 않은 하나의 우주관", 결국 우주는 불완전한 신성의 작품이라는 카발라적 이미지이다. 따라서 모든 가능성을 담고 있는 그물망을 짜깁기하고 풀어헤치는 일은 미래의 독자들이 할 일인 것이다.

3. EL ALEPH(1949)

1) "죽지 않는 사람들(El Inmortal)"[409]

보르헤스는 이 글을 시작하며 "지구상에 새로운 것은 없다"[410]는 구절을 인용하고 있다. 이는 성령의 글쓰기를 모방한다는 카발라적 생각을 암시하는 것이기도 하다.

---

409) OC Ⅰ, pp.533-544.
410) OC Ⅰ, p.533.
   There is no new thing upon the earth.

주인공은 "죽지 않는 사람들의 비밀스런 도시 la secreta Ciudad de los Inmortales"를 찾아 헤맨다.

마침내 그 악몽으로부터 간신히 자유로워졌을 때 나는 보통 크기가 무덤과 엇비슷한 크기의 돌로 만든 타원형의 구덩이 안에 손이 묶인 채 누이어 있는 내 자신을 발견했다.

Al desenredarme por fin de esa pesadilla, me vi tirado y maniatado en un oblongo nicho de piedra, no mayor que una sepultura común, superficialmente excavado en el agrio declive de una montaña.[411]

비밀을 찾기 위해, 진리를 발견하기 위해 타원형의 구덩이 안에 갇힌 주인공은 마치 감옥에 갇힌 찌나깐 같다.

내 위에서 몇 차례의 낮과 밤이 흘러갔는지 모른다.

No sé cuántos días y noches rodaron sobre mí.[412]

의도적 망각은 알레프의 주인공과 찌나깐이 그랬던 것처럼 망각이 글쓰기, 오독의 원천이 됨을 다시 한번 상기시키고 있다.

그는 서툴게 일련의 기호들을 모래사장 위에 썼다가 지우곤 하고 있었다. 그 글자들은 마치 꿈속의 글자와 같았고, 그 뜻이 이해되려는 순간 곧 혼돈 속으로 서로 뒤엉켜버리곤 했다.

---

411) OC I, p.535.
412) OC I, p.536.

Estaba tirado en la arena, donde trazaba torpemente y borraba una hilera de signos, que eran como las letras de los sueños, que uno está a punto de entender y luego se juntan.[413]

일련의 기호들이 의미하는 것은 "죽지 않는 사람들의 도시"의 사람들이 카발라주의자임을 암시해 주는 구절이다. 카발라주의자들에게 있어서 모든 세상은 단순히 상징체계이며 거대한 알파벳이기 때문이다.

그러나 잠시 후 나는 말을 하지 못하는 종족의 인간들이 문자를 가질 수 있다는 게 얼토당토않은 일이라는 것을 깨달았다.

después vi que es absurdo imaginar que hombre que no llegaron a la palabra lleguen a la escritura.[414]

말도 하지 못하는 종족의 인간들이 문자를 가질 수 없다고 생각하는 것은 이성중심주의적 사고이고, 말중심주의적 사고이며 말 이전에 문자가 존재했다는 것이 바로 카발라적 사고이다.

게다가 그 기호들 중 그 어떤 기호도 나머지 기호와 동일하지 않았다. 따라서 그것은 그 기호들이 문자적 상징을 가졌다는 가능성을 배제하거나 그것으로부터 멀어지도록 만들고 있었다. 그는 그것들을 계속 그렸고, 그것들을 바라보았고, 그리고 그것들을 수정하곤했다. 그러다가 갑자기 그가 그 놀이에 싫증이 난 것인지 손바닥과 팔 앞쪽으로 그것들을 지워버렸다.

---

413) OC I, p.538.
414) OC I, p.538.

Además, ninguna de las formas era igual a otra, lo cual excluía o alejaba la posibilidad de que fueran simbólicas. El hombre las trazaba, las miraba y las corregía. De golpe, como si le fastidiara ese juego, las borró con la palma y el antebrazo.[415]

주인공은 이성중심주의의 우월성에 대해 이렇게 묘사한다.

아무리 원시적인 인간이라 할지라도 항상 그는 비이성적인 피조물들에 비해 우월한 이해능력을 가지고 있을 것이다.

Por muy basto que fuera el entendimiento de un hombre, siempre sería superior al de irracionales.[416]

이는 다시 한번 이성중심주의적 사고를 보여주는 구절이다.

그에게 아르고스라는 이름을 붙여주고, 그것을 그에게 인지시켜주고자 시도했다. 나는 실패했고, 실패를 거듭했다.

así le puse el nombre de Argos y traté de enseñárselo. Fracasé y volví a fracasar.[417]

도의 무명성을 망각한 행동이다. 하나님은 이름을 밝히지 않는다. 골렘을 만드는 이야기와 유사하다. 그러나 얼마 안 있어 그는 깨닫게 된다.

---

415) OC I, p.538.
416) OC I, p.539.
417) OC I, p.539.

　　그날 모든 것이 명백하게 밝혀졌다. 그 혈거인들이 바로 '죽지 않는 사람들'이었다.

　　Todo me fue dilucidado, aquel día. Los trogloditas eran los Inmortales;[418)]

　　자기가 비이성적이라 생각했던 혈거인들이 결국은 진리임이 밝혀지는 구절이다.

　　그것은 마치 한 신이 처음에는 질서를 만들었다가, 나중에 혼돈을 만든 것과도 같았다.

　　Fue como un dios que cerca el cosmos y luego el caos.[419)]

　　카발라에서 우주는 불완전한 신성의 작품이다. 그러나 세상의 짜깁기된 기호를 푸는 것이 카발라의 의미이고 무질서의 질서를 보여주는 것이 보르헤스의 글쓰기이다.

　　……이 수레바퀴 속에서는 시작이란 것도 없고, 끝이란 것도 있을 수가 없다. 현재의 삶은 전생의 결과이며, 그리고 그것은 다음 생을 낳는다. 그러나 그 어떤 삶도 전체를 결정짓는 요인이 되지 못한다. ……

　　……en esa rueda, que no tiene principio ni fin, cada vida es efecto de la anterior y engendra la siguiente, pero ninguna determina el conjunto……[420)]

---

418) OC I, p.540.
419) OC I, p.540.
420) OC I, p.540.

세계를 하나의 정밀한 보상제도로서 보는 이해방식이 죽지 않는 사람들에게 영향을 주었다.

El concepto del mundo como sistema de precisas compensaciones influyó vastamente en los Inmortales.[421]

정밀한 보상제도는 바로 상호텍스트성을 설명하는 것이다.

반대로, '죽지 않는 자들'에게 있어 각 행동(그리고 각 사고)은 그 시작을 알 수 없는 과거에 했던 다른 행동들과 사고들의 메아리 이다. 또는 미래에 끝없이 어지러움을 느끼게 될 때까지 되풀이될 다른 행동들에 대한 진실한 조짐이다. 마치 무한한 수의 거울들 사이에 갇혀 있는 것 같지 않은 것은 아무것도 없다.

Entre los Inmortales, en cambio, cada acto(y cada pensamiento) es el eco de otros que en el pasado lo antecedieron, sin principio visible, o el fiel presagio de otros que en el futuro lo que repetirán hasta el vértigo. No hay cosa que no esté como pérdida entre infatigables espejos.[422]

이 구절 또한 역사, 전통, 상호텍스트성을 나타내주는 것이라 할 수 있다.

끝부분에 가까워지면서 그의 기억의 영상들은 거의 남아 있지 않다. 남아 있는 것은 단지 '말들'뿐이다. 나는 시간이, 한때는 나 자신을 의미했던 '말들'을 그 많은 세기 동안 나를 동반하고 다녔던

---

421) OC Ⅰ, p.541.
422) OC Ⅰ, p.542.

어떤 운명을 상징했던 '말들'과 혼동되도록 만들었을 거라는 게 전혀 이상하지 않다. 나는 호메로스였던 것이다. 요약하자면 율리세스처럼 아무도 아닐 것이고, 간단히 말하면 모두일 것이며, 나는 죽을 것이다.

Cuando se acerca el fin, ya no quedan imágenes del recuerdo; sólo quedan palabras. No es extraño que el tiempo haya confundido las que alguna vez me representaron con las que fueron símbolos de la suerte de quien me acompañó tantos siglos. Yo he sido Homero; en breve, seré Nadie, como Ulises; en breve seré todos: estaré muerto.[423]

주인공은 자신의 이성중심주의적 사고가 허물어져 감을 깨닫는다.

그는 이러한 침범, 또는 표절을 근거로 이 원고 전체의 출처가 의심스럽다는 유추를 해낸다.

Infiere de esas intrusiones, o hurtos, que todo el documento es apócrifo.[424]

그리고 '시간의 흔적'에 대해 생각하게 된다.

말들, 제자리를 잃고 불구가 된 말들, 다른 사람들의 말들이 바로 시간이 저자에게 남겨준 보잘것없는 적선이었다.

Palabras, palabras desplazadas y mutiladas, palabras de otros, fue la pobre limosna que le dejaron las horas y los siglos.[425]

---

423) OC I, p.543.
424) OC I, p.544.

보르헤스는 이 글을 "지구상에 새로운 것은 없다"는 구절로 시작함으로써 성령을 모방하는 카발라적 글쓰기를 암시하고 이를 증명해 보이고 있다. 구조는 "신의 글쓰기"의 찌나깐처럼, 한정된 공간에서 진리를 발견하고자 애쓰고 마침내 그 진리를 발견한 후에는 망각한다. 그러한 구조를 통하여 우리의 글쓰기는 성경의 모방이라는 카발라의 글쓰기 이론을 우리가 단지 망각하고 있을 뿐이라는 것을 말하는 것이다.

주인공은 처음에는 이성중심주의적인 사고를 갖고 있었으나 결국은 비이성적인 사람들로 보였던 혈거인들이 바로 '죽지 않는 사람들'임을 깨닫고 그의 사고의 벽을 허물며 그것이 신의 진리임을 알게 된다.

2) "신학자들(Los teólogos)"[426]

이 작품은 역사적 사실과 허구를 결합한 metafiction이자 metacriticism이다.

<u>Civitas Dei</u>, 제12권은 성 아우구스티누스의 저작들 중 하나이다. 452년 흉노족의 왕 아틸라의 침입으로 불탄 아낄레아에서 거의 손상을 입지 않은 채 고스란히 남았다. 플라톤이 아테네에서 수많은 세기가 지나면 모든 것들은 이전의 상태로 되돌아가고, 자신도 아테네에서 다시 바로 이 똑같은 학설을 똑같은 청중 앞에서 가르치게 될 거라고 가르쳤다는 사실을 기술하고 있다. 사람들은 그 저자가 그 학설을 천명하고 있는 것은 단지 역으로 그것을 보다 효과적으로 반

---

425) OC I, p.544.
426) OC I, pp.550-556.

박하기 위함이라는 사실을 잊어버리게 되었다.

보르헤스도 마찬가지이다. 보르헤스는 결코 무신론자가 아니라 하나님의 범위 내에서의 해체주의자다. 그러나 이러한 자신의 사상을 보여주기 위하여 때로는 이단의 이론을 소개하여 독자들을 속게 만든다.

1세기가 지나 아낄레아의 보좌관인 아우렐리아노는 monótonos 혹은 anulares라 불리는 새로운 종파가, 역사는 순환적이고, 과거에 없었거나 미래에 없을 그 어떤 것도 존재할 수 없다[427])는 교리를 가르치며 수레바퀴와 뱀이 십자가를 대신한다는 소문을 듣게 된다.(뱀은 악의 상징 아닌가?) 따라서 "De septima affectione Dei sive de aeternitate 신의 일곱 번째 성격인 영원성에 관하여"로 명성을 얻은 후안 데 빠노니아가 그 이단들을 공박하리라는 소문이 돈다.

아우렐리아노는 신학 분야에 있어 위험을 수반하지 않는 그 어떤 새로운 학설이라는 게 불가능하다는 것을 알고 있는 사람이다. 그러나 순환적 시간[428])이라는 주제가 심각한 위협이 되기에는 너무도 기이하고 너무도 경이로운 주제라고 생각한다. 빠노니아가 자신에게 안겨준 회한으로부터 벗어나기 위해 그를 능가하기를 원하게 되었다.

그날 밤 아우렐리아노는 神託의 중지에 관한 플루타르크의 옛 대화록의 책장들을 살펴보았다. 그는 스물아홉 번째 단락에서 세상의 순환, 무한한 태양, 달, 아폴로, 디아나 그리고 포세이돈을 방어하는 스토아주의자들에 대한 풍자를 읽었다.

---

427) OC Ⅰ, p.550.
  ……la historia es un círculo y que nada es que no haya sido y que no será.
428) OC Ⅰ, p.550.
  la tesis de un tiempo circular

Esa noche, Aureliano pasó las hojas del antiguo diálogo de Plutarco sobre la cesación de los oráculos; en el párrafo 29, leyó una burla contra los estoicos que defienden un infinito ciclo de mundos, con infinitos soles, lunas, Apolos, dianas y Poseidones.[429]

'수레바퀴'의 이단들에 대한 공박은 삼단논법과 모독적인 언사, *nego*(아닌), *autem*(반면에), *nequaquam*(결코 아닌) 등의 사용, 삽입구들이 거추장스럽게 끼어 있는 방대하고 이해할 길 없는 문장들, 동음반복, Panonia와 차별성을 갖기 위한 야유의 방식, Orígenes "De principiis 태초로부터"(유다가 예수를 팔고 바울이 예루살렘에서 스테파노의 순교를 목격하게 되리라는 주장을 부정), Cicerón, "Academis Priora 先학문"(키케로가 Lúculo와 이야기를 나누는 동안 그 수가 무한한 또 다른 루쿨로들과 키케로들이 무한한 똑같은 세계들 속에서 정확히 똑같은 말을 하고 있다고 상상하는 사람들을 조롱), Plutarco(무한히 순환하는 세계들을 주창하고 있는 스토아주의자들에 대한 풍자), 하나님의 말씀보다는 'lumen naturae 자연의 빛'에 더욱 가치를 부여하고 있는 우상숭배자들이 일으키고 있는 추문 등을 공박하며 9일의 기간이 소요되었다.

이에 대해 Juan de Panonia의 반박은 이렇다. 히브리서 9장 12절에는 "그리스도는 단 한 번 지성소에 들어가셔서 염소나 송아지의 피가 아닌 당신 자신의 피로써 우리에게 영원히 속죄받을 길을 마련해 주셨습니다"는 구절이 있다. 또 마태 6장 7절에는 "너희는 기도할 때에 이방인들처럼 빈말을 되풀이하지 마라"는 구절이 있다. Plinio는 우주가 아무리 광대하다 해도 두 개의 똑같은 얼굴은 존재하지 않는다고 고찰하였다.

두 개의 영혼이란 존재할 수 없고 가장 추악한 죄인이라 할지라도 그는 예수가 그를 위해 흘린 피만큼이나 값진 것이라고 천명하고

---

429) OC Ⅰ, p.550.

한 인간의 행위는 동일한 중심을 가지고 있는 아홉 개의 하늘보다 더 값지고, 그것이 없어졌다가 다시 되돌아온다고 상상하는 것은 현학적인 경박함에 지나지 않는다.

그러한 두 신학자 간의 논쟁은 Juan de Panonia가 monótonos 교파의 실책에 대한 논박을 책임질 신학자로 임명됨으로써 빠노니아의 승리로 끝나는 듯하다. 이교교주 Euforbo의 화형("그대들은 장작더미가 아닌 불의 미로를 태우고 있는 것이니라. 나를 태웠던 모든 불들이 여기에 모인다면 지구에서 그치지 않고 천사들의 눈까지도 멀게 되리라. 나는 이 말을 셀 수도 없이 많이 했었노라."[430])으로 '수레바퀴'가 '십자가' 앞에서 무릎을 꿇었다.

그러나 Aureliano와 Juan de Panonia의 싸움은 계속된다. 제2콘스탄티노플 공의회에서 내린 어떤 파문결정들에 대한 반대의견 표명, 성자의 신성을 부정했던 아리안주의자들에 대한 공격, 그리고 Cosmas의 "Topographic christiana 지구는 4각형"의 정통성을 옹호한다.

지구는 4각형이라는 것에 기인하여 생긴 이단들: especulares, abismales, cainitas, histriniones(Aureliano가 붙였고 그들이 무턱대고 받아들인 이름), formas 등의 이름들이었다.

금욕주의를 표방하고, 고행과 규율의 엄격함은 범죄로 비화시키며, 도둑질 용인, 살인 / 남색 / 근친상간 / 獸姦 등을 용인함으로써 모두가 신성모독적인 것으로 간주되었다.

libros herméticos(아래에 있는 것은 위에 있는 것과 같고, 위에 있는 것은 아래에 있는 것과 같다), Zohar(하부 세계는 상부 세계의 반영이다)라는 개념을 왜곡하여 지상이 하늘에 영향을 미친다고 하였

---

430) OC Ⅰ, p.552.
"Esto ha ocurrido y volverá a ocurrir", dijo Euforbo. "No encendéis una pira, encendéis un laberinto de fuego. Si aquí se unieran todas las hogueras que he sido, no cabrían en la tierra y quedarían ciegos los ángeles. Esto lo dije muchas veces."

다. 왜곡의 예로는 마태 6장 12절에 "우리가 우리에게 잘못한 이를 용서하듯이 우리의 잘못을 용서하시고"라는 구절과, 마태 11장 12절에 "천국이 침략을 받고 있다"는 구절이었다. 또한 우리의 눈에 비치는 모든 것이 허상이라는 개념의 왜곡으로는 고린도전서 13장 12절에 "우리가 지금은 거울에 비추어보듯 희미하게 보지만"이라는 구절로 모든 사람은 두 사람이며 그중 진실로 존재하는 것은 다른 것, 즉 천국에 있는 것이라고 추정하였다.

우리들의 모든 행위는 동시에 그와 반대되는 행위를 투사하게 될 것으로 추정하였다. 그러한 이중적인 존재들의 수가 고갈되는 날이 세계가 끝날 것이라는 결론을 내리고 역사의 반복이란 있을 수가 없는 것이기 때문에 의로운 자는 가장 파렴치한 행위들이 미래를 더럽히지 않고, 그리스도의 왕국이 앞당겨 도래하도록 만들기 위해 그러한 행위들을 제거해야 한다고 생각하였다.

세계의 역사가 각각의 사람 속에서 완성되어야 한다고 주장하는 종파들도 있었는데 그들 대부분의 사람들은 피타고라스처럼 해방에 도달하기 전에 다른 많은 사람들의 몸뚱이를 거쳐 가야 할 것이라고 생각하였다.

Proteus적인 사람들은 단 한 차례의 삶 동안 사자이기도 하고 용이기도 하고 멧돼지이기도 하고 물이기도 하고 한 그루 나무이기도 하다. 그들은 악을 통한 정화를 추구하여 누가복음 12장 59절에 "네게 이르노니 호리라도 남김이 없이 갚지 아니하여서는 결단코 저기서 나오지 못하리라 하시니라"는 구절과 요한복음 10장 10절에 "나는 사람들이 생명을 얻고 그것을 풍성하게 얻도록 하기 위해 왔다"는 구절을 인용하였다.

그러나 모든 이교들의 공통점은 모두가 혼란을 설파했다는 것이었다.

Aureliano가 관장하고 있는 교구의 이교들은 시간은 역사의 반복을 허락하지 않는다고 주장하여 로마의 고위 성직자는 Panonia와 적

대관계를 이루었고 똑같은 두 개의 순간이 있을 수 없다는 주제에서
Panonia의 "Adversus annulares 환상교의 불합리"를 "우리들의 신앙
을 혼란에 빠뜨리기 위해 지금 이교도들이 컹컹 짖어대고 있는 것,
바로 그것을 금세기의 박학한 한 신사가 과실이라기보다는 경솔함으
로 인해 이미 언급했던 바 있다"는 지시문과 함께 기록하여 Panonia
는 이단적인 견해들을 설파한 죄로 고발되어 10월 26일 화형선고를
받았다.

Aureliano는 Panonia가 죽었던 것과 같은 방식으로 죽음을 맞이하
였다. 하나님과 얘기하여 천국에 이르러 도리어 깊이를 헤아릴 수
없는 하나님의 속성 안에서는 자신과 Panonia(정통교도와 이단자, 증
오하는 자와 증오를 받는 자, 고발자와 희생자)가 같은 한 인간을
이루고 있다는 것을 깨달았다.

Anzieu가 말했듯이 "신학자들"은 사교의 교주를 밀고하는 신학자
들의 두 예로 밀고자는 즉시 밀고하고 있는 이중의 역으로서의 반복
이라고 하는 것을 보여주면서 반복, 조화, 그리고 신성의 추구에 관
해 놀이를 계속하고 있다.[431]

또한 겉으로는 무신론주의자 혹은 이교도처럼 보이나 그런 역설을
통하여 자신의 신앙을 더욱 강조하는 보르헤스의 글쓰기가 잘 비유
되어 있다. 이 작품에서 이교도들의 사상으로 나타나는 것들, 그리고
그의 왜곡 등은 우리가 자칫 잘못 알고 넘어갈 수도 있다는 것을 나
타내주기 위한 보르헤스의 속임수다. "역사의 반복이란 있을 수가
없는 것이기 때문에"라는 구절, "아래에 있는 것은 위에 있는 것과
같고, 위에 있는 것은 아래에 있는 것과 같다", 또 "하부 세계는 상
부 세계의 반영이다"라는 개념이 어떻게 왜곡되는가를 보여줌으로써
자신의 카발라적 글쓰기를 강조하고 있는 것이다.

---

431) Didier Anzieu, "El cuerpo y el código en los cuentos de J. L.
Borges", p.240.

3) "신의 글쓰기(La Escritura de Dios)"[432]

감옥에 갇힌 까흘롬의 사제 찌나깐은 피라미드의 마술사다.[433] 원래 Qaholom은 Guatemala와 멕시코 남부를 중심으로 마야문명을 창조한 Quiche족의 신화에 나오는 남성 신으로 여성 신 Alom과 더불어 Quiche족 최고의 신이다.

작품 속의 찌나깐은 무엇인가를 해야겠다는, 어떻게든 시간을 채워야겠다는 운명적인 강박관념에 사로잡혀 알고 있는 모든 것을 기억하려고 시도한다.[434]

신에 관한 전설 중 하나: 신은 세상의 마지막 날 많은 재난과 화근이 일어날 것임을 예견하고 '창조'의 첫날에 그러한 불행들을 피하기 위해 필요한 마술적인 문장 하나를 지었다. 신은 그것이 세상의 마지막 날을 준비하게 될 세대들의 손에 들어가고, 우연에 의해 침탈당하지 않도록 하는 장치를 덧붙여 놓은 채 그것을 썼다. 아무도 그것이 쓰여 있고, 어떤 문자로 쓰여 있는지 알지 못한다. 그러나 그것이 비밀스럽게 간직되어 있고, 선택된 어떤 사람이 그것을 읽게 되리라는 것은 확실하다.

era una de las tradiciones del dios. Este, previendo que en el fin de los tiempos ocurrirían muchas desventuras y ruinas, escribió el primer día de la Creación una sentencia mágica, apta para conjurar

---

432) OC Ⅰ, pp.596-599.
433) OC Ⅰ, p.596.
de un lady estoy yo, Tzinacán. ······mago de la pirámide de Qaholom, ······
434) OC Ⅰ, p.596.
Urgido por la fatalidad de hacer algo, de poblar de algún modo el tiempo, quise recordar, en mi sombra, todo lo que sabía.

esos males. La escribió de manera que llegara a las más apartadas generaciones y que no la tocara el azar. Nadie sabe en qué punto la escribió ni con qué caracteres, pero nos consta que perdura, secreta, y que la leerá un elegido.[435]

찌나깐은 우리들은 세상의 마지막 날에 와 있고, 신의 마지막 사제로서 자신의 운명은 그 글을 직관할 수 있는 특혜를 가질 수 있도록 만들어줄 것이라고 생각한다.[436]

그러다 재규어가 신의 징표들 중 하나라는 것을 떠올리게 된다.[437] 재규어가 가지고 있는 점들의 배열과 형태를 파악하는 데 많은 해를 보낸다.[438] 한 차례 이상 도대체 그 글을 해독할 수가 없다고 원형의 천장을 향해 소리질러 보지만 재규어라는 구체적인 수수께끼보다 신이 쓴 문장의 본질적인 수수께끼가 더욱 안달 나게 했다.[439] 그리고 보다 구체적인 의문을 던져본다.

하나의 절대적인 정신이 문장을 만든다면 그는 어떤 형태의 문장

---

435) OC Ⅰ, p.596.
436) OC Ⅰ, p.597.
   Consideré que estábamos, como siempre, en el fin de los tiempos y que mi destino de último sacerdote del dios me daría acceso al privilegio de intuir esa escritura.
437) OC Ⅰ, p.597.
   imaginé a mi dios confiando el mensaje a la piel viva de los jaguares, ...
438) OC Ⅰ, p.597.
   Dediqué largos años a aprender el orden y la configuración de las manchas.
439) OC Ⅰ, p.597.
   Más de una vez grité a la bóveda que era imposible descifrar aquel texto. Gradualmente, el enigma concreto que me atareaba me inquietó menos que el enigma genérico de una sentencia escrita por un dios.

을 만들까를 자문.

¿Qué tipo de sentencia(me pregunté) construirá una mente absoluta?[440]

하나의 절대적인 정신이란 바로 성령을 말하는 것 아닌지. 아마도 깨달음을 얻어가는 과정일 것이다. 재규어가 가지고 있는 점들의 배열과 형태를 파악하려는 노력 자체가 카발라주의자들이 기호를 해독하려 했던 것과 같은 것이다.

결국 찌나깐은 인간의 언어들에서조차도 우주 전체를 암시하지 않는 발화는 단 하나도 없다는 것을 떠올린다.[441] 이는 우주 안의 각각의 자연적, 정신적 현상은 의미를 갖고 있다는 카발라적 이미지이다. 또한 찌나깐은 신의 언어에서 모든 말은 사실들의 바로 그러한 연계를 개괄적으로, 명백한 방식으로, 즉각적인 방법으로 진술하게 되지 않을까 생각하게 된다.[442]

그러나 곧 신성한 문장에 대해 생각하는 것은 유치하고 신성모독적[443]이라는 것을 알게 되고 신에 의해 발음된 그 어떤 말도 우주보다 열등하거나 시간의 총합계보다 적어서는 안 된다[444]는 것도 알게 된다.

---

440) OC Ⅰ, p.597.
441) OC Ⅰ, p.597.
   Consideré que aun en los lenguajes humanos no hay proposición que no implique el universo entero;
442) OC Ⅰ, p.597.
   Consideré que en el lenguaje de un dios toda palabra enunciaría esa infinita concatenación de los hechos, y no de un modo implícito, sino explícito, y no de un modo progresivo, sino inmediato.
443) OC Ⅰ, p.598.
   Con el tiempo, la noción de una sentencia divina me pareció pueril o blasfematoria.
444) OC Ⅰ, p.598.
   Ninguna voz articulada por él puede ser inferior al universo o menos que la suma del tiempo.

너는 완전히 깨어난 게 아니라 조금 전의 꿈에서 깨어난 것이다. 이 꿈은 또 다른 꿈속에 들어 있다. 그렇게 무한히, 마치 모래의 숫자처럼 꿈 또한 영원히 계속될 것이다. 네가 되돌아가야 할 길은 끝이 없고, 그리고 너는 정말로 깨어나기 이전에 죽게 될 것이다.

No has despertado a la vigilia, sino a un sueño anterior. Ese sueño está dentro de otro, y así hasta lo infinito, que es el número de los granos de arena. El camino que habrás de desandar es interminable y morirás antes de haber despertado realmente.[445]

그리고 깨달음을 얻게 된다.

그때 잊을 수도 알릴 수도 없는 일이 일어났다. 神性과의, 우주와의 합일이 일어났던 것이다(나는 이 단어들이 다른 것인지는 모르겠다). 무아경은 그 상징을 반복하지 않는다. 그것을 칼로 혹은 한 송이 장미의 원으로 영접한 사람이 있다. 나는 매우 높은 바퀴를 보았는데 그것은 내 눈앞에도, 뒤에도, 옆에도 있지 않고 모든 곳에 동시에 존재했다. 그 바퀴는 물로 또한 불로 만들어졌고 (비록 모서리만 보였지만) 무한했다. 미래에 있을 것이고, 현재에 있고, 그리고 과거에 있었던 모든 것들이 서로 얽혀 짜인 채 그것을 형성하였다.

Entonces ocurrió lo que no puedo olvidar ni comunicar. Ocurrió la unión con la divinidad, con el universo(no sé si estas palabras difieren). El éxtasis no repite sus símbolos; hay quien ha visto a Dios en un resplandor, hay quien lo ha percibido en una espada o en los círculos de una rosa. Yo vi una Rueda altísima, que no

---

445) OC Ⅰ, p.598.

estaba delante de mis ojos, ni detrás, ni a los lados, sino en todas partes, a un tiempo. Esa Rueda estaba hecha de agua, pero también de fuego, y era(aunque se veía el borde) infinita. Entretejidas, la formaban todas las cosas que serán, que son y que fueron, ……446)

모든 것이 서로 얽혀 짜였다는 것은 다층의 구조를 풀어보는 카발라적 이미지이다. 찌나깐은 깨달음으로부터 오는 기쁨(覺)을 얻었고 재규어에 쓰인 글을 이해하게 되었다. 그것은 14개로 된 무작위적인(무작위적으로 보이는) 단어들의 조합으로 전지전능해지기 위해 그것을 큰소리로 말하기만 하면 되었다. 그것은 40음절, 14개의 단어447)였다. 그러나 망각이 보르헤스의 글쓰기의 원천이고 신이 자신의 섭리가 알려지길 원하지 않듯이 찌나깐도 자신이 발견한 진리를 잊게 된다.

……나는 이미 찌나깐을 기억하지 못하고 있다.

Pero yo sé que nunca diré esas palabras, porque ya no me acuerdo de Tzinacán.448)

또한 다네리의 알레프를 보고 나서의 묘사와 유사한 부분도 있다.

나는 우주와 우주의 심오한 구성방식들을 보았다. 나는 백성의 책이 들려주고 있는 세상의 모든 기원들을 보았다. [……] 나는 신들의 뒤에 있는 얼굴 없는 신을 보았다. 나는 유일무이한 행복을 이

---

446) OC Ⅰ, p.598.
447) OC Ⅰ, p.599.
　　Cuarenta sílabas, catorce palabras, y yo,
448) OC Ⅰ, p.599.

루어가고 있는 무한한 과정들을 보았고, 모든 것을 이해하게 되면
서 또한 재규어에 쓰인 글을 이해하기에 이르렀다.

Vi el universo y vi los íntimos designios del universo. Vi los
orígenes que narra el Libro del Común. [……] Vi el dios sin cara
que hay detrás de los dioses. Vi infinitos procesos que formaban
una sola felicidad y, entendiéndolo todo, alcancé también a entender
la escritura del tigre.449)

재규어의 기호를 풀면서 그것을 우주와 우주의 심오한 구성방식으
로 이해하게 된 것이다. 보르헤스에게 있어서 우주는 곧 신의 섭리
요 이는 여러 가지 상징으로 나타나는데, 책, 도서관 등이 그 대표적
인 예이고 재규어의 무늬도 또 하나의 방법으로 등장하는 것이다.
그것을 세상의 모든 기원으로 인정함은 성령으로 쓰인 글쓰기가 유
일하게 독창성을 지닌 작품이고 그 이후의 글쓰기는 그 은유의 모방
임을 나타내는 것이다.

나는 그 재규어에 적혀 있는 그 신비가 나와 함께 사멸되기를 바
란다. 우주를 흘낏 본 사람, 그 우주의 열렬한 계획을 충분히 알지
못하는 자는 한 인간에 대해서 비록 그 인간이 자기 자신이라고 할
지라도 자기 자신을 생각해 내지 못하며 인간의 사소한 불행이나
재앙들을 숙고할 수가 없다. 그러한 인간이 바로 그였으니 이젠 아
무런 중요성이 없다. 그가 이제 아무것도 아닌 존재라면 그러한 타
인의 운명이 그에게 무슨 상관이 있으며, 또 그러한 타인의 국가가
그에게 무슨 상관이냐? 그러므로 나는 그 공식을 발설하지 않는다.
그러므로 나는 이 어둠 속에 누워서 세월이 나를 잊어버리도록 내
버려두고 있다.

449) OC Ⅰ, p.599.

Que muera conmigo el misterio que está escrito en los tigres. Quien ha entrevisto el universo, quien ha entrevisto los ardientes designios del universo, no puede pensar en un hombre, en sus triviales dichas o desventuras, aunque ese hombre sea él. Ese hombre ha sido él y ahora no le importa. Qué le importa la suerte de aquel otro, qué le importa la nación de aquel otro, si él, ahora es nadie. Por eso no pronuncio la fórmula, por eso dejo que me olviden los días, acostado en la oscuridad.[450]

망각은 피에르 메나르에게도, 알레프를 보고난 후에도, 죽지 않는 사람들을 알게 된 후에도, 아스떼리온의 집에서도 일어난다. 결국 이 모든 이미지들은 우주와 신의 비밀을 드러내는 보르헤스의 상징이고 글쓰기의 원천이다.

John Stark은 말하기를 "말은 사실주의자에게는 너무도 강력할 수가 있어서 그것을 보도하는 대신에 사실을 바꿔버릴 수가 있다고 한다. "신의 글쓰기 La Escritura de Dios"에서 보르헤스는 누구든 그것을 발음하는 사람을 전지전능하게 만드는 14개의 단어의 조합에 대해 언급하고 있다. 언어는 사실에 덧붙여져서 사실주의자들을 더욱 당황하게 할 수 있다. 언어의 이러한 특성은 사실주의자들을 망쳐 놓지만, 이상주의자들을 기쁘게 하는데, 보르헤스가 좋아하는 다른 많은 생각과 마찬가지로 그것들은 수만 개의 가능성을 창조하는 까닭이다."[451]

푸코에 따르면 언어는 하나님에 의해 인간에게 주어졌을 때의 본래 형태에서, 언어는 사물들에 대해 전적으로 확실하며 투명한 기호였다. 이때의 언어는 사물들과 유사했다. 한 사물의 이름은 그 이름

450) OC Ⅰ, p.599.
451) John Stark, "Jorge Luis Borges", The Literature of Exhaustion, Duke University Press, 1974, pp.45-46.

이 지시하는 사물 속에 저장되어 있었다. ……이 투명성은 인간의 오만에 대한 신의 징벌인 바벨탑의 붕괴와 함께 상실되었다. ……오늘날 우리가 알고 있는 모든 언어는 오직 이 상실된 유사관계를 배경으로, 이 관계가 상실되면서 생긴 빈 공간 속에서 언표된다. ……그 언어는 지금은 잊혀진 최초의 어휘에서 직접 파생되었기 때문이요, 인간이 바벨탑 징벌의 교훈을 망각하지 않기를 하나님이 원하셨기 때문이요, 하나님과 그의 택한 백성 사이에 맺은 태고의 계약을 상기시키는 데는 이 언어가 반드시 필요한 때문이요, 마지막으로 하나님이 자기에게 귀를 기울이는 인간들에게 계시를 전달하는 데도 바로 이 언어를 통하셨기 때문이다.[452]

인간은, 길게 보면, 그의 환경이다.

un hombre, a la larga, sus circunstancias.[453]

명상 등을 통해 신비스러운 방법으로 하나님에게 직접 다가가려는 카발라의 사고이다. 그러나 보르헤스는 신의 비밀을 밝히고, 그를 잊어버리는 유형의 글을 통하여 자신이 알고자 하고 추구하는 바를 나타낸다. 보르헤스는 다음과 같이 직접적으로 자신이 받은 카발라의 영향을 밝힌다.

"신의 글"은 이제까지 관대한 평가를 받아 왔다. 재규어는 나로 하여금 '까흘롬 피라미드 제사장'의 입속에 카발라주의 또는 신학의 논지를 담을 수 있도록 만들어주었다.

---

452) 미셸 푸코, <u>말과 사물</u>, pp.62-63.
453) OC Ⅰ, p.598.

"La escritura del dios" ha sido generosamente juzgada; el jaguar me obligó a poner en boca de un "mago de la pirámide de Qaholom", argumentos de cabalista o de teólogo.[454]

4) "알레프(El Aleph)"[455]

"알레프"의 줄거리는 이렇다. 1929년 2월 자신이 짝사랑하던 베아트리스 비테르보가 죽고 난 후 매년 4월 30일 보르헤스는 그녀의 집을 찾는다. 그 집에는 그녀의 아버지와 사촌 카를로스 아르헨티노 다네리가 살고 있다. Carlos Argentino Danerí는 둥근 지구의 모든 것을 시로 표현하고자 의도하고 있었고 동음반복과 혼돈구조의 가능성을 무한대로 확장시켜 놓은 것처럼 보이는 시를 썼으며, 지하실 한 귀퉁이에 있는 '알레프 Aleph'를 알려준다.

이는 단테에게 지옥 구경을 시켜주는 것과 유사하고 이 작품에서 보르헤스가 최초로 등장한다. 보르헤스는 다음과 같은 구절을 인용한다.

"천만에, 나는 호두 껍데기 안에 웅크리고 들어가 있으면서도 나 자신을 무한하기 그지없는 어떤 공간의 '주인'으로 여길 수 있네."
햄릿, Ⅱ, 2

O, God!, I could be bounded in a nutshell, and count myself a King of infinite space. Hamlet, Ⅱ, 2[456]

찌나깐도 폐쇄된 공간에서 재규어의 무늬를 통해 신의 질서를 깨

---

454) "Epílogo", OC Ⅰ, p.629.
455) OC Ⅰ, pp.617-627.
456) OC Ⅰ, p.617.

달았고, "죽지 않는 사람들"의 주인공도 자신이 어디에 떨어졌는지
도 모르는 채 섭리를 깨달았다.

> 그러나 그들은 '영원'이란 '현재의 시간'에 조용히 '서 있는 것',
> 그러니까 그 학파 사람들이 부른 바대로 Nunc-Stans(지금 있는 것)
> 이라고 가르칠 것이다. 그러나 그들뿐만 아니라 그 어느 누구도 그
> 렇게 말해 놓고서도 Hic-Stans(바로 여기에 있는 것)를 단지 '공간'
> 의 '무한한' 광활함 정도로 이해할 뿐이다. 리바이어던, Ⅳ, 46

> But they will teach us that Eternity is the Standing still of the
> Present Time, a *Nunc stans*(as the Schools calls it); which neither
> they, nor any else understand, no more than they would a *Hic
> stans* for an Infinite greatness of Place. *Levithan*, Ⅳ, 46[457])

보르헤스는 알레프를 다음과 같이 묘사한다. 알레프는 모든 지점
들을 포괄하고 있는 어떤 공간지점들 중 하나[458])이다. 전혀 흐트러
짐이 없이 모든 각도에서 본 지구의 모든 지점들이 있는 곳[459])이다.
알레프의 존재를 의심하는 보르헤스에게 다네리는 이렇게 말한다.

> "의도적으로 이해를 하지 않으려고 하는 반항적인 태도 속에는
> 진실이 찾아들 수 없는 법이지. 만일 'Aleph' 속에 지상의 모든 장
> 소들이 들어 있다면 거기에는 모든 조명기구들, 모든 등들, 모든 빛

---

457) OC Ⅰ, p.617.
458) OC Ⅰ, p.623.
   un Aleph es uno de los puntos del espacio que contiene todos los
   puntos.
459) OC Ⅰ, p.623.
   el lugar donde están, sin confundirse, todos los lugares del orbe, vistos
   desde todos los ángulos.

의 원천들이 들어 있지 않겠어."

"La verdad no penetra en un entendimiento rebelde. Si todos los lugares de la tierra están en el Aleph, ahí estarán todas las luminarias, todas las lámparas, todos los veneros de luz."[460]

다네리는 보르헤스에게 알레프를 보는 방법을 가르쳐준다.

"타일이 깔린 바닥에 누워 눈을 그 문제의 층계 19번째 계단에 고정시키게…… 몇 분만 지나면 자네는 'Aleph'를 보게 될 거야. 연금술사들과 카발라신비주의자들의 소우주요, '작지만 알차다!'라는 우리에게 구체적이고 친숙한 금언인 바로 그것을 보게 될 거란 말이네." ……그리고 나는 'Aleph'를 보았다.

Te acuestas en el piso de baldosas y fijas los ojos en el decimonono escalón de la pertinente escalera. [……] A los pocos minutos ves el Aleph. ¡El microcosmo de alquimistas y cabalistas, nuestro concreto amigo proverbial, el multum in pavo!……Entonces vi el Aleph.[461]

이제 나는 말로 형용할 길 없는 내 이야기의 중심부에 이르러 있다. 바로 여기서 작가로서의 나의 절망이 시작된다. 모든 언어는 상징들의 알파벳이다. 그것의 사용은 말을 하는 사람들이 함께 공유하고 있는 하나의 과거를 전제하지 않고는 불가능하다.

Arribo, ahora, al inefable centro de mi relato; empieza, aquí, mi desesperación de escritor. Todo lenguaje es un alfabeto de símbolos cuyo ejercicio presupone un pasado que los interlocutores comparten.[462]

---

460) OC Ⅰ, p.623.
461) OC Ⅰ, p.624.

위 구절은 카발라적 사고를 너무나 명확하게 보여주는 구절이다. 하나의 과거는 바로 역사이며 상호텍스트성을 의미한다. 전지전능한 작가의 위치는 물러나고 '하나의 과거를 전제하지 않고는 불가능한' 글쓰기는 바로 독자들의 몫이다. 따라서 작가로서의 절망이 시작되는 것이다. 모든 언어는 상징들의 알파벳이라는 것은 결국 세상을 거대한 알파벳으로 보는 카발라적 이미지라 할 것이다.

페르시아인들은 모든 새들이기도 한 한 마리의 새에 대해 얘기463)하고 알라누스 데 인술리스는 중심이 모든 곳에 있고, 원주는 그 어떤 곳에도 없는 어떤 구체에 대해 말하였다.464) 또한 구약에는 동쪽과 서쪽, 북쪽과 남쪽을 동시에 바라보고 있는 한 천사 에세키엘에 대해 이야기된다.465)

무한한 총체성을 단지 부분에 불과할지라도 열거할 수 있느냐 하는 핵심적인 문제만큼은 해결이 무망하다.466) 보르헤스에게 가장 놀라웠던 것은 서로 겹치거나 투명해져 버리는 법 없이 모든 것들이 같은 지점 속에 위치해 있다는 사실이다. 보르헤스는 내 눈이 보았던 것은 동시적, 그러나 글로 옮기는 것은 연속적이라는 말로 그 놀라움을 표현한다.467)

---

462) OC I, p.624.

463) OC I, p.624.
   para significar la divinidad, un persa habla de un pájaro que de algún modo es todos los pájaros.

464) OC I, p.624.
   Alanus de Insulis, de una esfera cuyo centro está en todas partes y la circunferencia en ninguna;

465) OC I, p.624.
   Ezequiel, de un ángel de cuatro caras que a un tiempo se dirige al oriente y al occidente, al norte y al sur.(No en vano rememoro esas inconcebibles analogías; alguna relación tienen con el Aleph.)

466) OC I, pp.624-625.
   el problema central es irresoluble; la enumeración, siquiera parcial, de un conjunto infinito.

467) OC I, p.625.
   ninguno me asombró como el hecho de que todos ocuparan el mismo

보르헤스에게 있어 알레프는 "거의 눈에 담기 어려운 광채를 빛내고 있는 형형색색의 작은 구체"다.[468] 그것은 "회전하는 것으로 보이는 움직임은 그 구체 속에 들어 있는 어지러운 광경들 때문에 생겨난 착각일 뿐이다."[469]

보르헤스가 보기에 "직경은 2-3㎝에 달할 듯하다. 그러나 전혀 크기의 축소 없이 우주의 공간이 그 안에 들어 있었다. 하나의 사물은 무한히 많은 사물들이고 우주의 모든 지점들로부터 그것을 볼 수 있었기 때문이다."[470]

'Aleph' 속에 들어 있는 지구를, 다시 지구 속에 들어 있는 'Aleph'와 'Aleph' 속에 들어 있는 지구를 보았고⋯⋯ 현기증을 느꼈고 눈물을 흘렸다. 왜냐하면 사람들이 제멋대로 남용해 쓰고 있지만 그 누구도 본 적 없는 그 비밀스럽고 단지 상상적인 대상, '불가해한 우주'를 보았기 때문이었다.

vi el Aleph, desde todos los puntos, vi en el Aleph la tierra, y en la tierra otra vez el Aleph y en el Aleph la tierra, [⋯⋯] sentí vértigo y lloré, porque mis ojos habían visto ese objeto secreto y conjetural, cuyo nombre usurpan los hombres, pero que ningún hombre ha mirado: el inconcebible universo.[471]

---

punto, sin superposición y sin trasparencia. Lo que vieron mis ojos fue simultáneo: lo que transcribiré, sucesivo, porque el lenguaje lo es.

468) OC I, p.625.
vi una pequeña esfera tornasolada, de casi intolerable fulgor.

469) OC I, p.625.
luego comprendí que ese movimiento era una ilusión producida por los vertiginosos espectáculos que encerraba.

470) OC I, p.625.
El diámetro de Aleph sería de dos o tres centímetros, pero el espacio cósmico estaba ahí, sin disminución de tamaño. Cada cosa(la luna del espejo, digamos) era infinitas cosas, porque yo claramente la veía desde todos los puntos del universo.

그리고는 끝없는 경외감과 끝없는 회한을 느끼게 된다.[472) 보르헤스는 두 가지 견해를 밝히는데 그 하나는 'Aleph'의 본질에 관한 것이고 두 번째는 그것의 이름에 관한 것(그 이름은 신성한 언어-히브리어 첫 번째 알파벳)이다.[473)

카발라신비주의에 있어 이 글자는 En Soph, 즉 한계가 없고 순수 지고한 신성. 하급 세계가 상급 세계의 거울이자 지도라는 것을 말해 주기 위해 하늘과 땅을 가리키고 있는 한 인간이 형상을 가지고 있다고들 말한다. '집합론'에 있어서 그것은 전체가 부분들의 어떤 것보다 크지 않은 초유한수들에 대한 상징.

Para la Cábala, esa letra significa el En Soph, la ilimitada y pura divinidad; también se dijo que tiene la forma de un hombre que señala el cielo y la tierra, para indicar el mundo inferior es el espejo y el mapa del superior; para la Mengenlehre, es el símbolo de los números transfinitos, en los que el todo no es mayor que alguna de las partes.[474)

알레프는 모든 지점이 수렴되는 다른 어떤 지점을 지칭하고 있는 그 이름이다. Carlos Argentino Danerí의 집 천정에서 발견된 알레프는 작고, 무지개 빛이 나며, 참을 수 없으리만치 화려한 球이다. 모든 것은 알레프 속에 있는 까닭에 다네리는 자신을 바깥세상에 내보

---

471) OC Ⅰ, pp.625-626.
472) OC Ⅰ, p.626.
     Sentí infinita veneración, infinita lástima.
473) OC Ⅰ, p.627.
     Dos observaciones quiero agregar: una, sobre la naturaleza del Aleph; otra, sobre su nombre.
474) OC Ⅰ, p.627.

일 필요가 없다. 이 대단한 물건은 바벨의 도서관과 等價物이기도 하고, 우주의 모든 가시적 존재의 총체이기도 하다.

보르헤스의 'Aleph'라 불리는 불가사의한 힘의 얘기 속에서 모든 위협은 궁극적으로 존재와 행동의 충동을 불러온다. 그것은 모든 공간의 공간이며, 그 중심은 모든 곳인 카발라적 球, 그 원주는 아무 곳에도 없다. 그것은 에세키엘의 관점으로는 바퀴일 뿐이다. 그것은 모든 책을 포함하고 있고, 이미 쓰인 책들뿐만 아니라 쓰일, 더 나아가 상상 속에 쓰일 수 있는 모든 책의 모든 페이지들까지도 포함한다. 모든 알려진 원고와 현존하는 책 속에 있는 알파벳들을 재편성하면, 모든 상상적 인간의 생각과, 시나 산문의 모든 행은 우주의 한계에까지 도달할 것이다. 도서관은 모든 언어들뿐만 아니라, 이미 멸망했거나 앞으로 멸망할 언어들까지도 포함하고 있다. ……만일 우리가 장님 시인이 되어 우리의 손가락으로 단어의 끝부분을 따라 짚어 간다면, 모든 언어들 속에서 우리는 핵심으로부터의 거대한 충동의 표면적 비트, 모든 글자와 모든 언어의 혼합, 즉 신의 이름을 느낄 수 있을 것이라고, Steiner는 말했다.[475]

알레프의 이미지가 자이르의 그것과도 일치함을 보르헤스는 밝히고 있다.

오히려 그것은 마치 나의 시야가 球體로 되어 있고, 자이르가 그 중앙에 자리 잡고 있기 때문인 것처럼 일어난다.

……; más bien ocurre como si la visión fuera esférica y el Zahir campeara en el centro.[476]

---

475) George Steiner, "Tigers in the Mirror", *The New Yorker*, June 20, 1970, pp.109-119.
476) "Zahir", OC I, p.594.

또한 그러한 일치는 다음의 구절에도 나타나 있다.

'자이르'와 '알레프'에서는 웰스의 단편 '유리달걀'이 준 영향을 발견하리라 생각한다.

En 'El Zahir' y 'El Aleph' creo notar algún influjo del cuento 'The Crystal Egg'(1899) de Wells.[477]

알레프는 히브리 알파벳의 첫 번째 글자이다. 그러나 유대의 신비주의적 전통에서 그 넓이와 크기는 헤아릴 수 없다고 Lévy는 설명한다.[478] 그는 음성학에서 상징적 도면까지 헤아리며, "카발라주의자들은 자음 알레프를 모든 알파벳의 정수를, 따라서 모든 인간 언어의 요소를 포함하고 있는 것으로, 다른 모든 글자들의 영적인 뿌리로서 간주하였다"고 말한다.[479]

알레프와 더불어 시작된 부분적 주제는 "아베로에스의 탐구 La busca de Averroes", "자이르 El Zahir"에서, 그리고 후에는 "엠마 순스 Emma Zunz"의 삽입된 이야기와, "신의 글쓰기 La escritura del Dios"에서 근본적으로 발전한다. 신성에 대한 수사는 그 기표 significante가 기의 significado와 더불어 정확하게 고려되는, 그리고 그 발견은 그 소지자에게 공간과 시간을 점령할 수 있도록 해주는 상징의 추구로 표현된다.[480]

"자이르"는 동전의 형태로 표현된다. 그것은 알레프처럼 신의 성

---

477) "Epílogo", OC Ⅰ, p.629.
478) Salomón Lévy, "El Aleph, símbolo cabalístico, y sus implicaciones en la obra de Jorge Luis Borges", p.147.
479) IBID., pp.148-149.
480) Didier Anzieu, "El cuerpo y el código en los cuentos de J. L. Borges", p.240.

스러운 이름의 하나이다.481) 그리고 그러한 이름은 유일 저자는 하나님이라는 보르헤스의 카발라적 이미지를 표현하는 증거가 된다.

그 구체는 가장 완전하고 가장 일률적인 형태인데 그 표면의 모든 점은 중앙에서 같은 거리에 있기 때문이다.

se lee que la esfera es la figura más perfecta y más uniforme, porque todos los puntos de la superficie equidistan del centro;482)

또한 알레프를 보았을 때와 같은 표현이 나타난다.

하나의 무한한 구체 혹은 무한히 성장하는 구체를 직관하였는데 내가 방금 옮겨 적은 말들은 역동적인 의미를 갖고 있다.

intuyó una esfera infinita, o infinitamente creciente, y que las palabras que acabo de transcribir tienen un sentido dinámico.483)

알레프의 이미지와 동일한 자이르는 곧 카발라적 구체, 즉 카발라 신비주의자들의 소우주, 하나님임이 더욱 직설적으로 드러난다.

"하나님은 현명한 구체이고 그 중심은 모든 곳에 있고 그 원주는 아무 곳에도 없다."

"Dios es una esfera inteligible, cuyo centro está en todas partes y la circunferencia en ninguna."484)

---

481) IBID., p.240.
482) OC Ⅱ, p.14.
483) OC Ⅱ, p.14.
484) OC Ⅱ, p.14, 또한 이와 유사한 구절들은 보르헤스의 작품 여러 곳에 나

결국 그 중심은 모든 곳에 있고 그 원주는 아무 곳에도 없는 구체는 바로 알레프이고, 자이르고, 자연이고 신인 것이다.

아마도 우주의 역사는 몇몇 은유의 상이한 억양의 역사일 것이다.

Quizá la historia universal es la historia de la diversa entonación de algunas metáforas.[485]

4. OTRAS INQUISICIONES(1952)

1) "만리장성과 분서갱유
(La Muralla y los Libros)"[486]

보르헤스는 이 작품에서 진시황의 만리장성과 분서갱유를 주제로 다루고 있다. 진시황은 전국시대의 혼란을 수습하고 중국 최초의 통일왕조를 세운 사람이다. 秦의 통일은 법가사상을 채택하고 부국강

타나 있다.

그 현명한 구체는 그 중심은 모든 곳에 있고 그 원주는 아무 곳에도 없으며 우리는 그것을 신이라 부른다.("esa esfera intelectual, cuyo centro está en todas partes y la circunferencia en ninguna, que llamamos Dios", OC Ⅱ, p.15.)

"자연은 무한한 구체이고 그 중심은 모든 곳에 있으며 그 원주는 아무데도 없다." ("La naturaleza es una esfera infinita, cuyo centro está en todas partes y la circunferencia en ninguna.", OC Ⅱ, p.16.)

485) OC Ⅱ, p.16.
486) OC Ⅱ, pp.11-13.

병을 시행한 결과였다. 통일 후의 중앙집권체제 확립을 위하여 그는 센양에 도읍하고 봉건제도를 폐지하였으며 군현제도를 실시하였다. 또한 경제적인 통일을 위하여 화폐와 도량형을 통일하였고, 사상 면의 통일을 기하기 위하여 분서갱유를 단행하였다. 북쪽의 흉노를 정벌하여 영토를 확장하고 만리장성을 축조하여 이를 공고히 하였으며 남쪽으로는 양쯔 강 이남, 베트남 북부까지 영토를 확장하였다.

보르헤스는 진시황을 불가사의한 존재로 지적하며 이 수필의 의도를 밝히고 있다: 중국의 거의 무한한 장성의 건축을 지시한 사람은 최초의 황제 진시황이었으니, 그는 자신 이전의 모든 책들을 불살라 버리도록 하기도 하였다. 그 두 가지의 방대한 작업-야만인에 대항하는 500 내지 600 레구아의 돌들과 역사, 즉 다시 말하면 과거의 엄격한 삭제-……그러한 감정의 원인들을 탐구하는 것이 이 노트의 목적[487]임을 밝힌다.

만리장성은 중국의 화북과 내몽고와의 경계선에 동서로 길게 뻗은 성벽으로 된 유적이다. 산해관(山海關)에서 감숙성(甘肅省) 가욕관(嘉浴關)에 이른다. 전국시대에 현재의 위치보다 훨씬 북쪽에 흉노를 막기 위하여 부분적으로 쌓았던 것을 진시황이 완성한 것이다.

분서갱유는 진시황이 즉위 34년에 학자들의 정치비평을 금하기 위하여, 민간에서 가지고 있던 醫藥, 卜筮, 種樹에 관한 책만을 제외하고 모든 서적을 모아서 불살라 버리고, 이듬해 함양(咸陽)에서 수백 명의 유생을 구덩이에 묻어 죽인 사건이다.

---

487) OC Ⅱ, p.11.
　　Leí, días pasados, que el hombre que ordenó la edificación de la casi infinita muralla china fue aquel Primer Emperador, Shih Huang Ti, que asimismo dispuso que se quemaran todos los libros anteriores a él. Que las dos vastas operaciones-las quinientas a seiscientas leguas de piedra opuestas a los bárbaros, la rigurosa abolición de la historia, es decir del pasado-……Indagar las razones de esa emoción es el fin de esta nota.

　그러나 보르헤스는 진시황에게 있어서 만리장성과 분서갱유는 외면적인 것보다 더 심오한 의미를 지니고 있었다고 생각하였으며 이 점이 그에게 있어서는 불가사의한 일이 아닐 수 없었다.

　'역사, 즉 다시 말하면 과거의 엄격한 삭제'[488)가 바로 진시황이 꿈꾸던 것이었으며 이는 저자의 권위를 믿고 오독을 부정하는 행위와 마찬가지라 할 것이다.

　보르헤스는 말한다.

> 　밭이나 정원에 울타리를 치는 것은 보편적이다. 그러나 한 제국의 울타리를 치는 일은 다르다. 종족의 가장 전통적인 것들이 과거의 신화적이고도 진실한 기억을 저버리기를 바라는 것 또한 어처구니가 없는 일이다. 진시황이 역사가 자신으로부터 시작되기를 명하였을 때에도…… 중국인들은 이미 3000년의 역사를 지니고 있었다.

> 　Cercar un huerto o un jardín es común; no, cercar un imperio. Tampoco es baladí pretender que la más tradicional de las razas renuncie a la memoria de su pasado, mítico o verdadero. Tres mil años de cronología tenían los chinos……cuando Shih Huang Ti ordenó que la historia empezara con él.[489)

　과거를 단절시키고 자기로부터의 시작이 영원하기를 바라는 것은 얼마나 모순된 일인가? 그러나 불멸의 왕국 건설을 꿈꾸는 진시황이야말로 영원한 시간의 회귀를 추구하는 보르헤스에게 있어서는 모순적인 것이 아닌, 반이성적인 경이었던 것이다. '장성은 공간에서 그리고 갱유는 시간에서 죽음을 멈추기 위해 사용한 마술적 울타리'였

---

488) OC Ⅱ, p.11.
　　la rigurosa abolición de la historia, es decir del pasado
489) OC Ⅱ, p.11.

던 것이다.490)

진시황에게 있어서 만리장성은 결국 시간 속에서 죽음을 멈추려는 자신의 욕망을 공간 속에 표현한 은유였으며 서구의 로고스중심주의적인 시각으로 볼 때에 이것은 완전히 정신 나간 짓인지도 모른다. 그러나 그 비이성적이고 환상적인 사건, 있을 수 없는 일이 동양의 한 고대 황제에 의하여서는 역사로 남게 된 것이다. 이런 사실이 보르헤스에게 있어서는 로고스중심주의적인 사고의 한계를 극복하는 새로운 모티브가 되었고 또 하나의 축이 되어 주고 있는 것이다. 보르헤스는 다음과 같이 적고 있다. '……우리는 모든 형태는 추론적인 의미 속에서가 아니라, 바로 그 자신 속에 나름의 덕을 가지고 있다는 것을 추론할 수가 있다.'491) 이는 어느 한쪽 면에 치우치지 않는 사고를 보여준다.

아마도 황제는 시간의 시작을 재창조하고 싶었을 것이다. 그리고 진정한 시조가 되기 위하여 '1세'라 불렸다. 그리고 어떤 면에서 Huang Ti이라고도 불렸다. Huang Ti는 글쓰기와 나침반을 발명한 전설적인 황제이다.

Quizá el Emperador quiso recrear el principio del tiempo y se llamó Primero, para ser realmente primero, y se llamó Huang Ti, para ser de algún modo Huang Ti, el legendario emperador que inventó la escritura y la brújula.492)

---

490) OC II, pp.11-12.
……que la muralla en el espacio y el incendio en el tiempo fueron barreras mágicas destinadas a detener la muerte.
491) OC II, p.12.
……podríamos inferir que todas las formas tienen su virtud en sí misma y no en un "contenido" conjetural.
492) OC II, p.12.

역사를 거부하는 것은 반이성적인 경이이기도 하지만, 또한 인식소를 거부하고 자신이 최초가 되고자 하는 것의 불가능함을 나타낸 글이기도 하다. inventó la escritura는 절대로 불가능한 일이다.

아마도 장성은 도전이었고 진시황은 생각했다. "인간은 과거를 사랑하고 그러한 사랑에 대하여는 아무도, 내 괴로움조차도 맞설 수 없을 것이나 언젠가는 나처럼 느끼는 사람이 나타나 내가 책들을 불살랐던 것처럼 장성을 무너뜨릴 것이고 그것은 내 기억을 지우고 내 그림자와 거울이 될 것이며 그것을 모를 것이다."

Acaso la muralla fue un desafío y Shih Huang Ti pensó. "Los hombres aman el pasado y contra ese amor nada puedo, ni pueden mis verdugos, pero alguna vez habrá un hombre que sienta como yo, y ése destruirá mi muralla, como yo he destruido los libros, y ése borrará mi memoria y será mi sombra y mi espejo y no lo sabrá."[493]

자신이 역사를 삭제한다고 해도 역사는 거부할 수 없는 것임을, 그리고 자신으로부터 시작될 수 없다는 것을 진시황도 이미 알고 있었다.

과거의 기억은 곧 역사이고 이를 거부한다는 것은 있을 수 없는 일이다. 우리의 글쓰기는 성령으로 쓰인 성경, 곧 신의 글쓰기를 모방한다는 것이다. 그 이후의 글쓰기는 역사를 통하여 시간을 품고 쓰인 모방의 글쓰기이다. 독자의 오독을 통하여 재창조된 글쓰기이다. 결국 보르헤스는 동양의 한 황제를 통하여 자신으로부터 새로운 독창성이 시작되기를 바라는 것이 얼마나 허망한 일인가를 다시 한

---

493) OC Ⅱ, p.12.

번 강조하고 있는 것이다.

2) "존 윌킨스의 분석적 언어
(El Idioma Analítico de John Wilkins)"[494]

보르헤스는 이 에세이에서 존 윌킨스가 언급한 중국의 낯선 백과
사전의 저자, 그리고 브뤼셀 사서학회의 자의적 독단들에 대해 검토
하고 있다.

먼저 보르헤스는 존 윌킨스에 대해 다음과 같이 적고 있다: 윌킨
스는 1614년에 태어나 1672년에 죽었다. 그는 카를로스 루이스 왕의
사제였으며 옥스퍼드에 있는 어느 학교의 교장으로 임명되었으며 런
던왕립협회 제1서기를 지냈다. 그는 호기심이 많은 사람으로 신학,
암호법, 음악, 투명한 벌집의 제작, 보이지 않는 혹성의 진로, 달 여
행의 가능성, 세계어의 가능성과 원리 등에 관심을 가지고 있었다.
그리고 이에 대해 진정한 인물과 철학적 언어에 대한 에세이 An
Essay towards a Real Character and a Philosophical Language라는
책을 썼다.[495]

---

494) OC Ⅱ, pp.84-87.
495) OC Ⅱ, p.84.
   Wilkins nació en 1614, Wilkins murió en 1672, Wilkins fue capellán
   de Carlos Luis, príncipe palatino; Wilkins fue nombrado rector de uno
   de los colegios de Oxford, Wilkins fue el primer secretario de la Real
   Sociedad de Londres, etcétera); es culpable, si consideramos la obra
   especulativa de Wilkins. Éste abundó en felices curiosidades: le
   interesaron la teologiá, la criptografía, la música, la fabricación de
   colmenas transparentes, el curso de un planeta invisible, la posibilidad
   de un viaje a la luna, la posibilidad y los principios de un lenguaje
   mundial. A este último problema dedicó el libro An Essay towards a

   윌킨스는 1664년 보편언어의 창제 작업에 착수하는데, 그가 구상
했던 세계어에서는 각각의 단어가 스스로 정의된다. 이는 1629년 11
월 데카르트가 쓴 한 서간문에서 이미 언급된 바 있는데, 그에 따르
면 십진법을 통해 단 하루에 무한한 양을 정의하고 그것을 아라비아
숫자라는 새로운 언어로 표기하는 것을 습득할 수 있다. 이론적으로
數체계는 무한하다. 신과 천사들이 사용하는 가장 복잡한 체계에는
무한수의 기호들이 들어 있을 것이며, 하나의 기호는 각각의 수 전
체에 대응할 것이다. 가장 간단한 것은 단지 두 개의 수(0과 1)로
족할 것이다. 따라서 그와 유사하게 인간의 모든 생각들을 조직화하
고 포괄할 수 있는 보편언어의 창제를 제안했다.

   윌킨스는 우주를 40개의 범주 혹은 種, 差, 組로 나누었는데 種에
서는 두 글자로 된 단음절을 지정하고, 差에서는 자음을 하나 지정
하고 組에서는 모음을 하나 지정하는 식이다.

   이러한 사고방식은 하나의 기호가 각각의 수 전체에 대응한다는
카발라의 이론과 일치한다.

   존 윌킨스의 분석적 언어의 어휘들은 얼빠진 제멋대로의 기호가
아니다. 각각의 글자들은 카발라주의자들이 성경을 분석했던 것처럼
나름의 의미를 갖고 있다.[496] 마우트너는 이 분석적 언어를 배울 때
어린이들은 그것이 인공적이라는 사실을 깨닫지 못할 것이라고 말한
다. 훗날 학교에 들어가서야 그들의 언어가 우주의 열쇠이며 비밀스
런 백과사전임을 알게 되리라는 것이다.[497]

<hr>

Real Character and a Philosophical Language (600 páginas en cuarto
mayor, 1668).
496) OC Ⅱ, p.85.
Las palabras del idioma analítico de John Wilkins no son torpes
símbolos arbitrarios; cada una de las letras que las integran es
significativa, como lo fueron las de la Sagrada Escritura para los
cabalistas.
497) OC Ⅱ, p.85.

그러나 보르헤스는 분석적 언어의 토대가 된 40진표가 정말 가치 있는 것인가에 대하여 문제를 제기한다. 種과 組의 구성은 모순적이 며 애매모호하나 낱말과 문자 하나하나가 하위분류와 분류를 가리킨 다는 착상은 기발하다고 밝히고, 이번에는 프란츠 쿤을 떠올린다.

Franz Kuhn은 "德學天都 Emporio celestial de conocimientos benévolos" 라는 제명의 중국백과사전에 대해 문제점을 지적한 사람이다. 그가 지 적한 문제점은 이제껏 그가 보아 왔던 백과사전적 분류가 아닌 것에 대한 놀라움이다. 그 백과사전에 나타난 동물의 분류를 보면, (a) 황제 에 속하는 동물, (b) 향료로 처리하여 防腐 보존된 동물, (c) 사육동물, (d) 젖을 빠는 돼지, (e) 人魚, (f) 전설상의 동물, (g) 주인 없는 개, (h) 이 분류에 포함되는 동물, (i) 광폭한 동물, (j) 셀 수 없는 동물, (k) 낙 타털과 같이 미세한 모필로 그려질 수 있는 동물, (l) 기타, (m) 물 주 전자를 깨뜨리는 동물, (n) 멀리서 볼 때 파리같이 보이는 동물 등으로 분류되어 있다.[498] 기존의 생물학적 특색에 따른 분류가 아닌 것만으 로도 프란츠 쿤에게 있어서는 놀라움이었을 것이며, 이는 다양한 해석 을 추구하는 보르헤스에게 있어서도 이성중심주의의 벽을 허무는 계 기가 된다.

미셸 푸코는 말과 사물의 서문에서 자신이 보르헤스의 작품에서 영감을 받았음을 밝히고 있다: 이 책의 발상은 보르헤스에 나오는

Mauthner observa que los niños podrían aprender ese idioma sin saber que es artificioso; después en el colegio, descubrirían que es también una clave universal y una enciclopedia secreta.

498) OC II, p.86.

······está escrito que los animales se dividen en (a) pertenecientes al Emperador, (b) embalsamados, (c) amaestrados, (d) lechones, (e) sirenas, (f) fabulosos, (g) perros sueltos, (h) incluidos en esta clasificación, (i) que se agitan como locos, (j) innumerables, (k) dibujados con un pincel finísimo de pelo de camello, (l) etcétera, (m) que acaban de romper el jarrón, (n) que de lejos parecen moscas.

한 텍스트로부터, 그 원문을 읽었을 때 지금까지 간직해 온 나의 思考－우리의 시대와 풍토를 각인해 주는 '우리 자신의' 사고－의 전 지평을 산산이 부숴버린 웃음으로부터 연유한다. 그 웃음과 더불어, 우리가 현존하는 사물들의 자연적인 번성을 통제하는 데 상용해 온 모든 정렬된 표층과 모든 평면이 해체되었는가 하면 오래전부터 용인되어 온 동일자(le Meme)와 타자(l'Autre) 간의 관행적인 구별은 계속 혼란에 빠지고 붕괴의 위협을 받았다. ……이와 같은 분류법에 대해 경탄하는 가운데 우리가 단번에 감지할 수 있는 것, 우화를 통해 우리에게 또 다른 사고체계의 이국적인 매력으로 보이는 것은 우리의 사고의 한계, 즉 '그것'에 대한 사고의 절대적인 불가능성이다. ……중국의 백과사전은 그 존재들 각각을 독립된 항목으로 포함하고 있기 때문에 그것들은 영향력을 제한받는다. 그 백과사전은 실재하는 동물과 상상의 세계에서만 생각될 수 있는 동물들을 세심하게 구별한다. 위험한 혼합의 가능성이 배제되었으며, 紋章과 우화는 그들 본래의 최고 지위로 복귀되었다. ……실제로 불가능한 것은 그 동물을 주인 없는 개나 멀리서 볼 때 파리같이 보이는 동물과 분리시키는(그리고 병치시키는) 상호 간의 거리를 좁히는 일이다. ……양극단의 접근이라는 당혹스러운 결과…… 보르헤스의 열거에서 보여주고 있는 기괴함은 그러한 근접이 이루어질 수 있는 공동의 공간 자체가 붕괴되었다는 사실에서 연유한다. 불가능한 것은 열거된 사물들의 근접이 아니라 그러한 근접이 이루어질 수 있는 장소인 것이다. …… 언어가 우리의 면전에서 동물들을 전시할 수 있다 해도 그것은 단지 사고 가능하지 않은 공간에서 가능할 뿐이다. 보르헤스는 불가능의 지도에 어떠한 형상도 부가하지 않는다. 그는 어느 곳에서도 번득이는 시적 대면을 발휘하지도 않는다. 그는 단순히 필연성들 중에서 거의 분명하지 않지만 가장 절실한 것을 제거한다. 다시 말해서 그들 존재들이 병치될 수 있는 '장소', 즉 무언의 기반을 제거한다.

……보르헤스에 실린 그 원문 때문에 나는 한동안 웃음을 멈추지 못했다. 물론 떨쳐버리기 힘든 어떤 당혹감이 없었던 것은 아니지만 아마도 보다 더 심한 유의 혼란이 있을지 모른다는 의혹이 생겨났기 때문일 것이다. 여기에서 말하는 혼란은 수많은 가능한 질서들의 단편들이 제각기 어떤 법칙이나 기하학도 없는 '불규칙적으로 변화하는 것'의 차원에서 뒤섞여 있는 상태를 말한다. ……보르헤스에서 간혹 발견되는 것과 같은 에테로토피아는 대화를 고갈시키고, 단어를 그 자리에서 멈추게 하고, 문법의 가능성에 대해서는 문법 자체의 근원에서부터 이의를 제기한다. 에테로토피아는 우리의 신화를 해체시키고 우리가 사용하는 문장의 抒情을 고갈시킨다. ……우리가 보르헤스를 읽을 때 웃음을 나게 하는 당혹감은 언어를 상실한-장소와 명칭에 '공통되는' 것을 상실한-사람들의 심층적인 곤혹감과 확실히 연관관계가 있다. 失鄕症과 失語症. 그러나 보르헤스에 나오는 그 원문은 또 다른 방향을 지적한다. 우리로 하여금 분류의 적용을 하지 못하게 하는 분류의 왜곡에, 모든 공간적인 정합성을 결여하고 있는 그 表에 보르헤스가 부여해 주는 신화적인 조국은 그 명칭만으로 서구를 위해 유토피아라는 거대한 보고를 제공해 주는 특정지역이다. ……따라서 보르헤스에 의해 인용되는 중국의 백과사전과 그 사전이 제시하는 분류법은 공간이 없는 사고에, 즉 모든 생명과 장소가 결여되어 있긴 하지만, 복잡한 형상을 많이 소유하고, 복잡하게 얽힌 도로의 기묘한 풍경과 비밀 통로와 예상치 않은 연락망을 갖춘 엄숙한 공간 속에 그 뿌리를 둔 단어와 범주에 도달하게 된다.[499]

다음으로 보르헤스는 브뤼셀 사서학회에 대해서는 우주를 천 개의 하위 범주로 나누었으나 하위 체계의 비일관성을 피하지 못하고 있다고 지적한다. 복합어와 파생어를 제외하면 세계의 모든 언어가 비

---

499) 미셸 푸코, 말과 사물, pp.11-16.

표현적이기는 마찬가지이고, 분명한 것은 우주의 분류치고 자의적이
고 추정적이지 않은 것이 없다는 사실이다. 왜냐하면 우리는 우주가
어떤 것인지 모르는 것이다.[500] 따라서 어차피 우주의 분류라는 것
이 자의적이고 추정적이라면, 중국의 백과사전과 같은 분류 또한 기
호로 이루어진 우주를 나타내는 또 다른 방법이 될 것이며, 이는 카
발라적 우주관, 그리고 보르헤스의 문학관을 이루는 방법이 된다.

보르헤스는 데이비드 흄의 자연적 종교에 관한 대화 Dialogues
Concerning Natural Religion, 1779, Vol.5를 인용한다. '세계는 아마
어떤 어린 신이 자신의 작업이 결함투성이라는 게 부끄러워 만들다
만 초보적인 스케치이리라. 세계는 보다 우월한 신들의 조롱을 받는
어떤 하위 신의 작품이다. 그것은, 이제는 죽어버린, 노쇠하여 퇴역
한 신이 만든 혼란투성이의 작품이다.'[501]

보르헤스에 따르면 유기적이고 통일적인 의미에서의 우주란 존재하
지 않는다. 만일 그것이 존재한다면, 그 의도를 추측해 볼 필요가 있
다. 신의 비밀스러운 사전에서 낱말들을, 정의를, 어원을, 동의어를 추
측해 보아야 한다고 말하고 윌킨스의 분석적 언어는 그러한 구도들
중 그래도 경탄할 만한 것이라고 밝히고 있다. 그리고는 언어에 대해
쓰인 말 중에서 가장 명쾌한 것으로 체스터튼의 지 에프 와츠 G. F.
Watts, 1904의 88쪽을 예로 든다: 인간은 영혼 속에 가을날 숲의 빛깔
들보다 더 현혹스러우며, 더 무한하며, 더 이름 모를 색조들이 있음을

---

500) OC Ⅱ, p.86.
   ······no hay clasificación del universo que no sea arbitraria y conjetural.
   La razón es simple: no sabemos qué cosa es el universo.

501) OC Ⅱ, p.86.
   "El mundo-escribe David Hume-es tal vez el bosquejo rudimentario de
   algún dios infantil, que lo abandonó a medio hacer, avergonzado de su
   ejecución deficiente; es obra de un dios subalterno, de quien los dioses
   superiores se burlan; es la confusa producción de una divinidad
   decrépita y jubilada, que ya se ha muerto."

안다. 그러나 어떤 배합과 변화를 보이건 이 색조들은, 신음과 고함의 임의적 메커니즘을 통해 정확하게 재현될 수 있으리라고 생각한다. 가죽육신의 내면으로부터 모든 기억의 신비와 모든 욕망의 고뇌를 의미하는 소리들이 정말로 흘러나온다고 믿는 것이다.[502]

보르헤스는 이 작품에서 이전의 책들을 비평, 인용하는 메타비평의 형식을 취하며 그의 글쓰기 이론을 표명한다. 신과 천사들이 사용하는 가장 복잡한 체계에는 무한수의 기호들이 들어 있을 것이며, 하나의 기호는 각각의 수 전체에 대응할 것이라는 윌킨스의 분석적 언어는 성경을 부호나 암호로 이루어진 책으로 보고 각 글자들에 가치를 지니는 숫자를 부여했던 카발라주의자들의 행동과 다르지 않다. 그리고 카발라주의자들의 이런 논리는 하나의 논리적 근거, 즉 성경은 완전무결한 텍스트라는 데 있듯이, 보르헤스도 모든 세상은 단순히 상징체계이며 신의 비밀스런 글쓰기에 기초하고 있다는 카발라적 사상을 윌킨스를 통하여 드러낸 것이라 하겠다.

3) "도서예찬에 대하여

   (Del culto de los libros)"[503]

푸코의 충격, 즉 명백한 말중심주의의 부정은 "도서예찬에 대하

---

502) OC Ⅱ, pp.86-87.
   "El hombre sabe que hay en el alma tintes más desconcertantes, más innumerables y más anónimos que los colores de una selva otoñal······ cree, sin embargo, que esos tintes, en todas sus fusiones y conversiones, son representables con precisión por un mecanismo arbitrario de gruñidos y de chillidos. Cree que del interior de un bolsista salen realmente ruidos que significan todos los misterios de la memoria y todas las agonías del anhelo."
503) OC Ⅱ, pp.91-94.

여"에서 더욱 확연하게 드러난다. 보르헤스는 고대와 현대의 구별을 해본다. 오디세이의 8번째 책에는 신들은 후손들이 미래에 노래할 무엇인가가 부족하지 않도록 하기 위하여 불행을 짠다고 적혀 있다. 말라르메의 선언은 다음과 같다. 세상은 한 권의 책이 되기 위하여 존재한다. ……그리스의 선언이 口語(la palabra oral)의 시대에 해당하는 말이라면 프랑스의 선언은 書語(la palabra escrita)의 시대에 해당하는 말이다.[504]

口語(la palabra oral)와 書語(la palabra escrita)의 시대 비교야말로 푸코가 지적한 바와 같은 변화라고 하겠다. 고대인들에게 있어서 書語(la palabra escrita)라는 것은 口語(la palabra oral)의 대용품에 지나지 않는 것이었다.[505] Clemente de Alejandría는 "가장 명백한 것은 쓰지 않고 생생한 음성으로 가르치고 배워야 한다는 것이다. 왜냐하면 쓰인 것은 남기 때문이다. ……한 권의 책 속에 모든 것을 기술한다는 것은 어린아이의 손에 칼을 두는 것이다"[506]고 말하였다. 이렇듯이 생생한 음성, 즉 음성문자만을 중요시하는 고대의 사상은 성경에도 잘 나타나 있다. ……하나님이 '가라사대' 빛이 있으라 하시매 빛이 있었고…… 빛을 낮이라 '칭하시고' 어두움을 밤이라 '칭하시

---

504) OC Ⅱ, p.91.
　　En el octavo libro de la Odisea se lee que los dioses tejen desdichas para que a las futuras generaciones no les falte algo que cantar: la declaración de Mallarmé: El mundo existe para llegar a un libro……: la del griego corresponde a la época de la palabra oral, y la del francés, a una época de la palabra escrita.

505) OC Ⅱ, p.91.
　　……para los antiguos la palabra escrita no era otra cosa que un sucedáneo de la palabra oral.

506) OC Ⅱ, p.91.
　　"Lo más prudente es no escribir sino aprender y enseñar de viva voz, porque lo escrito queda"……"Escribir en un libro todas las cosas es dejar una espada en manos de un niño", ……

니라'⋯⋯ 하나님이 '가라사대'⋯⋯507) 그러나 성경을 살펴보면 말중심
주의와 글중심주의의 융화됨을 볼 수 있다. 하나님은 딱 한 번 땅에
몇 마디를 쓰셨으나 누구에게도 그것을 읽어준 적이 없다: 예수께서
몸을 굽히사 손가락으로 땅에 '쓰시니' 저희가 묻기를 마지아니하는
지라. 이에 일어나 '가라사대' 너희 중에 죄 없는 자가 먼저 돌로 치
라 하시고 다시 몸을 굽히사 손가락으로 땅에 '쓰시니' 저희가 이
'말씀'을 듣고⋯⋯508)라는 구절이 적혀 있다.

　말중심주의는 계속하여 서구의 중심사상으로 이어져 내려왔다. 그
러나 앞서 언급하였듯이 2세기 말경 Clemente Alejandrino는 글쓰기
에 대한 우려를 기록하였고, 4세기 말경에는, 수세기 후에는 음성언
어(la palabra hablada)보다 문자언어(la palabra escrita)가, 그리고 목
소리(la voz)보다는 펜(la pluma)의 지배가 도달할 것이라는 정신 과
정이 시작되었다.509)

　밀라노의 주교인 성 암브로시오의 제자 성 아구스틴은⋯⋯ 단 한
마디도 말하지 않고 혀도 움직이지 않으면서 가슴속에 그의 영혼을
침투하는 책장들로 눈길을 보냈다. 그는 음성부호를 제거하면서 글
쓰기의 부호를 직접 직관으로 이끌고 갔다. 여러 해 후에는 책의 개
념이 목적의 도구가 아닌 목적 자체가 될 것이었다.510) 음성부호를

---

507) <u>성경전서</u>, 창세기 1:3-22.
508) <u>성경전서</u>, 요한복음 8:6-9.
509) OC Ⅱ, p.92.
　　　Clemente Alejandrino escribió su recelo de la escritura a fines del
　　　siglo Ⅱ; a fines del siglo Ⅳ se inició el proceso mental que, a la
　　　vuelta de muchas generaciones, culminaría en el predominio de la
　　　palabra escrita sobre la hablada, de la pluma sobre la voz.
510) OC Ⅱ, p.92.
　　　San Agustín, discípulo de San Ambrosio, obispo de Milán⋯⋯pasaba la
　　　vista sobre las páginas penetrando su alma, en el sentido, sin proferir una
　　　palabra ni mover la lengua. Aquel hombre pasaba directamente del signo
　　　de escritura a la intuición, omitiendo el signo sonoro. Conduciría,

제거하면서 글쓰기의 부호를 직접 직관으로 이끌어간 아구스틴은 바로 보르헤스 자신과도 같다고 할 것이다. 보르헤스의 카발라적 문학관은 결국 세상을 하나의 기호로 보고, 세상의 짜깁기된 기호를 풀어나가는 오독의 글쓰기이기 때문이다. 단순히 음성기호를 중요시하는 사상에 대하여 보르헤스는 다음과 같이 일침을 가한다.

> 인간에게 무언가를 지시하거나 혹은 무언가를 금지시키기 위하여 인간과 말한 신의 개념은 성경, 성스러운 글쓰기의 개념으로 중요시된다.

> A la noción de un Dios que habla con los hombres para ordenarles algo o prohibirles algo, se superpone la del Libro Absoluto, la de una Escritura Sagrada.[511]

또한 '말씀'을 중시하는 성경 구절에 대해 카발라주의자들의 해석이 어떠하였는가에 대하여 보르헤스는 다음과 같이 쓰고 있다.

> 회교도들보다도 더욱 엉뚱한 것은 유대인들이었다. 성경의 첫 장에는 유명한 구절이 발견된다. "그리고 신께서 말씀하셨다. 빛이 있으라. 그리고 빛이 되었다." 카발라주의자들은 그러한 신의 명령의 덕은 단어의 글자들에서 유래하였다고 합리화하였다. 6세기경 시리아 혹은 팔레스타인에서 작성된 저술 세페르 예지라는 이스라엘의 하나님이신 여호와, 전지전능하신 하나님이 1부터 10까지의 기수와 알파벳의 22 글자를 이용하여 우주를 창조하셨다고 밝히고 있다. 숫자가 창조의 도구 혹은 요소가 되었다는 것은 피타고라스와 Jámblico이 교리이다.

---

cumplido muchos años, al concepto del libro como fin, no como instrumento de un fin.
511) OC II, p.92.

즉 그것을 이루는 글자들은 글쓰기에 대한 새로운 예찬의 명백한 시작이다. 제2장 2절은 말하고 있다. "22개의 근본적인 글자들: 신께서 그것들을 그렸고, 그것들을 새기셨으며, 그것들을 조합하고 그것들을 검토하고 그것들을 경질하셨으며 그것들과 더불어 모든 존재하는 것과 모든 존재할 것을 만드셨다." 후에는 어떤 글자가 공기에 대하여, 물에 대하여, 불에 대하여, 지혜에 대하여, 평화에 대하여, 은혜에 대하여, 꿈에 대하여, 분노에 대하여 힘을 가지고 있는지가 밝혀졌고 그리고 생명에 대하여 힘을 갖고 있는 글자 kaf가 어떻게 지구에서 태양을, 1년 중의 수요일과 몸의 왼쪽 귀를 형성했는지가 밝혀졌다.

Aún más extravagantes que los musulmanes fueron los judíos. En el primer capítulo de su Biblia se halla la sentencia famosa: "Y Dios dijo: sea la luz; y fue la luz"; los cabalistas razonaron que la virtud de esa orden del Señor procedió de las letras de las palabras. El tratado Sefer Yetsirah(Libro de la Formación), redactado en Siria o en Palestina hacia el siglo VI, revela que Jehová de Dios de Israel y Dios Todopoderoso, creó el universo mediante los números cardinales que van del uno al diez y las veintidós letras del alfabeto. Que los números sean instrumentos o elementos de la Creación es dogma de Pitágoras y de; que las letras lo sean es claro indicio del nuevo culto de la escritura. El segundo párrafo del segundo capítulo reza: "Veintidós letras fundamentales: Dios las dibujó, las grabó, las combinó, las pesó, las permutó, y con ellas produjo todo lo que es y todo los que será." Luego se revela qué letra tiene poder sobre el aire, y cuál sobre el agua, y cuál sobre el fuego, y cuál sobre la sabiduría, y cuál sobre la paz y cuál sobre la gracia, y cuál sobre el sueño, y cuál sobre la cólera, y cómo(por ejemplo) la letra kaf, que tiene poder sobre la vida, sirvió para formar el sol en el mundo, el miércoles en el año y la oreja izquierda en el cuerpo.512)

그리고 그러한 카발라주의자들의 사상이 단순히 그들만의 것이 아니었고, 기독교인들 또한 갖고 있던 것이라는 것을 다음의 구절에서 암시하고 있다.

더 이전은 기독교인들이었다. 신성이 한 권의 책을 썼다는 생각은 그들로 하여금 신성이 두 권의 책을 썼고 다른 한 권은 우주였다고 상상하도록 하였다.

Más lejos fueron los cristianos. El pensamiento de que la divinidad había escrito un libro los movió a imaginar que había escrito dos y que el otro era el universo.513)

그러한 생각은 17세기에도 이어진다.

17세기 초에 프랜시스 베이컨은 학문의 진흥에서 하나님은 우리가 실수를 저지르지 않도록 하기 위하여 우리에게 두 권의 책을 주셨다고 선언하였다. 첫 번째의 것은 성경인데 그의 의지를 드러내는 것이다. 두 번째 것은 창조물에 대한 것인데 그의 힘을 드러내고, 후자는 전자의 열쇠가 되었다.

A principios del siglo XVII, Francis Bacon declaró en su Advancement of Learning que Dios nos ofrecía dos libros, para que no incidiéramos en error. el primero, el volumen de las Escrituras, que revela su Voluntad; el segundo, el volumen de las criaturas, que

---

512) OC II, p.93.
513) OC II, p.93.

revela Su poderío y que éste era la llave de aquél.514)

1642년경 토머스 브라운 경은 확언하였다. "신은 내가 이해하곤
하는 신학에서 두 권의 책이다. 성경 그리고 모두의 눈에 명백한
저 보편적이고 공적인 원고가 그것이다."

Sir Thomas Browne, hacia 1642, confirmó: "Dios son los libros en
que suelo aprender teología: la Sagrada Escritura y aquel universal y
público manuscrito que está patente a todos los ojos."515)

레온 블로이의 글에는 보르헤스가 말하고자 하는 바가 쓰여 있다.

후일 레온 블로이는 다음과 같이 썼다. 지구상에는 누구인지를
언명할 수 있는 사람은 없다. 아무도 무엇이 이 지구에 무엇을 하
러 왔는지, 그 행동, 감정, 사상이 무엇에 응하는 것인지 또 그 진
정한 이름, 빛의 명부에서 그 불멸의 이름이 무엇인지 알지 못한다.
……역사는 거대한 의례적 텍스트이고 그곳에서 이오따516)와 점들은
성서의 절 혹은 완전한 장보다 못하지 않으나, 하나의 그리고 다른
것들의 중요성은 결정적이지 않고 깊이 숨겨져 있다.

Después Léon Bloy escribió. "No hay en la tierra un ser humano
capaz de declarar quién es. Nadie sabe qué ha venido a hacer a
este mundo, a qué corresponden sus actos, sus sentimientos, sus
ideas, ni cuál es su nombre verdadero, su imperecedero Nombre en
el registro de la Luz……La historia es un inmenso texto litúrgico,
donde las iotas y los puntos no valen menos que los versículos o

---

514) OC Ⅱ, p.93.
515) OC Ⅱ, p.94.
516) 그리스 자모의 아홉 번째 문자.

capítulos íntegros, pero la importancia de unos y de otros es indeterminable y está profundamente escondida"[517]

"하나의 그리고 다른 것들의 중요성은 결정적이지 않고 깊이 숨겨져 있다"는 것은 결국 우주가 각각의 자연적 / 정신적 현상을 담고 있는 거대한 알파벳이라는 보르헤스의 생각과 같은 것이다.

앞에서 푸코의 충격에 대해 언급하였듯이, 푸코와 같은 구조주의자들은 지금까지 우리가 그것을 통하여 인간을 이해해 왔던 개념을 해체하여 의식을 '탈중심화'한다. 또한 데리다는 언어의 역할과 기능에 깊은 관심을 가지고 해체(deconstruction)라고 불리는 절차를 발전시킨 것으로 유명하다. 그는 1967년에 문자학에 대하여, 말하기와 현상 La Voix et le Phénomene, 그리고 글쓰기와 차이 L'Ecriture et le Différence라고 하는 세 권의 영향력 있는 책을 출판했다. 데리다의 언어관에 의하면 의미는 기호에서 직접적으로 현전되지 않는다고 주장한다. 기호의 의미는 기호와 다른 어떤 것이기에, 그 의미는 어떤 의미에서는 기호에 없다고 할 수 있다. 언어의 어떠한 기본 단위도 절대적으로 정의될 수 없다는 것이다.[518]

그의 해체방법은 '현존의 형이상학'이라고 부르는 것과 관계가 있다. 데리다는 현존의 가능성을 부정한다. 현존을 부정함으로써 '지금'이라고 하는 한정된 순간에 어떤 현전이 있다는 것을 부정하는 것이다. 글쓰기에 대하여 말에 우위성을 두는 것은 바로 현존에 대한 가능성 때문이다. 데리다는 이것을 음성중심주의(phonocentrism)라고 부른다. 말은 그것이 현존의 가능성에 더 가깝다고 생각되었기 때문에 신천직인 깃으로 간주되었다. 데리다는 이리한 음성중심주의

---

517) OC II, p.94.
518) 마단 사럽, 데리다와 푸꼬, 그리고 포스트모더니즘, 임헌규 편역, 인간사랑, 1992, pp.19-21.

를 로고스중심주의라고 칭한다. 즉 제일원인이자 중추적인 것은 로
고스(logos), 말씀(the Word), 신성한 마음(Divine Mind), 온전한 자기
의식의 현존이라고 생각하는 믿음과 관련된다.[519]

　　서양철학은 늘 '목소리'에 관심을 가지면서 '글'에 대해서는 깊은
우려를 표명해 왔다는 점에서 '음성중심주의'적이었다. 그리고 또 모
든 사상, 언어, 그리고 경험의 토대로서 작용할 궁극적인 '로고스',
'현존', '본질', '진리', '실재'에 대한 믿음을 피력했다는 점에서 '로
고스중심적'이라고 하겠다. 서양철학은 다른 모든 것에 의미를 부여
하고, 우리의 모든 '기호'가 거기로 향하는 변하지 않고 의심할 바
없는 의미(선험적 기표)를 추구해 왔다. 그런 기호의 예로는 신
(God), 이데아, 세계정신, 자아, 질료 등이 있다. 이런 개념들은 우리
의 모든 사상과 사유체계를 형성시킨 것들이기 때문에, 그것 자체는
그 체계들을 넘어서 있다. 즉, 이런 것들은 사물의 모든 사상세계의
정착지 또는 토대로서 작용할 뿐만 아니라 다른 모든 기호가 그것을
중심으로 도는 축이 된다. 그러나 데리다는 이런 선천적인 의미는
허구라고 주장한다.[520]

　　데리다는 신성불가침의 토대, 제일원인, 또는 절대적인 기원들을
가정하며 다른 모든 의미의 체계가 그것에 의존해서 구성된다고 생
각하는 사유체계를 형이상학이라고 부른다. 이런 종류의 제일원칙들
은 항상 그 원칙들이 배척했던 것, 즉 일종의 '이분법적 대립'의 논
리를 공통적으로 지니고 있다. 데리다는 형이상학적 사유방식에 빠
지도록 만드는 물질 / 정신, 주관 / 객관, 허위 / 진리, 육체 / 정신, 텍스
트 / 의미, 내면 / 외면, 표상 / 현존, 현상 / 본질 등과 같은 이분법적 대
립을 버리도록 제안한다. 데리다가 주장하기를, 음성중심주의·로고
스중심주의는 중심주의 자체, 즉 처음과 마지막에 '중심적 결론'을

519) IBID., pp.22-24.
520) IBID., p.25.

가정하려고 하는 인간의 욕망과 관계한다. 위계화된 대립에서 우월한 것은 현존과 로고스에 속하고, 열등한 것은 종속적인 지위를 강요당할 뿐만 아니라 일종의 전략으로 간주된다. 지성과 감성, 정신과 육체 사이의 대립은 현대언어학에 의미와 낱말 사이의 대립이라는 짐을 물려준 '서양철학사'의 고질적인 메커니즘이며 글과 말의 대립은 바로 이런 메커니즘에 속하는 것이다.[521]

보르헤스의 책에 대한 예찬은 고전적 의미의 예찬과는 다른 것이다. 보르헤스는 성경을 모든 것의 출발점으로 보고 독창적 글쓰기의 시기를 초월한 우화와 은유의 재구성이라는 카발라적 글쓰기를 추구했다. 결국 말 이전에 존재하는 글, 그리고 신의 비밀스런 글쓰기에 기초한 세상의 짜깁기된 기호를 푸는 독자의 몫, 그리고 헤럴드 블룸이 말한 대로 글쓰기와 말하기 사이의 명백한 구별을 거부하는 카발라적 글쓰기의 이론을 나타내준다고 하겠다.

4) "버나드 쇼에 대한 소고
Nota sobre(hacia) Bernard Shaw"[522]

보르헤스는 이 에세이에서 룰리오의 기계, 밀의 두려움, 라스비츠의 혼란스러운 도서실에 대해 언급한다. 13세기 말 라이문도 룰리오는 균형이 잡혀 있지 않고 회전하며 라틴어 단어들로 세분되어 있는 동심원의 구조를 통해 모든 비밀을 풀려고 시도했다. 19세기 초 존 스튜어트 밀은 언젠가는 음악적 조합의 수가 고갈될 것이라고 했다. 19세기 말, 쿠르드 라스비츠는 스물 몇 개의 철자적 상징으로 모든

---

521) IBID., pp.25-27.
522) OC Ⅱ, pp.125-127.

언어의 표현이 가능한 우주적 도서관을 꿈꾸었다. 보르헤스가 보기
에 이는 모두 농담의 소재는 될 수 있으나 보편적 성향을 과장하고
있으며, 형이상학, 예술, 조합의 장난일 뿐이다.

카발라적 관점에서 볼 때에는 라이문도 룰리오의 동심원의 구조는
에세키엘의 바퀴와도 같고, 알레프와도 같은 것이다. 또한 스물 몇
개의 철자적 상징을 언급한 라스비츠의 생각도 카발라와 유사하다.

보르헤스는 책에 대해 다음과 같이 말한다.

> 한 권의 책은 언어구조 혹은 일련의 언어구조 이상의 것이다. 그
> 것은 독자와 시작하는 대화, 목소리에 부여된 억양, 기억에 남긴 변
> 화무쌍하고 지속적인 상상들이며 그 대화는 무한하다. 또한 문학은
> 단 한 권의 책이 있다는 충분하고도 단순한 이유로 인하여 고갈되
> 지 않으며 책은 고립된(incomunicado) 존재가 아니다. ……그것은 관
> 계이고, 수많은 관계의 축이다. 그리고 한 문학은 최소한 읽히는 방
> 법만으로도 이전, 이후의 책과 다르다.

> Quienes practican ese juego olvidan que un libro es más que una
> estructura verbal, o que una serie de estructuras verbales; es el
> diálogo que entabla con su lector y la entonación que impone a su
> voz y las cambiantes y durables imágenes que deja en su memoria.
> Ese diálogo es infinito; ……La literatura no es agotable, por la
> suficiente y simple razón de que un solo libro no lo es. El libro no
> es un ente incomunicado: es una relación, es un eje de
> innumerables relaciones. Una literatura difiere de otra, ulterior o
> anterior, menos por el textro que por la manera de ser leída: ……523)

하나의 문학이 읽히는 방법만으로도 이전, 이후의 문학과 달라질

---

523) OC Ⅱ, p.125.

수 있다는 것은 독자의 협력을 구하고, 문학을 문자 그대로 받아들이는 독자가 아니라, 숨겨진 의미를 스스로 찾아내려는 독자를 지향하는 카발라적 텍스트를 의미한다.

보르헤스는 문학을 형식적 놀이로서 보는 개념은 최상의 경우 당대의 좋은 작품으로 존슨, 르낭, 플로베르를 들 수 있고 최하의 경우에는 헛됨과 우연으로 쓰인 의심스러운 작품으로 그라시안, 에레라이 레이식을 들 수 있다고 말한다.

만일 문학이 단지 언어로 된 대수일 뿐이라면 누구라도 무슨 책이라도 쓸 수 있을 것이다.[524] 그러나 보르헤스는 작가가 그를 능가하는 인물을 창조할 수 없다는 점에서 쇼의 우월성이 발견된다고 생각하였다. 1911년 Albert Soergel은 자신의 책 <u>Dichtung und Dichter der Zeit</u>에서 Bernard Shaw는 영웅적 개념의 전멸자이고 영웅의 살인자라고 하였다. Frank Harris가 쓴 Bernard Shaw의 전기에 포함된 편지에는 "나는 모두를 이해하고 나는 아무것도 아니며, 아무도 아니다"[525]라고 쓰여 있다. Shaw의 근본적인 테마는 철학과 윤리학이다. 저자의 죽음, 자아상실.

인간의 특성과 그 변형이 오늘날 소설의 주요 테마다. 시는 사랑의 행/불행을 확대한 것이고 하이데거와 야스퍼스의 철학은 우리 각자를 無 혹은 허무와의 비밀스럽고 지속적인 대화의 흥미로운 대화자로 만들고 있다.[526] 반면 보르헤스가 보기에 Shaw의 작품은 자

---

524) OC Ⅱ, p.126.
  Si la literatura no fuera más que un álgebra verbal, cualquiera podría producir cualquier libro, a fuerza de ensayar variaciones.
525) OC Ⅱ, p.127.
  "Yo comprendo todo y a todos y soy nada y soy nadie."
526) OC Ⅱ, p.127.
  El carácter del hombre y sus variaciones son el tema esencial de la novela de nuestro tiempo; la lírica es la complaciente magnificación de venturas o desventuras amorosas; las filosofías de Heidegger y de

유의 운치, Pórtico의 원칙과 무당들의 운치를 갖고 있다.

'기억에 남긴 변화무쌍하고 지속적인 상상들'은 결국 시간을 내포한 상호텍스트를 의미할 것이다.

5) "이름의 반향의 역사
(Historia de los ecos de un Nombre)"527)

보르헤스는 時空 속에 격리된 한 神, 정신이 나간 채 그것도 모르는 한 사람이 불분명한 선언을 되풀이하고 그 두 가지 반향을 살펴보고 검토하는 것이 이 글의 목적이라고 밝히고 있다.528)

보르헤스는 원전은 성경의 출애굽기라고 밝히고 있다. 모세가 하나님에게 그 이름을 묻자 '나는 스스로 있는 자니라'라고 말씀하셨다. 이는 스페인어로 Soy El Que Soy이다. 모세가 하나님에게 그 이름을 물은 것은 단순한 언어학적 순서에 대한 호기심이 아니라, 하나님이 누구였고, 더 정확히는 무엇이었는지 알아보려는 시도였다.529)

호주의 원주민들은 이웃 부족들이 비밀스런 이름을 들어서는 안

Jaspers hacen de cada uno de nosotros el interesante interlocutor de un diálogo secreto y continuo con la nada o con la divinidad;
527) OC Ⅱ, pp.128-131.
528) OC Ⅱ, p.128.
Aislados en el tiempo y en el espacio, un dios, un sueño, y un hombre que está loco, y que no lo ignora, repiten una oscura declaración; referir y pesar esas palabras, y sus dos ecos, es el fin de esta página.
529) OC Ⅱ, p.129.
Moisés preguntó al Señor cuál era Su nombre: no se trataba, lo hemos visto, de una curiosidad de orden filológico, sino de averiguar quién era Dios, o más precisamente, qué era.

된다고 하였고, 옛 이집트인들은 개인은 2개의 이름을 갖고 있다고 믿었는데, 작은 이름은 모두가 알고 있는 이름이고, 큰 이름은 비밀이었다. 장례문학에 있어서 죽은 육신을 영혼이 떠도는 것은 위험스런 일이었고 그 이름을 잊어버리는 것이 상례였다. 쟈크 방디에는 이집트 종교 La religión égyptienne, 1949에서 神性과 신성한 창조물의 이름을 아는 것만으로도 그 힘을 갖기에 충분하다고 하였다. 이와는 모순되게 드 퀸시는 Roma의 진짜 이름은 비밀이었고, 최후의 날, Quinto Valerio Sorano가 그것을 언급하는 신성모독을 범하여 처형당하였다고 한다.

마술적, 원시적 사상에서 이름은 자의적 상징이 아니라 그것을 정의하는 살아 있는 부분이며 야만인들은 마술적 행위를 위하여 그 이름을 숨긴다.

기독교 이론에 의하면 Soy El Que Soy는 하나님만이 존재하실 뿐이며 yo라는 단어는 하나님에 의해서만 발음될 수 있다. Spinoza의 이론에 따르면 하나님이 존재하시고 우리는 존재하지 않는 사람들이다. Martin Buber는 지적하기를 Ehych asher ehych는 Soy el que seré(나는 있을 곳에 있는다) 혹은 Yo estaré donde yo estaré(나는 내가 있을 곳에 있을 것이다)로도 번역될 수 있다고 한다.

윌리엄 셰익스피어는 1602년 희곡을 하나 썼는데, 그 줄거리는 허풍쟁이이고 겁쟁이인 군인이 전략 덕에 대령이 되나 함정이 발견되어 좌천된다는 이야기이다. 이때 작가가 개입하여 "나는 이미 대령이 아니지만 대령처럼 먹고 마실 것이다. 이것이 나를 살게 하는 일이다."[530]라고 말한다고 보르헤스는 말한다.

스위프트는 "나는 나이다, 나는 나이다. 나는 불행일 테지만 나이다.

---

530) OC Ⅱ, p.129.
  "Ya no seré capitán, pero he de comer y beber y dormir como un capitán; esta cosa que soy me hará vivir."

나는 다른 부분들처럼 불가피하고 필요한 우주의 한 부분이다. 나는 신이 원하는 것이고 우주의 법칙이 만들어 놓은 나이다. 존재하는 것은 모든 것이 되는 것이다."고 말하였다고 보르헤스는 말한다.531)

쇼펜하우어는 "나는 진정 누구인가? 나는 <u>의지와 표상으로서의 세계</u>의 저자이다. 나는 후대의 사상가들을 지배할 신에 대한 수수께끼의 해답이 준 것이다."고 말한다고 보르헤스는 말한다.532)

에리히 프롬은 "신은 이름을 가질 수 없으며 이름은 언제나 한 사물 또는 한 사람, 요컨대 유한한 것을 나타낸다"533)고 말하였다. 보르헤스의 탈이성중심주의적 사고, 상호 보완적인 이원론은 "하나님은 말로 설명할 수 없는 것"이라는 의미에서이다. 따라서 하나님이 누구였고, 더 정확히는 무엇이었는지 알아보려는 모세의 시도는 헛된 것이고, 보르헤스의 여러 작품에서 그러하듯이 진리를 발견한 후 망각이라는 과정을 통하여 신의 섭리를 이해하게 될 것이다. 그리고 이것은 카발라적 사고이기도 하다.

---

531) OC Ⅱ, p.130.
   Soy lo que soy, soy lo que soy. Seré una desventura, pero soy. Soy una parte del universo, tan inevitable y necesaria como las otras. Soy lo que Dios quiere que sea, soy lo que me han hecho las leyes universales. Ser es ser todo.
532) OC Ⅱ, p.131.
   ¿Quién soy realmente? Soy el autor de <u>El mundo como voluntad y como representación</u>. Soy el que ha dado una respuesta al enigma del Ser, que ocupará a los pensadores de los siglos futuros;
533) 에리히 프롬, op. cit., p.98.

6) "시간의 새로운 부정
(Nueva Refutación del Tiempo)"[534]

아마도 행동이 시간을 초월할 수 있는 가장 두드러진 방법은 다른 시간적 차원 그리고 / 혹은 다른 사람들 속에서 같은 사건의 우연한 반복에 의한 것일 것이다. 적당히 역설적인 "시간의 새로운 부정"이라는 제목의 글에서 보르헤스는 그러한 이중성과 논평에 대해 쓰고 있다.

> 그러한 부정은 어떠한 방식으로든 나의 모든 책 속에 있다. ……그 텍스트들 중 어떠한 것도 나를 만족시키지는 못하였고…… 그 모든 것에 대하여 이 글과 더불어 그것들을 확고히 하고자 한다.

> Esa refutación está de algún modo en todos mis libros. ……Ninguno de los textos que he enumerado me satisface……A todos ellos procuraré fundamentarlos con este escrito.[535]

보르헤스는 우리들의 사고 속에서 공간을 배제할 수 있으나 시간은 배재할 수 없다고 생각한다.[536] 또한 시간은 연속이고 본질적인 문제라고 생각한다.[537]

---

534) OC Ⅱ, pp.135-149.
535) OC Ⅱ, p.137.
536) "El tiempo", <u>Borges oral</u>, OC Ⅳ, p.198.
    Y podríamos decir que es igualmente respetuoso hablar del espacio y del tiempo, ya que podemos prescindir en nuestro pensamiento del espacio, pero no del tiempo.
537) "El tiempo", <u>Borges oral</u>, OC Ⅳ, p.198, 199.
    Porque el tiempo es la sucesión. Es decir, el tiempo es un problema esencial.

모든 행동의 총계인 우주는 1592년에서 1594년 셰익스피어가 꿈
꾸던 모든 말(馬)들의 수집품(하나, 많이, 전혀 없음?)만큼이나 이상
적인 수집품이다.

El universo, la suma de todos los hechos, es una colección no
menos ideal que la de todos caballos con que Shakespeare
soñó-¿uno, muchos, ninguno?-entre 1592-1594.[538]

셰익스피어의 작품을 '모든 말들의 수집품'이라 본 것은 결국, 보
르헤스의 글쓰기, 다시 말하면 고전을 모방한, 이미 쓰인 것의 다시
쓰기를 의미한다고 할 것이다. 그리고 그러한 생각은 '동어반복'이라
는 용어로 다시 표현된다.

그러한 동어반복은(그리고 내가 말하지 않는 다른 것들은) 내 전
체 삶이다.

Esas tautologías(y otras que callo) son mi vida entera.[539]

왜 아무도 같은 강물에 두 번 다시 들어갈 수 없는가에 대하여
보르헤스는 첫째 강물이 흐르기 때문이라고 답한다.[540] 시간은 지나
가는 덧없는 것이기 때문이다. 그러나 흘러가는 시간은 영원히 흘러
가 버린 것이 아니다. 시간이 흘러가도 우리는 역시 우리이고, 우리
에게 남아 있는 기억은 개인적인 것이다. 우리들의 상당 부분은 우
리들의 기억으로 이루어져 있다. 그리고 그 기억은 상당 부분이 망

---

538) OC Ⅱ, p.140.
539) OC Ⅱ, p.141.
540) "El tiempo", <u>Borges oral</u>, OC Ⅳ, p.199.
    ¿Por qué nadie baja dos veces al mismo río? En primer término,
    porque las aguas del río fluyen.

각으로 이루어져 있다.[541)

모든 언어는 연속적인 성질이 있다. 그것은 영원한 것, 일시적이지 않은 것을 증명하는 데 익숙해져 있지 않다.

Todo lenguaje es de índole sucesiva; no es hábil para razonar lo eterno, lo intemporal.[542)

보르헤스는 시간을 부정한다는 것이 무엇인가에 대하여 이렇게 얘기한다.

시간을 부정하는 것은 두 가지의 부정이다. 일련의 어휘들의 연속을 부정하는 것이고 이열의 어휘들의 동시성을 부정하는 것이다.

Negar el tiempo es dos negaciones: negar la sucesión de los términos de una serie, negar el sincronismo de los términos de dos series.[543)

영원이란 무엇인가라는 질문에 대하여서 보르헤스는 영원이란 우리의 모든 과거의 총합이 아니라고 말한다. 영원이란 우리의 모든 과거, 모든 의식적인 존재의 모든 과거이다. 모든 과거, 즉 언제 시작되었는지 알 수 없는 그런 과거이다. 그리고 영원이란 모든 현재이다. 모든 도시와 사람들 그리고 행성들 사이의 공간을 포함하는

---

541) "El tiempo", Borges oral, OC IV, p.199.
   La memoria es individual. Nosotros estamos hechos, en buena parte, de nuestra memoria. Esa memoria está hecha, en buena parte, de olvido.
542) OC II, p.142.
543) OC II, p.147.

지금 이 순간이다. 그리고 영원이란 미래이다. 아직은 태어나지 않은 미래, 하지만 항상 존재하는 미래인 것이다.[544] 따라서 시간은 영원의 선물이고, 이러한 영원 때문에 우리는 모든 것을 연속적으로 경험할 수 있는 것이다.

시간은 영원히 회전하는 원과 같다.

El tiempo es como un círculo que giran infinitamente.[545]

보르헤스가 보기에 시간은 연속적이다. 왜냐하면, 시간은 영원적인 것에서 빠져나오는 동시에 영원적인 것으로 되돌아가기 때문이다. 다시 말해, 미래라는 생각은 처음으로 되돌아가고 싶은 우리들의 열망과 상응한다.[546]

시간은 내가 행한 실체이다.

El tiempo es la sustancia de que estoy hecho.[547]

---

544) "El tiempo", Borges oral, OC IV, pp.199-200.
¿Qué es la eternidad? La eternidad no es la suma de todos nuestros ayeres. La eternidad es todos nuestros ayeres, todos los ayeres de todos los seres conscientes. Todo el pasado, ese pasado que no se sabe cuándo empezó. Y luego, todo el presente. Este momento presente que abarca todas las ciudades, todos los mundos, el espacio entre los planetas. Y luego, el porvenir. El porvenir, que no ha sido creado aún, pero que también existe.

545) OC II, p.148.
546) "El tiempo", Borges oral, OC IV, p.204.
El tiempo es sucesivo porque habiendo salido de lo eterno quiere volver a lo eterno. Es decir, la idea de futuro corresponde a nuestro anhelo de volver al principio.

547) OC II, p.148.

세상은 시간과 더불어 시작되었으며, 그 이래로 모든 것이 계속되고 있다. 우리들 각자는 일련의 사건들을 체험하며, 이 일련의 사건들은 다른 일련의 사건들과 평행할 수도 있고 또 그렇지 않을 수도 있다. 왜 이런 사고를 받아들이는 것일까? 이러한 사고를 통해 우리는 보다 광대한 세계, 현재의 세계보다 더 경이로운 세계에 접할 수 있기 때문이다.[548] 또한 그러한 경이로운 세계는 오독을 통한 창조의 글쓰기를 통하여 더욱 넓어질 것이며, 그것이 바로 보르헤스의 카발라적 글쓰기라 할 것이다.

5. SIETE NOCHES

1) "카발라(La Cábala)"

이 작품에는 보르헤스의 카발라에 대한 생각, 정의가 너무나 자명하게 드러나 있다. 보르헤스는 다음과 같이 말하면서 카발라가 자신의 이성중심주의적 사고를 허무는 계기가 되었음을 밝힌다.

카발라라는 이름이 가져다주는 상이한, 때로는 대조적인 원칙들은 우리 서구의 정신세계, 성경의 그것과는 전적으로 다른 개념으

---

548) "El tiempo", Borges oral, OC Ⅳ, p.204.
　　La idea es que cada uno de nosotros vive una serie de hechos, y esa serie de hechos puede ser paralela o no a otras. ¿Por qué aceptar esa idea? Esa idea es posible; nos daría un mundo más vasto, un mundo mucho más extraño que el actual.

로부터 비롯된다.

Las diversas y a veces contradictorias doctrinas que llevan el nombre de la cábala proceden de un concepto del todo ajeno a nuestra mente occidental, el de un libro sagrado.[549]

또한 보르헤스는 카발라적 이미지의 책 개념과 고전적인 개념을 분리하여 생각한다. 즉, 카발라를 설명하는 데 있어서 책에 대한 고전적인 개념과 분리하여 설명함으로써 카발라가 책, 다시 말해 보르헤스의 소우주를 설명하는 데 있어서 근본이 되었음을 말해 주는 것이다.

성스러운 책에 대한 개념과 고전적 책에 대한 개념-둘의 개념은 상이하다.

el de un libro sagrado / el de un libro clásico-que ambos conceptos son distintos.[550]

책에 대한 고전적인 개념은 이성중심주의적임을 다음과 같이 설명한다.

고전적 책은 모든 것이 있어야 할 곳에 있는 것처럼 질서 정연한 책이다. ……한 권의 고전적인 책은 그 장르에서 뛰어난 책이다.

Un libro clásico es un libro ordenado, como todo tiene que estarlo a bordo; ……un libro clásico es un libro eminente en su

---

549) OC Ⅲ, p.267.
550) OC Ⅲ, p.267.

género.551)

성스러운 책, 즉 성령으로 이루어진 책은 고전적인 책의 개념과는 다르며, 시간을 내포한 상호텍스트성을 가능케 함을 다음과 같이 쓰고 있다.

뮤즈신에도 불구하고(뮤즈의 개념은 상당히 막연하다) 몇몇 영어 번역자들은 호메로스가 "성난 사람, 그것이 내 테마다"라고 말할 때 그 책을 완전한 글자 대 글자로서 보지 않고 가변적인 것으로 보고 역사적으로 연구했던 것을 믿었다. 그러한 작품들을 역사적 방법으로 연구하고 연구하였다. 그 책들을 문맥 속에 위치시켰다. 성스러운 책의 개념은 완전히 다른 것이다.

A pesar de la musa(el concepto de la musa es bastante vago) algún traductor inglés ha creído que cuando Homero dice: "Un hombre iracundo, tal es mi tema", "An angry man, this is my subject", no se veía al libro como admirable letra por letra: se lo veía como cambiable y se lo estudiaba históricamente; se estudiaban y se estudian esas obras de un modo histórico; se les sitúa dentro de un contexto. El concepto de un libro sagrado es del todo distinto.552)

보르헤스는 책을 이렇게 정의한다.

한 권의 책은 하나의 원칙을 정당화하고, 방어하고, 투쟁하고 노출시키고 혹은 기록하기 위한 도구이다. ……옛날에는 한 권의 책은

---

551) OC III, p.267.
552) OC III, p.267.

口語의 대용품으로 생각했었다. ……한 권의 책이 하나의 테마를 전
체적으로 보여준다고는 생각하지 않았고, 口語적 가르침에 첨부하
기 위한 안내 수단으로서 여겨졌다.

> un libro es un instrumento para justificar, defender, combatir,
> exponer o historiar una doctrina……En la Antigüedad se pensaba que
> un libro es un sucedáneo de la palabra oral: ……No se pensaba que
> un libro expusiera totalmente un tema, se lo tenía como una suerte
> de guía para acompañar a una enseñanza oral.553)

그러나 책에 대한 이러한 고전적인 개념과는 달리 피타고라스는
보르헤스와 비슷한 생각을 가졌었다.

> 피타고라스는…… 자신의 철학이 자신이 죽은 후에도 그의 제자들
> 의 정신에 계속하여 살아 있고 분기하기를 원하였다.

> Pitágoras……Quería que su pensamiento siguiera viviendo y
> ramificándose, en la mente de sus discípulos, después de su muerte.554)

'살아 있는 정신'은 독자가 새로이 해석하는 책, 오독을 가능하게
하는 정신이라 할 것이다.

> 피타고라스는 책은 묶여 있다고, 혹은 성경의 어휘로 말하자면
> 글자는 죽고 정신은 생명을 불어넣는다고 생각하였다.

> Pitágoras había pensado que los libros atan, o, para decirlo en

---

553) OC Ⅲ, p.268.
554) OC Ⅲ, p.269.

palabras de la Escritura, que la letra mata y el espíritu vivifica.[555]

보르헤스는 책에 대한 고전적인 개념과 자신의 개념을 다음과 같이 정리하고 있다.

성스러운 책에 대한 그러한 개념은 고전적 책에 대한 개념과는 다르다. 성스러운 책에서는 그 단어들뿐만 아니라 쓰인 글자들까지도 성스럽다. 그러한 개념은 카발라주의자들이 성경에 대해 연구할 때 적용하는 것이다. 카발라주의자들의 *modus operandi*가 성경을 증명하고 정통이 되기 위하여 영지주의적 사상을 유대신비주의에 합치려는 욕구에 기인했는지는 의심스럽다.

Tal la noción de un libro sagrado, del todo distinta de la noción de un libro clásico. En un libro sagrado son sagradas no sólo sus palabras sino las letras con que fueron escritas. Ese concepto lo aplicaron los cabalistas al estudio de la Escritura. Sospecho que el *modus operandi* de los cabalistas fue debido al deseo de incorporar pensamientos gnósticos a la mística judía para justificarse con la Escritura, para ser ortodoxos.[556]

성령에 의하여 쓰인 성경은 완전무결한 것이고 여기에 우연적인 것은 있을 수 없다는 생각을 다시 한번 나타낸다.

그 생각은 이렇다: 모세의 五經, 토라는 성스러운 책이다. 무한한 지혜는 한 권의 책을 쓰는 인간적 의무를 응낙하였다. 성령은 문학을 응낙하였고 그것은 신께서 인간이 되기를 응낙하신 것을 상상하

---

555) OC III, p.268.
556) OC III, p.268.

는 것만큼이나 믿기 어렵다. 그러나 더욱 가까운 방식으로 응낙한 것이 여기에 있다: 성령은 문학을 응낙하고 한 권의 책을 썼다. 그 책에는 어떤 것도 우연적인 것은 없다. 인간의 모든 글쓰기는 다소 우연적이다.

La idea es ésta: el Pentateuco, la Torá, es un libro sagrado. Una inteligencia infinita ha condescendido a la tarea humana de redactar un libro. El Espíritu Santo ha condescendido a la literatura, lo cual es tan increíble como suponer que Dios condescendió a ser hombre. Pero aquí condescendió de modo más íntimo: el Espíritu Santo condescendió a la literatura y escribió un libro. En ese libro, nada puede ser casual. En toda escritura humana hay algo casual.[557]

성경은 그러한 방식으로 쓰였다.

La Biblia ha sido estudiada de ese modo.[558]

자신이 생각하는 책에 대한 개념이 카발라에 기인한 것임을 밝히고, 또한 카발라주의자들이 성경을 어떻게 해석하였는지에 대한 보르헤스의 설명은 다음과 같다.

카발라에 영향을 준 것으로 매우 신기한 다른 상황이 있다: 신은 그 말씀이 그의 작품의 도구였고(위대한 작가 사아베드라 파하르도가 말한 바에 따르면) 말씀을 통하여 세상을 창조하신다. 신께서 빛이 있으라 하시매 빛이 있었다. 거기에서 세상은 빛이라는 말씀 혹은 신께서 빛이라 말씀하신 억양에 의하여 창조되었다는 결론에 도달하였다. 만일 다른 말로, 다른 억양으로 말하였다면 결과는 빛이

---

557) OC III, p.269.
558) OC III, p.269.

아니라 다른 것이 되었을 것이다.

Hay otra circunstancia, muy curiosa, que tiene que haber influido en la cábala: Dios, cuyas palabras fueron el instrumento de su obra(según dice el gran escritor Saavedra Fajardo), crea el mundo mediante palabras; Dios dice que la luz sea y la luz fue. De ahí se llegó a la conclusión de que el mundo fue creado por la palabra *luz* o por la entonación con que Dios dijo la palabra *luz*. Si hubiera dicho otra palabra y con otra entonación, el resultado no habría sido la luz, habría sido otro.[559]

보르헤스는 음성중심주의에 대한 부정을 카발라의 이론을 통해 정리한다.

우리가 말에 대해 생각할 때 우리는 역사적으로 말은 처음에는 어떤 소리였을 것이고 후에 글자가 되었을 것이라고 생각한다. 반면에 카발라에서는 글자가 먼저였을 것이라 생각한다. 신의 도구는 글자에 의해 의미 지어진 말이 아니라 글자였다. 그것은 마치 글쓰기가 모든 경험에 反하여 말의 어법에 앞섰다고 생각하는 것과 같다. 그러한 경우에 성경에서 모든 것은 우연적이지 않다. 모든 것은 정해져 있어야만 한다. 예를 들어, 각 절의 글자 수 같은 것이 그것이다.

Cuando pensamos en las palabras, pensamos históricamente que las palabras fueron en un principio sonido y que luego llegaron a ser letras. En cambio, en la cábala(que quiere decir recepción, tradición) se supone que las letras son anteriores; que las letras

---

559) OC III, p.269.

fueron los instrumentos de Dios, no las palabras significadas por las letras. Es como si se pensara que la escritura, contra toda experiencia, fue anteiror a la dicción de las palabras. En tal caso, nada es casual en la Escritura: todo tiene que ser determinado. Por ejemplo, el número de las letras de cada versículo.560)

성경을 마치 암호로 된, 부호로 된 글쓰기인 것처럼 취급하고 그 것을 읽기 위하여 다양한 법칙이 발명되었다.

Se trata la Escritura como si fuera una escritura cifrada, criptográfica, y se inventan diversas leyes para leerla.561)

부호로 된 성경을 읽기 위한 다양한 법칙이 곧 보르헤스의 글쓰 기이며 오독이라 할 것이다. 그리고 그것은 카발라로부터 영향을 받 은 것이다.

카발라주의자들의 그 신기한 *modus operandi*는 하나의 논리적 전제를 근거로 하고 있다: 그것은 성경은 절대적인 텍스트이고 절 대적인 텍스트에서 어떠한 것도 우연적인 일은 있을 수 없다는 생 각이다.

El curioso *modus operandi* de los cabalistas está basado en una premisa lógica: la idea de que la Escritura es un texto absoluto, y en un texto absoluto nada puede ser obra del azar.562)

보르헤스는 진정한 창조적 글쓰기는 성경뿐이고 우리의 글쓰기는

---

560) OC Ⅲ, pp.269-270.
561) OC Ⅲ, p.270.
562) OC Ⅲ, p.270.

단지 모방의 글쓰기임을 다음과 같이 확언한다.

절대적인 텍스트는 없다. 인간의 텍스트의 경우는 모두가 그렇다.

No hay textos absolutos; en todo caso los textos humanos no lo son.[563)]

그리고 성경에서 우연은 있을 수 없다는 것을 이렇게 표현하고 있다.

무한한 지혜에 의해 쓰인 텍스트에서, 성령에 의해 쓰인 텍스트에서 어떻게 죽음, 균열을 가정하는가? 모든 것은 운명적이 되어야 한다. 카발라주의자들은 그러한 운명에서 체제를 이끌어내었다.

En un texto redactado por una inteligencia infinita, en un texto redactado por el Espíritu Santo, ¿cómo suponer un desfallecimiento, una grieta? Todo tiene que ser fatal. De esa fatalidad los cabalistas dedujeron su sistema.[564)]

만일 성경이 무한한 글쓰기가 아니라면, 그토록 많은 인간의 글쓰기와 무엇이 다르며, 역사서의 왕들의 책과 무엇이 다르며, 시의 노래와 무엇이 다를 것인가? 모든 것이 영원한 의미를 갖고 있다고 가정해야 한다. 에스꼬또 에리헤나는 성경은 진짜 공작새의 반짝거리는 깃털처럼 무한한 의미를 갖고 있다고 말하였다.

Si la Sagrada Escritura no es una escritura infinita, ¿en qué se

---

563) OC Ⅲ, p.270.
564) OC Ⅲ, p.270.

diferencia de tantas escrituras humanas, en qué difiere el Libro de los Reyes de un libro de historia, en qué el Cantar de los Cantares de un poema? Hay que suponer que todos tienen infinitos sentidos. Escoto Erígena dijo que la Biblia tiene infinitos sentidos, como el plumaje tornasolado de un pavo real.[565]

성경은 무한한 글쓰기, 곧 오독을 통하여 새로운 작품을 창조해 낼 수 있는 유일한 원전인 것이다.

10개의 방사는 인간의 전형, 아담 카드몬이라 불리는 한 인간을 형성한다.

Las diez emanaciones forman un hombre que se llama el Adam Kadmon, el Hombre Arquetipo.[566]

완벽한 성경과 대조되는 인간에 대하여 보르헤스는 이렇게 표현한다.

신성은 계속하여 감소되어 왔기 때문에 여호와에 도달할 때에는 잘못을 저지를 가능성이 있는 이 지구를 창조하였다.

Porque la Divinidad ha ido disminuyéndose y al llegar a Jehová crea este mundo falible.[567]

또한 성경만이 완벽한 작품이라는 것이 자신만의 생각이 아님을 표현하였다.

---

565) OC Ⅲ, p.270.
566) OC Ⅲ, p.271.
567) OC Ⅲ, p.272.

욥기는 Froude에 따르면 모든 문학에서 최고의 작품이다.

　……el Libro de Job, que según Froude, es la obra mayor de todas las literaturas.568)

그리고 신의 잘못에 대해 보르헤스는 다음과 같이 이야기한다.

　신은 잘못이 없다. 잘못이 있다면 쇼펜하우어가 말했듯이 신의 잘못이 아니라 그 신하들의 것이고 그러한 발산이 이 세상을 만들게 하기 위한 것이다.

　……Dios no tenga la culpa; para que la culpa sea, como dijo Schopenhauer, no del rey sino de sus ministros, y para que esas emanaciones produzcan este mundo.569)

　그러나 여러분들도 알다시피 그러한 생각은 필수적인 문제, 악의 존재의 문제와 관련된 것이고 그것은 영지주의자들과 카발라주의자들도 같은 방식으로 풀고 있다. 그들은 우주를 불완전한 신의 작품이고 그의 신성의 조각은 0을 향한다고 하면서 그 문제를 풀고 있다. 다시 말하면 어떤 신의 것이지 하나님의 것이 아니라는 것이다.

　Pero la idea, como ustedes ven, se refiere a un problema esencial, el de la existencia del mal, que los gnósticos y los cabalistas resuelven del mismo modo. Lo resuelven diciendo que el universo es obra de una Divinidad deficiente, cuya fracción de divinidad tiende a cero. Es decir, de un Dios que no es *el* Dios.570)

---

568) OC III, p.272.
569) OC III, p.272.
570) OC III, p.273.

또한 카발라의 열린 사고가 오독의 글쓰기를 가능케 한다는 것을 다음의 구절에서 이야기하고 있다.

그러한 한 증거는 카발라주의자들이 생각했던 것으로 우리에게 흥미가 있는 겸허한 사실이 될 것이다. 우리는 열린 지혜를 갖고 있고 다른 이들의 지혜뿐만 아니라 다른 이들의 어리석음, 다른 이들의 미신까지도 연구할 준비가 되어 있다. 카발라는 박물관의 한 조각이 아니라 사고의 은유의 방법이다.

Una prueba de ello sería este hecho tan humilde de que nos interese lo que pensaron los cabalistas. Tenemos una inteligencia abierta y estamos listos a estudiar no sólo la inteligencia de otros sino la estupidez de otros, las supersticiones de otros. La cábala no sólo no es una pieza de museo, sino una suerte de metáforas del pensamiento.[571]

신성한 말씀에 의하여, 한순간의 삶에 의하여 창조되었다. 그리고 카발라에서 신의 이름은 글자들이 뒤섞여 있는 경우를 제외하고는 모세오경이라고 말한 것처럼, 만일 누군가가 신의 이름을 갖게 되거나 누군가가 신의 4글자 이름 *Jetragrámaton*을 알게 된다면, 그리고 그것을 정확하게 발음할 줄 알게 된다면, 그는 세상을 창조할 수 있을 것이고, 또한 골렘, 즉 사람을 창조할 수 있을 것이다.

Ha sido creado por la palabra divina, por un soplo de vida; y como en la cábala se dice que el nombre de Dios es todo el Pentateuco salvo que están barajadas las letras, así, si alguien poseyere el nombre de Dios o si alguien llegara al *Jetragrámaton*-el nombre de cuatro letras de Dios-y supiera pronunciarlo correctamente, podría crear un

---

571) OC III, p.274.

mundo y podría crear un golem también, un hombre.[572)]

세페르 예지라 혹은 창조의 책…… 조하르 혹은 광휘의 책. 그러나 그 책들은 카발라를 가르치기 위해서가 아니라 암시하기 위하여 쓰였다. 카발라를 공부하는 학생이 그 책들을 읽고 그를 통하여 더욱 강해진 것을 느끼게 하도록 하기 위하여 쓰인 것이다. 모든 진실을 말하고 있지는 않다.

……Sefer Ietzirá o Libro de la Creación……Zohar, o Libro del esplendor. Pero esos libros no fueron escritos para enseñar la cábala, sino para insinuarla; para que un estudiante de la cábala pueda leerlos y sentirse fortalecido por ellos. No dicen toda la verdad.[573)]

'모든 진실을 말하고 있지 않다'는 것은 결국, 우리가 신의 4글자 이름 'Tetragramaton'을 알 수 없다는 얘기가 될 것이다. 카발라를 암시하는 책을 통하여 각자의 해석이 가능한 다양한 글쓰기가 이루어질 것이다. 그리고 그것이 독자의 몫임을 설명한다.

우리들 각자에게는 신성의 작은 조각이 있다. 이 세상은 명백히 전지전능하고 정확한 신의 작품이 될 수 없고 우리들에게 달려 있다. 그것은 역사가와 문법가들이 공부하는 호기심을 떠나 카발라가 우리에게 남겨 주고 있는 가르침이다. ……카발라는 그리스인들이 apokatástasis라고 부르는 원칙을 가르쳤는데 그에 따르면 카인과 악마를 포함한 모든 창조물들은 오랜 움직임 후에 언젠가는 그로부터 돌출될 신성함과 섞이게 된다.

---

572) OC Ⅲ, p.274.
573) OC Ⅲ, p.274.

En cada uno de nosotros hay una partícula de divinidad. Este mundo, evidentemente, no puede ser la obra de un Dios todopoderoso y justo, pero depende de nosotros. Tal es la enseñanza que nos deja la cábala, más allá de ser una curiosidad que estudian historiadores y gramáticos. ······la cábala enseñó la doctrina que los griegos llamaron apokatástasis, según la cual todas las criaturas, incluso Caín y el Demonio, volverán, al cabo de largas transmigraciones, a confundirse con la divinidad de la que alguna vez emergieron.[574]

이상에서 살펴본 바와 같이, 이 작품은 보르헤스가 카발라로부터 받은 영향, 그리고 카발라가 무엇인지, 또한 보르헤스가 추구하는 카발라적 글쓰기가 무엇인지가 너무나 명백하게 드러난 글이다. 서구의 정신세계, 곧 성경의 음성중심주의적 사고와는 대조되는 카발라의 개념과, 책에 대한 개념을 설명함으로써 보르헤스는 자신이 카발라로부터 영향을 받은 바가 무엇인가를 명백하게 밝히고, 단순한 口語의 대용품이 아닌 정신이 담겨 있는 책에 대한 개념이야말로, 완전무결한 성경을 모방하는 우리의 글쓰기를 설명하는 방법이 되었다.

---

574) OC Ⅲ, p.275.

IV

맺음글

보르헤스는 어느 인터뷰에서 자신을 유대의 뿌리로부터 나왔다고 생각하기 시작한 이후부터 카발라는 자신에게 많은 것을 의미하였다고 밝힌 바 있다. 그 핵심은 세상은 단순히 상징체계이고, 신의 비밀스런 글쓰기에 기초하고 있다는 것이었다. 그러나 보르헤스는 자신이 카발라의 이론을 접하는 데 있어서 히브리어에 대하여서는 전혀 무지함을 고백하였고, 보르헤스가 취하고자 한 바는 창조적인 행위로서의 오독을 통한 글쓰기, 즉 고전을 모방하고, 이미 쓰인 것의 다시 쓰기, 혹은 다시 해석하기를 의미하는 것이었으며, 이를 증명하고자 함이 이 논문의 의도였다.

에리히 프롬은 그의 저서 사랑의 기술에서 모계적 측면의 종교가 부계적 측면의 종교에서 나타난 것이 바로 신비주의 카발라라고 하였다. 최고의 존재는 어머니이던 시절, 평등에 바탕을 둔 것이 모계적 종교의 본질이라면, 우리들이 철저한 지식을 갖고 있어서 추리나 재구성에 의존할 것이 없는 단계에서 어머니는 최고의 단계에서 퇴위당하고 아버지가 종교에 있어서나 사회에 있어서나 최고의 존재가 된 이후 종교는 부계적 종교의 성향을 띠게 된다. 부성애의 본질은 계급조직적이고 경쟁과 상호 투쟁에 발달을 두고 있으며 따라서 부계사회의 발달은 사유재산의 발달과 병행하였다. 그러나 인간의 마음으로부터 어머니의 사랑에 대한 소망을 지워버릴 수는 없기 때문에 자애로운 어머니의 상이 神殿에서 전적으로 추방되지 않았던 것이고 이러한 神의 모성적 측면은 유대신비주의의 여러 가지 흐름 속에 재도입되었다.

카발라는 신비스러운 경험에 내재해 있는 위험을 피하기 위해 안내자가 교리와 의식을 전수하여 준다는 점에서 기본적으로 구전전승이며 秘義的 하나님이 모세와 아담에게 전해 주었으나 성문화되지 않는 토라에 대한 비밀지식이라는 점에서도 역시 전승이다.

그 은유는 이와 같은 것이다: 우주는 한 권의 책이다. 우주 안의 각각의 자연적 / 정신적 현상은 의미를 갖고 있다. 세상은 거대한 알파벳이다. 육체적 현실, 역사적 사실, 인간이 창조한 그 무엇이든 끊임없는 메시지의 음절이다. 우리는 제한 없는 의미의 회로망에 둘러싸여 있다.

카발라주의자들은 성경에 대한 통속적 해석과 秘傳的 해석을 구별한다. 보르헤스에게 있어서 작가는 신이 우주의 작가로서 모든 것을 창조한 것처럼 자신의 작은 창조물을 대변한다. 그러나 보르헤스에게 있어서 카발라는 모든 세상이 단순한 기호체계이며 우주를 포함한 모든 세상은 신의 비밀스런 글쓰기에 기초하는 까닭에 따라서 한 사람의 작가는 일반적으로 그의 책의 절대적인 창조자일지는 모르나 그것의 절대적인 독자는 될 수 없다.

따라서 오독을 통한 카발라의 글쓰기를 증명해 보이기 위하여 우선 카발라의 시작점과 신비주의의 흐름 속에서의 카발라를 살펴봄으로써 카발라에 대해 개괄하고, 오독이란 무엇인지에 대하여 살펴본 후, 보르헤스가 어떻게 카발라에 관심을 갖게 되었으며, 어떻게, 무슨 영향을 받았는지에 대하여 연구하였다. 그리고 구체적인 그의 작품을 분석함으로써 이에 대한 증거를 살펴보았다.

보르헤스는 모든 형태의 지적인 작업은 역사 위에 있다고 생각하였고 카발라의 의미는 전통이며 카발라주의자들의 생각대로라면 모든 문학작품은 성경의 다시 쓰기다.

대조적이지만 상호 보완적인 이원성은 영지주의의 영향을 받은 것이기도 하고 보르헤스의 환상문학을 이루는 기초가 되기도 하였다. 보르헤스는 이분법적 사고의 틀을 벗고자 노력하였고 그의 탈로고스 중심주의는 神도 언어로 설명하려는 것이 아닌, "하나님은 말로 설명할 수 없는 것"이라는 의미이다.

이분법적 대립구도로 작품을 이끌어 가다가 결국은 하나의 결론에 도달하는 보르헤스의 글쓰기는 카발라의 경우 궁극적 실재는 엔 소 프, 곧 무한한 일자와도 일맥상통한다.

보르헤스의 작품에서 신은 지성이 좌절되는 순간에 등장하고 그는 누구에게나 존재하는 신을 믿고 추구하였다.

데리다의 '차연'이라는 용어는 '차이지움'이라는 공간개념에 '연기' 라는 시간개념을 합쳐 만든 신조어이다. 현재 차이 지워진 것은 다음 순간 자리바꿈을 일으키고 따라서 온갖 경계를 무너뜨린다는 개념이다. 따라서 서구이성중심주의적인 중심과 주변의 경계는 무너지고, 이성과 감성의 경계도 무너진다는 것이다. 이는 오독의 근본이 되는 개념이다. 즉 차이 지워지고, 자리바꿈을 통하여 새로운 독자의 해석, 새로운 글쓰기의 근본이 되는 것이다. 그리고 이때 성경은 모든 것의 출발점이 된다.

정의 불가능한 無限者에 대한 개념은 그 안에 이중성 또는 다중성의 개념을 포함하고 있다. 여기서 우리는 道의 無名性, 모세에게 자신을 드러낸 神의 無名이라는 이름, 마이스터 에크하르트의 '절대무' 사이의 관련을 볼 수 있으며 카발라의 경우 궁극적 실재는 En Sof, 곧 무한한 一者이다. '하나 됨'이라고 하는 것은 둘 또는 그 이상의 구분된 부분들이 서로 녹아 용해되어 있음을 말하는 것이다. 그리고 이는 보르헤스의 Oneness와도 일맥상통하는 점이다.

보르헤스가 카발라에 관심을 가지게 된 데에는 단테의 신곡과 Scholem의 카발라와 그 상징 The Kabbalah and its symbolism을 비롯한 여러 저서들, 그리고 Gustav Meyrink의 골렘 Der Golem이 지대한 영향을 끼쳤다.

보르헤스는 카발라의 텍스트는 독자의 협력을 구하고, 문학을 문자 그대로 받아들이는 독자가 아니라, 대신 숨겨진 의미를 스스로 찾아내려는 독자를 지향한다고 말한다. 그리고 이것은 보르헤스의 작품에도 똑같이 적용될 수 있다.

우선 Discusión을 살펴보자. "현실의 차종적인 견해 La penúltima versión de la realidad"는 Korzybski 백작의 "The Manhood of Humanity"에 대한 Francisco Luis Bernárdez의 존재론적 성찰을 고찰하는 메타비평적 글쓰기이다. 보르헤스는 인간은 시간을 점령하기에 시간 속에 농축된 인식소로 끝없는 해석을 창조해 낼 수 있다고 생각한다. 보르헤스는 공간과 시간이라는 대립될 수 없는 두 개념의 대비란 터무니없는 것임을 말하고, 공간이란 시간의 에피소드들 중 하나일 뿐이며 시간축적은 곧 체험의 축적이라고 말한다. 곧 단순한 순환적 시간이 아닌 시간의 축적을 통하여 오독을 가능케 하는 카발라적 글쓰기에 대해 말하고 있다.

"독자의 미신적인 윤리 La supersticiosa ética del lector"에서 보르헤스는 "유일한, 절대적인, 항상, 모든, 완벽한, 끝난" 등등의 말은 모든 작가의 관습적인 상상이라고 말한다. 이는 곧 절대적 독창성이란 있을 수 없다는 얘기다. 카발라주의자들의 생각대로라면 성경을 제외한 텍스트에서 절대적 독창성이란 있을 수 없다. 완벽한 페이지가 만일 존재한다면 저자의 죽음이나 문학의 독창성을 부정한다거나 고갈의 문학에 대해 얘기할 필요조차 없을 것이며 오독이란 존재하지 않을 것이다.

"카발라에 대한 변론 Una vindicación de la Cábala"에서 보르헤스는 자신이 히브리어에는 무지함을 밝히고, 카발라의 내용을 요약한다. 그 내용은 카발라주의자들은 신은 말을 가지고 자신의 역사의 도구로 썼다는 것에 영향을 받았다는 것이다. 우리가 말에 대해 생각할 때, 우리는 그 말이 처음에는 어떤 소리였을 것이고, 그다음에 문자가 생겼을 것이라고 역사적인 순서로 생각한다. 그러나 카발라주의자들은 이와는 반대로 문자가 먼저 생겼을 것이라고 추측한다. 그들은 글자들 각각에 그에 상응하는 가치를 부여하고 성경을 마치 부호나 암호로 이루어진 책으로 생각했다. 또한 알파벳을 두 체계로 나누고 텍스트를 왼쪽에서 오른쪽으로, 다시 오른쪽에서 왼쪽으로 읽어가는 부스트로페돈(boustrophedon)으로 읽을 수도 있고 또한 각 글자들에 가치를 지니는 숫자를 부여할 수 있다고 생각했다. 카발라주의자들의 이 기이한 해석방법은 하나의 논리적인 전제를 근거로 하는데 그것은 바로 성경은 완전무결한 텍스트이고 이런 텍스트에서 우연적인 것은 결코 있을 수 없다는 것이었다. 그들은 성경에는 4가지 의미가 있다고 생각했고 10개의 방사를 지니고 있는 영원한 신을 믿었다. 카발라주의자들의 텍스트에 의하면 10개의 방사는 10개의 손가락과 같은 것들이다. 쇼펜하우어가 말했듯이 만일 신에게 잘못이 있다면, 그것은 왕의 잘못이 아니라 그 아래 제상들의 잘못이듯이, 신이 아니라 방사들로 인해 이 잘못된 세상을 낳은 것이라는 것이다. 또한 우주는 불완전한 신성의 작품이고, 신성의 그 파편들은 제로를 지향하고 있다고 하면서 악의 존재에 대한 문제를 풀고 있다.

성경을 완전무결하게 질서정연한 텍스트로 확신하고 있던 보르헤스에게는 미학적 동기가 있었다. 그는 성령의 신비적 개념을 세속적 문학에 옮기고 싶었던 것이다. 이것이 "카발라에 대한 변론"의 진정한 목적이었다.

"현실의 가정 La postulación de la realidad"에는 문학을 또 다른 우주로, 상징의 우주로 보는 보르헤스의 관점이 나타난다. 우주를 포함한 모든 세상은 신의 비밀스런 글쓰기에 기초한다는 카발라를 나타낸다고 할 수 있다.

"호메로스적 해석 Las versiones Homéricas"은 번역도 글쓰기의 한 가지이며 인식소, 교양, 체험이 반영되어 모두 다르게 번역됨으로써 새로운 작품이 된다는 보르헤스의 사상을 드러내는 작품이다. 해석의 이질성이란 독자가 아무렇게나 해석할 권리가 있다는 것이 아니며 모든 해석들이 똑같이 좋다는 것도 물론 아니다. 가장 좋은 비평은 그 텍스트가 얼마나 다양하게 해석될 수 있는가를 보여주는 비평이듯이 번역도 번역자의 경험과 체험을 바탕으로 또 하나의 글쓰기를 이루어야 할 것이다.

"월트 휘트먼에 대한 소고 Nota sobre Walt Whitman"에서 보르헤스는 신은 낮과 밤, 겨울과 여름, 전쟁과 평화, 그리고 포만감과 배고픔이라 표현한다. 보르헤스의 Oneness를 알레프와 같은 카발라적 구체에 대해 설명하며 나타내고 월트 휘트먼의 텍스트는 독자의 참여를 요구하는 카발라적 텍스트임을 설명하고 있다.

"보봐르와 뻬꾸셰에 대한 변론 Una vindicación de Bouvard et Pécuchet"는 두 명의 필경사의 이야기이다. 과학을 맹신하는 서구이성중심주의에 대한 비판과 필경을 통한 오독, 그리고 새로운 글쓰기에 대한 내용이다.

"플로베르와 그의 모범적인 운명 Flaubert y su destino ejemplar"에서 보르헤스는 자신이 드러나지 않기 바랐던 플로베르는 신의 무명성과 일치하는 것임을 말한다. 신은 잠재적으로 가능한 것, 곧 현상적 우주의 기초에 있는 통일성이고 모든 존재의 근거를 가리키는 이름 없는 일자이며 말로 나타낼 수 없는 침묵자이다. 신이 궁극적 실재를 의미하는 한 인간의 정신이 모순에서 실재를 인식하는 한 신에 대한 적극적 진술이 불가능하고 이는 카발라의 궁극적 실재인 엔소프와 일치한다.

Ficciones에서는 골렘으로부터 영향을 받은 보르헤스의 카발라적 아이디어가 더욱 명확히 드러난다.

"키호테의 저자 피에르 메나르 Pierre Menard, el autor del Quijote"는 메타비평, 성령에 대한 카발라적 이미지가 명확하게 드러나 있는 글이다. 작가의 의무는 놀이이다. 또한 보르헤스는 경험과 시간과 인식소의 차이가 빚어낸 발전으로, 더 새로운 것이 탄생하였음을 말한다. 이 작품은 읽기의 실행에 있어서 원전 텍스트에 대해 접근과 거리 사이에 있는 텍스트 놀이의 은유임을 말하고 있다. 언어 자체가 놀이라는 것은 결국 신의 기호로 이루어진 카발라적 우주개념과 일치한다. 작가는 그의 담론의 주인이 아니다. 세르반테스가 그 자신이 아니었기 때문에 메나르는 세르반테스가 될 수 없고, 같은 방식으로 메나르는 그 자신이 아니다. 이는 곧 한 사람의 독자는 그의 책의 절대적인 창조자는 될지 모르나 그것의 절대적인 독자는 될 수 없다는 카발라의 이미지와 일맥상통한다.

"허버트 퀘인의 작품에 대한 고찰 Examen de la obra de Herbert Quain"은 메타비평적 에세이이며 한 권의 책이 어떻게 하면 여러 권의 책이 될 수 있는가를 보여주고 있다.

"바벨의 도서관 La Biblioteca de Babel"은 우주(혹 어떤 이들은 도서관이라 부르는)는 무한한 수로 이루어져 있다고 말함으로써 카발라적 이미지를 명확하게 표현한 작품이다. 카발라주의자들은 우주를 한 권의 책으로 생각했다. 이 작품에서 도서관은 알레프의 개념과 동일시된다. 알레프는 연금술사들과 카발라주의자들의 소우주이기도 하다. 또한 보르헤스는 카발라의 경전인 창조의 책 2장 2절을 인용한다. 도서관은 단순히 책들을 소장해 놓는 물리적 공간 이상의 상징적인 의미를 지니게 마련이다. 도서관은 상호텍스트성이 완벽하게 가시화된 현상, 즉 텍스트들이 서로 교차하는 실제 공간이 된다.

"두 갈래 오솔길이 있는 정원 El jardín de senderos que se bifurcan"에서 최번이 만든 보이지 않는 시간의 미로는 곧 책 다시 말해 시간이 녹아 있는 책이고 책은 보르헤스와 카발라의 소우주이며 상호텍스트성을 농축 설명하는 것이다. 최번은 자신의 미로를 다양한 미래에 맡김으로써 독자의 역할을 중시한다. 카발라는 우주는 불완전한 신성의 작품이고 성경은 완전무결한 책이고 그 안에 우연적인 것은 절대로 있을 수 없고, 따라서 불완전해도 절대로 그릇되지 않은 우주관을 나타낸다. 저마다 분기하고 증식하는 다양한 미래는 곧 다양한 시간의 창조 즉 오독을 의미한다.

다음에는 <u>El Aleph</u>을 살펴보았다. "죽지 않는 사람들 El Inmortal"에는 성령의 글쓰기를 모방한다는 카발라적 아이디어가 드러난다. "알레프"의 주인공은 찌나깐이 그랬던 것처럼 망각이 글쓰기, 오독의 원천이 됨을 다시 한번 상기시킨다.

"신학자들 Los Teólogos"은 역사적 사실과 허구를 결합한 메타픽션이자 메타비평이다. 두 신학자 아우렐리아노와 후안 데 빠노니아의 대결에 대해 다루고 있다. 두 신학자는 이단에 대해 공격하며 경쟁한다. 혼란을 설파한다고 여겨지는 그 이단은 카발라의 이론과 흡사하다. 그러나 보르헤스는 우리가 그것을 이단으로 오해하기 쉬운 부분에 대해 설명하고 있다. "신학자들"은 사교의 교주를 밀고하는 신학자들의 두 예로 밀고자는 즉시 밀고하고 있는 이중의 역으로서의 반복이라고 하는 것을 보여주면서 반복, 조화, 그리고 신성의 추구에 관해 놀이를 계속하고 있다. 겉으로는 무신론주의자 혹은 이교도처럼 보이나 그런 역설을 통하여 자신의 신앙을 더욱 강조하는 보르헤스의 글쓰기가 잘 비유되어 있다.

"신의 글쓰기 La Escritura de Dios"는 감옥에 갇힌 까흘롬의 사제 찌나깐이 진리를 발견하고 망각하는 이야기이다. 찌나깐은 재규어가 신의 징표들 중 하나라는 것을 떠올리고 그 배열과 형태를 파악하려 한다. 그러나 재규어라는 구체적인 수수께끼보다 신이 쓴 문장의 본질적인 수수께끼가 찌나깐을 더욱 안달 나게 한다. 이러한 찌나깐의 노력은 카발라주의자들의 기호해독 노력과 흡사하다. 결국 찌나깐은 인간의 언어들에서조차 우주 전체를 암시하지 않는 발화는 단 하나도 없다는 것을 떠올리고 진리를 깨달은 후에는 이를 망각한다.

"알레프 El Aleph"에서는 작품 속에 보르헤스 자신이 등장한다. Carlos Argentino Danerí가 보여주는 알레프에 대한 이야기이다. 알레프 모든 지점들을 포괄하고 있는 어떤 공간지점들 중 하나, 전혀 흐트러짐이 없이 모든 각도에서 본 지구의 모든 지점들이 있는 곳이다. 보르헤스는 하나의 과거를 전제하지 않고는 불가능한 글쓰기에 대해 언급한다. 이는 곧 카발라적 글쓰기이며 상호텍스트성을 의미한다. 알레프는 바벨의 도서관과 등가물이기도 하고, 우주의 모든 가시적 존재의 총체이기도 하다. 모든 공간의 공간이며 그 중심은 모든 곳인 카발라적 球, 그 원주는 아무 곳에도 없다. 그것은 에세키엘의 관점으로는 바퀴일 뿐이다. 그것은 모든 책을 포함하고 있고, 이미 쓰인 책들뿐만 아니라, 쓰일, 더 나아가 상상 속에 쓰일 수 있는 모든 책의 모든 페이지들까지도 포함한다.

Otras Inquisiciones에 이르면 보르헤스의 사상은 더욱 투명해지고 구체적이 된다.

"만리장성과 분서갱유 La Muralla y los libros"에서 보르헤스는 진시황의 만리장성과 분서갱유를 주제로 다루고 있다. 왜 진시황은 과거의 엄격한 삭제를 원하였던가를 탐구하는 것이 노트의 목적이라고 밝힌다. 아마도 황제는 진정한 시조가 되기 위하여 시간의 시작을 재창조하고 싶었을 것이다. 그러나 자신이 역사를 삭제한다고 해도 역사는 거부할 수 없는 것임을, 그리고 자신으로부터 시작될 수 없다는 것을 진시황도 이미 알고 있었다. 과거의 기억은 곧 역사이고, 이를 거부한다는 것은 있을 수 없는 일이다. 우리의 글쓰기는 성령으로 쓰인 성경, 곧 신의 글쓰기를 모방한다는 것이다. 그 이후의 글쓰기는 역사를 통하여 시간을 품고 쓰인 모방의 글쓰기이다.

"존 윌킨스의 분석적 언어 El Idioma Analítico de John Wilkins"는 존 윌킨스가 언급한 중국의 백과사전의 저자, 그리고 브뤼셀 사서학회의 자의적 독단들에 대해 검토하는 메타비평적 에세이이다. 보편언어를 제창한 윌킨스의 사고방식은 하나의 기호가 각각의 수 전체에 대응한다는 카발라의 이론과 일치한다. 미셸 푸코는 이 에세이를 읽고 자신의 사고의 전 지평이 산산이 부서졌음을 고백하였다. 이는 서구지성사를 점령해 온 이성중심주의의 관행이 무너짐을 고백한 것이다. 신과 천사들이 사용하는 가장 복잡한 체계에는 무한수의 기호들이 들어 있을 것이며, 하나의 기호는 각각의 수 전체에 대응할 것이라는 윌킨스의 분석적 언어는 성경을 부호나 암호로 이루어진 책으로 보고 각 글자들에 가치를 지니는 숫자를 부여했던 카발라주의자들의 행동과 다르지 않다. 그리고 그러한 카발라주의자들의 논리적 근거는 바로 성경은 완전무결한 텍스트라는 것.

"도서예찬에 대하여 Del culto de los libros"에서 보르헤스는 고대와 현대의 구별, 고대와 현대의 책의 개념에 대한 구별, 그리고 口語와 書語의 시대비교를 하고 있다. 서양철학은 늘 목소리에 관심을 가지면서 글에 대해서는 깊은 우려를 표명해 왔다는 점에서 음성중심주의적이었다. 그러나 카발라주의자들은 말 이전에 문자가 존재했을 것이라고 생각한다. 보르헤스의 책에 대한 예찬은 성경을 모든 것의 출발점으로 보고 독창적 글쓰기의 시기를 초월한 우화와 은유의 재구성이라는 카발라적 글쓰기를 추구하는 데서 비롯된다. 말 이전에 존재하는 글, 그리고 신의 비밀스런 글쓰기에 기초한 세상의 짜깁기된 기호를 푸는 것은 독자의 몫이라는 것이다. 이는 또한 해럴드 블룸이 말한 대로 글쓰기와 말하기 사이의 명백한 구별을 거부하는 카발라적 글쓰기 이론을 나타낸다.

"버나드 쇼에 대한 소고 Nota sobre Bernard Shaw"에는 책에 대한 개념이 더욱 명확하게 드러난다. 하나의 문학이 읽히는 방법만으로도 이전, 이후의 문학과 달라질 수 있다는 것은 오독의 가능성을 나타내고, 독자의 협력을 구하고, 문학을 문자 그대로 받아들이는 독자가 아니라, 숨겨진 의미를 스스로 찾아내려는 독자를 지향하는 카발라적 텍스트를 의미한다.

"이름의 반향의 역사 Historia de los ecos de un Nombre"는 하나

님은 "나는 스스로 있는 자니라"라고 말씀하셨음을 상기시킨다. 모세가 그 이름을 물은 것은 하나님이 누구였고, 더 정확히는 무엇이었는지 알아보려는 시도였다. 마술적, 원시적 사상에서 이름은 자의적 상징이 아니라 그것을 정의하는 살아 있는 부분이며 야만인들은 마술적 행위를 위하여 그 이름을 숨긴다. 신은 이름을 가질 수 없다. 이름은 유한한 것을 나타내기 때문이다. 하나님이 누구였고, 더 정확히는 무엇이었는지를 알아보려는 모세의 시도는 헛된 것이었다.

"시간의 새로운 부정 Nueva refutación del Tiempo"에서 보르헤스는 우리들의 사고 속에서 공간을 배제할 수는 있으나 시간은 배제할 수 없다고 말한다. 찌나깐도, "알레프"에서의 보르헤스도, 죽지 않는 사람들을 찾을 때에도 폐쇄된 공간에서 신의 질서를 발견하였다. 시간은 연속이고 본질적인 문제이고 우리에게 남아 있는 기억은 개인적인 것이다. 우리들의 상당 부분은 우리들의 기억으로 이루어져 있다. 그리고 그 기억은 상당 부분이 망각으로 이루어져 있다. 영원이란 무엇인가라는 질문에 대하여서는 영원이란 우리의 모든 과거의 총합이 아니라, 우리의 모든 과거, 모든 의식적인 존재의 모든 과거, 즉 언제 시작되었는지 알 수 없는 그런 과거이고 영원이란 모든 현재, 그리고 지금 이 순간, 그리고 미래라고 말하고 있다.

마지막으로 Siete Noches에서 살펴본 "카발라 Cábala"에는 카발라에 대한 생각과 정의가 자명하게 드러나 있다. 보르헤스는 카발라는 이성중심주의적 사고를 허무는 계기가 되었고 카발라가 보르헤스의 소우주인 책의 개념을 설명하는 데 있어서 근본이 되었음을 말한다. 말보다 이전에 존재하는 문자의 존재에 대하여 언급한다. 성령에 의하여 쓰인 성경은 완전무결한 것이고 여기에 우연적인 것은 있을 수 없다. 카발라주의자들은 성경을 마치 암호나 부호로 된 글쓰기인 것으로 취급하고 그것을 읽기 위하여 다양한 법칙을 발명하였다. 인간의 텍스트 중에서 절대적인 텍스트는 없다. 성경은 무한한 글쓰기,

즉 오독을 통하여 새로운 작품을 창조해 낼 수 있는 유일한 원전이 된다.

이상에서 살펴본 바와 같이, 모든 세상은 단순히 상징체계이고 신의 비밀스런 글쓰기에 기초하고 있다는 카발라는, 영지주의적 이원론과 신플라톤주의적 Oneness의 영향을 받았고, 보르헤스에게 있어서는 서구지성의 핵심을 지탱해 온 이성중심주의의 벽을 허무는 계기가 되었으며, 창조적 행위로서의 오독을 통한 글쓰기를 가능하게 해주었다. 보르헤스의 작품에서 나타난 바와 같이, 성경은 부호나 암호로 이루어진 완전무결한 책이며, 세상의 짜깁기된 기호를 푸는 것이 카발라의 의미이며, 이는 한 사람의 독자는 그의 책의 절대적 창조자는 될지 모르나 그것의 절대적 독자는 될 수 없다는 오독의 글쓰기를 가능하게 해주고 있다. 보르헤스는 모든 지적인 작업은 역사를 초월한 것이라고 생각했으며, 이는 보르헤스의 표현대로 과거를 짊어진, 곧 시간을 내포한 오독의 글쓰기를 생각할 때 카발라의 의미가 전통이라는 것과 무관하지 않을 것이다.

참고문헌

1. Materia Prima

1-A. Obras del autor

Borges, Jorge Luis. [Obras Completas], I, II, III, IV, Barcelona: Emecé Editores, 1997.

Borges, Jorge Luis. [Prólogo de Prólogos], Buenos Aires: Torres Agüero Editor, 1975.

Borges, Jorge Luis. [Siete Noches], México: Fondo de Cultura Económica, 1986.

Borges, Jorge Luis. [El tamaño de mi esperanza], Barcelona: Seix Barral, 1994.

Borges, Jorge Luis. [La Rosa de Paracelso, Tigres Azules], Madrid: Editorial Swan, 1986.

Borges, Jorge Luis. [La Cifra], Madrid: Alianza Editorial, 1986.

1-B. Obras en colaboración

Borges, Jorge Luis. [Obras Completas, en colaboración], Barcelona: Emecé Editores, 1997.

Borges, Jorge Luis & Ferrari, Osvaldo. [Diálogos], Barcelona: Seix Barral, 1992.

2. Materia Segunda

2-A. Libros

Borges, Jorge Luis. [Sefer Yetzirah], traducido por Manuel Algora, Madrid: Editorial EDAF, 1993.

Adams, Robert Martin. [After Joyce: Studies in Fiction After "Ulysses"], Oxford University Press, 1977.

Aizenberg, Edna. [El tejedor del Aleph: Biblia, Kábala y judaísmo en Borges], Madrid: Atlena Editores, 1986.

Aizenberg, Edna. ed. [Borges and his successors], Columbia and London: University of Misourri Press, 1990.

Alazraki, Jaime. [Jorge Luis Borges], Columbia Press, 1971.

Alazraki, Jaime. [Borges and the Kabbalah and other essays on his fiction and poetry], New York: Cambridge University Press, 1988.

Alazraki, Jaime. ed. [Modern Critical Views on Jorge Luis Borges], Boston: G. K. Hall, 1987.

Alazraki, Jaime. [Jorge Luis Borges], Madrid: Taurus, 1984.

Barnatán, Marcos Ricardo. [Borges, Biografía total], Madrid: Ediciones Temas de Hoy, 1995.

Barnatán, Marcos Ricardo. ed. [Narraciones], Madrid: Temas de hoy, 1995.

Barrenechea, Ana María. [Borges the Labyrinth Maker], edited and translated by Robert Lima, New York University Press, 1965.

Bloom, Harold. [The Ringers in the Tower: Studies in Romantic Tradition], The University of Chicago Press, 1971.

Bloom, Harold. [Kabbalah and Criticism], New York: Continuum, 1975.

Bloom, Harold. ed. [Jorge Luis Borges], Chelsea House, 1986.

Bloom, Harold. [Poesía y creencia], Madrid: Cátedra, 1991.

Chiappini, Julio. [Borges y Sarmiento], Santa Fe: Editorial Zeus, 1992.

Derrida, Jacques. [Of Grammatology], translated by Gayatri Chakravorty Spivak, Baltimore, The Johns Hopkins University Press, 1976.

Farías, Victor. [Las actas secretas], Madrid: Anaya & Mario Muchnik, 1994.

Ferrer, Manuel. [Borges y la Nada], London: Tamesis Books Limited, 1971.

Ferrero, José María & Palacios, Alfredo Raúl. [Borges algunas veces matematiza], La Plata: Ediciones del 80, 1986.

Foster, David William. [Jorge Luis Borges, An Annotated primary and secondary bibliography], New York & London: Garland Publishing, 1984.

Gallagher, D. P. [Modern Latin American Literature], Oxford University Press, 1973.

Grau, Cristina. [Borges y la arquitectura], Madrid: Ediciones Cátedra, 1995.

Harss, Luis & Dohmann, Barbara. [Into the Mainstream: Conversations with Latin-American Writers], Harper, 1967.

Hassan, Ihab. [Paracriticisms], Urbana and Chicago: University of Illinois Press, 1984.

Irwin, John T. [The Mystery to a Solution-Poe, Borges, and the Analytic Detective Story], London: The Johns Hopkins University Press, 1994.

Isaacson, José. [Borges entre los nombres y el Nombre], Buenos Aires: Fundación el Libro, 1987.

Kanalestein, Ruben. [La Kábala, dos conferencias], Editorial Espacio SRL, 1990.

Kerrigan, Anthony. ed. [Extraordinary Tales by Jorge Luis Borges and Adolfo Bioy Casares], Herder & Herder, 1971.

Littlejohn, David. [Interruptions], Grossman, 1970.

Montecchia, M. P. [Reportaje a Borges], Buenos Aires: Ediciones Crisol, 1975.

Murillo, L. A. [The Cyclical Night: Irony in James Joyce and Jorge Luis Borges], Cambridge, Mass.: Harvard University Press, 1968.

Nuño, Juan. [La Filosofía de Borges], México D. F.: Fondo de Cultura Económica, 1986.

Oppenheimer, Oscar. [God and Man], Washington D. C.: University Press of America, 1979.

Peicovich, Esteban. [Borges, el palabrista], Madrid: Prodhufi, 1995.

Pezzoni, Enrique. [El texto y sus voces], Buenos Aires: Editorial Sudamericana, 1986.

Pickenhayn, Jorge Oscar. [Borges, a través de sus libros], Buenos Aires: Plus Ultra, 1979.

Poirer, Richard. [The Performing Self: Compositions and Decompositions in the Languages of Contemporary Life], Oxford University Press, 1971.

Polo García, Victorino. ed. [Borges y la Literatura], Murcia: Universidad de Murcia, 1989.

Raval, Suresh. [Metacriticism], Athens: The University of Georgia Press, 1981.

Russell, Bertrand. [Misticismo y lógica y Otros ensayos], traducido por José Rovira Armengol, Buenos Aires: Editorial Paidós, 1949.

Sábato, Ernesto. [Uno y el Universo], Buenos Aires: Editorial Sudamericana, 1948.

Sarlo, Beatriz. [Jorge Luis Borges-A Writer on the Edge], New York: Verso, 1993.

Scholem, Gershom. [Major trends in Jewish Mysticism], New York: Schocken Books, 1995.

Scholem, Gershom. [La Cábala y su simbolismo], México, D. F.: Siglo Veintiuno Editores, 1992.

Scholem, Gershom. [Grandes temas y personalidades de la Cábala], Barcelona: Riopiedras, 1988.

Scholem, Gershom. [Desarrollo históricos e ideas básicas de la Cábala], Barcelona: Riopiedras, 1988.

Sosnowski, Saúl. [Borges y la Cábala], Buenos Aires: Hispamérica, 1976, Segunda Edición, Buenos Aires: Perdés, 1986.

Spencer, Sharon. [Space, Time and Structure in the Modern Novel], New York University Press, 1971.

Stabb, Martin S. [Jorge Luis Borges], Boston: Twayne, 1970.

Stark, John. [The Literature of Exhaustion], Duke University Press, Durham, North Carolina, 1974.

Stortini, Carlos Roberto. [El diccionario de Borges], Buenos Aires: Editorial Sudamericana, 1986.

Sturrock, John. [Paper Tigers: The Ideal Fictions of Jorge Luis Borges], Oxford: Oxford University Press, 1977.

Updike, John. [Picked-Up Pieces], Knopf, 1975.

Vázquez, María Esther. [Borges: imágenes, memorias, diálogos], Caracas: Monte Avila Editores, 1977.

Vázquez, María Esther. [Borges, sus días y su tiempo], Buenos Aires: Javier Vergara Editor, 1984.

Wheelock, Carter. [The Mythmaker: A Study of Motif and Symbol in the Short Stories of Jorge Luis Borges], University of Texas Press, 1969.

권택영. [후기구조주의문학이론], 서울: 민음사, 1990.

김욱동. [포스트모더니즘의 이론], 서울: 민음사, 1994.

김욱동 편. [포스트모더니즘의 이해], 서울: 문학과 지성사, 1993.

류형기 편. [성서주해] Vol.1, 2, 서울: 한국기독교문화원, 1977.

발, 미크. [소설이란 무엇인가?], 성충훈, 송병선 옮김, 울산대학교 출판부, 1997.

사럽, 마단 외 지음. [데리다와 푸꼬 그리고 포스트모더니즘], 임헌규 편역, 서울: 인간사랑, 1992.

셀던, 레이먼. [현대문학이론], 현대문학이론연구회 역, 서울: 문학과 지성사, 1995.

워, 파트리샤. [메타픽션], 김상구 옮김, 서울: 열음사, 1992.

위탱, 세르쥬. [신비의 지식, 그노시즘], 서울: 문학동네, 1996.

이광래 편. [해체주의란 무엇인가], 서울: 교보문고, 1989.

폰스, 찰스. [카발라], 조하선 옮김, 서울: 물병자리, 1997.

푸코, 미셸. [말과 사물], 이광래 역, 서울: 민음사, 1991.

프라이, 노드롭. [비평의 해부], 임철규 옮김, 서울: 한길사, 1995.

프롬, 에리히. [사랑의 기술], 황문수 역, 서울: 문예출판사, 1977.

핫산, 이합. [포스트모더니즘개론], 정정호, 이소영 편. 서울: 한신문화사, 1993.

[The Encyclopedia of Religion], Vol.5, 10, N. Y.: Macmillan Publishing Company, 1987.

[The Encyclopedia of Philosophy], Vol.5, N. Y.: The Macmillan Company & The Free Press, 1967.

[Britanica Encyclopedia], Encyclopedia Britanica, Inc., 1986.

[성경전서], 대한성서공회발행, 1956.

[21세기 세계대백과사전], 서울: 도서출판 범한, 1999.

2-B. Artículos

Acker, Kathy. 'In the Tradition of Cervantes, Sort of', "The New York Times Book Review", November 30, 1986.

Aizenberg, Edna. 'Cansinos-Asséns y Borges: en busca del vínculo judaíco', "Revista Iberoamericana", Vol. XLVI, Núms. 112-115, Julio-Diciembre 1980.

Aizenberg, Edna. 'Feminism and Kabbalism: Borges's "Emma Zunz", "Crítica Literaria", Vol.15, No.2, 1993.

Alazraki, Jaime. 'El texto como palimpsesto: Lectura intertextual de Borges', "Hispanic Review", Vol.52, Number 3, Summer, 1984.

Alazraki, Jaime. ' "El Golem" de J. L. Borges', [Homenaje a Casalduero], Madrid: Editorial Gredos, 1972.

Alazraki, Jaime. 'Borges o el Difícil Oficio de la Intimidad: Reflexiones Sobre Su Poesía más Reciente', "Revista Iberoamericana", 40 Inquisiciones sobre Borges, Número especial dedicado a Jorge Luis Borges, Vol. XLⅢ), Nos.100-101, JulioDiciembre de 1977.

Alazraki, Jaime. 'On Borges' Death: Some Reflections', "Spanish and Portuguese Distinguished Lecture Series", Issues 3-4, Fall, 1989.

Alegría, Fernando. 'Blind Master of the Guided Dream', "Saturday Review", February 26, 1972.

Alonso, J. M. 'One Man's English Literature', "Review", Center for Inter-American Relations, Winter, 1976.

Alter, Robert. 'Borges and Stevens: A Note on Post-Symbolist Writing', "TriQuarterly 25", Northwestern University Press, Fall, 1972.

Alter, Robert. "TriQuarterly 33", Northwestern University Press, Spring, 1975.

Alvarez, Nicolás Emilio. 'Borges y Tzinacán', "Revista Iberoamericana", Número Especial dedicado a la Proyección de lo indígena en las literaturas de la América Hispánica, Vol.L, Núm.127, Abril-Julio 1984.

Alvarez, Nicolás Emilio. 'La realidad trascendida: dualismo y rectangularidad en "Emma Zunz"', "Explicación de textos literarios", Volumen XⅡ, No.1, 1983-1984.

Ambrose, Timothy. 'Borges, Foucault y Derrida: la disolución de límites y la creación del texto', "La Torre", Año Ⅸ, Núm.34, Abril-Junio 1995.

Arango, Guillermo. 'La función del sueño en "Las Ruinas Circulares" de Jorge Luis Borges', "Hispania", Volume 56, April 1973.

Atchity, Kenneth John. "Mediterranean Review", Winter, 1972.

Ayora, Jorge. 'Gnosticism and time in "El Inmortal"', "Hispania", Volume 56, Number 3, September 1973.

Ballif, Gene. "Salmagundi", Spring, 1970.

Barnstone, William. "The New York Times Book Review", August 11, 1974.

Barrenechea, Ana María. 'Borges y los Símbolos', "Revista Iberoamericana", 40 Inquisiciones sobre Borges, Número especial dedicado a Jorge Luis Borges, Vol. XLⅢ,

Nos.100-101, Julio-Diciembre de 1977.

Bastos, María Luisa. 'Literalidad y Trasposición: "Las Repercusiones Incalculables de lo Verbal"', "Revista Iberoamericana", 40 Inquisiciones sobre Borges, Número especial dedicado a Jorge Luis Borges, Vol. XLIII, Nos.100-101, Julio-Diciembre de 1977.

Bastos, María Luisa. "Comparative Literature", University of Oregon, Winter, 1977.

Baumgarten, Murray. 'Mirror of Words: Language in Agnon and Borges', "Comparative Literature", Vol.31, No.4, Fall, 1979.

Belitt, Ben. 'The Enigmatic Predicament: Some Parables of Kafka and Borges', "TriQuarterly 25", Northwestern University Press, Fall, 1972.

Bell, Gene H. 'Borges-Literature and Politics North and South', "The Nation", February 21, 1976.

Bellman, Samuel I. "Studies in Short Fiction", Newberry College, Spring, 1974.

Bonatti, María. 'Dante en la Lectura de Borges', "Revista Iberoamericana", 40 Inquisiciones sobre Borges, Número especial dedicado a Jorge Luis Borges, Vol. XLIII, Nos.100-101, Julio-Diciembre de 1977.

Borello, Rodolfo A. 'El Evangelio Según Borges', "Revista Iberoamericana", 40 Inquisiciones sobre Borges, Número especial dedicado a Jorge Luis Borges, Vol. XLIII, Nos.100-101, Julio-Diciembre de 1977.

Borinsky, Alicia. 'Re-Escribir y Escribir: Arenas, Menard, Borges, Cervantes, Fray Servando', "Revista Iberoamericana", Vol. XLI, Núms.92-93, Julio-Diciembre de 1975.

Borinsky, Alicia. 'Borges en Nuestra Biblioteca', "Revista Iberoamericana", 40 Inquisiciones sobre Borges, Número especial dedicado a Jorge Luis Borges, Vol. XLIII, Nos.100-101, Julio-Diciembre de 1977.

Bratosevich, Nicolás. 'El Desplazamiento como Metáfora en Tres Textos de Jorge Luis Borges', "Revista Iberoamericana", 40 Inquisiciones sobre Borges, Número especial dedicado a Jorge Luis Borges, Vol. XLIII, Nos.100-101, Julio-Diciembre de 1977.

Brown, Clarence. 'Books Considered: "Chronicles of Bustos Domecq"', "The New Republic", Vol.174, No.23, June 5, 1976.

Byrd, Max. "The Yale Review", Autumn, 1974.

Chacel, Rosa. 'Una cábala de Dios', "Literaria", N' 8, mayo de 1953.

Christ, Ronald. 'At home in his mind', "Nation", August 3, 1970.

Christ, Ronald. 'Borges Justified: Notes and Texts Toward Stations of a Theme', "TriQuarterly 25", Northwestern University Press, Fall, 1972.

Christ, Ronald. "Commonweal", March 8, 1974.

Chrzanowski, Joseph. 'Psychological Motivation in Borges' "Emma Zunz", "Literature and Psychology", Vol. XXVIII, Nos.3 & 4, 1978.

Concha, Jaime. 'El Aleph: Borges y la historia', "Revista Iberoamericana", Vol. XLIX, Núms.123-124, Abril-Septiembre 1983.

Cortázar, Julio. 'The Present State of Fiction in Latin America', translated by Margery A. Safir, "Books Abroad", University of Oklahoma Press, Vol.50, No.3, Summer, 1976.

DeMott, Benjamin. "The New York Times Book Review", December 14, 1969.

De Torre, Guillermo. 'Para la prehistoria ultraísta de Borges', "Hispania", Volume XLVII), Number 3, September, 1964.

Didier Anzieu. 'El cuerpo y el código en los cuentos de J. L. Borges', "Revista de Occidente", Tomo XLVIII, Enero, Febrero-Marzo 1975.

D'Lugo, Marvin. 'Binary vision in the Borgian narrative', "Romance Notes", Vol. XIII), Number 3, Spring 1972.

Dyson, A. E. 'You, Fictional Reader·····': Jorge Luis Borges', "Critical Quarterly", Vol.21, No.4, Winter, 1979.

Echevarría, Roberto González. 'Borges, Carpentier y Ortega: Dos Textos Olvidados', "Revista Iberoamericana", 40 Inquisiciones sobre Borges, Número especial dedicado a Jorge Luis Borges, Vol. XLIII, Nos.100-101, Julio-Diciembre de 1977.

Eco, Umberto. 'Between La Mancha and Babel', "Variaciones Borges", 4, 1997.

Ferrari, Arturo Echavarría. ' "Tlön, Uqbar, Orbis Tertius": Creación de un Lenguaje y Crítica del Lenguaje', "Revista Iberoamericana", 40 Inquisiciones sobre Borges, Número especial dedicado a Jorge Luis Borges, Vol. XLIII, Nos.100-101, Julio-Diciembre de 1977.

Ferreti, Liliana Pérez. 'El Alma de "El Aleph", de Julio Woscoboinik', "Variaciones

Borges", 4, 1997.

Fishburn, Evelyn. ' "Algebra y fuego" in the Fiction of Borges', "Revista Canadiense de Estudios Hispánicos", Vol.XII, No.3, Primavera 1988.

Flores, Rafael. 'Miscelánea sobre el escritor', "Cuadernos Hispanoamericanos", 505 / 507.

Foster, David William. 'Borges and Structuralism: Toward an Implied Poetics', "Modern Fiction Studies", Autumn, 1973.

Foster, David William. "Books Abroad", University of Oklahoma, Vol.48, No.1, Winter, 1974.

Foster, David William. 'Borges' "El Aleph"-some thematic considerations', "Hispania", Volumen XLVII, Number 1, March, 1964.

Foster, David William. 'Para una Caracterización de la Escritura en los Relatos de Borges, "Revista Iberoamericana", 40 Inquisiciones sobre Borges, Número especial dedicado a Jorge Luis Borges, Vol.XLIII, Nos.100-101, Julio-Diciembre de 1977.

Fox, Patricia. 'Meta-Borges, A Magyar Meditation on Masters, Maori and Meaning', "Variaciones Borges", 4, 1997.

Frank, Roslyn M. y Vosburg, Nancy. 'Textos y Contra-Textos en "El jardín de senderos que se bifurcan"', "Revista Iberoamericana", 40 Inquisiciones sobre Borges, Número especial dedicado a Jorge Luis Borges, Vol.XLIII, Nos.100-101, Julio-Diciembre de 1977.

Franklin, Allan & Levitt, Paul M. 'Borges and Entropy', "Review", Center for Inter-American Relations, Spring, 1975.

French, Philip. 'Labyrinthine', "New Statesman", May 3, 1974.

Gállego, Cándido Pérez. 'El descubrimiento de la realidad en "El Aleph", de Jorge Luis Borges', "Cuadernos Hispanoamericanos", 214, Octubre de 1967.

Gallo, Marta. 'Semiósis y símbolo en la búsqueda como función narrativa en los cuentos de Borges', "Revista Iberoamericana." Vol.LI), Núms.130-131, Enero-Junio 1985.

Gallo, Marta. 'Asterión, o el Divino Narciso', "Revista Iberoamericana", 40 Inquisiciones sobre Borges, Número especial dedicado a Jorge Luis Borges, Vol.XLIII), Nos.100-101, Julio-Diciembre de 1977.

García, Carlos. 'La edición princeps de "Fervor de Buenos Aires", "Variaciones

Borges", 4, 1997.

Gass, William H. 'Imaginary Borges and His Books', "The New York Review of Books", November 20, 1969.

Gertel, Zunilda. 'La Imagen Metafísica en la Poesía de Borges', "Revista Iberoamericana", 40 Inquisiciones sobre Borges, Número especial dedicado a Jorge Luis Borges, Vol. XL Ⅲ, Nos.100-101, Julio-Diciembre de 1977.

Gillespie, Robert. 'Detections: Borges and Father Brown', "Novel: A Forum on Fiction", Spring, 1974.

Giordano, Alberto. 'Borges y la ética del lector inocente(Sobre los [Nueve Ensayos dantescos])', "Variaciones Borges", 4, 1997.

Giordano, Alberto. 'La creación de una obra', "Variaciones Borges", 4, 1997.

Giordano, Enrique A. 'El juego de la creación', "Hispanic Review", Vol.52, Number 3, Summer, 1984.

Giordano, Jaime. 'Forma y Sentido de "La Escritura del Dios" de Jorge Luis Borges', "Revista Iberoamericana", Vol.38, Núm.78, Enero-Marzo de 1972.

Goloboff, Gerardo Mario. 'Borges y el tesoro de la búsqueda', "Hispamérica", 34 / 35.

Goloboff, Gerardo Mario. ' "Ser Hombre"(Exploración del Tema del "Otro" en un Soneto de Jorge Luis Borges)', "Revista Iberoamericana", 40 Inquisiciones sobre Borges, Número especial dedicado a Jorge Luis Borges, Vol.XL Ⅲ, Nos.100-101, Julio-Diciembre de 1977.

González, Eduardo. 'Borges Marginal', "Revista Iberoamericana", 40 Inquisiciones sobre Borges, Número especial dedicado a Jorge Luis Borges, Vol.XL Ⅲ, Nos.100-101, Julio-Diciembre de 1977.

Graham, Desmond. "Stand", Vol.17, No.4, 1976.

Hahn, Oscar. 'El motivo del Golem en "Las Ruinas Circulares" de J. L. Borges', "Revista Chilena de Literatura", 4, Otoño, 1971.

Hahn, Oscar. 'Borges y el Arte de la Dedicatoria', "Revista Iberoamericana", 40 Inquisiciones sobre Borges, Número especial dedicado a Jorge Luis Borges, Vol.XL Ⅲ, Nos.100-101, Julio-Diciembre de 1977.

Holloway, James E. ' "Everness": Una Clave para el mundo borgiano', "Revista Iberoamericana", 40 Inquisiciones sobre Borges, Número especial dedicado a Jorge

Luis Borges, Vol.XLⅢ, Nos.100-101, Julio-Diciembre de 1977.

Holzapfel, Tamara y Rodríguez, Alfred. 'Apuntes para una Lectura del "Quijote" de Pierre Menard', "Revista Iberoamericana", 40 Inquisiciones sobre Borges, Número especial dedicado a Jorge Luis Borges, Vol.XLⅢ, Nos.100-101, Julio-Diciembre de 1977.

Howard, Maureen. [Partisan Review], No.1, 1970.

Incledon, John. 'La Obra Invisible de Pierre Menard', "Revista Iberoamericana", 40 Inquisiciones sobre Borges, Número especial dedicado a Jorge Luis Borges, Vol.XLⅢ, Nos.100-101, Julio-Diciembre de 1977.

Keates, Jonathan. "New Statesman", The Statesman & Nation Publishing Co. Ltd., May 16, 1975.

Keiffer, Eduardo Gudiño. 'Letters from Buenos Aires', translated by Andrée Conrad, "Review", Center for Inter-American Relations, Fall, 1975.

Kerrigan, Anthony. 'Introduction to [Ficciones] by Jorge Luis Borges', Grove Press, 1962.

Kerrigan, Anthony. 'The Other Horn of the Unicorn', "The University Bookman", Autumn, 1978.

Kinzie, Mary. 'Recursive Prose', "TriQuarterly 25", Northwestern University Press, Fall, 1972.

Kovács, Katherine Singer. 'Borges on the Right', "New Boston Review", Vol.111, No.11, Fall, 1977.

Lattimore, Richard. "Hudson Review", Autumn, 1972.

Levine, Suzanne Jill. 'Adolfo Bioy Casares y Jorge Luis Borges: La Utopía como Texto', "Revista Iberoamericana", 40 Inquisiciones sobre Borges, Número especial dedicado a Jorge Luis Borges, Vol.XLⅢ, Nos.100-101, Julio-Diciembre de 1977.

Lévy, Salomón. 'El Aleph, símbolo cabalístico, y sus implicaciones en la obra de Jorge Luis Borges', "Hispanic Review", 44, 1976.

Liberman, Arnoldo. 'Borges, el judío blanco', "Cuadernos Hispanoamericanos", 505 / 507.

Libertella, Hector. 'Borges: literatura y patografía en la Argentina', "Revista Iberoamericana", Número especial dedicado a la Literatura Argentina: los últimos cuarenta años, Vol. XLⅨ, Núm.125, Octubre-Diciembre 1983.

Lima, Robert. 'Coitus Interruptus: Sexual Transubstantiation in the Works of Jorge Luis

Borges', "Modern Fiction Studies", Purdue Research Foundation, West Lafayette, Indiana, Autumn, 1973.

Lindstrom, Naomi. 'Borges and Jewish Mysticism: Paradoxical Interrelations', "Crítica Hispánica", Vol.15, No.2, 1993.

Lueders, Edward. "Western Humanities Review", Summer, 1972.

Lydenberg, Robin. 'Borges as a Writer of Parables: Reversal and Infinite Regression', "The International Fiction Review", Winter, 1979.

Lyon, Thomas E. 'Borges y el narrador (casi) personal y (casi) omnisciente', "Revista Chilena de Literatura", 5-6.

McAdam, Alfred. 'Lenguaje y Estética en [Inquisiciones]', "Revista Iberoamericana", 40 Inquisiciones sobre Borges, Número especial dedicado a Jorge Luis Borges, Vol.XLⅢ, Nos.100-101, Julio-Diciembre de 1977.

McMurray, George R. ' "The Aleph" and [One Hundred Years of Solitude]: two micro-cosmic worlds', "Latin American Literary Review", Volume XⅢ, Number 25, January-June, 1985.

MacShane, Frank. 'Borges the Craftsman', "TriQuarterly 25", Northwestern University Press, Fall, 1972.

Madrid, Lelia M. 'Sábato / Borges: sobre el cielo y el infierno', "Revista Iberoame-ricana", Vol.LVⅢ, Núm.158, Enero-Marzo 1992.

Magliola, Robert. 'Jorge Luis Borges and the Loss of Being: Structuralist Themes in 'Dr. Brodie's Report'', "Studies in Short Fiction", Winter, 1978.

Mano, D. Keith. 'A Variety of Talents', "National Review", March 3, 1972.

Meades, Jonathan. 'The Quest for Borges', "Books and Bookmen", December, 1971.

Meades, Jonathan. 'Borges in Conversation', "Books and Bookmen", May, 1973.

Meades, Jonathan. 'Borges's Documentary Tales', "Books and Bookmen", January, 1974.

Méndez-Ramírez, Hugo. 'La estrategia narrativa y la unidad estructural en "Tres versiones de Judas" de Jorge Luis Borges', "Revista Interamericana de bibliografía inter-american review of bibliography", Vol.XL, No.2, 1990.

Meneses, Caros. 'Los antifaces de Jorge Luis Borges', "Variaciones Borges", 4, 1997.

Michaels, Leonard. 'A Straightforward Story', "Partisan Review", Winter, 1973.

Mignolo, Walter. 'Emergencia, Espacio, "Mundos Posibles": Las Propuestas Epistemo-lógicas de Jorge L. Borges', "Revista Iberoamericana", 40 Inquisiciones sobre Borges, Número especial dedicado a Jorge Luis Borges, Vol.XLⅢ, Nos.100-101, Julio-Diciembre de 1977.

Millanes, José Munoz. 'Borges y la "Palabra" del Universo', "Revista Iberoamericana", 40 Inquisiciones sobre Borges, Número especial dedicado a Jorge Luis Borges, Vol.XLⅢ, Nos.100-101, Julio-Diciembre de 1977.

Molloy, Sylvia. ' "Dios Acecha en los Intervalos": Simularo y Causalidad Textual en la Ficción de Borges', "Revista Iberoamericana", 40 Inquisiciones sobre Borges, Número especial dedicado a Jorge Luis Borges, Vol.XLⅢ, Nos.100-101, Julio-Diciembre de 1977.

Monegal, E. R. 'The Other Borges than the Central One', "The New York Times Book Review", May 7, 1972.

Monegal, E. R. 'Borges y la Política', "Revista Iberoamericana", 40 Inquisiciones sobre Borges, Número especial dedicado a Jorge Luis Borges, Vol.XLⅢ, Nos.100-101, Julio-Diciembre de 1977.

Montoro, Adrián G. ' "Todos los hombres son mortales": de Borges y Píndaro', "Escritura", XI, 22, Caracas, julio-diciembre, 1986.

Moreiras, Alberto. 'Elementos de articulación teórica para el subalternismo latinome-ricano, Cándido y Borges', "Revista Iberoamericana", Vol.LXⅡ, Núms.176-177, Julio-Diciembre 1996.

Murchison, John C. "Books Abroad", Spring, 1972.

Murchison, John C. 'The Greater Voice: On the Poetry of Jorge Luis Borges', "TriQuarterly 25", Northwestern University Press, Fall, 1972.

Naipaul, V. S. 'Comprehending Borges', "The New York Review of Books", October 19, 1972.

Navarro, Carlos. 'The Endlessness in Borges' Fiction', "Modern Fiction Studies", Purdue Research Foundation, West Lafayette, Indiana, Autumn, 1973.

Novaceanu, Darie. 'Borges para desconfiados' "Cuadernos Hispanoamericanos", Núm.379, enero, 1982.

Nuño, Juan. 'Semiótica y poética en Borges', "Escritua", XI, 22, Caracas, julio-diciembre, 1986.

O'Hara, J. D. 'Sound and Fury, Signifying Borges', "Book World-The Washington Post", November 19, 1972.

Ortega, Julio. 'Borges y la Cultura Hispanoamericana', "Revista Iberoamericana", 40 Inquisiciones sobre Borges, Número especial dedicado a Jorge Luis Borges, Vol.XLⅢ, Nos.100-101, Julio-Diciembre de 1977.

Oviedo, José Miguel. 'Borges: el poeta según sus prólogos', "Revista Iberoamericana", Vol.LⅠ, Núms. 130-131, Enero-Junio 1985.

Oviedo, José Miguel. 'Borges sobre los Pasos de Borges: [El Libro de Arena]', "Revista Iberoamericana", 40 Inquisiciones sobre Borges, Número especial dedicado a Jorge Luis Borges, Vol.XLⅢ, Nos.100-101, Julio-Diciembre de 1977.

Palenzuela, Nilo. 'Unamuno y Borges: disfraces del tiempo', "Cuadernos hispano-americanos", 565-566, julio-agosto, 1997.

Rasi, Humberto M. 'The Final Creole: Borges' Views of Argentine History', "TriQuarterly 25", Northwestern University Press, Fall, 1972.

Rasi, Humberto M. 'Borges Ante Lugones: Divergencias y Convergencias', "Revista Iberoamericana", 40 Inquisiciones sobre Borges, Número especial dedicado a Jorge Luis Borges, Vol.XLⅢ, Nos.100-101, Julio-Diciembre de 1977.

Reid, Alastair. 'Borges as Reader', "TriQuarterly 25", Northwestern University Press, Fall, 1972.

Rest, Jaime. 'Borges y el "Pensamiento Sistemático"', "Hispamérica"

Reyes-Tatinclaux, Leticia. 'The face of evil: Devilish Borges in Eco's [The Name of the rose]', "Chasqui", Volumen XⅧ, Número 1, mayo, 1989.

Rimmon-Kenan, Shlomith. 'Doubles and Counterparts: Patterns of Interchangeability in Borges' "The Garden of Forking Paths", "Critical Inquiry", Vol.6, No.4, Summer, 1980.

Rodríguez, Mario. 'Borges y Derrida', "Revista Chilena de Literatura", 13, Abril-1979.

Rodríguez, Mario. 'Tres versiones de Cristo, según Borges', "Acta Literaria", N' 12, 1987.

Rodriguez-Monegal, Emir. 'Symbols in Borges' Work', "Modern Fiction Studies", Purdue Research Foundation, West Lafayette, Indiana, Autumn, 1973.

Romero, Oswaldo E. 'Dios en la Obra de Jorge L. Borges: Su Teología y su Teodicea', "Revista Iberoamericana", 40 Inquisiciones sobre Borges, Número especial dedicado a Jorge Luis Borges, Vol. XLⅢ, Nos.100-101, Julio-Diciembre de 1977.

Scarrano, Tomasso. 'Intertextualidad y sistema en las variantes de Borges', "Nueva Revista de Filología Hispánica", 41:2, 1993.

Scholes, Robert. 'The Reality of Borges', "The Iowa Review", Vol.8, No.3, Summer, 1977.

Schulman, Grace. 'Gold and Sand', "Review", Center for Inter-American Relations, No.23, 1978.

Schwartz, Jorge. 'Borges y la Primera Hoja de [Ulysses]', "Revista Iberoamericana", 40 Inquisiciones sobre Borges, Número especial dedicado a Jorge Luis Borges, Vol.XLⅢ, Nos.100-101, Julio-Diciembre de 1977.

Schwartz, Jorge. 'La Ultima Hoja de [Ulises]', "Revista Iberoamericana", 40 Inquisiciones sobre Borges, Número especial dedicado a Jorge Luis Borges, Vol. XLⅢ, Nos.100-101, Julio-Diciembre de 1977.

Searls, Damion. 'The Wall and the Books', "Variaciones Borges", 4, 1997.

Sebrerli, Juan José. 'Borges: nihilismo y literatura', "Cuadernos hispanoamericanos", 565-566, julio-agosto, 1997.

Serra, Edelweis. 'La Estrategia del Lenguaje en [Historia Universal de la Infamia]', "Revista Iberoamericana", 40 Inquisiciones sobre Borges, Número especial dedicado a Jorge Luis Borges, Vol. XLⅢ, Nos.100-101, Julio-Diciembre de 1977.

Shaw, Donald L. 'Acerca de la crítica de los cuentos de Borges', "Cuadernos hispanoamericanos", 346, abril 1979.

Sosnowski, Saúl. 'El verbo cabalístico en la obra de Borges-Respuesta al texto de Senkman', "Hispamérica", año Ⅲ, 9, 1975.

Sotomayor, Aurea María. ' "Emma Zunz" y los azares de la causalidad(lectura y elaboración de lo verosímil jurídico)', "Escritura", XI, 22, Caracas, julio-diciembre, 1986.

Soud, Stephen E. 'Borges the Golem-Maker: Intimations of "Presence" in "The Circular Ruins"', MLN 110, 1995 Johns Hopkins University Press.

Stavans, Ilan. 'Emma Zunz: The Jewish Theodicy of Jorge Luis Borges', "Modern Fiction Studies", Volume 32, Number 3, Autumn 1986.

Steiner, George. 'Tigers in the Mirror', "The New Yorker", June 20, 1970.

Trejo, E. Caracciolo. 'Poesía Amorosa de Borges', "Revista Iberoamericana", 40 Inquisiciones sobre Borges, Número especial dedicado a Jorge Luis Borges, Vol. XLIII, Nos.100-101, Julio-Diciembre de 1977.

Volek, Emil. 'Aquiles y la Tortuga: Arte, Imaginación y la Realidad Según Borges', "Revista Iberoamericana", 40 Inquisiciones sobre Borges, Número especial dedicado a Jorge Luis Borges, Vol. XLIII, Nos.100-101, Julio-Diciembre de 1977.

Warner, Edwin. 'The Dagger of Deliverance', "Time", November 30, 1970.

Weeks, Edward. "Atlantc", February, 1972.

Wheelock, Carter. 'Borges' New Prose', "TriQuarterly 25", Northwestern University Press, Fall, 1972.

Wheelock, Carter. 'The Committed Side of Borges', "Modern Fiction Studies", Purdue Research Foundation, West Lafayette, Indiana, Autumn, 1973.

Wheelock, Carter. "The International Fiction Review", January, 1974.

Wheelock, Carter. 'Borges, Courage, and Will', "The International Fiction Review", July, 1975.

Wilson, Colin. 'Borges and Nostalgia', "Books and Bookmen", August, 1973.

Wood, Michael. 'Borges's Surprise!', "The New York Review of Books", June 1, 1972.

Yánover, Héctor. 'Crónica de relación con Dios / Borges', "Cuadernos Hispanoamericanos", 505 / 507.

Yates, Donald. 'Publicaciones Recientes Sobre Borges', "Revista Iberoamericana", 40 Inquisiciones sobre Borges, Número especial dedicado a Jorge Luis Borges, Vol. XLIII, Nos.100-101, Julio-Diciembre de 1977.

Yurikievich, Saúl. 'Borges: del anacronismo al simulacro', "Revista Iberoamericana", Número especial dedicado a la Literatura Argentina: los últimos cuarenta años, Vol. XLIX, Núm.125, Octubre-Diciembre 1983.

Zeitz, Eileen M. ' "La Escritura de Dios": Laberinto Literario de Jorge Luis Borges', "Revista Iberoamericana", 40 Inquisiciones sobre Borges, Número especial dedicado a Jorge Luis Borges, Vol. XLIII, Nos.100-101, Julio-Diciembre de 1977.

민원정. "보르헤스와 카발라신비주의", [신비주의문학의 이해], 민원정 외, 서울: 명
　　　지출판사, 1996.
"현대시사상, 여름, 1996", 고려원.

(Resumen en Español)

El Misticismo de Kábala en las obras de Borges

Wonjung Min
Departamento de Español
Escuela de Posgrado
de la Universidad Hankuk
de Estudios Extranjeros

1999 era el centésimo año en el que nació Jorge Luis Borges. Borges es un gran escritor y muy bien conocido por lo cual hay varios estudios sobre él. Pero sus obras todavía sirven para muchos estudios futuros y en ese sentido será lo más importante estudiar sus obras a través de la Kábala. Y es precisamente el objetivo de mi tesis.

Sus textos, tan ricos en alusiones culturales y contenidos simbólicos, muestran muchos detalles provenidos del Aleph, la Biblia y la Kábala.

El interés de Borges en lo que él llama 'lo hebreo' está reconocido como un aspecto significativo de su creación literaria, y, sin embargo, no ha sido nunca objeto de un estudio a fondo. Con eso me refiero a un estudio que ahonde en las razones por la atracción borgeana hacia el judaísmo, y que al mismo tiempo examine la Kábala en Borges.

La historia de la fascinación de Borges por lo hebreo es la historia de un latinoamericano a quien su herencia europea y sus relaciones con la cultura occidental le llevaron al judaísmo, y para quien el judaísmo se convirtió en un paradigma por ser latinoamericano.

Las alusiones a la Kábala y el uso de las ideas kabalísticas son obviamente judías, como lo son los poemas dedicados a Israel. Una vez Borges confesó su desconocimiento del hebreo y lo que él elige es la escritura como un acto creativo, es decir imitar al clásico y reescribir de lo escrito o reinterpretar.

Erich Fromm, en su obra El arte del amor, dijo que la Kábala, es la religión de la parte materna en la religión de la parte paterna. Como Borges dice en su obra, los cabalísticos fueron influidos por los gnósticos y que, para que todo entroncara con la tradición hebrea, buscaron ese extraño modo de descifrar letras. Pero se refiere a un problema esencial, el de la existencia del mal, que los gnósticos y los cabalistas resuelven del mismo modo.

Para la Kábala, el universo, que otros llaman la Biblioteca, se compone de un número indefinido. Cuando pensamos en las palabras, pensamos históricamente que las palabras fueron en un principio sonido y que luego llegaron a ser letras. En cambio, en la Kábala, que quiere decir recepción, tradición, se supone que las letras son anteriores, que las letras fueron los instrumentos de Dios, no las palabras significadas por las letras. Es como si se pensara que la escritura, contra toda experiencia, fue anterior a la dicción de las palabras. En tal caso, nada es casual en la Escritura. Todo tiene que ser determinado. Por ejemplo, el número de las letras de cada versículo.

El curioso modus operandi de los cabalistas está basado en una premisa lógica: la idea de que la Escritura es un texto absoluto, y en un texto absoluto nada puede ser obra del azar. Dios no tiene la culpa. Para que la culpa sea, como dijo Schopenhauer, no del rey sino de sus ministros, y para que esas emanaciones produzcan este mundo.

Para la Kábala, el Uno de Borges significa el En Soph, la ilimitada y pura divinidad. También se dijo que tiene la forma de un hombre que señala el cielo y la tierra, para indicar que el mundo inferior es el espejo y es el mapa del superior.

Para Borges, y también para la Kábala, una literatura difiere de otra, posterior o anterior, menos por el texto que por la manera de ser leída. Y el libro es una extensión de la memoria y de la imaginación.

Cada vez que leemos un libro, el libro ha cambiado, la connotación de las palabras es otra. Además, los libros están cargados del pasado.

Para averiguar la Kábala en las obras de Borges tras 'la mala lectura', me limitaré casi exclusivamente a ver las obras desde "Una vindicación de la Cábala" de 1931, hasta la "Cábala" de 1980. Y para estimar la Kábala tras 'la mala lectura', primero he averiguado el principio de la Kábala y la Kábala dentro de la fluencia del misticismo. Luego se ha averiguado qué es 'la mala lectura' y cómo y cuándo Borges se ha interesado a la Kábala y cuál fue su influencia.

Utilicé unos textos representativos como Discusión, Ficciones, El Aleph, Otras Inquisiciones y Siete Noches para referirme al tema.

La escritura de Borges va al Uno, o una conclusión por el

dualismo y es lo que es igual a la Kábala, En Soph. La Kábala en las obras de Borges es una clave para los lectores y los lectores deben buscar el significado escondido por sí mismos. Borges piensa que el hombre acapará el tiempo, lo que le hará posible reescribir infinitamente.

Borges piensa que toda obra intelectual tiene su base en la historia, y eso significa el reescribir tras 'la mala lectura' que contenga el tiempo, es decir el pasado. Y esto es el verdadero propósito de la Kábala y de Borges.

-Muchas Gracias-

민원정

한국외국어대학교 서반아어과 졸업
한국외국어대학교 일반대학원 서반아어과 졸업(중남미문학석사)
한국외국어대학교 일반대학원 서반아어과 졸업(중남미문학박사)

전) 한국외국어대학교, 단국대학교, 선문대학교 및 사단법인 한중남미
　　협회, 선문대학교 한국어교육원 강사
현) 칠레가톨릭대학교 아시아프로그램 교수

보르헤스 작품 속에 나타나는 카발라신비주의

• 초판 인쇄　　2007년 10월 30일
• 초판 발행　　2007년 10월 30일

• 지 은 이　　민원정
• 펴 낸 이　　채종준
• 펴 낸 곳　　한국학술정보㈜
　　　　　　　경기도 파주시 교하읍 문발리 526-2
　　　　　　　파주출판문화정보산업단지
　　　　　　　전화　031) 908-3181(대표) · 팩스　031) 908-3189
　　　　　　　홈페이지　http://www.kstudy.com
　　　　　　　e-mail(출판사업팀사업부)　publish@kstudy.com
• 등　　록　　제일산-115호(2000. 6. 19)
• 가　　격　　30,000원

ISBN　　978-89-534-7437-6 93890 (Paper Book)
　　　　　978-89-534-7438-3 98890 (e-Book)